二 見 文 庫

愛しているが言えなくて

リンゼイ・サンズ／久賀美緒＝訳

The Perfect Wife

by

Lynsay Sands

Japanese translation rights arranged with
THE BENT AGENCY
through Japan UNI Agency, Inc., Tokyo

愛しているが言えなくて

登　場　人　物　紹　介

アヴェリン・ストラウトン	貴族の娘
ペーン・ド・ジャーヴィル	アヴェリンの許婚
デイヴィッド・ハーグローヴ	ペーンの従者
アダム・ジャーヴィル	ペーンの弟
ディアマンダ	アダムの婚約者
ウィルハム・ストラウトン	アヴェリンの父親
レディ・マージェリア・ストラウトン	アヴェリンの母親
レディ・クリスティーナ・ジャーヴィル	ペーンの母親
レディ・ヘレン	ディアマンダのおば
ルニルダ	アヴェリンのメイド
グンノーラ	マージェリアのメイド

プロローグ

「まあ」

息をのむ声に、架台式テーブルの上に立っていたアヴェリンは振り向いた。母のレディ・マージェリア・ストラウトンが階段をおりてくる途中で足を止め、メイドのルニルダにドレスの裾を直してもらっているアヴェリンを見て涙ぐんでいた。

最近、レディ・ストラウトンはすぐ涙目になる。十字軍遠征から戻るので婚約者を迎えに行くという知らせがペーン・ド・ジャーヴィルから届いて以来、ずっとだ。アヴェリンの母は間近に迫った娘の結婚にいい感情を抱いていない。もっと詳しく言うと、結婚式が終わったらアヴェリンがジャーヴィルへと去ってしまうことを受けとめられないでいる。結婚自体や孫の顔を見られるかもしれないという見通しには喜んでいるが、娘が遠く離れた地に行ってしまうのが耐えられないのだ。母にとってそれは、かわいい赤ん坊を失うに等しい。アヴェリンと母はとても仲がよく、母は娘と一緒にいたいがため、早くに親元から送りだすことはせず、自分で教え導いてきた。忍耐強く愛情を持って。

「まあ」レディ・ストラウトンがもう一度息をのみ、メイドを従えて大広間を横切ってくる。

アヴェリンはルニルダと笑みを交わしたあと、頭を振りながら愛情をこめて母をにらんだ。「お母さま、わたしは泣くほどひどい？」

「なんてことを！」レディ・ストラウトンが驚きにあえぐ。「本当にきれいよ。ドレスの青があなたの青い目を引き立てていて、とてもよく似合っているわ」

「じゃあ、どうしてそんなにショックを受けているの？」アヴェリンはやさしく問いかけた。

「それはとても……大人っぽく見えたから。ねえ、グンノーラ、わたしのかわいいアヴェリンがすっかり大きくなってしまったわ」レディ・ストラウトンはかたわらのメイドに向かって嘆いた。

「本当にそうですね」ジャーヴィル卿《きょう》から知らせが届いて以来、女主人がため息とともに繰り返している嘆きに、グンノーラは辛抱強く相槌《あいづち》を打った。「結婚してご自分の家族をお作りになるのに、ちょうどいい頃合いですよ」

そう聞いてレディ・ストラウトンは落ち着くどころか、その目にはますます涙が盛りあがった。涙が今にもこぼれそうになったところで、暖炉のそばで静かに座っていたウィルハム・ストラウトン卿が革の椅子をきしませ、手に持った手紙をがさがさいわせながら立ちあがった。

「泣くんじゃない。めでたいことなんだから」彼はテーブルのまわりに集まっている女性たちに加わり、妻をたしなめた。「それに、わたしたちは普通よりも長くアヴェリンと過ごせたじゃないか。リチャード王が十字軍を連れて遠征に出なければ、十四歳かそこらで娘を嫁に出さなければならなかっただろう」

「そうね」レディ・ストラウトンは悲しい表情のまま、かたわらで娘に称賛の目を向けている夫にもたれかかった。「娘が二十歳になるまで一緒にいられたことには感謝しているの。それでもとうとう行ってしまうと思うと、やっぱり悲しくて」

「わたしもだ」ストラウトン卿がぶっきらぼうに同意した。妻の体に腕をまわして抱き寄せ、アヴェリンに言う。「きれいだよ。結婚した日のおまえの母さんにそっくりだ。おまえを妻にするペーンは幸せ者だな。わたしたちは鼻が高い」

父も目を潤ませているのを見てアヴェリンは驚いたが、父は咳払《せきばら》いをしてゆがんだ笑みを妻に向けた。

「悲しいことを考えずにすむよう、気をまぎらわせる必要がある」

「娘を失う悲しみを忘れさせてくれるものなんて、あるはずがないわ」レディ・ストラウトンがみじめな表情で言う。

「そうかな？　わたしには少々心あたりがある。部屋に戻って話しあおうじゃないか」ストラウトン卿が何かをほのめかすように言い、いたずらっぽい表情で妻の腰にまわしていた手を下に移動させてスカート越しにヒップを包んだので、アヴェリンはおかしくなった。父は妻を階段へ向かわせようとしている。

「あら」レディ・ストラウトンが息を弾ませ、弱々しく抗議した。「でも、グンノーラと一緒に備蓄品を確認しようと――」

「あとでいい。そうすればグンノーラも休憩できる」ストラウトン卿の言葉にメイドはにっこりして、女主人のとがめる視線をものともせずに部屋をあとにした。

「だけど、アヴェリンはどうするの？　わたしは――」

「アヴェリンはどこへも行かない。ここにいる。まだ出ていくわけじゃないんだから」彼は妻の抗議を封じて、階段へとさらに促した。

「本当に行くことになればの話だけど」

くすくす笑いながら背後からささやかれ、アヴェリンはぎくりとした。ルニルダがすばやく腕をつかんで支えてくれたおかげで、架台式テーブルからよろけて落ちずにすんだ。

アヴェリンはメイドに小声で礼を言い、慎重に振り向いた。

ユーニスだ。

ユーニスはいつもの意地の悪い表情で、新しいドレスに身を包んだアヴェリンをあざけるように見ていた。「ねえ、どう思う、ステイシー？」

アヴェリンはユーニスと一緒にいるふたりの男性に視線を移した。ユーニスの男きょうだいで双子のヒューゴとステイシウスが、おそろいのパグ犬そっくりの顔に人を小ばかにした笑みを浮かべている。三人はアヴェリンが二階へ向かう両親に気を取られているあいだに部屋へ入ってきたのだろう。

しかたがないとアヴェリンは沈んだ気持ちで考えた。神は彼女に愛情に満ちあふれた両親を授けた代償として、この世界で最悪のいとこたちを与えた。アヴェリンにみじめな思いをさせるために存在しているような三人は、あらゆる機会をとらえて彼女の欠点をあげつらう。十年ほど前にスコットランドとの国境付近にあるユーニスたちの城が襲撃され、夫を失って三人の子とともに残されたおばが唯一の伝手《つて》であるストラウトン家を頼ってきたのだ。それ以来、三人はいやがらせを続けていて、アヴェリンにとって彼らは常に悩みの種だった。

「そうだな」ステイシウスが長椅子に乱暴に腰をおろし、背もたれに頭を預けてつぶれた鼻越しに新しいドレス姿のアヴェリンをじろじろ見た。「婚約者がこんなでぶになってると知ったら、ジャーヴィルは婚約を解消してさっさと逃げだすだろうな」

「アヴィ、残念だけどわたしもそう思うわ」ステイシウスの言葉にびくりとしたアヴェリンに、ユーニスがわざとらしく同情を寄せる。「そのドレスを着ていると、巨大なブルーベリーみたいね。言っておくけど、色のせいじゃないわよ。赤いドレスなら巨大なサクランボみたいだし、茶色なら――」

「それ以上言わなくてもよくわかったわ、ユーニス」アヴェリンは、ユーニスとヒューゴがステイシウスと並んで座るのを見ながら言い、彼らの存在を無視しようとした。両親に褒められて高揚し、あたたかくなっていた心が冷えてこわばっていく。もはや自分がきれいだとは感じられず、太りすぎの野暮ったい女としか思えない。実際そうだ。ありのままの自分を受け入れてくれる両親がそばで無条件の愛を注いでくれているときだけは、アヴェリンはその事実を忘れられる。だがユーニスとヒューゴとステイシウスは隙を見てはアヴェリンにすり寄ってきて、現実を思い知らせてくる。

「ぼくは昔からブルーベリーが好きだよ。かわいらしいし、おいしいからね」

険しい声にアヴェリンが振り返ると、兄のウォリンが大広間に入ってきて扉を閉めるところだった。ウォリンがいつからいたのかわからないが、いとこをにらみつけている様子からすると、アヴェリンとのやり取りを聞いていたのだろう。ユーニスたちがあわてて立ちあがり、厨房《ちゅうぼう》へ続く扉に向かって逃げだしても、アヴェリンは気の毒だとは思わなかった。

ウォリンが怒りのこもった目で三人を見送り、うなだれている妹に向き直る。「やつらにいいように言わせておくな。おまえはブルーベリーみたいなんかじゃない。きれいだよ、アヴィ。お姫さまみたいだ」

励ますように手を握ってくる兄に、アヴェリンは懸命に笑みを向けた。「ありがとう、お兄さま」

心配そうな表情から、ウォリンが彼女の言葉に納得していないのがわかる。やさしい兄は妹をさらに褒めようかと思案している様子だったが、結局それ以上言わずにため息をついた。「父上がどこにいるか、知らないか?」

「お母さまと一緒に二階へあがったわ」両親の様子を思いだすと少し元気が出て、アヴェリンはつけ加えた。「わたしがいなくなる悲しみからお母さまの気持ちをそらす方法がないか話しあいに行ったのよ」

ウォリンが眉をあげてにやりとし、出口へと向きを変えた。「じゃあ、ふたりがおりてきたら、父上にぼくが話したがっていたと伝えてくれ。ぼくは鍛錬場にいる」

「わかったわ」アヴェリンは兄を見送り、ルニルダを見おろした。メイドはアヴェリンのドレスをあちこち引っ張って、体に合っているかどうか確認している。「ルニルダ、あなたはどう思う？」

「肩をもう少々詰めたらいいかと。少し緩みがありますから」

アヴェリンは懸命に首をひねってそこを確かめようとしたが、近すぎてよく見えなかった。それよりも豊満すぎる胸や丸みを帯びた腹部、青いドレスの下で張りだしすぎている腰のほうが気になる。ブルーベリーみたいだというユーニスの言葉を思い起こし、あれほど熱心に選んでとても気に入っていた生地が急に色あせて感じられた。巨大なブルーベリーみたいな体から、頭が果柄のように突きだしている自分の姿が頭に浮かぶ。

もはや喜びをもたらしてくれなくなった生地をアヴェリンは指でつまんだ。生地自体は美しい。けれども生地がどれほど美しくても、とうが立った太りすぎのメンドリを白鳥に変えることはできない。

「お嬢さま、肩をお詰めしてよろしいですか？」ルニルダが確認する。

「ええ、お願い」アヴェリンは生地から手を離すと、決意を固めて胸を張った。「ウエストもね。緩みがある部分は全部詰めて」

ルニルダが目をみはる。「ウエストもですか？　でもウエストはぴったりですよ」

「今はね」アヴェリンは同意した。「だけど結婚式までにはそうではなくなるから。これから少なくとも六キロ、できればその二倍は痩せてみせるわ」

「まあ、お嬢さま」ルニルダが心配そうな声を出す。「それはあんまりいい考えとは――」

「いいえ、もう決めたの」アヴェリンはきっぱりと言い、決然とした笑みを浮かべて架台式テーブルの上から長椅子におり、床に立った。「結婚式までに十二キロ痩せる。一生に一度くらい、ほっそりと美しく……優雅に見せたいもの。そしてペーン・ド・ジャーヴィルに、わたしを妻にできて誇らしいと思ってもらうのよ」

1

「妙だな」

「何が？」レディ・クリスティーナ・ジャーヴィルは驚いてテーブルの上の皿から視線をあげた。自分と夫のあいだに座っている息子に向けた目が、やさしい光を帯びる。長く伸ばした黒髪を首の後ろでひとつに束ね、きれいにひげを剃《そ》ったペーン・ジャーヴィルは、彼女がこのよき日のために作った緑色の腰の下まである上衣《チュニック》を着ていた。その姿は自身の父親が結婚したときとそっくりだった。ハンサムで力強く、それに不機嫌そうだ。彼女はおかしく思ったが、息子の言葉を思いだしてもう一度問いかけた。

「いったい何が妙なの？」

「この状況ですよ」ペーンはたくさんの架台式テーブルのまわりに座っている人々を示した。そこにはストラウトン卿夫妻を始め、花嫁の親族が顔をそろえているが、ひとりだけ欠けている。彼にとって一番重要な人物が。「ぼくの花嫁はどこにいるんだろう？　この場に彼女がいないなんておかしいじゃありませんか。昨日の夜に着いたときもいなかったし。絶対に変です」

レディ・ジャーヴィルは、息子の言葉を聞いてストラウトン卿との会話を中断して振り向いた夫と笑みを交わした。

「変なことなどない」ウィマーク・ジャーヴィル卿が息子をなだめた。「きっと、なんていうか……身だしなみを整えるのに時間がかかっているんだろう。女性とはそういうものだ。いつだってもったいをつけて登場する」そう言ったとたん、不快そうに眉をひそめた妻の顔を視界の端でとらえ、咳払いをした。女性をひとくくりにしてけなす発言をしたことを視線で詫《わ》び、先を続ける。「とにかく心配する必要はない。前にも言ったが、結婚前の花嫁は不安に陥りやすい。それで普段とは少し様子が変わってしまう」

ジャーヴィル卿が励ますように息子を肘でつつき、発言を締めくくる。ところが父はそっと押しただけのつもりなのだろうが、大柄な息子は危うく長椅子の上でひっくり返りそうになった。しかし父の荒っぽい愛情表現に慣れていたペーンはすんでのところでテーブルの端をつかみ、床のイグサの上にみっともなく転げ落ちる不名誉を免れた。

彼はぶつぶつこぼしながら座り直し、うわの空でチーズをかじった。花嫁がいつおりてくるかわからないので、視線は階段に据えている。父の言っていることは正しいし、自分がいつになく神経質になっているのはわかっていたが、その理由は不明だ。気がついたらそうなっていた。ここに来るまではそんな気配もなく、不安のかけらさえ感じていなかったのに。婚約者のもとへ行き、彼女を妻にする。それしか頭になかった。

たしかにこうして妻を娶《めと》りに行くのは初めての経験だが、新しい従者を迎えるのとたいして変わらない。それも今回の旅の目的のひとつだ。結婚式を挙げたあとは二、三日ストラウトン城に滞在し、ジャーヴィル城へ戻る。その途中で新しい従者の少年を迎えに行くという単純な計画で、心を乱す要素はどこにもなかった。

とにかく昨日まではそうだったのだが、朝になるとそんなふうには思えなくなっていた。妻を娶るのは馬を買うのとはまったく違うことなのかもしれないと突然気づいたのだ。馬は買ってもベッドをともにするわけではないし、命が続く限り一緒に暮らす必要もない。だが人生が幸運なものとなるか不運なものとなるかは、妻次第だ。馬は気に入らなければいつでも売り払えるものの、妻はどれだけひどい女でもそんなわけにはいかない。

何より、ペーンはまだ未来の妻を目にしていなかった。彼女に避けられているとしか思えない状況にありながら、いい予感がするはずもなかった。

「もうちょっとお腹《なか》をへこませてください」

「無理よ、ルニルダ。もう精いっぱいやっているわ」アヴェリンは息を吐ききったところでなんとか言ったが、結局息を吸い直さなければならなかった。「あとどれくらいだった？」

ルニルダがためらったのが答えだ。アヴェリンは打ちのめされ、ため息をもらした。

「これ以上やっても無駄よ。このドレスは着られないって、あなたにもわたしにもよくわかっている。とりあえず着られたとしても、きっと縫い目から裂けてしまうわ」

「申し訳ありません。わたしが縮めすぎたんです」アヴェリンの前であらゆる角度からドレスを見ていたルニルダが、罪悪感に満ちた表情で謝る。

「あなたの責任じゃないわ。わたしが頼んだんですもの」アヴェリンはベッドの端に座り、どうすればいいか考えを巡らせた。だが選択肢はほとんどない。二週間で十二キロは減らせなかった。それどころか必死で頑張ったにもかかわらず、おそらく体重は〇・五から一キロ増えているに違いない。ルニルダと一緒にあれほど丁寧に試着を繰り返して仕上げたこの美しい青のドレスが、今の体に合うわけがない。

明るい面を見れば、結婚式の日に巨大なブルーベリーに見えるのではないかと心配する必要はもはやない。けれども残念ながらそれは、ブルーベリーの代わりに巨大なサクランボか、あるいは——。

「もしかしたら、縮めた部分をもう一度広げられるかもしれません」ルニルダが自信なさげに提案したが、それは不可能だとアヴェリンにはわかっていた。なんとしても体重を減らす気でいたため、余分な生地は切り取ってしまうよう自らが主張したのだ。なんて愚かだったのだろう。

もう少し前に試着していれば、何か手が打てたかもしれない。でも、そうしなかった。準備することが山ほどあったし、招待客が次々に到着して、ドレスをひとまわり細くするよう頼んだことなど忘れていた。本当に自分でもあきれる。

自己憐憫《れんびん》のどん底に落ちそうなのを必死にこらえ、立ちあがってドレスを脱ぎはじめた。

「こうなったら、赤いドレスにするしかないわね。最近では一番着ていないから」あまり着ていなかった理由を考えないようにしながら、アヴェリンは言った。赤いドレスを着ると顔がつやつやと血色よく見えてしまうという残念な効果について、ここで騒ぎ立ててもしかたがない。

幸い、ルニルダはそのへんをちゃんとわきまえていて、肩を落としてささやいただけだった。「ああ、お嬢さま」

年若いメイドが声を震わせるのを聞いて、アヴェリンは背筋を伸ばした。「さあ、さっさと着替えてしまいましょう。泣いてはだめよ、ルニルダ。あなたが泣いたら、わたしも泣いてしまうから」

威厳を持って冷静にこの事態に立ち向かおうと決意して、悲劇的な表情を浮かべているルニルダに背を向けた。絶対に泣くものか。ペーン・ジャーヴィル卿が自分を見て結婚を取りやめても、顎をあげて毅然《きぜん》と受けとめるのだ。

アヴェリンは蓋付きの収納箱まで歩いていき、問題の赤いドレスを取りだした。やわらかい生地に触れて、口をゆがめる。行商人が荷馬車から出してきたとき、これほど美しい生地はないと感嘆した。すっきりとした形のドレスに仕立てたこの生地が自らの体を愛撫《あいぶ》するように包むさまを想像し、優雅でほっそりした自分の姿にうっとりした。初めてドレスを着たときも、すっかり美しくなった気分で階下に向かった。

ところが夕食の席ではヒューーゴとステイシウスとユーニスが待ち構えていて、アヴェリンの幻想を木っ端みじんに打ち砕いた。彼らの辛辣な感想と残酷な言葉はアヴェリンの自尊心を完膚なきまでに破壊し、新しいドレスをまとった喜びを奪った。このときから、彼女は自分を太りすぎた不格好な女としか思えなくなった。赤がアヴェリンの顔色に及ぼす効果に気づいて指摘したのはユーニスで、それを聞いてヒューゴは笑った。巨大なサクランボみたいな体にばかり目が行くから、顔色には気づかなかったと言って。

それきりアヴェリンは二度とこのドレスを着なかった。そして今、新品同様のこのドレスで結婚式に臨もうとしている。

ペーン・ジャーヴィルがサクランボ好きだという可能性もあると自虐的に考えながら、ドレスを強く振って広げた。

服のほとんどはジャーヴィル城に持っていくために荷造りされている。そのせいでこのドレスも折り皺《じわ》ができていてアヴェリンは顔をしかめたが、すぐに小さく肩をすくめた。みんな太いウエストに目を引かれ、皺には気づきもしないだろう。

このドレスがどれほど気に入らないか考えないようにしながらルニルダに着せてもらっていると、突然寝室の扉が開いた。

「アヴェリン！」母だった。「まだドレスを着ていないの？ 式の前に会いたいって、ペーンが待っているのに」

「彼はどんな感じ？」足早に近づいてきた母にアヴェリンはきいた。新郎新婦が少しでも知りあう時間を取れるよう、ジャーヴィル家の人々は昨日の早い時間にストラウトン城に着く予定だった。ところがいつまで経《た》っても彼らは現れず、客のほとんどが到着した頃になって、荷馬車の一台に不具合があり、到着が遅れると伝える使者が来た。ようやくジャーヴィル家の人々が着いたときには、アヴェリンはすでにベッドに入っていた。

正直に言うと、彼女は婚約者に姿を見せなければならないときを先延ばしできて、ほっとしていた。アヴェリンを見たら婚約者はきっと逃げだすといういとこの言葉がこの二週間、頭にこびりついて離れなかったのだ。そうなるかもしれないと思うたびに、不安で吐き気がした。

「とてもすてきな人よ」母が断言した。「若い頃のあなたのお父さまにどことなく似ているわ。さあ、早く青いドレスに着替えなさい」

アヴェリンは懸命に笑みを作った。「このドレスを着ることにしたの」

「なんですって？」レディ・ストラウトンは固まり、衝撃を受けた表情でアヴェリンの体に視線を走らせた。「何を言っているの！　どうして？　青いドレスは最高に似合っていたのに。それにこれは皺だらけよ」口を引き結んで首を振る。「だめよ、青いドレスにしなさい」

「入らないのよ」青いドレスを持って近づいてくる母に、アヴェリンは白状した。

「そんなはずがないでしょう? ほんの二週間前にこれを着たあなたを見たんですもの。ぴったりだったわ。本当にきれいだった」

アヴェリンは母の褒め言葉に対する疑念を顔に浮かべずにいられなかったが、口にはしなかった。「ルニルダに言って、余分な生地を切り落としてひとまわり細くしてもらったの。今日までに体重を落とすつもりだったから。でも――」

「まあ、アヴェリン!」レディ・ストラウトンが失望もあらわに手をおろしたので、美しいドレスがイグサを敷いた床にだらりと垂れさがった。アヴェリンは恥じ入って背を向けようとしたが、母は彼女の腕をつかんで止め、愛情をこめて抱きしめた。

「ああ、アヴェリン、体形なんか気にしなくていいのに。あなたはそのままできれいなのよ。どうして気に病んだりするの?」

「自分が巨大な牛みたいだってわかっているから。そんな自分を変えたいの」

母が鋭い声で罵りの言葉を吐いて手を放したので、アヴェリンは驚いた。後ろにさがって母を見ると、あらわな感情に唇をゆがめ、目に怒りを浮かべている。「ヒューゴとステイシウスとユーニスをどこかにやってしまうべきね。もう本当に! あの子たちのせいだとわかっているのよ。あの三人ときたら……」レディ・ストラウトンは口をつぐんだ。内心の葛藤を懸命に抑えているのが表情を見ればわかる。母はやっとのことで気持ちを落ち着けると、かぶりを振った。「気にしないで。あなたは牛なんかじゃないわ、アヴェリン。ふくよかなところが魅力的なのよ。男性はそういう女性が好きなの」

アヴェリンは鼻を鳴らしたが、母は娘の反応を無視した。

「とにかく、この赤いドレスはだめ。皺がついているんですもの」レディ・ストラウトンは力なく垂れさがっている青いドレスに目を向けた。「いい考えがあるわ。でも急がなくては。みんな、いつでも教会に向かえる状態であなたを待っているのよ。さあ、赤いドレスを脱いで」娘に指示すると、ルニルダに向き直った。「グンノーラのところに行って、行商人から買った白いリネンの布を探して持ってくるよう伝えて」

「どうするつもりなの、お母さま?」赤いドレスを脱ぎながらも、アヴェリンは気が気でなかった。

「あなたを布で絞りあげるの」母がきっぱりと言う。

アヴェリンは不安に目を見開いた。「絞りあげる?」

「ええ。これ以上ドレスを変えられないなら、あなたの体を変えるしかないでしょう？」

「大丈夫かしら」アヴェリンはそれがいい考えなのかどうか確信が持てずに息を吐いた。

しばらくして、やはりいい考えではなかったと確信した。ルニルダにつかまって必死に体を支えているアヴェリンを、母とグンノーラが全力で締めあげている。

「あとどれくらい？　もうかなりきついわ」アヴェリンは息を切らし、ルニルダの肩に指を食いこませた。メイドが心配しながらも励ますような表情を浮かべ、アヴェリンの背後で作業にあたっているレディ・ストラウトンとグンノーラの様子を、横に身を乗りだしてうかがう。けれどもアヴェリンには見なくてもわかった。ふたりが自分のウエストをすさまじい力で引き絞っているのを体で感じる。リネンの布がぎりりとぎりりと体に食いこんでくるのを……。

「苦しいのはわかるわ。でも、ほんのしばらくのあいだだから」母は娘をなだめ、メイドを鼓舞した。「もっときつくよ、グンノーラ。あともう少し」

ウエストへの締めつけは耐えがたいほどで、アヴェリンはうめいた。おさまりきらなくなった内臓が体のなかで移動している。その移動した内臓が肺を圧迫し、呼吸が苦しい。ようやく母が終わりを宣言したときには、ほっとして意識が遠のきそうになった。

「いいわ！　充分よ。端を結びましょう」

「だめです、結び目が表からわかってしまいます」グンノーラが反対する。

「たしかにそうね。じゃあ、縫うしかないわ」母がため息をついた。「わたしが押さえているから、あなたが縫ってちょうだい。だけど、グンノーラ、急いで。もう手がつりそう。いつまでもつかわからないわ」

「承知しました」

アヴェリンは頭に霧がかかったようなぼんやりした状態で、ふたりの会話を聞いていた。一度にほんの少しずつしか息が吸えない。めまいがして思わずうめき、ルニルダの肩に顔を伏せて懸命に意識を保つ。

「できました！」グンノーラの声で、アヴェリンはわれに返った。

「ああ、よかった！　もう手がもたないところだったわ」レディ・ストラウトンがこぼす。「じゃあ、ドレスを着せましょう。完璧ね」

母の言った〝完璧〟という言葉は、ドレスをきちんと着られたことを意味しているのだろうとアヴェリンは思ったが、ルニルダにもたれていた体を引っ張られて振り向かされるまで、確信は持てなかった。顔をあげ、前に立つ母とグンノーラになんとか笑みを向ける。

「まあ」レディ・ストラウトンが感嘆の声をあげた。

「はい」グンノーラが同意し、ふたりが視線でたたえあう。

「とてもきれいよ。本当に」レディ・ストラウトンがアヴェリンの腕を取り、出口へと促した。「さあ、わたしたちを捜しに誰かが来る前に下へ行きましょう」

アヴェリンは部屋の出口までどうにか半分ほど進んだが、足取りがどんどん重くなり、とうとう立ちどまって息をつかざるをえなくなった。

「どうしたの?」レディ・ストラウトンがきく。

「なんでも……ないわ。ただちょっと……息が切れた……だけ」アヴェリンは押しつぶされている肺に空気を送りこもうとしながら、笑みを作った。「ひと息……入れ……させて」

レディ・ストラウトンは心配そうな視線をメイドと交わした。「わかったわ。ひと息入れたら下へ行って、あなたを婚約者に紹介しましょう。それから教会まで歩いていけばいいわ」

アヴェリンは教会までの道のりを思い浮かべただけで不安に駆られ、なんとか肺に送りこんだわずかな空気が抜けてしまった。ただ階段をおりればいいだけではない。

礼拝堂まで歩いていかなければならないのだ。教会を遠いと感じたことなどないけれど、今は何キロもあるかに思える。充分な空気を肺に送りこめないのに、そんなに歩けるはずがない。部屋を横切っただけで体がふらついて気絶しそうになっているのだから、教会までなんて絶対に無理だ。

「そんなに歩けそうにないの」みんなを失望させるとわかっていたが、アヴェリンはそう言うしかなかった。

「どうしましょう。赤かった顔が白くなっているわ。布を少しだけ緩めたほうがいいかもしれない」

「それはできません。縫いつけてしまいましたから」グンノーラが言う。

追いつめられた表情の母を見て、アヴェリンは懸命に体を起こした。「ゆっくりなら行けるかもしれない」

「そうね」母がほっとした表情になる。「ゆっくり歩くほうがしとやかに見えるし。じゃあ、頑張って行きましょう。今度はもっとゆっくりね」

アヴェリンは重い足を一歩ずつ進めた。けれども渾身《こんしん》の力を振り絞ったために、頬からさらに血の気が引き、顔が冷たくなったのを感じると同時に部屋がぐらりと傾いてまわりだした。

「だめよ、うまくいかないわ」レディ・ストラウトンが沈んだ声で言い、アヴェリンの腕をつかんで止めた。しばらく考えこんだあと、心を決めた様子でメイドを振り返る。「グンノーラ、急いでウォリンと夫を連れてきて」

「わかりました」

グンノーラが出ていくと、レディ・ストラウトンは娘に注意を戻した。足元がふらついているのを見て眉をひそめ、収納箱の前まで何歩か横に移動させる。「そこに座っていなさい」

「無理よ」母に押されたためにおぼつかなくなった足元を立て直そうともがきながら、アヴェリンはぜいぜいと息をついた。「座るなんて無理！　もっとひどくなるわ。お願い！　空気がいるの。空気が……」

レディ・ストラウトンが恐怖に目をみはる。「顔が青くなっているわ！　ルニルダ！　急いで窓を開けて！」アヴェリンの腕を自分の肩にかけ、娘を引きずって歩きだす。ルニルダがあわてて窓辺に走り、鎧戸《よろいど》を開けた。

その日は風が強く、すぐさま空気が室内に流れこんできた。風がベッドの天蓋を吹きあげるなか、アヴェリンは窓台にもたれた。吹きつける風に、ルニルダがまとめてくれた髪からほつれ毛が落ちる。しかしアヴェリンにそんなことを気にしている余裕はなかった。顔を叩《たた》く冷たい風に意識を集中し、もたらされる新鮮な刺激を味わう。そしてほんのわずかしか隙間のない肺に少しでも多く空気を送りこもうと、風に向かって口を開いた。

「いったい何が起こっているんだ？」

扉が勢いよく開いて大声が響き、三人はびくりと体をこわばらせた。アヴェリンが振り返ると、荒々しい足取りで近づいてくる父と、その後ろから心配そうな顔をしてついてくるウォリンの姿が見える。

「マージェリア？　どうしてなかなかおりてこないんだ？　アヴェリンが現れないと思っていたらきみも消えていて、そうしたらグンノーラが……」父がアヴェリンの青ざめた顔を見て口をつぐんだ。興奮を消し、娘に対する懸念を浮かべて駆け寄る。

「アヴェリン？　顔が真っ青じゃないか。いったい何が起こっている？」

「大丈夫よ。これは……」レディ・ストラウトンは説明しようとしたが、アヴェリンに小刻みに震える指で腕をつかまれ、言葉を切った。

「ちょっと緊張してしまっただけよ」アヴェリンは母の言葉を引き取ってあえぐように言い、息を継ぐために休んだ。息苦しさからだけでなく、両親への思いから涙がこみあげる。「結婚して、生まれ育った家を出ていくんですもの。お父さまとお母さまが恋しくなるわ……」

ストラウトン卿にきつく抱きしめられ、アヴェリンは苦しさにうめいた。「わたしたちも寂しくてたまらないよ。おまえはわたしたちの人生を照らしてくれる明るい光だった。だが、これからもなるべくおまえを訪ねていくつもりだし……おかしいな。痩せたんじゃないか？　抱いた感じがいつもより細い」

アヴェリンは苦しさのあまり、あえぐことしかできなかった。ストラウトン卿のチュニックをつかみ、父の肩に押しつけられた顔をあげて空気を吸おうとする。鼻と口は無理だったものの、なんとか肩から離せた目を見開き、母に窮状を訴えた。

「その子を放して、ウィルハム！　あなたのせいで窒息してしまう！」レディ・ストラウトンが叫んだ。

瞬時に解放されたアヴェリンはそのまま後ろを向いて窓台に倒れこみ、顔に叩きつけられる風を懸命に吸った。

「ちょっと緊張しただけって本当か？　まったく大丈夫そうには見えないけど」ウォリンが言う。

「ええ、本当に緊張しているだけ」レディ・ストラウトンはきっぱりと言って息を吸った。アヴェリンは母が肺にたっぷりと空気を取りこむ音を聞き、そうできない自分の苦しさに思わずうめいた。母が先を続ける。「だけど、この状態では教会まで歩いていくのは無理よ。ウィルハム、みんなを教会に連れていって。それからウォリン、あなたにはアヴェリンを馬に乗せて連れていってほしいの」

「馬に乗せて連れていく？」男性ふたりが声をそろえる。

「だけど馬屋まで往復するより、教会のほうが近いじゃないですか」ウォリンが抗議する。

「そうだ、ジャーヴィルに病気だと思われてしまうぞ。あるいは――」

「宮廷では花嫁を軍馬に乗せていくのがロマンティックだとされていると、あなたが説明すれば平気よ」レディ・ストラウトンは辛抱強く説明した。「流行に敏感な高位の貴族の花嫁は誰もがそうしていると言うのもいいわね」

そう聞いて、ストラウトン卿が目をしばたたく。「本当にそうなのか？」

「わたしが知っているわけがないでしょう？　あなたは宮廷嫌いで、わたしをロンドンに連れていってくれないんですもの」レディ・ストラウトンが怒りをぶちまける。

「そうか。では、それは嘘《うそ》なんだな」ストラウトン卿が理解してうなずく。

「ええ」

「わかった」ストラウトン卿はにやりとして寝室から出ていった。

「あとでウィルハムから見返りを求められるわ」母が小声でこぼす。

そう言いつつも、レディ・ストラウトンはほとんど気にしていない様子だった。それどころか廊下に出て扉を閉める夫を見送る姿は、どう見ても期待に身を震わせていた。

レディ・ストラウトンは息子に向き直った。「さあ、馬を連れてきて。玄関の前よ」息子がうなずいて任務を果たしに向かうと、母はアヴェリンに注意を戻した。「じゃあ……あら、少し顔色がよくなったみたい！」驚いて叫ぶ。

アヴェリンは笑みを浮かべた。「慣れてきたんじゃないかしら。あまり動きまわらずじっとしていたら大丈夫だと思うわ」一歩ずつ慎重に足を進めた。

「ウォリンが馬を連れて戻ってくるまで、休んでいたほうがいいんじゃないの？」娘がいきなり崩れ落ちたら受けとめようと、母が不安そうに手を添える。

「馬からおりたあと、夫のところまでちゃんと歩いていけるかどうか、確かめなければならないでしょう？」アヴェリンは指摘すると、こわごわと手を伸ばしている母とグンノーラとルニルダとともにさらに進んだ。けれどもほんの二、三歩で、ふたたび部屋がまわりだした。歩きだすなりめまいを起こしたのは、しゃべって空気を無駄に使ったせいだろう。話すか歩くか、どちらかにしなければならない。そして今、重要なのは歩くことだ。アヴェリンはほんの少しだけ立ちどまってめまいがおさまるのを待ち、すぐにまた歩きはじめた。ようやく扉の前まで来ると、アヴェリン以外の全員が安堵《あんど》の息を吐いた。

アヴェリンは戸枠に寄りかかって休んだあと、心配そうに見守っているみんなに笑みを向け、扉を開けた。廊下に出てから、ふたたび立ちどまる。

あとはこの長く……果てしなく続くかに思える廊下を進み、階段をおりればいいだけだ。階段を一歩一歩おりていくことを思うと弱気な声がもれそうになったが、アヴェリンは唇を引き結び、背筋を伸ばして前進した。母とグンノーラが両脇に来て腕を取ってくれたので、ほっとする。ルニルダは背後に寄り添い、両手で背中を支えてくれた。けれどもほとんど三人に運ばれているのに、アヴェリンはしょっちゅう休んで肺にわずかな空気を入れ、頭をはっきりさせなければならなかった。

そうやって彼女が何度目かの休憩をしていると、ウォリンが階段の下に現れた。

「どうしてこんなに時間がかかっているんだ。ずっと待っていたのに……」四人の前まで来ると、兄は気遣わしげな表情になった。「ただの緊張じゃないな。なんてことだ。今にも気絶しそうじゃないか」アヴェリンが死んでも明かしたくない答えを求め、女性たちの顔を順に見まわす。

結局アヴェリンは屈辱的な説明を自分ですべきだと覚悟を決め、身を縮めたり赤くなったり口ごもったりしないよう懸命に自らを抑えながら、なるべく簡潔に事情を打ち明けた。ウォリンはただうなっただけだったので、アヴェリンはほっとした。

「とにかく馬まで行くのに助けが必要だ。それじゃあいつまで経っても教会に行き着けない」

ウォリンはアヴェリンを抱きあげて運ぼうとして失敗した。きつく布が巻かれている体は腰から上がほうきの柄のように硬くこわばっていて、折り曲げられなかった。そんな状態で抱きあげて運ぶなど無理な話だ。アヴェリンが結局歩いて階段をおりるしかないのかと絶望しかけたとき、ウォリンが彼女の前に来てしゃがみこんだ。彼女の腿に両腕を巻きつけ、うめき声とともに立ちあがる。

アヴェリンは悲鳴というより金切り声をあげ、あわてて兄の頭と肩につかまった。

「何をするの？」

「じっとしていろ、アヴィ。ただでさえバランスが取りにくいんだから」ウォリンがぶっきらぼうに警告する。

アヴェリンは動きを止めた。これほど酸素が不足していなかったら、きっと息をするのもやめていただろう。そして兄が階段をおりるあいだずっと心のなかで祈り、無事に下まで着いたときには安堵のあまり泣きだしそうになった。

ウォリンは母とメイドふたりを従えてアヴェリンを外に運びだし、馬の前まで来てためらった。妹を腕に抱えたまま振り向いて、母に問いかける。「体を曲げられないのに、どうやって馬に乗せればいいんだろう。腰を折らないと座れない」

全員が当然のことに気づいて驚愕《きょうがく》し、沈黙した。レディ・ストラウトンが前に出る。「ウォリン、アヴェリンをおろしてナイフを貸してちょうだい。あなたはちょっと後ろを向いていて」

「どうするつもりなの？」アヴェリンは兄におろされながら、不安の声をあげた。

「背中を向けなさい」母は命じたあと、待ちきれずに娘の体をまわし、ドレスの背中を締めている紐《ひも》をほどきはじめた。「巻きつけた布の下のほうを、少しだけ切り開くのよ。馬に座れる程度に」

「でも……」アヴェリンは布が切られるのを感じて、抗議の声をのみこんだ。切れ目を入れられたのはヒップにかかっている部分で、肺への締めつけは変わらなかったが、それでも体への圧迫感がわずかでも緩むのは至福の喜びだった。ほんの少しでもこうなのだから、布を全部取り去ったらどれほどすばらしいだろう。そのときのことをアヴェリンは待ちきれない思いで想像した。

2

どうしよう、巻きつけた布が裂けてきている！

最初のうち、アヴェリンは気づいていなかった。ただ礼拝堂までの道のりも半ばに来たところで、苦しかったのがなんとなく少し楽になってきたと感じただけだ。しかも本来なら今頃はすでに礼拝堂に到着し、式も途中まで進行していたはずだった。だが母があることを思いついたために、予定が遅れた。グンノーラとルニルダと母の三人でバスケットに詰めた花を撒《ま》きながらアヴェリンの乗った馬を先導すれば、このうえなくロマンティックな演出になる。そう思いこんだ母はメイドを連れていつも丹精している庭に花を摘みに行き、貴重な時間が失われた。

そのときはアヴェリンもすてきな考えかもしれないと思ってしまった。でも締めつけがわずかずつとはいえ着実に緩みつつある今、その原因は布に入れた切れ目が広がっていること以外に考えられず、母の思いつきは最悪だったと言わざるをえない状況になっていた。

「どうした？　またそんなに体をこわばらせて」自分の前で背筋を伸ばして身を硬くしている妹に、ウォリンがきく。礼拝堂へと向かうあいだ、アヴェリンはずっと緊張した姿勢を保っていたが、今はさらにかちこちに固まっていた。さっきまで浅く繰り返していた呼吸も完全に止め、死に物狂いでなんとか体を縮めようとしている。「アヴィ？」

「急いで」アヴェリンはなんとか声を出した。

「急ぐ？　だが……」ウォリンは馬の前を歩いている母とメイドふたりに目をやった。ふたたびアヴェリンに視線を戻し、急に心配そうに顔をゆがめる。「いったいその顔はどうしたんだ、アヴィ？　真っ赤だし、妙にむくんでいるぞ」

アヴェリンは巻きつけた布がさらに裂けないように止めていた息を吐き、切羽詰まった声でささやいた。「顔なんかどうでもいいわ。巻きつけた布が裂けてきているのよ。馬からおりないと。今すぐ」

幸い、ウォリンがそれ以上何もきかずにすぐさま母を呼び寄せたので、アヴェリンはほっとした。兄は問題を説明し、進行を早めるよう母に告げている。レディ・ストラウトンはうなずくと、あわててメイドたちのところに戻ってひそひそと相談し、今度は何倍もの速さで進みはじめた。さっきまでの遅々とした歩みに代わって、今や小走りとも言える足取りだ。必死に花を撒きながら進む三人に遅れないよう、ウォリンも馬を促した。

しかし数メートル進んだところで、アヴェリンは締めつけが急激に緩むのを感じた。今回はドレスの下から布の裂ける音が響き、ウォリンもそれを聞きつけた。

「もっと速く」兄は抑えた声で三人に呼びかけたが、布の裂ける音がまたしても響くと、ひそめた声のまま鋭く言った。「急いで！」

レディ・ストラウトンがうろたえて振り向き、息子が馬の速度をあげるのを見て飛びのいた。三人は花を投げ捨て、馬のあとを追って走りだした。ようやくウォリンが馬を止めると、アヴェリンだけでなく一緒に来た全員がほっとした。当然ながら、礼拝堂の前に集まった客たちが予期せぬ騒ぎに驚いた表情を向けている。

ウォリンが馬からおりて振り返ったときには、ふわふわしたスカートに身を包んだアヴェリンはすでに自分で滑りおりていた。裂け目がそれ以上広がらないよう、とにかく急いでいた。

それから体を硬くして、このまま行けそうか、それともブドウの実の皮のようにドレスがはじけてしまいそうか、慎重に気配を探った。

「大丈夫か?」ウォリンが心配そうにきいてくる。

「ええ、たぶん」アヴェリンは小声で返した。まだ思いきり息を吸えないことからして、巻きつけた布がとりあえず今も役割を果たしているのは明らかだ。

「なんともない?」母がやっと追いつき、息を切らして尋ねた。グンノーラとルニルダも後ろでぜいぜい息をついている。

「ええ、完全に裂けてはいないと思うわ。わたしは今、どんなふうに見える?」

母はアヴェリンを見つめると、手を伸ばして娘の頬をつねった。「ちょっと青白いわ。でもそれ以外はとてもきれいよ」

母が娘の顔色を少しでもよくしようとしているあいだ、アヴェリンはじっと立っていた。けれども頬に注意を向けられたことで、何年も前にヒューゴにばかにされた記憶がよみがえった。アヴェリンの頬はぽっちゃりしていて、木の実で頬をふくらませたリスみたいだと言われたのだ。ヒューゴはそのあと丸々一週間彼女につきまとい、〝やい、リスめ! おまえのほっぺたはリスそっくりだ〟とはやし立てた。そのことを思いだすと、無理やり細くした体に、前と変わらないぽっちゃりした頬をまだらに紅潮させている間抜けな自分の姿が頭に浮かんだ。

「これでいいわ。完璧よ。あとは歩いていける?」母が一歩さがり、励ますようにほほえむ。

アヴェリンは不安に駆られて振り返り、教会の入り口をあがる階段までの距離を測った。ウォリンにはもっと近くでおろしてもらいたかったが、慎重にゆっくり行けばなんとかなるだろう。

「ええ」アヴェリンはリスみたいに見えないように頰をへこませ、教会に向き直った。紅海が割れてモーゼの前に道ができたときのごとく、アヴェリンが通れるように客たちがふた手に分かれる。彼女はゆっくりと歩きはじめた。ところがほとんど動いていないくらいの遅々とした歩みなのに、二、三歩進んだだけで息があがって体がふらついた。

「なんてことだ、あの娘は魚みたいじゃないか！」衝撃を受けたウィマーク・ジャーヴィル卿は思わず声をあげ、妻に喉を肘で打たれてうめいた。「悪かった……しかし本当のことだぞ」悔しげに小声で言い、頭を振った。「婚姻契約をしたときの子どもの頃の彼女は、あんなふうに頰がすぼまって口をぱくぱくしていなかったと思うんだが、違ったか？」

「ええ」レディ・クリスティーナ・ジャーヴィルは少しずつ近づいてくる花嫁を見つ

めた。のろのろとしたつらそうな様子は、婚約者ではなく死に向かって歩んでいるかのようだ。レディ・ジャーヴィルは頬のこけたアヴェリンの顔を目を細めてじっと見たあと、体の力をかすかに抜いた。「あれはただ、頬を内側に吸いこんでいるだけだと思うわ」

「なんのためにそんなことを？」花嫁を見守っていたペーンが、ようやく会話に参加した。しかし彼はそれだけ言ったあと、母がどう答えるかは聞いてもいなかった。花嫁の様子が気になってしかたがなかった。気になったのは外見ではない。たしかに彼女の顔の下半分は、頬を内側に吸いこんでいるせいで魚っぽく見える。だがそれでも唇はふっくらとしてやわらかそうだし、鼻筋は通り、青い目は大きくて澄んでいた。結いあげたきれいな栗色《くりいろ》の髪から垂らされている巻き毛が、顔をやさしく縁取っている様子も好ましい。頬をわざと引っこめるのをやめたら、彼女はかなり魅力的なのではないだろうか。

ペーンが気になっているのは花嫁の外見ではなく、歩いている様子だ。彼女はあばらを折った兵士のように体をこわばらせ、信じられないほどゆっくり進んでいる。病人か虚弱者にしかありえない歩き方だ。そしてペーンが何よりも求めていないのは体の弱い花嫁だ。できれば長い人生で何度も訪れるであろう苦境に敢然と立ち向かえる強さと思いやりを持った、頑丈で健康な妻がいい。

だが今となっては、それはペーンがどうこうできることではない。もし彼女が病気だったり虚弱だったりするならできるだけ早く把握して、なんとかやっていくのが自分の務めだ。婚姻契約は子どもの頃にペーンの名前において結ばれており、名誉にかけて守る以外の道はない。

ペーンは父につつかれ、婚約者が自分の横まで来ていることに気づいた。彼は手順どおりに牧師のほうを向かないまま、沈んだ気持ちで彼女をぼうっと見ていた。そして父からさらに強くつつかれてよろめきながら、うなるように花嫁に挨拶して笑みを作った。

ペーン・ド・ジャーヴィルに笑みを向けられた瞬間、アヴェリンは目をつぶってすぐにまた開き、心のなかで神に感謝の祈りを捧《ささ》げた。ペーンの横に着いたときには、懸命に耐えている締めつけも頬の吸いこみもすべて無駄な努力だったと判明するのではないかという恐怖でいっぱいだった。ユーニスたちが言っていたとおり、婚約者に拒否されるに違いないと確信していた。

恐怖に耐えてきたことで気力を消耗し、脚に力が入らずぶるぶる震えている。アヴェリンはすぐには牧師のほうに向きを変えられず、黙って婚約者を見あげた。

ペーンのことをとてもすてきな人だと評した母の言葉は嘘ではなかった。たしかに彼はハンサムで力強い。けれどもアヴェリンが最初に気づいたのはその点ではなく、体の大きさだった。ペーンは並外れて背が高く、肩幅は背後に見える教会の扉の幅ほどもある。それにアヴェリンにとってハンサムであることより重要なのは、明らかに見て取れるやさしさだ。最初に彼女を見たとき、ペーンは失望を顔に出したものの、そのあと向けてくれた笑みはこの結婚を拒否するつもりはないと伝えている。自分をその場で拒絶しなかったやさしさだけで、アヴェリンはすでに彼に好意を抱きはじめていた。

そのとき牧師が咳払いをする音が聞こえ、アヴェリンは今の自分が置かれている状況を思いだした。牧師を見ると、どうやらアヴェリンが婚約者に見とれているうちに結婚式が始まり、今は彼女の返事を待っているらしい。

「ちゅかいます」頬を引っこめているためにはっきりしゃべれず、アヴェリンは赤くなった。頬の内側をそっと嚙《か》んでいなければならないので、しゃべるどころではない。でも誰も何も言わないので、彼女は懸命に体の力を抜いて不足している空気を取りこもうとした。ところが、ここにはその空気が充分にないようだ。まわりに集まっている人々が、自分から容赦なく空気を奪っている。アヴェリンは必死に息を吸おうとしながら、気がつくと婚約者の腕をつかみ、落ち着きなさいと自分に言い聞かせていた。けれども牧師の顔はゆらゆらと揺れ、彼の声は大きくなったかと思うと小さくなり、やがてまったく聞こえなくなった。アヴェリンはみじめな気持ちで考えた。どうしよう。まずいことになりそうな予感がする。

式が進むにつれ、花嫁の健康状態に対するペーンの懸念は高まっていった。少し前に、アヴェリンがペーンの腕をつかんできた。つかまれること自体は普通だが、すがりつくように握りしめられるのは普通ではない。そして長々と続く式の途中で、彼は花嫁の足元がおぼつかなくなってきていると確信した。ペーンの腕をつかむ手の力が増したからそう思ったのだが、ちらりと横を見ても彼女の体は揺れていない。しかしアヴェリンが誓いの言葉を繰り返す番になると、その声はほとんど聞き取れないほど弱々しかった。

ペーンは心配でならず、父に肘の下をつかまれて揺さぶられても、最初はそうされる理由がわからなかった。

「花嫁にキスを」牧師の言い方からは、これまでに何度も同じせりふを言ってきたことがわかる。

アヴェリンと向きあったペーンは、彼女の呼吸に眉をひそめた。まるであえいでいるかのような、浅くせわしない呼吸だ。それにひどく弱々しく見える。明らかにひ弱な花嫁とは短い結婚生活になるかもしれないと危惧しながら、ペーンは身をかがめ、目を閉じて彼女に唇を押しあてた。蜂蜜酒の味がする。それにやわらかくてあたたかい。ところが次の瞬間、アヴェリンの感触が消えた。

いっせいに息をのむ音に驚いたペーンは目を開き、くずおれる花嫁をぎりぎりのところで受けとめた。彼女は気を失っていた。

ペーンは意識のないアヴェリンを呆然《ぼうぜん》と見つめた。衝撃を受けながらも、彼女が思ったとおり、まずまずかわいらしいことに目を引かれる。いや、意識がなくなって頬を引っこめるのをやめた今、アヴェリンはまずまずどころではなくかわいらしかった。実際、顔色が真っ青なことを除けば美しいと言っていい。

「彼女はどうしたんだ?」

ペーンの父が不思議そうにきく。その声が引き金となって、人々の呪縛が解けた。誰も彼もがいっせいにしゃべりだすのと同時にアヴェリンの家族が駆け寄り、彼女を抱きとめているペーンのまわりに集まってきた。

「どうした？　娘は大丈夫なのか？」心配そうなストラウトン卿に大声で問いかけられ、ペーンはほっとした。アヴェリンはしょっちゅう気絶するわけではなく、家族にとっても意外な出来事らしいとわかったからだ。

「大丈夫よ」レディ・ストラウトンが請けあい、メイドを連れてアヴェリンの横に行って顔をあおぎはじめた。

「よければぼくが……」彼女の兄のウォリン・ストラウトンがアヴェリンを引き取ろうとした瞬間、ペーンは呆然とした状態からわれに返った。

　今や自分の庇護《ひご》を受ける存在となった女性を奪おうとする男に険しい表情を向けて肘で押しのけ、アヴェリンを抱きあげる……というより、抱きあげようとした。しかし彼女の体は腰から首までの上半身が不思議なほど硬くこわばっていて、うまく抱きあげられなかった。ようやく持ちあげてみたものの、アヴェリンはペーンの腕の上で板のように平らに横たわり、膝から下と頭だけがまるでツタのごとくだらりと垂れている。

　ペーンは当惑して低くうなりながら、アヴェリンをあおいでいる女性たちを置いて、花嫁を抱えたまま、がやがやとうるさい人々のあいだを縫って進みはじめた。
城へと向かいつつ、何度もアヴェリンの顔を見おろした。妻がかわいらしいとわかったのに、素直に喜べない。魚みたいな顔の女性とベッドをともにしたいと思う男はいないだろうが、弱々しい体質を補うほど美しさに価値があるとはペーンには思えなかった。はっきり言って、かわいらしいけれども病弱な妻より、健康で家庭的な妻のほうがいい。

軍隊で長い年月を過ごすうち、ペーンのなかで妻に求めるものがはっきりと形作られていた。戦いに明け暮れる十字軍の粗末なテントでの生活は、雨が降れば水がもれ、凍える夜の寒さはひたすら耐えるしかなかった。

当初はそういったこともすばらしい冒険に思えて、仲間の騎士たちとの友情を楽しんだ。だが戦いのなかで次々に人が死んでいく血塗られた日々を過ごすあいだに、冒険の魅力は色あせ、いつの間にかペーンはやわらかいベッドやあたたかい暖炉、疲れたときにやさしく彼の頭を受けとめてくれる妻のやわらかい胸といった安らぎのある生活に焦がれるようになっていった。剣にかけて誓った王への忠誠と、一緒に遠征に参加した弟のアダムを守りたいという思いだけを理由に、ペーンは望郷の念を抑えて戦場にとどまった。自分と比べてアダムは、戦いに対する熱意をなかなか失わなかった。だがその弟がサラセン人の剣に胸を貫かれて死ぬと、ペーンは戦う気力を失った。

リチャード王はそんなペーンの心情を理解し、弟の死を知らせるために軍を離れることを許可するとともに、長らく婚約したままの女性と結婚するよう勧めた。ペーンはつらい知らせを携えて故郷に戻り、少しのあいだ悲しみに浸るのを自分に許したあと、婚姻の儀を行いたいと伝える手紙を婚約者のもとに送った。

ペーンはずっと、妻は自分を癒やしてくれるふくよかで強い女性がいいと望んでいた。ベッドでの営みの際、彼が押しつぶす心配のない女性、寒い冬の夜に彼の頭をやわらかく受けとめてくれる豊かな胸を持った女性がいいと。

「うーん……」

静かなうめき声が聞こえ、ペーンはもの思いから覚めた。花嫁が意識を回復したのだ。まわりに人がいなくなって、冷たい風に頬を叩かれたのがよかったのだろう。アヴェリンが頭を持ちあげて弱々しい視線を向けてきたので、もう少し上半身を起こせるように彼女の体勢を調整しようと試みる。だが相変わらずアヴェリンの体はがちがちにこわばっていた。

どうしてそんなふうなのかペーンが理由を考える間もなく、彼女がもがきはじめた。というより、体が固まっていない膝から下と頭だけをばたつかせた。

「お願い！　おろして！」アヴェリンは動転して、息もつけないでいる。ペーンは彼女をなだめようと、ほほえみかけた。

「じっとしているんだ」

アヴェリンは夫となった男性がそう言ったとたん、あらがうのをやめて動きを止めた。ペーンが怒っているのかどうか、彼女にはわからなかった。怒った口調ではないが、表情は険しい。おそらくアヴェリンが気絶したので、気分を害しているのだろう。結婚式ではまともにしゃべれなかったうえに、気を失ってしまい、まったくいいところを見せられなかった。

〝誓います〟が〝ちゅかいます〟になってしまったのを思いだしたアヴェリンは、頰を引っこめるのを忘れていたことに気づいた。ペーンがぽっちゃりした頰に気がつかなかったことを祈りながら、あわてて頰を内側に寄せる。彼の肩越しに背後をうかがうと、人々がかなり距離を空けてついてきているのが見えた。重いアヴェリンを運んでいるというのにペーンの足取りは速く、客たちとの距離は一歩ごとに開いている。アヴェリンはみじめな気分でため息をついた。こんな事態になってしまい、恥ずかしくてたまらない。それに、こんなふうに自分を遠くまで運ぶのが夫にとって負担でないはずがなかった。ウォリンも彼女を抱えて階段をおりたが、夫が進んでいる距離はすでにそれよりもかなり長い。

「ねえ、お願い」アヴェリンはきちんと話すために頰の内側を嚙むのをやめ、もう一度ペーンに頼んだ。「あなたが怪我《けが》をする前におろして。こんなふうに運んでもらうには、わたしは重すぎるから……」夫が急に足を止めて驚いた顔で見つめてきたので、彼女はどうすればいいのかわからなくなって口をつぐんだ。あっけに取られていたペーンがいきなり笑いだす。

しばらくして、頭を振りながら言った。「きみみたいに小柄な女性を運んだからといって、怪我をするなんてありえない。まったく、女性というのは驚くようなことを言うものだな！」彼は憤慨と困惑が入りまじった声で言うと、ふたたび歩きだした。アヴェリンの頬がさらに濃いピンク色に染まったことには気づいていないらしい。自分は〝小柄な女性〟などと言われる体格ではないとわかっていたが、アヴェリンは反論をのみこみ、残りの道のりを黙って耐えた。

ようやく城内に入ると、ほっとした。テーブルの長椅子におろされたときには、ますますほっとした。アヴェリンは隣に座ったペーンの視線を避け、せわしなくスカートを整えた。ふたりきりでいるのは居心地が悪く、やがて人々がなだれこんでくると、やっと少し緊張が解けた。

真っ先に入ってきたのはレディ・ストラウトンで、心配そうな表情でアヴェリンに駆け寄った。「大丈夫？　気分はよくなったの？」

「ええ」

「だいぶ顔色が戻ってきたわ」ペーンの母親らしき女性が言いながら、レディ・ストラウトンの横に立つ。

「たしかにそうだな」ストラウトン卿は娘に近づくと、ぎこちない仕草でやさしく肩を叩いた。頭を振りながら、ペーンがそのまま年を取ったような男性に言う。「いや、驚いた。アヴェリンは生まれてこのかた、気を失ったことなど一度もないのに。結婚するというので興奮していたんだな」

アヴェリンは目をつぶり、みんなが自分のことを忘れて早く座ってくれるよう祈った。こんなふうに注目の的になるなんて恥ずかしすぎる。

「きっとそうだと思いますわ」父の言葉に同意する女性の声に、アヴェリンは目を開けた。白髪まじりの淡い金髪の、母と同じくらいの年齢の美しい女性だ。

「ヘレンおばさまの言うとおりよ」小柄な金髪の少女が賛同する。「わたしのいとこも同じだったもの。あんなにたくましい女の人はいないって感じの人なのよ。気絶なんか、もちろん一度もしたことがなかった。それなのに……身ごもったらすっかり変わっちゃったわ。羽根が一枚落ちただけで、気絶するようになったのよ」

「ディアマンダ！」ヘレンおばさまと呼ばれた金髪の女性が、驚きに息をのんで少女を叱りつけた。

「違うのよ、そういう意味じゃ……レディ・アヴェリンが身ごもってるはずはないもの」少女があわてて言った。自分の言葉を誤解されたかもしれないと悟り、真っ赤になった顔を引きつらせている。「いとこの場合は赤ちゃんができたからだけど、レディ・アヴェリンは結婚式で緊張してたからで……」おののいた表情で見つめている人々を困りきった顔で見渡した。その様子を見れば、この場から消えてしまいたいと思っているのがわかる。

そんな気持ちを知りつくしているアヴェリンは、少女への憐《あわ》れみの念がわきあがるのを感じた。期せずして人々の注目を集めてしまうことがどれほど居心地の悪いものかはよく知っている。そうやって何度もいたたまれない思いをしてきたので、自分が愚かなことを言ったりしたりしたせいでそうなってしまうのは、とりわけ最悪な気分になるものだとわかっていた。そこで運の悪い少女を助けようと、なんとか笑みを作った。

「あなたがそんなつもりで言ったわけじゃないことはわかっているわ」アヴェリンはやさしく声をかけた。「まったくばかみたいよね。結婚式の準備を根を詰めてやりすぎたの。もちろん緊張してよく眠れなかったし。それに教会の前に人が大勢集まっていて、風通しが悪かったでしょう?」

「本当にそうだったわね」母がすばやく同意してアヴェリンを援護する。「さあ、皆さま、座ってくださいい。わが家の料理人はこの日のために、何日もかけてご馳走《ちそう》を用意したんですよ。皆さまにお出ししたくて、うずうずしていると思いますわ」

母の言葉を受けて人々がテーブルのまわりに座りはじめると、アヴェリンはほっとした。小さく安堵の息を吐き、ちらりと横を見る。すると夫となった男性が彼女を見つめていたので、思わず顔を伏せた。

「ありがとう」

静かに礼を言われてアヴェリンは驚き、ペーンに視線を戻した。「どうしてお礼なんて言うの?」

「ディアマンダの不用意な言葉に気を悪くしないでくれただろう? ことを荒立てないでくれた」

アヴェリンは赤くなって小さく肩をすくめ、母がテーブルの上座部分にかけると言い張った白い布をうわの空で引っかいた。「だって、わたしを侮辱するつもりで言ったわけじゃないもの」

「彼女はまだ子どもで、ときどき場違いなことを口にしてしまうんだ」ペーンはそう言ったあと、苦笑いしてつけ加えた。「それにちょっと甘やかされている。母は娘を持てなかったことを残念に思っていて、ディアマンダが行儀見習いのためにジャーヴィル城へ来ると、かわいがりすぎてしまった。彼女がいなくなったら、母は寂しがるだろうな」

「行儀見習いの期間はもう終わったの？」

ペーンが肩をすくめる。「ジャーヴィル城で行儀見習いをしていたのは、ぼくの弟のアダムと結婚することになっていたからだ。でもアダムは死んだから、彼女の家族は別の夫を探している。相手が決まるまでディアマンダを家で過ごさせようと家族がおばのレディ・ヘレンを迎えによこしたんだが、ディアマンダには嫁ぐ日まで一緒にいてほしいと母が言ってね。ディアマンダの父親に手紙を送って、今はレディ・ヘレンもぼくたちのところにとどまって返事が届くのを待っているところだ」ディアマンダに目を向けた。「残念ながら、母をがっかりさせる結果になるかもしれない」

「彼女のお父さまが許さないと思っているの？」アヴェリンが驚いてきくと、ペーンはうなずいた。

「ディアマンダはかわいい子だからね。今頃はすでに父親が相手を見つけていて、結婚の準備のために呼び戻すんじゃないかな」

「もう十六歳にはなっているように見えるけれど。子どもとは言えないわ」

「まだ十四歳だ」ペーンが訂正する。

アヴェリンは驚いて、ディアマンダに視線を向けた。若くて肌のきれいなディアマンダは、妖精のような顔立ちをしている。背が低く腰も細いが、よく見ると胸のあたりはよく発達している。それに十四歳ならいつ結婚してもおかしくない年齢で、子どもと見なされることはない。厨房の扉が開いて料理をのせた皿を持った使用人が次々に入ってくると、アヴェリンはそれ以上ディアマンダについて考えるのをやめた。使用人がふた手に分かれ、上座側と下座側に向かう。おいしそうなにおいが漂ってきて、アヴェリンは自分とペーンの前に料理を運んできた少女に笑みを向けた。ペーンがアヴェリンとふたりで使う木の皿に料理をたっぷり取り分けはじめると、手持ち無沙汰になったアヴェリンはふたたびみじめな思いに浸った。

呼吸は相変わらず苦しかった。立っているときでさえつらかったのが、こうして座っているとあばらのまわりを太いベルトでぎりぎりと締めあげられているように感じる。そして実際、そのベルトは存在しているのだ。こんな状態では、ペーンが皿に山のようによそってくれている料理を少しでものみこめるとは思えない。空気のように実体がないものですら入る隙間がないのだから、食べ物などなおさらだ。まさに拷問だった。お腹がすいているのに、食べられない。昨日は婚約者とその家族の到着を待ちつづけ、とても何かを口にする気になれなかった。考えてみればおとといの晩も緊張のせいで食欲がわかず、料理をつついただけで終わった。つまりちゃんと食事をしてから二日近く経っているのに、七面鳥のように縛りあげられた彼女は何も食べられないのだ。

悪いのはそれだけではない。のぼせて汗をかいているため、別の問題も発生していた。胸のすぐ下まで巻きつけられている布がこすれて、かゆくてたまらない。巻きつけた部分の上端が、胸のふくらみの下側のやわらかい肌を刺激している。アヴェリンは布がこすれないように、そして空気を吸いこむ隙間を作るために全力で背筋を伸ばしていたが、ほとんど効果はなかった。

「食べろ」

「なんですって?」アヴェリンは気もそぞろに、横に座っている夫のほうを向いた。どうやらペーンは料理を皿に盛り終わったらしく、今度はそれを崩しにかかっている。皿を示して繰り返した。「食べろ」

アヴェリンはもの欲しそうに料理に目を向けたが、手を伸ばそうとはしなかった。それを見て、ペーンがため息をもらす。

「ぼくは健全な食欲のある健康な妻が欲しかったんだ」

彼の声ににじむ失望に、アヴェリンは木の皿から鶏《とり》の脚を取って口元まで持ちあげた。しかしどうしてもかじれず、鼻の下に持っていってにおいを嗅ぐことしかできなかった。焼いた肉の食欲をそそるにおいのすばらしさと、それを口に入れたいというせつないまでの願望に、気を失いそうになる。それでも締めあげられて小さくなっている今の自分の胃には、それをおさめる空間などないとよくわかっていた。のみこんだら、肉が体を内側から押し広げて苦しさが増すだけだ。

「これはうまそうだ。そう思わないか？」彼女の夫が会話の糸口にしようと話しかけてくる。

アヴェリンはうなずき、期待のこもった視線に耐えきれずにひと口だけかじった。そしてペーンがそのあとも皿に注意を戻さず彼女を見つめているので、肉を嚙みつづけるしかなかった。肉は神々の食べ物のごとき至福の味わいだが、のみこんだら息ができなくなってしまう。アヴェリンは嚙んで嚙んで嚙みつづけた。

「もう嚙むのは充分じゃないか？」しばらくしてペーンがおもしろそうに言った。

アヴェリンはどうしようもなくなり、肉をのみこんだ。肉は恐れていたように喉につかえたりせず、縮んだ胃のどこかにすんなりおさまったので、彼女はほっとした。

ところが安堵の息を吐いたとき、巻きつけた布がさらに少し裂ける音がした。たちまち頭のなかで警鐘が鳴りだし、アヴェリンは体を硬くした。懸命に背中を伸ばし、裂け目が広がるのを防ごうとする。けれども、そのかいもなくふたたび布が裂ける音がして、胃にかかる圧力がやわらいだ。

「何か音がしなかったか？」ペーンがきく。

「いいえ」アヴェリンは震える声で返した。縮んだ胃のなかで、嚙みつぶされた鶏肉が不吉にうねるのを感じる。

「そうか？」ペーンがあたりを見まわした。「絶対に何か聞こえたんだが、なんの音かも、どこから聞こえたのかもわからない」

アヴェリンはほんの少し身動きするのも恐ろしくて息すらほとんど吸えず、両手を脇におろして肘を体に押しつけた。こうすれば布が裂けるのを少しは防げるかもしれない。

「ほら、また聞こえた！」ペーンがすばやくまわりに視線を走らせた。まずアヴェリンを見て、それから音の源を見つけようとさらに遠くへ目を向ける。アヴェリンは視線を動かさなかった。どこから音がしたのかはわかっている。布が裂ける音が聞こえるたび、肺が少しずつ広がっていく。先ほどまでは巻きつけた布の状態を悪化させるのが怖くて動けなかったのに、今は最悪の屈辱を味わわなくてすむように全力で走ってここから離れたかった。またしても音が響くと、彼女はこの場を離れる言い訳を探すのをやめ、すばやく立ちあがった。

だがタイミングが悪かった。巨大な豚の脚の塩漬けをのせたトレイを持った使用人が、ちょうどアヴェリンとペーンの背後に来たところだった。アヴェリンは彼女の動きをまったく予想していなかった使用人とぶつかりそうになり、あわてて彼を押しのけた。ところがそのせいで使用人の持っていたトレイが傾き、塩漬けの脚が滑り落ちた。アヴェリンはとっさに身をかがめて肉のかたまりを受けとめたが、それが最悪の結果をもたらした。布の破れる大きな音が響き、彼女はイグサの上で肉のかたまりを受けとめたまま、凍りついたように動きを止めた。

「アヴェリン？」母がテーブルの向こうから不安そうに声をかける。アヴェリンは目を閉じ、心のなかで祈りはじめた。今のところ、裂けたのは体に巻いてある布だけだ。ドレスはまだ彼女の体を内側におさめたまま、原形を保っている。けれどもその状態が長くは続かないこともわかっていた。二階にたどり着くまでドレスがもつよう、必死で祈りながら体を起こす。

しかし、どうやら神頼みも役には立たなかった。アヴェリンが体を起こし終わるか終わらないかのうちに、ドレスが裂けはじめた。熟れすぎたブドウの実の皮のようにドレスがはじけ飛ぶあいだ、彼女は思わずつかんで胸の前に抱えた塩漬け肉のかたまりの後ろで身を縮めていた。しかしいくら大きいとはいえ、塩漬け肉では体を隠せるわけもなく、それはペーンの驚愕の表情からも明らかだった。

「アヴェリン！」沈黙した人々の視線が自分に注がれるなか、うろたえた母の声が響いた。

目に屈辱の涙がこみあげ、アヴェリンは唇を噛んで頭を振りながら、母が近づいてくるのを待った。

「ごめんなさい」なんとかペーンに謝ったが、声がかすれていた。「少しでもきれいに見せたくて……でもドレスがきつすぎたから……母とグンノーラが布を巻いて細くしてくれたの。だけど、それが裂けてしまって――」突然ユーニスが甲高い声で笑いだしたので、アヴェリンは口をつぐんだ。すぐにヒューゴとステイシウスも笑いはじめる。三人は大笑いしすぎて長椅子から転げ落ちそうになっていた。ほかは誰も笑わなかったが、ディアマンダだけはくすくす笑いかけ、あわてておばに止められた。それ以外の客とストラウトン一族の人々は、全員がアヴェリンに同情と憐れみのこもった目を向けている。けれどもそれはアヴェリンの屈辱感を募らせるばかりだった。

とうとう恥ずかしさに耐えきれなくなり、アヴェリンは肉のかたまりを落として大広間から逃げだした。全速力で階段を駆けあがり、自分の部屋に飛びこむ。そこでようやく自由に息をつけた。ただし思い描いていたようにゆったりとではなく、引きつけを起こしたかのようなせわしない呼吸だった。

3

ペーンは階段を駆けあがる花嫁を驚きとともに見送った。結婚式の途中で気を失った女性にしては、ずいぶんとすばやい。彼女の母親がショック状態からようやく抜けだして娘を追っていったときも、ペーンはまだその事実に感嘆していた。テーブルの末席についていたメイドがふたり立ちあがって、あとに続く。ストラウトン卿も息子に何か小声で言ったあと、やはり立ちあがった。笑い転げている無礼千万な三人組にウォリンが叱責の言葉を浴びせたので、ペーンはいくらか留飲をさげた。ストラウトン卿が二階に行ってしまうと、ペーンは長椅子の上で力を抜き、先ほど起こった出来事をまだよくのみこめないまま、あたりを見渡した。花嫁のドレスがはじけ飛んだのは、巻いていた布が裂けてしまったためだと彼女は言っていたが、それはどういうことなのだろう。さっぱりわからない。

「ぼくにはよくわからないんですが、母上はどうです?」彼は母にきいてみた。

「わたしにはわかるわ。かわいそうに」レディ・ジャーヴィルまでが立ちあがりメイドのセリーを連れて花嫁を追っていく人々に加わったので、ペーンはさらに戸惑った。父の様子をうかがうと、自分と同じく状況をまったく理解できていないらしい。というより、ジャーヴィル卿はペーン以上に途方に暮れていた。それでもペーンはいちおう父に質問してみた。「何が起こったのか、わかりましたか？　母親とグンノーラが布を巻いたというのはどういうことでしょう？」

ジャーヴィル卿が息子と同様、困惑もあらわに頭を振る。ペーンがもどかしさを募らせていると、三人組がまた笑いだした。ペーンは到着したときに紹介された記憶をたどり、三人は花嫁のいとこで、彼らを黙らせようとしている女性はその母親で花嫁のおばであることを思いだした。黙れと言ってやるためにペーンは口を開いたが、その前にヒューゴとかいう三人のうちのひとりが笑いながら説明を始めた。「あの間抜けな雌豚は、布で自分の体を締めあげさせたのさ。けど、そんなものであいつの太った体を押さえつけておけるはずがない。結局、はじけ飛んで、憐れなドレスも同じ運命をたどったってわけさ」

「そもそも、どうしてそんなことをしたんだ？」ペーンは本当に理解できずに質問した。

「どうしてって、それは牛みたいに太ってるくせに、ほっそりした魅力的な女に見せようなんて考えたからだ」今度はステイシウスとかいう男が言い、三人はまたしてもげらげら笑った。

だがペーンはまったくおかしくなかった。怒りに顔をゆがめ、ゆっくり立ちあがると剣に手をかけた。それを見て、三人がぴたりと笑うのをやめる。ペーンは怒りを顔に張りつけたまま、彼らをどうしてやろうか思案した。結婚式の当日に、姻族となった者たちを手にかけるのはいい考えとは言えない。だが明らかになんらかの制裁が必要だ。三人の振る舞いにはほかの人たちに対する配慮があまりにも欠けている。困り果てた顔をしている自分たちの母親や、ペーンの花嫁である彼らのいとこや、行き場のなくなった彼らを受け入れてくれたおじなど、まわりの人々への配慮が。そう、あの三人には絶対に思い知らせてやる必要がある。ただし、それは別の日にしたほうがよさそうだ。この場で殺さないのは、花嫁の顔を立てるためでしかない。

不安げな表情の三人をにらみつけているペーンのまわりで、部屋は恐ろしいほど静まり返っていた。ようやく剣から手を離したペーンは階段に目をやり、そこで躊躇《ちゅうちょ》した。父に視線を向け、次に花嫁の兄を見る。黙ったまま見つめ返してくるウォリンにペーンは問いかけた。「どうするべきだろう？　ぼくも上に行くべきかな？　彼女は妻なわけだし」

ウォリン・ストラウトンはしばし考えたあと、静かに答えた。「しばらくそっとしておいたほうがいい。アヴィはひどく動揺していたから」

「そうか。こんなやつらが親族にいて、動揺せずにいられるはずがない」ペーンはアヴェリンのいとこたちに嫌悪の目を向けた。「いとこの間抜けな振る舞いの責任を問うつもりはないと、彼女に言ってやらなくては」

「きみはいい夫になりそうだな」ウォリンが急に笑みを浮かべて言ったので、ペーンは驚いた。

ペーンは当惑してウォリンを見つめたあと、頭を振りながら長椅子をまたぎ越して階段に向かった。ウォリンがなんと言おうとアヴェリンのところに行く。自分の妻なのだから。彼女が動揺しているのなら慰めるのは夫であるペーンの役目で、それを果たしに行かなければならない。

「かわいそうに」新しいシーツをかけたベッドの上ですすり泣いているアヴェリンの背中を撫《な》でながら、レディ・ストラウトンが慰めた。

「わたしは本当に愚か者よ」アヴェリンはシーツを涙で濡《ぬ》らしながら言った。

「いいえ、あなたはとてもきれいですてきよ。それに式をちゃんとやり遂げたじゃないの」

「気絶したわ！」アヴェリンは顔をあげて叫んだ。グンノーラとルニルダが静かに部屋に入ってくる。アヴェリンは憐れみに満ちたふたりの顔をちらりと見ると、ふたたびシーツに顔を伏せた。

「そうね、たしかに気絶したわ」母がため息をついて立ちあがる。部屋を横切っていく衣《きぬ》ずれの音がした。「さあ、いらっしゃい。着替えて祝宴に戻らなくては」

「着替える？」アヴェリンは恐怖におののいて体を起こした。「祝宴になんて戻れないわ！　あんなところを見せてしまったんですもの。恥ずかしくて死んでしまう」アヴェリンはぞっとする出来事を思いだし、青ざめてうめいた。

「いいえ」母は式の前に却下した赤いドレスを拾い、ぱたぱたと振って埃《ほこり》を落とした。「ただ恥ずかしくて死んでしまいそうな気がするだけ。人生にはそういう決まりの悪い瞬間があるものなの。これからだって何度もあるはずよ。そんなときは誇り高く顔をあげて、堂々と歩くしかないわ」決然とした足取りで娘の前に戻るレディ・ストラウトンに、メイドふたりも従う。女主人が無理やりにでも娘を着替えさせるのなら、それを手伝うつもりなのだ。三人はベッドの足元で立ちどまり、厳しい表情でアヴェリンを見つめた。「さあ、あなたのための祝宴なのよ。夫が死なない限り……人生で一度きりの。だから絶対に出なければだめ」

アヴェリンは母が持っている赤いドレスを見た。さらに抵抗することを考えたが、やはり祝宴に戻ったほうがよさそうだと思い直す。遅かれ早かれ、みんなと顔を合わせざるをえないなら、さっさとすませてしまったほうがいい。彼女は震える息を吐くと、背筋を伸ばしてベッドからおり、破れたドレスを脱いだ。

そのとき、ストラウトン卿が勢いよく部屋に入ってきた。

「お父さま！」アヴェリンは思わず悲鳴のような声で叫ぶと、薄いシュミーズしか着ていない体を隠すために母とメイドの背後に走った。

「アヴェリンは大丈夫なのか？」ストラウトン卿がきく。

「お父さま！」アヴェリンはふたたび叫び、ルニルダの肩の上から顔をのぞかせて父をにらんだ。

「そんなふうに何度も念押しされなくても、わたしはおまえの父親だ」ウィルハム・ストラウトンが怒鳴り、興奮した自分に驚いたように顔をしかめた。頭を振りながらため息をついて、メイドの後ろにいる娘の顔に残る涙の跡に目を留める。父は表情を緩めると、壁になっている三人の背後にまわりこんでアヴェリンの腕をつかんだ。父にシュミーズ姿を見られて娘がうろたえているのを無視して言う。「アヴェリン、おまえはきれいだったよ。だが七面鳥みたいにぐるぐる巻きになっていないおまえはもっときれいだ」

「ああ、お父さま」アヴェリンは唇を噛み、父の胸に身を投げだしてはなをすすった。

「よしよし……何も世界の終わりというわけじゃない」ストラウトン卿がアヴェリンの背中をぎこちなく叩いて慰める。

子どもの頃に戻ったかのごとく安らかな気持ちになったアヴェリンは、父にこぼした。「どうしてわたしはもっと……優雅にものごとをこなせないのかしら。あんなふうにみんなの前で服をはじけさせてしまうなんて、わたしだけよ」

「それはわたしの責任だ。おまえはわたしに似たんだよ」ストラウトン卿がため息をもらした。遠い目になり、娘の背中を叩く手に力がこもる。

「そうなの？」アヴェリンは驚いて体を引き、父を見あげた。

「ああ。ここに傷があるだろう？」

アヴェリンはストラウトン卿が指し示している右目の横の傷を見つめた。思いだせる限り、その傷はずっと父の顔にあった。「ベルヴィルの戦いで負ったものでしょう？」

父は悔しさをにじませた。「そうだ。だが、それについて詳しく話したことはなかっただろう?」

「ええ」

「黙っていたのは、今回おまえが陥った状況とそっくりの恥ずかしい事情があったからなんだ。その頃、わたしは新しいズボンをあつらえたところだった。おまえの母さんにいいところを見せたくてね。だがいまいましいことに、できあがったものはきつすぎた。それなのに自尊心に邪魔されて、仕立屋に作り直させなかったんだよ。代わりに自分の体をそれに合わせようとした」ストラウトン卿は当時を思いだして、顔をしかめた。「わたしはそれをはいて、おまえの母さんに求愛するためクォーンビーに向かった。途中、戦闘に遭遇して、友人であるベルヴィルに加勢することにした。ちょっとした気晴らしにもなると思ったんだ。ところが戦いが終盤に差しかかったとき、ズボンが縫い目から裂けてしまった」父は身を震わせた。「わたしはあわてて前部分を隠そうとして、その拍子にうっかりアイヴァーズ卿から一発食らったんだ」今、思いだしてもぞっとするとばかりに顔の傷をこする。「まったく、決まりが悪いといったらなかった。アイヴァーズはそのあと半年間、ことあるごとにこの話を持ちだしては、そのたびに大笑いした。イプスウィッチの戦いでようやくやつを殺すまで、いやがらせはやまなかったよ」

アヴェリンは告白を聞いて、父に共感の目を向けた。「ユーニスとヒューゴとステイシウスなら一生笑いつづけるわ」

「わかっている。あいつらを殺せないのが残念だ」姪《めい》と甥《おい》の名前を聞いて、父が不快そうに言う。

「ウィルハム！」レディ・ストラウトンは夫をとがめたが、声に力がこもっていなかった。

父が少しも反省していない様子で肩をすくめたのを見て、アヴェリンは唇を嚙んで笑いをこらえた。父も彼女と同じくらい、あの三人のことが好きではないのだ。姻族の存在を苦々しく思っていて、妻のために耐えているだけであることをあからさまに表明している。しかし父がそうするようになったのは、いとこたちが手のつけられない厄介の種だと判明したあとのことで、しかも彼らに聞こえないところで言っているにすぎない。

アヴェリンの母の妹であるおばのイシドールは懸命にユーニスたちを監督しようとしているが、父親と家を失った子どもたちをひどく甘やかして育てたため、今では手に負えなくなっている。そのとき、足音がしてアヴェリンは振り向いた。いつの間にか、レディ・ジャーヴィルがメイドを連れて寝室に入ってきていた。顔に同情を浮かべたアヴェリンの義母は、自分が歓迎されるかどうかわからず、それ以上近づけないでいる。

アヴェリンは義母のために笑みを作ると、父の腕のなかから出て、母が持っているドレスに手を伸ばした。そこへ、今度はペーンが駆けこんできた。ようやく鎮まっていた羞恥心が一気によみがえったアヴェリンは、義理の息子のほうを向いた父の背後に駆け寄って、背中に頭を寄せた。

「きみか！　どうしたんだ？　ここには――」

「彼女は大丈夫ですか？」ペーンがいらだった様子でストラウトン卿の言葉をさえぎった。

ペーンはアヴェリンのことを心配しているのだと見て取り、父の背中から力が抜けた。「ああ、大丈夫だ」

「アヴェリン？」その声から、ペーンは自分の目で確かめるまでは引きさがりそうにないとわかる。アヴェリンはため息をつき、すばやくドレスを頭からかぶって整えると、父の後ろから出た。ルニルダがすぐに背中にまわってドレスの紐を締めてくれたので、アヴェリンはほっとした。直前まで泣いていたせいで顔がまだらに赤くなっていないことを祈りながら、顎をあげてペーンと向きあう。いつかはそうしなければならないのなら、今すぐするほうがいい。

「大丈夫よ。ちょっと決まりが悪かっただけで、なんともないわ」アヴェリンは静かな声できっぱりと言った。


「それならよかった。こういったことは、ときに起こってしまうものだ」ペーンはやさしく励ました。「心配しなくていい。決まりの悪い思いをする必要はないよ。いとこたちの行動の責任をきみに負わせるつもりはないから」

アヴェリンは混乱して固まった。ペーンの言葉の意味がわからない。彼女が両親に順に目を向けると、ふたりも同様に当惑しているのがわかった。「いとこたち?」

「そうだ。彼らの振る舞いは許しがたい。だがそのせいできみが自分の結婚を祝う席から逃げだしたくならないよう、これからはぼくが気をつける」

「あの、でも……いとこたちにからかわれたせいで逃げだしたわけじゃないの。それには慣れているから」アヴェリンはペーンにこんな説明をしなければならないのが居心地悪く、彼が目を細めたことに気づかなかった。「部屋に戻ったのは、その、着替えるためで……ドレスの縫い目が裂けてしまったことには、もちろん気づいたでしょう？」

「ああ、そのことか」ペーンが軽く肩をすくめた。「さっきも言ったが、こういうことは起こるものだ。きみがなかなか戻ってこないから、いとこたちのせいでつらい思いをしているんじゃないかと案じていたんだ」

アヴェリンはペーンを見つめた。黙ったまま、ひたすら見つめた。混乱して、頭に何も浮かんでこない。考える機能が停止してしまったらしい。アヴェリンが世界の終わりだとまで考えて絶望したことを、ペーンは取るに足りないとばかりに軽く受け流している。

「こういうことは起こるもの？」しばらくして、ようやくアヴェリンはかすれた声で返した。

「そうだ。ぼくのチュニックもしょっちゅう縫い目から裂けている。ディアマンダはわが家に行儀見習いに来てから、毎年誕生日とクリスマスに新しいチュニックを作ってくれるんだ。でも、いつも肩が少々きつい。ゆったりとくつろいでいるときはいいが、剣を持って体を緊張させたとたん、びりっと破けてしまう」ペーンがふたたび肩をすくめた。「だからまったく気にするようなことじゃない」

赤いドレスを着たアヴェリンにペーンが視線を走らせる。アヴェリンは唇を噛んだ。

細く締めつけていない体を彼は気に入らないかもしれない。ペーンが口を開くと、アヴェリンはひるまないように必死でこらえた。

「ああ、さっきよりずっといい。血色がよくなったし、頬を吸いこんで魚みたいになっていない」

「魚みたいに？」アヴェリンは動揺してきき返した。

「そうだ」ペーンが唇を突きだし、頬を内側に吸いこんで彼女の真似《まね》をしてみせると、アヴェリンは頬が熱くなるのを感じた。自分がどれほどばかげて見えていたか、まったく気づいていなかった。今の今まで、そうすることで美しく見えていると思っていた。彼が顔をしかめるのを目にして気分が落ちこむ。結局、ペーンは花嫁に不満を抱いているのだ。はっきりそう言われるのをアヴェリンが暗い気持ちで待っていると、ペーンは前に出て彼女の髪に手を伸ばした。そしてドレスを整え終えたルニルダが髪を結いあげるのに使っていた革紐を、引っ張って外してしまった。「きれいな髪だ。おろしているほうが好きだな。ぼくのためにこうしておいてほしい」彼女の手を取ってうなずき、扉へと向かう。アヴェリンはあわてて歩きだしながら、両親とレディ・ジャーヴィルとグンノーラとルニルダを笑顔で振り返った。

「ペーンはわたしの髪が好きなんですって。彼のためにおろしておかなければならないの。ルニルダ、覚えておいてね」そう叫び、廊下に出て長い脚で大股に進んでいく夫に必死でついていく。少しでも遅れたら転んでしまいそうで、階段の手前でペーンが足を止めるとアヴェリンはほっとした。ペーンは振り返って何か言いかけたが、アヴェリンが顔を紅潮させて息を乱しているのに気づいて眉間に皺を寄せた。

アヴェリンはあえいでいた口を閉じ、鼻の穴から息を吸った。いつもならこんなふうにちょっと小走りに進んだくらいで息を切らしたりしない。けれども今はさっきまで体を締めつけられていた影響がまだ残っているのか、すぐに息があがってしまう。

「悪かった。きみがこんなに小さいことを忘れていた。歩幅を合わせるのに慣れなければならないな」

「小さいですって?」アヴェリンは喜びのあまり、むせび泣きそうになった。これまで彼女を〝小さい〟などと形容した人はいない。

「そうだ。ありがたいことに、多くの女性たちのように痩せこけてはいないが。細すぎたらいつ病気になるか、押しつぶしてしまわないかと、いつも心配していなければならない。だが幸い、きみはほどよく肉がついて丸みを帯びているから、ベッドのなかで見失わずにすむ。とはいえ、それでもぼくに比べればずっと小さいから、きみと一緒のときはゆっくり歩くようにしないと」

ペーンはしゃべりながらアヴェリンの手を自分の腕にかけるのに忙しく、彼女がさまざまな表情を浮かべているのに気づいていない。アヴェリンはペーンの言葉をどう受けとめればいいのか、わからなかった。〝ほどよく肉がついて丸みを帯びている〟というのは褒め言葉には聞こえないが、彼は不快に思っているわけではなさそうだ。ペーンがただやさしさから慰めているのか、自分を妻として気に入っているからかアヴェリンが見きわめられずにいるうちに、ペーンは彼女と並んで歩く準備を終え、階段をおりはじめた。

アヴェリンはそのまま何段かおりたが、大広間に置かれた数々の架台式テーブルとそのまわりに座る大勢の人々が見えたとたん、足取りが鈍った。ペーンがすぐに気づき、その理由を推し量る。

「いとこたちを怖がる必要はない。やつらはもうかまってこないはずだ」

なぜそう断言できるのだろう。アヴェリンは好奇心に駆られたが、夫を問いただしはしなかった。けれども階段をおりるあいだずっとそのことについて考えこんでいたので、心の準備をする前に大広間に着いてしまった。周囲が急に静まり返り、どうすればいいかわからない。アヴェリンは頬に血をのぼらせ、赤いドレスを着た自分は巨大なサクランボにそっくりなのではないかとびくびくしながらテーブルについた。ところが彼女がいとこたちに目を向けても、三人は黙ったまま自分たちの皿を凝視している。絡んでくる気配がまったくないのを見て、アヴェリンは夫に対する畏怖が芽生えるのを感じた。ペーンはどうやってユーニスたちを黙らせたのだろう。ウォリンやアヴェリンの父が脅したり叩いたりしてもだめだったのに、ペーンは彼女を追って二階に来るまでの短いあいだに最悪の三人組を沈黙させたのだ。

夫がすばらしい英雄に思えてきて、アヴェリンは感謝の気持ちでいっぱいになった。だがペーンはそれに気づいた様子もなく、ふたりで使う木の皿にひたすら料理をよそっている。皿に山のように盛られていく大量の食べ物を、アヴェリンは唖然《あぜん》として見守った。

もしかしたらペーンは太った彼女を見て、豚みたいに食べると思ったのかもしれない。アヴェリンがくよくよ考えていると、両親とレディ・ジャーヴィルが戻ってきた。両親たちにやや引きつった笑みを向けたあと、木の皿に視線を戻したアヴェリンは思わず息をのんだ。ペーンがまるで明日はもうないとでもいうような勢いで、料理を口に詰めこんでいる。あれほどあった皿の上の食べ物が、すでに半分消えている。どうやら彼はアヴェリンの体を見て、大量に料理を盛ったわけではなさそうだ。筋肉に覆われたペーンのたくましい体にアヴェリンが改めて尊敬の目を向けていると、彼が突然食べるのをやめて振り向いた。

「食べていないな。腹が減っていないのか?」

アヴェリンはペーンの脚から視線を引きはがすと、顔をあげてすばやく首を振った。

「実はお腹がぺこぺこなの。おといから食べていないから」

そう聞いて、ペーンが愕然とした。「それなら気を失ったのも不思議じゃない」頭を高く掲げてあたりを見まわし、数人の使用人の注意を引いて呼び寄せた。すぐにまた皿は山のような食べ物でいっぱいになった。「食べろ」使用人が歩み去るなりペーンは命令し、わざわざチーズを取ってアヴェリンの口元に持っていった。恋人同士のような甘い行動に、当惑と喜びが入りまじった妙な気持ちになったアヴェリンは顔を赤らめた。ところがひと口かじり取ろうと口を開けると丸ごと放りこまれ、窒息しそうになった。今度こそリスのように頰をふくらませ、チーズを咀嚼《そしゃく》する。目を見開いてのみこんだとたん、ペーンがさらにチーズを取って彼女の口の前に差しだした。これは甘い行動などではないとアヴェリンは悟った。彼女の夫は、妻が自分ひとりではちゃんと食事ができないと思っているのだ。ペーンは目が見えないか、頭がどうかしているかのいずれかだ。彼以外の誰もがアヴェリンを大食いだと思っている。けれども彼女は大食いではない。むしろ、しょっちゅう食事を抜いている。それなのに、少しも体重が減らないのだ。

ペーンがいつまでも食べ物を差しだしつづけるので、アヴェリンはとうとう笑いながら音をあげ、もうひと口たりとも食べられないと抗議した。彼女が楽しそうに笑うのを聞いて、ペーンがにやりとしてうなずき、ようやく手をおろす。

「よく食べたな」子どもに対してするように彼に褒められ、アヴェリンは困惑して頭を振った。ふと誰かが腕に触れるのを感じて横を向くと、母とレディ・ジャーヴィルが後ろに立っていた。ルニルダとグンノーラ、レディ・ジャーヴィルのメイドも一緒にいる。

「床入りの時間よ」

楽しかった気持ちが消え、アヴェリンは唾をのみこんだ。次々に不測の事態に見舞われたため、結婚のその部分をすっかり忘れていた。彼女は顔が熱くなるのを感じながら、ペーンの視線を避けてのろのろと立ちあがり、母たちに連れられて二階へ向かった。

床入りの準備が進むあいだ、アヴェリンは感情が麻痺《まひ》したような状態で過ごした。これから絞首台に向かう気分だ。不快な出来事が待っていると知りながら、なすすべもなく、避けがたい運命へと向かうしかない。一糸まとわぬ姿をみんなに見られる。

その恐ろしい運命を絶対に避けられないという事実に、頭が混乱していた。

「大丈夫？」心配そうな母の声が、頭に立ちこめている霧を通して耳に届く。アヴェリンはとてもしゃべれないとわかっていたので、ただうなずき、レディ・ジャーヴィルが持ちあげているシーツの下に何も身につけていない姿で潜りこんだ。すぐに扉の向こうから、男たちのくぐもった笑い声と話し声が聞こえてくる。アヴェリンは無意識にシーツを引き寄せてきつく握りしめ、しだいに大きくなる声に耳を澄ました。扉が乱暴に開けられ、男たちがもつれあってなだれこんできた。ペーンはその真ん中にいて、彼を取り囲む何人もの男たちに次々と服を脱がされている。ものの数秒でシーツがめくられ、ペーンが押しこまれるわずかなあいだだけアヴェリンの裸体があらわになった。視線が集中するのがわかり、彼女はそのわずかな時間が永遠にも感じられて死にそうな思いを味わった。

「おまえは幸運だな！」誰かが叫ぶ。「彼女はきっといい枕になってくれるぞ」

「まったくだ。それに長くて寒い冬には、あたためてもらえる」別の誰かも言った。

ペーンがベッドに入ると、アヴェリンは急いでシーツを首元まで引きあげた。

男性たちは入ってきたときと同じくらいすばやくいなくなり、女性たちも出ていったので、寝室にはアヴェリンとペーンだけが残された。しかしアヴェリンはそのことに気づいてもいなかった。太った体を誰もからかわなかったことだけに気を取られ、ぼうっとしていた。男性たちはペーンがすばらしいものを手に入れたとでもいうように心から祝っていた。ところが感慨に浸って上気している心の片隅で、夫はいとこたちだけではなくほかの人たちも脅したのかもしれないとささやく声がした。

「どうした?」

ペーンを見たアヴェリンは、みんなに何も着ていない姿を見られるのを心配するあまり、そのあとの部分についてはまったく考えていなかったことに気づいた。だが今、いやでもそれに向きあわざるをえなくなった。床入りのもっとも重要で肝心な部分に。唾をのみこもうとしたが、口のなかはからからに乾いていた。また呼吸が苦しくなる。もう何も体に巻きつけられていないというのに。

よき母であるレディ・ストラウトンは、初夜に起こることをすべて娘に説明していた。それは魅力的にも威厳のある行為にも思えなかったが、何も心配する必要はないと母は請けあった。ところが身を縮めているアヴェリンに夫が覆いかぶさってくると、彼女は母の言葉を信じられなくなった。ペーンにキスをされ、思考が停止した。愛撫する手の下で身を硬くし、やさしく動く彼の口の下できつく唇を引き結ぶ。愛撫されるのが好きかどうかよくわからず、どちらか決めかねてじっとしていると、シーツの上から胸に触れられ、身を震わせた。抗議しようと開いた口のなかが、突然いっぱいになる。舌を入れられたに違いないと思いながらも、なぜペーンがそんな真似をするのかアヴェリンにはわからなかった。ただし……彼女の歯がそろっているかどうか確かめたいというのなら話は別だ。

ペーンは夕食のときに飲んだウイスキーの味がして、いい感じだ。歯がそろっているのを確認したら喜んでもらえるだろうと思いながらアヴェリンは待っていたが、検査はなかなか終わらず、そのうちに今まで感じたことのない妙な感覚がわきあがってきた。ペーンの舌に吸いつきたい、そして自分もペーンの歯を調べたいという圧倒的な衝動だ。アヴェリンはよくよく検討した末、舌に吸いつくのは論外だが、歯については彼女にとっても重大な関心事であるため許されるだろうと心を決めた。ペーンの舌を吸うのではなく自分の舌を突きだし、まず彼の口のなかをぐるりとたどってみる。

けれども歯を確かめるところまでは行き着けなかった。舌を動かしはじめたとたん、ペーンも舌を突きだして絡めてきたのだ。アヴェリンはふたたび今まで感じたことのない感覚に襲われた。それに気を取られていたため、胸を覆っているシーツが引きおろされたことに手遅れになるまで気づかなかった。彼女はあわててシーツをつかもうとしたが、すでに胸はあらわにされていた。こんなふうに夫に生まれたままの姿をさらすことになっても動揺すべきでないのはわかっている。ペーンは男性たちにベッドに押しこめられたとき、すでにアヴェリンの裸体を見ている。しかしそれは一瞬で、きちんとは見ていないはずだし、彼女としてはこの先もじっくり見られることは避けたかった。

とはいえアヴェリンがそれをはっきり意識したのは、ペーンがキスをやめたときだった。彼が体を離そうとした瞬間、シーツをはがしてあらわになった胸を見たがっているのだとわかった。大きすぎる胸を見られる恥ずかしさに、アヴェリンはうろたえた。あわててペーンの首に腕をかけて引き戻し、さっきまでとは打って変わって熱心にキスをする。さらに、先ほどは思いとどまったペーンの舌を吸う行為までやってのけた。巧みな彼の手があらわにしたものを見られないためなら、なんでもする。

突然積極的になった妻にペーンが驚いているのがわかったが、すぐさまさらに情熱的にキスを返され、アヴェリンも驚いた。また胸に触れられるのを感じたが、今度は身を震わせず、こみあげる衝動のまま体をそらしてペーンの手に押しつけた。彼の行動が及ぼす信じられないほど妙な効果には驚くばかりだ。胸の先端をつままれ、急にそこが感じやすくなって熱を持ちはじめる。こんなふうに感じるのは初めてだ。胸に触れられるのがこんなに心地いいなんて、考えたこともなかった。女性の胸というのは赤ん坊に栄養を与えるためだけに神から賜ったものだと思っていた。でもたしかに今、自分の胸の先端から、体じゅうを生き生きと目覚めさせるすばらしい感覚が広がっている。

しばらくそんなふうに心地いい感覚に満たされた時間を過ごしたあと、ペーンがふたたびキスをやめようとした。彼がもたらしてくれる歓《よろこ》びにどっぷり浸っていたアヴェリンはつい流れに身を任せてしまいそうになったが、そのとき急に恐れがわいてきた。自分の一糸まとわぬ姿を見たら、ペーンはぞっとして背を向けるのではないだろうか。アヴェリンがペーンの首にまわした腕に力をこめると、彼は体を離すのをやめて愛撫とキスに戻った。とりあえず引きとめ作戦はうまくいったが、いつまでもそうしていられるはずもない。次はどうすればいいかと途方に暮れたとき、すばらしい考えが頭に浮かんだ。蠟燭《ろうそく》の火を消せばいい。彼女の体が見えなければ、ペーンがぞっとすることもないだろう。アヴェリンは彼の首にかけていた腕を片方外し、目を向けずに手だけをそろそろと伸ばして、さっき母がベッドの頭のほうにある収納箱の上に置いた蠟燭を探した。

ところが手探りしてもなかなか見つからず、またしても夫の行動に対する警戒がおろそかになった。気がつくとペーンの手は下のほうまで這《は》い進んでいて、シーツ越しに脚の付け根を包まれたアヴェリンは、驚きのあまり体が跳ねあがった。それまでペーンにかきたてられていた歓びがその部分に集中し、重ねた彼の口に向かってうめき声をもらす。アヴェリンはもはや一刻の猶予もないと焦って、収納箱の表面にせわしなく手を滑らせた。ところが勢いがよすぎて、ようやく見つけた蠟燭をはね飛ばしてしまった。ごとりという不吉な音が静かに室内に響く。

アヴェリンは自分からキスをやめ、あわてて収納箱に目を向けたが、蠟燭はどこにも見えなかった。収納箱から払い落としてしまったのだ。だが室内は明るいままなので、火は消えていないらしい。アヴェリンは体をひねって蠟燭がどこに行ったのか探そうとしたが、そのときいきなりペーンが胸の頂を口に含んだ。彼女は硬直し、歓喜と恐怖に同時に襲われながらペーンの頭を見おろした。裸を見られてしまっただろうか。でもすばらしい心地だ。手で胸を撫でられたり、もまれたりするのも気持ちがいい。それにしても、こんなことをしてもいいのだろうか。女性の胸は赤ん坊が吸うためのものだ。それにペーンは胸を口に含む前に全貌を見たはずで、どう思ったかが気になる。もしかしたら――。

彼の手がアヴェリンの腰を覆うシーツの下に滑りこんで、脚の付け根をふたたびとらえたので、あれこれ忙しく働いていた彼女の思考は停止した。今度はペーンの手を隔てるものは何もない。

どうすればいいのだろう……母はこういった行為に関しては何も言っていなかった。歓びに体じゅうの感覚がざわめきはじめるなか、アヴェリンは霞《かすみ》がかかった頭で必死に考えた。こんなふうになると聞いていたら、絶対に覚えているはずだ。やはり何も聞いていない。アヴェリンはわきあがる興奮に圧倒され、ペーンが彼女の裸体を見おろせる位置まで頭をあげていることに、手遅れになってからやっと気づいた。彼の目には今、アヴェリンの上半身のすべてが映っているはずだ。次の瞬間、ペーンが眉をひそめるのが見えた。

アヴェリンが感じていた歓びは、あっという間にしぼんだ。自分を目にして、ペーンはぞっとしたのだ。嫌悪感を抱いたのだ。目に入ったものが気に入らなかったのだ。アヴェリンがその事実に打ちのめされて呆然としていると、いきなりペーンがベッドから飛びだし、彼女をシーツでくるんで出口へと走った。

いったいどうしたのだろう。まさかこのまま自分を下へ連れていき、人々の前にさらして辱めるつもりなのだろうか。けれどもペーンはそんな真似はせず、ただアヴェリンを無造作に廊下におろした。アヴェリンがほっとしていると、ペーンはすぐさま階段の手すりのところに行って、階下にいる人々に何か叫び、急いで部屋へと引き返した。

アヴェリンは巻きつけられたシーツを押さえながら、胸が張り裂ける思いでペーンの背中を見つめた。出てきたばかりの寝室にふと視線を向けると、ベッドの天蓋をなめあがっていく炎が目に入った。

「火事だわ!」息をのんで目を見開く。驚きのあまり頭がまともに働いていなかったが、ペーンが階下の人々に怒鳴っていたのはこのことだとようやく悟る。火事だったのだ。ペーンはアヴェリンをごみのように投げ捨てたわけではなかった。彼女の体を見てぞっとしたわけでもない。アヴェリンの安全を確保するために廊下に出し、自分だけ部屋に戻ったのだ。彼女が倒した蠟燭が引き起こしたに違いない火事を消すために。

なんて勇敢なのだろう。

ペーンはズボンを両手で持ち、懸命に火を叩いている。やけどを負ってしまうかもしれないのに。アヴェリンは体に巻きつけたシーツの端をたくしこむと、彼を手伝いに走った。

4

アヴェリンは夫のチュニックを拾って、彼と一緒に炎を叩いた。ところが、すぐに気づいたペーンが次の瞬間には持っていたズボンを捨て、彼女を抱きあげて寝室から運びだした。

「手伝いたいのに！」またしても廊下におろされ、アヴェリンは抗議した。

だがペーンは低くうなって首を振り、階段まで走ってもう一度怒鳴った。「火事だ！」即座に部屋へと駆け戻る。

アヴェリンは必死に火と格闘しているペーンを見つめながら、深刻な状況にもかかわらず金色の光に照らしだされた筋肉質の裸体に目を奪われずにはいられなかった。ペーンが長身で大柄であることは服を着ているときからわかっていたが、こうして何も着ていない彼を前にすると、改めてその大きさに圧倒される。ペーンの服にたくましく見せるための詰め物はなかったのだ。がっしりした脚は馬のように引きしまった筋肉に覆われていて、見るからに力強い。広い胸は樽《たる》のように厚く、腕は彼女の腿と同じくらい太いうえに、それよりも固く引きしまっている。

ペーンが燃えているベッドの天蓋をつかんで引きおろすために向きを変えると、アヴェリンの目は彼のヒップに釘《くぎ》づけになった。そのとき、ふと思いだした。寝室のなかに水を張ったたらいが置いてある。結婚式に着るドレスで苦労したアヴェリンがベッドに入る前に汗をぬぐってさっぱりできるようにと、ルニルダが気をきかせて持ってきてくれたのだ。水を使ったあと片づけていないので、まだ暖炉近くの収納箱の上にあるはずだ。

アヴェリンは廊下にいろというペーンの命令に逆らって部屋に駆けこみ、たらいを持って走り寄った。ところがもう少しでペーンのそばに着くというとき、シーツが緩みはじめた。あわてて押さえたが脚に絡まり、体勢を崩して転びそうになった。彼女が思わず押し殺した悲鳴をあげると、ペーンが振り返った。彼に腕をつかまれ、アヴェリンはなんとか顔から倒れこまずにすんだものの、両膝を激しく床につき、たらいの水をぶちまけてしまった。そして気がつくと、びしょ濡れの彼女の顔はペーンの体の未知なる部分のすぐそばに迫っていた。男性のその部分については母が事前に説明してくれていたが、実際に見たことは一度もなかった。それを今、目にしている。

しかも至近距離で。

彼の大切な部分と思われる場所と向きあったアヴェリンは、目を見開いて凝視したまま視線をそらすことができなかった。外見については詳しく教えられていない。ただ、指くらいの太さのものだと説明されただけだ。〝運がよければ、もう少し大きいこともあるけれど〟と母はつぶやくようにつけ加えたが、それは娘に聞かせるつもりの言葉ではなかっただろう。とにかくペーンのものは明らかに指よりも大きく、全体の感じも指には似ていない。強いて言えば、でこぼこしたソーセージみたいだとぼんやり考えていると、その先端から透明なしずくが滴るのが見えた。目をしばたたいてその部分に注意を向けたアヴェリンは、奇妙な形状に息をのんだ。先端の部分がどんどんふくれあがっている。そのときペーンが息を詰まらせたような音をたて、アヴェリンは顔をあげた。

彼は顔からも水を滴らせている。どうやらたらいの水がペーンの体の前面にかかってしまったらしい。だが彼が妙な表情をしているのはそれだけが理由ではなさそうだ。ペーンがひざまずいているアヴェリンから自分の下腹部に視線を移す。ペーンの視線をたどったアヴェリンは、そこがさらに大きくなっていることに気づいて驚愕した。まるでモグラが穴から顔をのぞかせるように、内側から出っ張ってきている。ところがそのことに気づいた次の瞬間には、ふたたびペーンにつかまってすばやく廊下まで運ばれてしまった。

「ここにいるんだ」ペーンはぶっきらぼうに言い、またしても行ってしまった。

アヴェリンは唇を噛んで戸枠に寄りかかり、炎と戦う彼をひやひやしながら見守った。ペーンが引きおろしたベッドの天蓋は、収納箱の上に落ちている。アヴェリンが及ばずながら加勢しようと駆けつけて邪魔をしてしまったとき、彼はまだ火を消し終えていなかった。そのうえもう一度アヴェリンを廊下に運びだしているあいだに、収納箱に移った火は勢いよく燃えはじめていた。ペーンはそれを片手に持ったズボンで叩きながら、もう片方の手に彼女が先ほど使ったチュニックを持って天蓋を叩いている。その光景を見ているうちに、アヴェリンは結婚式の前に父がペーンについて話してくれたことを思いだした。父は何度もペーンの話をして、知っていることをすべて教えてくれた。結婚式の日が近づくにつれて娘が抱くはずのさまざまな不安を、少しでも鎮めてやりたいと思ったのだろう。父は自分がなんでも知っていると思っている。そして、たしかにある面ではそうなのかもしれない。男性が重要だと思うことについては。でもアヴェリンに言わせれば、父が知っていることなどほんのわずかだ。

ペーンは左右どちらの手でも剣をふるえるまれな才能を持っていると、父は言っていた。だから敵にまわすと手ごわいのだと。それに加えて、無慈悲で容赦がないらしい。ペーンは彼の父親同様、恐るべき戦士なのだと、ストラウトン卿は語った。ふたりともが子どもだった頃に結ばれた婚姻契約では、ジャーヴィル卿はその点を息子の利点として売りこんだのだという。両家の領地は遠く離れすぎてはいないし、ペーンは当時から年齢のわりに大柄で力が強く、父親と同じく恐れ敬われる人生を歩むであろうあらゆる兆候を示していた。ストラウトン卿は娘の結婚相手として彼女を大切にするとともに身の安全を守れる強い男を求めており、ペーンの資質を高く評価したのだ。

寝室でペーンが火と戦っているのを見つめながら、アヴェリンは父が彼を娘の夫に選んだ理由をようやく理解した。室内は熱い……恐ろしいほどだ。入ったのはわずかな時間だったが、それでも強烈な熱を感じた。火が毒蛇の舌のように迫ってきても、ペーンは少しもひるんでいない。力強い両腕は疲れを知らず、ずっと火を叩きつづけている。そんな彼が全力で奮闘しても結局及ばないのかもしれないと思うと、アヴェリンは怖くてたまらなかった。まるで生きているかのごとくペーンのまわりで躍っている火は、彼に向かって〝いないいないばー〟でもしているかのようだ。

やわらかい指にとげが食いこむ鋭い痛みを感じて目を向けたアヴェリンは、不安のあまり戸枠をきつく握りしめていたことに気づいた。戸枠から手を離し、部屋に一歩足を踏み入れたところで、ふと立ちどまって階段を振り返った。なぜ誰も火事に気づかないのだろう。すでに煙が大広間まで届いているはずなのに。そう考えて、煙は一階ではなく塔の上へと向かっているのだと悟った。しかも階下にいる人々は慶事に浮かれていて、のぼっていく煙に気づくどころではない。ペーンが階段の上から怒鳴った声ですら聞こえなかったらしい。そうでなければ、今頃手桶《ておけ》に水を汲《く》んで階段をあがってきているはずだ。火事は恐ろしいものなので、気づけばみんな迅速に対応する。

アヴェリンは扉から離れ、階段まで走った。

そこからペーンがしたように下に向かって声を張りあげたが、やはり誰にも聞こえていないらしい。兄が使っているのを一、二度聞いたことのある悪態が、思わず口をついて出る。アヴェリンは体に巻いたシーツの裾をつまみあげると、思いきり叫びながら階段を駆けおりた。一番下に着く頃になって、ようやく声が届いた気配がした。しかも全員に。喧騒《けんそう》がやみ、部屋じゅうの人々が振り向いて静まり返った。

アヴェリンはみんなが反応するのを待った。あわてて駆けだすとか、水を準備するよう叫び声が飛び交うとか、彼女を助けに誰かが突進してくるとか。それなのに全員が完全に沈黙したまま、驚きを浮かべた目でアヴェリンを見つめている。体に巻いたシーツが濡れて張りつき、豊かな曲線やふくよかで丸い胸の形があらわになっていることに、アヴェリンは気づいていなかった。紅潮した美しい顔のまわりをつややかな栗色の巻き毛が流れ落ち、肩からはるか下の膝まで届いているさまがどれだけ魅惑的かということにも。さっきまで十人並みの容姿の娘としかアヴェリンを見ていなかった人たちや、糊《のり》のきいた濃い色の野暮ったいドレスを着てきつく髪をまとめた彼女を太りすぎだと思っていた人たちが、今や百八十度意見を変え、官能的でなまめかしい女性として見つめていた。最初、アヴェリンはただ戸惑っていたが、しだいにいらだちを隠せなくなった。今この瞬間もアヴェリンの夫は城を救うために二階でたったひとり奮闘しているというのに、みんなはただのんびりと座っている。

「耳が聞こえないの?」アヴェリンは驚きを通り越し、怒りにとらわれて叫んだ。「城が焼け落ちてもいいの? 寝室が燃えているのよ!」

最初に動いたのはウォリンだった。はじかれたように立ちあがると、水を運んでくるよう遅ればせながら指示を飛ばし、彼女のほうに突進してきた。階段を駆けあがらずにアヴェリンの前で足を止め、人々の視線から妹を隠す。

「おまえは二階にいたほうがいい。そんな格好じゃご馳走では満たせない飢えをかきたててしまうからな」

アヴェリンが困惑していると、ウォリンは居心地悪そうに彼女の体に視線を走らせたあと、顔をあげた。それでアヴェリンはようやく気づいた。自分は今、シーツを巻きつけただけの格好で、しかもそのシーツが濡れているので体の曲線が余すところなくあらわになっている。またしてもこんな決まりの悪い状況に自分を追いこんでしまったことに彼女は心のなかでため息をついたが、今さらどうでもいいと思い直した。ペーンが助けを得られればいいのだ。厨房の扉が開いて、つかんだ手桶の水を跳ねさせながら使用人たちが駆けだしてくると、アヴェリンはほっとした。少なくとも百人ほどの男たちが立ちあがり、運ばれてきた手桶に次々と手を伸ばすのを見て、もう大丈夫だと判断する。全員に行き渡るだけの手桶はないし、彼らがいっぺんに二階にあがれるわけではないが、火事を消そうとする意気ごみが伝わってきた。

「井戸まで列を作るんだ!」無秩序な人々をまとめようと、父が怒鳴っている。アヴェリンはかぶりを振り、向きを変えて階段をあがった。兄もすぐ後ろからついてきているのがわかる。

階下にいるあいだに煙が濃くなっていて、寝室に戻ってもペーンの姿が見えず、アヴェリンの心臓は喉から飛びだしそうになった。まるで窓から濃い霧が入りこみ、室内に立ちこめているかのようだ。収納箱のなかから見たことがないほど真っ黒な濃い煙があがっていて、視界をさえぎっている。

「ここで待っていろ」ウォリンが彼女を押しのけ、列の先頭の男性から手桶を受け取って寝室に突っこんでいく。アヴェリンは邪魔にならないよう扉の横に立ったが、階下に行っているあいだにペーンが煙を吸って倒れていないかどうか確かめるため、数秒おきに室内をのぞかずにはいられなかった。けれども彼女が部屋をのぞくたびに、水を持って駆けあがってくる男性たちの通り道をふさいでしまった。そこですぐに横へどくのだが、誰も彼もが通り過ぎるとき、アヴェリンに笑みを向けてきた。どうも妙だ。今までこんなふうに男性に笑みを向けられたことはない。父の家臣たちはいつも感じよく接してくれたが、そのときとはどこか違う気がする。

突然母が現れて、アヴェリンはもの思いを中断された。母に腕をつかまれ、次々にあがってくる男性たちから離れて兄の部屋に連れていかれる。怪我がないかどうか母に調べられながら、気がつくとアヴェリンは火事が起こった状況を説明していた。ただし蠟燭を床に落としてしまったことは言っても、その理由については口をつぐんだ。ペーンのキスに気持ちをそらされてしまったことも。しかし母は顔を赤くした娘の様子や自らの持つ知識から、どんなふうにしてこの事態に陥ったのか、だいたいのところはつかんだらしい。

レディ・ストラウトンが励ますように娘の手をやさしく叩き、事故は起こるものだと言って慰めた。そのとき扉が開いて、父が煤《すす》まみれのウォリンを従えて入ってきた。兄のベッドの端に母と並んで座っていたアヴェリンは、飛びあがるように立って兄に駆け寄った。

「ペーンは無事なの？　怪我はしていない？」急いで問いかける。

「大丈夫？　怪我はなかった？」母がほぼ同時に兄に問いかけ、さっきアヴェリンにしたようにウォリンの体を調べはじめた。

「なんともありませんよ、母上」ウォリンがあわてて母をなだめ、妹に目を向ける。アヴェリンは心から愛している兄を真っ先に心配しなかったことで、罪悪感に襲われた。「ペーンは両手をやけどしたらしい。それに煙を大量に吸って――」

「いったいどこに行くつもりだ？」娘が扉のほうに向かうのを見て、父がうなるようにきいた。

「ペーンがやけどしたっていうから、行って手当てを――」

「レディ・ジャーヴィルがしてくれるわ」母が言ってアヴェリンの肩に手をかけ、体の向きを変えさせる。

「でも――」

「〝でも〟はなしだ」ストラウトン卿がきっぱりと言った。「おまえは城のなかを歩きまわれるような格好をしていない。ペーンの母親が部屋で手当てをしているから、終わったら彼にここへ来てもらうようにしよう」娘の肩をやさしく叩いて厳しい言葉を締めくくり、別の懸念を顔に浮かべて妻に向き直る。「あの部屋はめちゃくちゃだ。アヴェリンとペーンが今夜あそこで眠るのは無理だ。別の部屋を用意しなければならない。とりあえず今夜だけでも。できれば明日じゅうに、とりあえず使える状態にまで戻せればいいが――」

「ぼくの部屋を使えばいい」ウォリンがさえぎった。「ぼくは今夜、大広間で寝ますよ」

ストラウトン卿は煤まみれの息子を心配して見つめたが、結局一番手っ取り早い解決策にほっとした顔でうなずいた。「おまえが体を洗えるよう、わたしたちの部屋に風呂を用意させる」息子の肩に手をのせ、並んで出口へと向かう。

「ジャーヴィル卿夫妻の部屋にも用意したほうがいいんじゃないかしら。ペーンのために」レディ・ストラウトンが夫に言う。

父が足を止めて振り返り、妻と娘に愛情のこもった笑みを向けた。「ああ、そうだな。それに、わたしたちの娘のためにも用意させよう」

父と兄が出ていって扉が閉まると、アヴェリンは自分を見おろして驚いた。ペーンが廊下に連れだすときにくるんでくれた白いシーツが、濃い灰色に染まっている。腕や肩も同じ色なので、きっと顔もそうだろう。助けを呼びに一階へ走ったときは、こんなふうではなかった。まとったシーツは濡れてはいても白かった。あのあと二階に戻って寝室の入り口から真っ黒な煙があがるのを見ていたとき、煤にまみれてしまったのだろう。これは絶対に入浴が必要だ。


「なんともひどい状態にしてしまったものね」

　ペーンは両手のやけどの手当てをしてくれている母の控えめな感想に、うなり声を返した。そのことについてはなるべく考えないようにしているが、ひどく痛む。こうして触れられていると、大樽のなかでぐらぐら煮え立っている油に手を浸《つ》けながら、必死で気持ちをそらそうとしているかのような気分になる。だが気をそらそうがそらすまいが痛いものは痛い。母に悪気がないのはわかっているものの、ペーンの手を見ながら舌打ちをしてそんなことを言われると、彼の意識はやけどへと引き戻された。

　ペーンは扉に目を向け、妻は今どこにいるのだろうと考えた。彼女は何度もペーンを手伝おうとして、つまるところ邪魔にしかならなかったが、階下までみんなを呼びに行ってくれたのはありがたかった。あれでペーンは命が助かったようなものだ。ベッドの天蓋だけが燃えていたときは、煙もたいしてひどくなかった。だが収納箱に火が移ると、なかにしまわれていた何かから刺激性の濃い煙があがりだした。黒い煙を吸った彼はたちまち頭が朦朧《もうろう》としてよろめき、燃えている天蓋の縁に両手をついてしまった。

だが手を焼かれたことで頭がはっきりし、よろよろと立ちあがったところに手桶を持ったウォリンが飛びこんできた。それだけではとうてい足りなかったが、さらに次々と運ばれてきた水で火は消え、室内に充満していた煙の大半を外に追いだした。ようやく部屋を出るとペーンはほっとして、体をふたつ折りにしてひとしきり咳《せ》きこみ、黒い痰《たん》を吐いた。この部屋に連れてこられたこともほとんど覚えていないほどで、妻がどこにいるのかは見当もつかない。

「いったいどこに――」

「アヴェリンなら別の部屋にいると思うわ」レディ・ジャーヴィルが小声で言う。

ペーンは当惑して母を見た。母はいつも、ペーンが何を考えているのか見通してしまう。だから一緒にいるときは、心を読み取られないよう慎重に振る舞わなければならないこともある。

「そのとおりだ」部屋に入ってきたジャーヴィル卿が、息子と妻のやり取りを聞きつけて言った。「母親に手伝ってもらって入浴していると、ストラウトンが言っていた。この部屋にも風呂を用意してくれるらしい。おまえたち夫婦のために、アヴェリンの兄が部屋を譲ってくれるそうだ」息子のそばに来た父は、やけどを負った両手を見て顔をしかめた。「その様子では、おまえたち用の部屋は必要ないかもしれんな。今夜は義務を果たせないだろう。床入りは無理だな……」

「そうですね」気持ちのうえではすっかり準備ができていたペーンは、みじめな声で返した。まさに床入りの最中だったのだ。アヴェリンは期待どおり、どこもかしこもあたたかくてやわらかかった。それに夏の花のようないい香りがして、どんな男も喜ぶくらい感じやすく情熱的だった。火事に邪魔されたのが、いまいましくてならない。火事にならなければ、今頃はあたたかく潤った彼女の奥深くに身をうずめていただろう。それができていないことにペーンはがっかりしてため息をもらし、父も同調した。

「ところで、どうして火が出たんだ？」息子とともにしばらく失望に浸ったあと、ジャーヴィル卿がきいた。

ペーンは途方に暮れ、首を振った。「よくわかりません。蠟燭が床に落ちたんだと思いますが、どうしてそうなったのかはまったく見当がつきません」

「ふむ。ああ、おまえの風呂が来た」扉を叩く音がして、ジャーヴィル卿が言った。

扉が開いて、入浴に必要なものを運んできた使用人たちが入ってくる。

「わたしが残って洗うのを手伝うわ」レディ・ジャーヴィルが言ったので、ペーンは驚いて母を見た。母に風呂に入れられるなんて、いつ以来だろう。思いだせないほど昔だ。子どもの頃は子守や使用人がその役目を果たしていたし、大人になってからは母に手伝ってもらうなど考えたこともない。そしてペーンは、今になってそれを変えるつもりはなかった。

「必要ありません。自分でなんとかできます」彼はきっぱりと断ったが、母はその厳しい口調に感じ入るどころか、おもしろそうにほほえんだだけだった。親というのはこういうところが困る。戦場での勇猛果敢な評判を知る男たちはペーンの名前を聞いただけで震えあがるのに、母は彼を少しも怖がらない。

「自分でなんとかできるの？」淡々ときく母の声に、心のなかで愚痴をこぼしていたペーンはわれに返った。母のもの言いたげな視線をたどって自分の両手を見おろし、息をのむ。ひんやりとした気持ちのいい軟膏《なんこう》を塗ってもらい、父が現れてすぐに痛みがおさまっていたので、母がそのあとペーンの手をどうしたか、まったく気づいていなかった。今夜は花嫁と床入りを果たすのが難しいという事実にひたすら気を取られていたからだ。彼が悶々《もんもん》としているあいだに、両手はそれぞれ包帯でぐるぐる巻きにされていたことを今、初めて知った。なんてことだろう。これではまるで包帯を巻きつけた切り株だ。指などどこにもないこの状態では、手伝ってもらわずに入浴するのは不可能だ。

その考えに抵抗する気持ちが押し寄せてきたとき、ペーンはさらに重要な事実に気づいた。入浴に手助けが必要なだけでなく、今や妻との床入りを果たす望みは完全についえた。今晩も明日の晩もだめだ。彼は落胆して、ぐるぐる巻きの両手を見つめた。アヴェリンを愛撫して興奮させるどころか、抱きしめることもできない。横たわっている彼女にシーツをめくるように命じ、脚を広げさせて貫くなど、考慮にも値しない。ただしそうするなら現状でも可能かというと、そうとも言えない。今は痛まないが、手をついて少しでも体重をかければ激痛が走るだろう。どうしても今夜じゅうに床入りを果たそうとするなら、アヴェリンに彼の上にまたがってもらうか、自分に背を向けて前かがみになり、腰を突きだしてもらわなければならない。そうすればペーンは高まったものを突き入れるだけですむ。しかしキスや愛撫で彼女の欲望を充分に高めることなくそういう行為をすれば、屈辱と痛みを与えてしまうだろう。夫婦の契りを交わすのを無期限に延期する以外、選択肢はなかった。

アヴェリンは目を開けて、暗い色の天蓋をぼんやりと見つめた。いつもは水色なのに、彼女を起こさずにどうやって臙脂色《えんじいろ》のものに取り替えることができたのだろう。そう考えて、自分のベッドで眠っているのではないのだと気づいた。昨夜の出来事を思いだし、あわてて顔を横に向ける。すると隣で眠っている男性の姿が目に入った。

ペーン・ジャーヴィル。彼女の夫。

ぐっすり眠っていても、ペーンの顔は苦しそうにゆがんでいる。胸の上に置かれた包帯に包まれた両手を見て、アヴェリンはため息をついた。昨日ペーンが部屋に入ってきたときは、包帯でぐるぐる巻きにされた両手を見て目を疑った。その姿と彼が浮かべているつらそうな表情から床入りが無理なのは明白で、その見立てはもちろん正しかった。ペーンはシーツの下で何も身につけずに横たわっているアヴェリンをむさぼるように見つめたあと、長々とため息をついてベッドの横まで来た。けれどもそこで止まり、包帯で固められた両手からシーツへともどかしげに視線を移動させる。

ペーンが手を使えないのだと気づいてアヴェリンはすばやくシーツをめくり、横たわった彼の上にシーツをかけてやった。決まり悪そうに赤くなっているペーンを見て、アヴェリンは唇を噛んで彼の体のまわりにシーツをたくしこんだ。作業を終えて彼女が自分の側に横たわると、ペーンはふたたび重いため息をついて目をつぶり、眠ってしまった。

これで初夜は終わりなのだとアヴェリンもため息をつき、ペーンに背を向けて目をつぶった。けれども眠りはなかなか訪れなかった。自分のせいで火事になって彼が負傷したことに罪悪感を覚えずにはいられなかったし、夫がふんだんに与えてくれたすてきなキスと愛撫の先にあるものを経験できないのも残念だった。

そして今、朝になって目覚めたわけだが、アヴェリンは眠っている夫の苦しげな表情を見て、できるだけ寝かせておいてあげるべきだと判断した。病気にも怪我にも睡眠が一番効くと、母はいつも言っている。

アヴェリンはそろそろと動き、ペーンを起こさずに床におり立つとほっと息をついた。ベッドから離れ、火事のあとに父が彼女の部屋から運んでおいてくれた収納箱に急ぎ足で向かう。夫の領地へと出発するまでの何日間かに着ようと思ってよけてあった服は、赤いドレスを含めてすべて火事でだめになってしまったので、収納箱から別のドレスを出さなければならない。ペーンがいる部屋で何も着ていないことが気になり、彼女は最初に手に触れた服をあわてて身につけた。着たあとでじっくり見ると、それは城でいろいろな作業をするときに着ていた明るい茶色のドレスで、しまってあったせいで皺がついていた。思わず顔をしかめて手で引っ張って伸ばしてみたが、荷造りされているほかのドレスも同じ状態なのは明らかだ。

ドレスの皺を伸ばすのをあきらめ、アヴェリンは夫が眠っていることをもう一度確認してから、寝室を出て大広間に向かった。階段をおりる途中で足を止め、城にいる人々がすでに起きて活動を始めているのを見て小さくため息をもらす。大広間の床で眠っている客や使用人はひとりもいない。いるのは三人のいとこだけで、彼らはテーブルの長椅子に座っている。アヴェリンはおりてきたばかりの階段をあがりたくなったが、あがっても行く場所がない。眠った部屋に戻れば夫を起こしてしまうかもしれないし、ほかの部屋はどれも使われている。

このまま行くしかないと覚悟を決め、アヴェリンは背筋を伸ばして階段を最後までおりた。頭を高く掲げ、びくびくしているのを悟られないよう祈りながら、大広間を横切ってテーブルに向かう。

「あら」

ものうげなユーニスの声を聞いて、アヴェリンは体を硬くした。

「前と全然変わっていないわね」ユーニスの言葉に驚いて、アヴェリンは思わずそちらを見てしまった。

「変わっていない？」

「そうよ」ユーニスが皮肉まじりに言った。「あなたの夫はベッドをともにする気になれなかったのね……心配してたとおりだわ。そうでなければ、昨日とは違って見えるはずだもの」

「あの男がそんな気になれなかったのも当然さ」ヒューゴが同意する。床入りをすませていたら自分がどんなふうに変わると彼らは思っていたのだろうと、アヴェリンは頭をひねった。「さもなければ、こいつが生娘だった証拠が今頃、階段の手すりからぶらさがってるはずだ」

アヴェリンは〝こいつが生娘だった証拠〟がどんなものか、説明されなくても知っていた。破瓜《はか》の血がついたシーツを指しているのだ。アヴェリンは隣人の結婚式に出席したとき、その習慣を目撃していた。

「夫は火事で両手を怪我したのよ。だから今すぐには夫婦の契りを結ぶことができないの」勇気を振り絞り、精いっぱい堂々と説明する。

「彼がそう言ったの？」ユーニスが憐れみをたたえた目をして問いかける。

ヒューゴが笑いながら言った。「最後までやるために、手なんか必要ないのにな」

「たしかに」スティシウスがにやにやする。「もっともらしい言い訳の言葉も火事で燃えちまったんじゃないのか?」

アヴェリンは歯を嚙みしめた。堂々としていようと思っていたのに、急に弱気になって自信を失う。いとこたちはそんなアヴェリンの表情をすかさずとらえ、群れのなかで一番弱いシカを見きわめたオオカミたちのように彼女を取り囲み、自尊心を最後のひとかけらまで粉々にした。

5

ペーンは火事と格闘している夢を見た。夢のなかでは火と戦う道具がひとつもなく、彼は燃え盛る火に指や手のひらを焼かれる激しい痛みを我慢しながら、素手で火を叩いていた。しかし痛みは耐えがたく、とうとうペーンは目を開けた。

激しく息をつきながら体を起こし、顔の前に両手を持ちあげて見つめた。焼けつく痛みで完全に目が覚める。ペーンは包帯が巻かれた手に一瞬目をやったあと、腿の上に手を落として体を倒した。両手をやけどしたのだと思いだす。頭上の天蓋の生地を見つめ、ずきずきと脈打つ手の痛みを懸命に意識しないようにしながら、昨夜の出来事を思い返した。望みどおりにはいかなかった初夜のことを。

アヴェリンの存在を思いだして横を向くと、隣は空っぽだった。すでに起きだして部屋を出ていったらしい。ペーンは顔をしかめると、シーツを蹴り飛ばしてふたたび体を起こした。妻を見つけたら、話しあわなければならないことがある。だが厳しくしすぎないようにしなければ。なんといっても彼女は花嫁になったばかりなのだから。とはいえ、よき妻になるために学ばなければならないことがあるという事実に変わりはない。たとえば夫が起きるまで、妻はベッドを出てはならない、とか。夫が昨日の夜にやり残したことを今朝しようと思い立っても、妻がいなければどうしようもない。まあ、今の手の状態でそれが可能かと言われれば、難しいのだが……。

ペーンは考えるのをやめ、ベッドを出た。室内を見渡して、着るものがないという事実にゆっくりと気づく。服は全部、昨日の火事でだめになってしまった。ベッドに入る前に男たちにはぎ取られたものも、収納箱にしまってあったものも、すべて焼けただれた。昨夜は入浴したあと、母が体を拭いてくれた布だけを巻いて、この部屋まで来た。

屈辱的だった入浴を思いだし、ペーンは眉間に皺を寄せて問題の布を見おろした。母に今さら赤ん坊のように入浴させられたことで、自尊心が傷ついていた。一方、母のほうに動揺している様子はいっさいなかった。母はただ袖をまくり、ジャーヴィル城で飼っている犬たちを水浴びさせるときと同様に、ペーンの体を淡々ときれいにした。そして湯から出るよう指示すると、手早く体を拭いて彼の腰に布を巻きつけ、この部屋へと送りだした。

ペーンは思いだしながら頭を振り、床に落ちているその布をどうすればいいか考えを巡らせた。拾って腰に巻きつけるなどという芸当が今の自分に無理なのは明白だ。しかし布の下に爪先を入れて持ちあげ、ぐるぐる巻きの手の上にのせることはできないだろうか。もしそれができたら、どうにかして腰に巻きつけることも……。

いったい何を考えているのだろうと、ペーンはいらだった。自分ひとりで布を腰に巻き、留めつけられるはずがない。人に手伝ってもらうことを考えると不愉快だが、そうする以外にないのは一目瞭然だ。まず服を借り、それを着るために誰かに助力を求めなければならない。

妻がいれば、服の調達は任せられたはずだ。それを着るのも手伝ってもらえただろう。だが彼女はここにいない。ペーンが起きるまで寝室を出てはならないと諭す理由がもうひとつ増えた。

アヴェリンがいないことにさらにいらだちを募らせながら、両親がまだ昨日の部屋にいてくれることを願って扉へと向かった。掛け金にやや手こずったが、なんとか外して部屋を出る。しかし廊下の奥にある両親の部屋に行きかけたところで、その向かいの部屋の扉が開いてストラウトン卿夫妻が出てきた。

ペーンはぎくりとして足を止めた。ストラウトン卿夫妻も固まり、凍りついたように三人で見つめあう。ペーンはぽかんと口を開けている彼らの前で包帯に包まれた両手をおろし、義理の母の目から下腹部を隠した。すると今度は彼の両親の部屋の扉が開いて、ジャーヴィル卿が現れた。ペーンが父を見て低くうなると、その小さな音を聞きつけて父が振り向いた。

「ペーン！　どうしてそんな格好で廊下にいるんだ！」ストラウトン卿夫妻から真っ裸の息子に視線を移したジャーヴィル卿は大声をあげた。

ペーンはため息をついて頭を振ったが、すぐ横にある部屋の開けっぱなしになった扉から室内の様子が見えて動きを止めた。アヴェリンの部屋が昨日の夜に思ったほどひどい状態ではないことに驚く。燃えたのはベッドの周辺だけで、昨日連れだされたときは煙が濃く立ちこめていてわからなかったものの、室内全体が燃えたと思ったのは間違いだったらしい。

もしかしたら、彼の収納箱も思ったほどひどく焼けていないかもしれない。胸に希望がわきあがり、ペーンは急いで部屋に入った。だがぎこちなく謝っている父の声が背後から聞こえ、三人を放ってきてしまったことに気づいた。

それでも引き返さず、めちゃくちゃになったベッドのまわりを歩いて自分の収納箱を探した。しかし真っ黒に焼け焦げた物体が目に飛びこんできた瞬間、はかない希望はついえた。収納箱の上部はすっかりなくなり、底と横の部分だけが黒焦げになって残っている。その内側には黒っぽい灰がわずかにたまっていた。救出できそうなものはないと悟って、ペーンはため息をついた。失望のあまり声がもれ、しばらくそこから目が離せなかったけれど、しばらくしてあたりを見まわすと、昨日着ていた服が目に入った。服といっても煤まみれの焼け焦げた代物だが、昨日火を叩くのにこのチュニックとズボンを使ったのだからしかたがない。今はどちらもくしゃくしゃになって、床に転がっている。

ペーンは渋い表情で、それを足の先でつついた。昨日は男たちが運んできた手桶の水でびしょ濡れだったのが、すっかり乾いている。彼が打ち捨てたままの形で、かちかちに固まっているようだ。

「こりゃあひどい！　いったいなぜこんなことになったんだ！」

ペーンは部屋に入ってきた父に目を向けた。頭を振りながら扉を閉めた父が、ため息をもらしてそこにもたれる。ペーンが何も言わずにいると、ジャーヴィル卿は顔をしかめて息子に歩み寄った。

「当然、おまえには服が必要だ。思いつくべきだったな。いきなり向きを変えてこの部屋に入っていくまで、なぜ裸で歩きまわっているのかさっぱりわからなかった」

「ぼくの服はここにありますよ」ペーンはそう言ったあと、いやいやつけ足した。「でも手伝ってもらわないと着られません」

「当然だ。わたしが手伝おう。おまえの服はどこに……」ジャーヴィル卿がペーンの視線をたどって床の上の小さなふたつのかたまりを見つけ、口をつぐんだ。「なんだ、あれは！　まさかあれを着るつもりじゃないだろうな。とても着られる状態ではないぞ」身をかがめ、かつてはペーンのチュニックだったと思われる物体を拾いあげる。すると床から引きはがすときに破ける音がしたうえ、持ちあげても板のように平らに固まっていた。「こいつは無理だ。わたしのチュニックを取ってくるから――」

「父上のチュニックでは体に合いません」

出口に向かいかけていたジャーヴィル卿が足を止め、眉をひそめて振り返った。息子の体の大きさを目で測り、肩を落とす。「そうだな、おまえはわたしより大きい。いつの間にそんなに大きくなったんだ」一瞬顔をしかめたあと、頭を振りながらかちかちの服を振った。「だが、これは着られない。おそらくウォリンのなら――」

「服を恵んでもらうなんてごめんです。家に戻るまで、自分の服で我慢しますから」ペーンはむっつりした顔で言い張った。「それをもっと振ってください。しばらくしたらやわらかくなるでしょう」

ジャーヴィル卿はなおも息子に反論したそうだったが、もう一度頭を振って戻ってきた。「おそらくウォリンの服も小さいだろうな。おまえはここにいる誰よりも、二十センチは大きい」

かちかちの服をやわらかくするには、ちょっと振るくらいでは足りなかった。着られる状態まで戻すのに、父はそれをさまざまな方向に引っ張ったり、全力で床に叩きつけたりと、相当な労力を費やさなければならなかった。煙のにおいがぷんぷんする穴だらけの服を〝着られる状態〟と呼べるとすれば、だが。ペーンのチュニックもズボンも状態がいいとは言えず、かろうじて着られる程度だ。だが煙のにおいがして穴やしみだらけだとしても、見られてはならない部分をきちんと覆い隠せることは確かで、ペーンはこれで間に合わせようと決めた。手は痛いし、頭も痛い。そんなときにしみや穴や不快なにおいはなくても、ちょっと動けば破れてしまうとわかっている服を探す忍耐力はペーンにはなかった。すぐにここを出発すればいいだけの話だ。ペーンは着飾ることに興味はなく、普段着る服はふた組しか持っていない。片方を着ているあいだにもう片方を洗えばこと足りるからだ。弟のアダムはペーンとほぼ同じ体格だったが、もっと服装に気を遣っていた。だからジャーヴィル城に戻れば、弟の部屋で服を見つけられるだろう。家に戻るまではこれでいい。

すぐに出発することを母は喜ばないだろう。それに当初の計画では、ここに二、三日とどまって、アヴェリンがペーンや彼の家族になじむ時間を取る予定だった。そうしたほうがいいと母が言いだしたのだが、どうして新妻にそんな時間が必要なのか、ペーンにはわからなかった。アヴェリンはこれから一生かけて、自分たちを知ることができるのに。ペーンと父は、あくまでもそう主張する母を喜ばせるために同意したにすぎない。しかし状況が変わり、早く帰らなければならない理由ができた今、計画を変更せざるをえない。少なくともペーンの計画は。父のあとについて廊下に出ながら、ペーンは考えを巡らせた。両親はそうしたければ残ればいい。だが自分と妻は朝食をすませたら出発する。まずは新しい従者の少年を迎えに行って、それから家へ向かおう——。

「ああ、母さんだ」

ペーンが廊下の奥に目をやると、母がストラウトン卿夫妻と話していた。

「先に下へ行っていなさい。わたしたちもすぐ行く」父が促す。

ペーンはうなずき、三人のほうに歩いていく父と別れて階段へ向かった。

大広間に着いたペーンの目に最初に飛びこんできたのはアヴェリンだった。テーブルについているが、ひとりではなくいとこたちが一緒で、彼女のみじめそうな表情を見れば三人がまた無礼な発言を繰り返しているのは確実だ。ペーンは無意識に剣に手を伸ばしたが、包帯で固められた手が柄にあたる感触に顔をしかめた。これでは剣を使えない。

武器を奪われたペーンは、三人をにらみつけながら近づいていくしかなかった。幸い、三人は剣でいらだちを晴らせないペーンを見ても逃げだすほど臆病で、彼の機嫌がそれ以上悪化することはなかった。ペーンが満足のうなりをもらして隣に座ると、妻が驚いた表情で彼を見た。

「まあ、もう起きたのね」

ペーンはアヴェリンの驚いている様子については言及しなかった。そのうえ非常に寛大な気持ちになって、彼女がペーンの面倒を見ずにひとりで階下に行ったことも責めなかった。「落ちこんだ顔をしているが、いったい何を言われた?」

すると興味深いことに、彼の花嫁は困惑した様子で赤くなってうつむいた。蜂蜜酒の入ったゴブレットを見つめながら言う。「たいしたことじゃないの。もう忘れたわ」

咳払いをして、明るい声で続けた。「ねえ、あなた、お腹はすいていない? 一緒に朝食はどう?」

明らかに嘘をついているアヴェリンに、いとこからいやなことを言われたとか、そんなささいな事柄でも妻は夫に嘘をつくものではないと説明すべきかどうか、ペーンは思案した。しかしアヴェリンが向けてくる笑顔がくらくらするほど魅力的だったうえに、〝あなた〟と呼んだやわらかな声がまるで音楽のように心地よく、彼は差しだされたパンを黙って受け取ることにして手を伸ばした。ところが自分の手が目に入ったとたん、ペーンは愕然とした。包帯をぐるぐる巻きにされた切り株のような手は、見た目どおりなんの役にも立たない。

ペーンは重いため息をつくと、伸ばしかけた手をおろしてテーブルのほうを向いた。今度は彼が困惑する番だった。

「食べさせてあげるわ」ペーンが問題を抱えていることに気づいたアヴェリンがやさしく言う。

「腹は減っていない」ペーンは無愛想に返した。何もできない赤ん坊のように妻に食べさせてもらうなどという屈辱には耐えられない。彼が横を見ると、アヴェリンは憐れんでいるとしか言いようのない表情を浮かべていた。ペーンはうなるように言った。

「きみが食べろ」

アヴェリンがためらっているのでペーンは重ねて命令しようとしたが、そのとき使用人が蜂蜜酒の入ったゴブレットを彼のために急ぎ足で運んできた。

ひとりでなんとか口にできそうなものが出てきてほっとしたペーンは、包帯を巻かれた両手でゴブレットを挟み、口の前まで持ちあげた。ようやくアヴェリンが視線をそらしたのでほっと息をつき、ゴブレットを少しだけ傾けて彼女を見つめながら蜂蜜酒を飲んだ。ところがアヴェリンがチーズのかけらを取りあげてひと口かじり、ゆっくりと噛みはじめるのを見て、急に口がからからになった。妻のその仕草に別の飢えを呼び起こされ、それを癒やすことができない現実に体のなかをかきむしられるような絶望を覚えた。ひとりでは食べられないし、服も着られない。さらにベッドで夫の務めを果たすこともできない。至福をもたらしてくれるはずの結婚生活が、地獄の苦しみを与えるものになっている。だが新しい従者を迎えれば事態は好転すると、食事を続けるアヴェリンを見つめながら自分を慰めた。少なくとも、従者に着替えや食事を手伝ってもらえるようになる。夫の務めに関してはどうにもならないが。

妻がピンク色の小さな舌を出して唇をなめたので、ペーンは頭のなかが真っ白になって唾をのみこんだ。妻は上下の唇にくまなく舌を滑らせ、食べ物のかけらをきれいになめ取っている。アヴェリンがその舌を彼の唇に這わせる感触がまざまざと感じられる気がする……さらに、もっとずっと下のほうにある、炎の影響をまったく受けておらず、ペーンの手が焼けたことを気にもしていない部分を這う舌の感触も。

突然、ゴブレットがガちゃんとテーブルにあたる音が響いた。ペーンは冷たい液体が胸や腿にかかるのを感じて、はっとわれに返った。思わず大声をあげて立ちあがり、自分が引き起こした惨状を見おろす。妻が向けている驚いた表情を見て、恥ずかしさのあまり頬が赤くなった。

アヴェリンが口を開きかけたとき、背後から心配そうな声がした。「ペーン、大丈夫？」

のろのろと振り返ると、両親だけでなくストラウトン卿夫妻も大広間を横切って駆け寄ってくるのが見え、ペーンは肩を落とした。間抜けなところを双方の両親に見られてしまった。

ペーンは一瞬目をつぶるとすぐに開いて頭を振り、みんなに言った。「アヴェリンとぼくは一時間後に出発します。従者を迎えにまずハーグローヴへ行って、そのあとジャーヴィル城に戻ります。父上たちは一緒に出発してもいいし、あとから来てくれてもかまいません」

驚いて息をのむ音やぽかんと開いた口を無視して背を向けると、ペーンは外に出た。馬屋を探して馬の用意をさせなければならない。結婚してたったひと晩しか経っていないのに、持ち物のなかで無事に残っているのは馬だけになってしまった。それが不吉な予兆ではないことをペーンは祈った。

「ごめんなさいね。当初の計画ではあなたがわたしたちとなじめるよう、結婚式のあとに何日かここで過ごす予定だったのよ。でも……」レディ・ジャーヴィルがため息をもらして説明した。「ペーンは今、着ている分しか服がないの。あとは全部燃えてしまったから。それにあの手では自分で食べることも着替えることもできないでしょう？　はっきり言って、そのほかのことも自分ではほとんどできないわ。だからなるべく早く新しい従者を迎えに行けば、ずいぶん楽になると思うの――」

「大丈夫です、お義母《かあ》さま」アヴェリンは穏やかにさえぎった。「わかっていますから。わたしはなんとも思っていません」

けれどもアヴェリンは自分の母に視線を向け、母にとってはそうではないと見て取った。レディ・マージェリア・ストラウトンはアヴェリンがいきなりいなくなるという事実に明らかに動揺している。それでも娘を引きとめたりしないよう、舌を噛んで必死に耐えているのもわかった。そしてペーンの母親もそれに気づいており、だからこそ息子のために言い訳をしなければならない気持ちに駆り立てられているのだということも。

「荷物の準備が全部できているかどうか、見てこないと。お母さまも来る?」アヴェリンは静かに問いかけた。

「ええ」レディ・ストラウトンはアヴェリンが差しだした手をすがりつくようにつかみ、娘とともに階段へ向かった。絶対に放したくないという気持ちが切々と伝わってきて、アヴェリンはこれからの一時間は今まで経験したことがないほどつらく悲しい時間になると覚悟した。両親と兄を始め、彼女の愛しているすべての人々、すべてのものに別れを告げ、夫についていかなければならないのだ。ほとんど知らない男性と一緒に、生まれ育った場所を出て新しい家に向かう。初めて会う人たちばかりの、初めての場所に。大人になって人生の新たな段階へと踏みだすのが、これほどつらいものだとは思わなかった。男性の場合はもっと簡単だ。ウォリンが結婚するときは、兄の妻がここに来て生活を築いていく。兄は別の場所に行ってそこで居場所を作る必要はない。それはひどく不公平なことのようにアヴェリンには思えた。

6

「ペーン、お願いだから荷馬車に乗って。このままでは手がもっとひどいことに――」

「年を取った女性や病気の赤ん坊みたいに荷馬車になど乗るつもりはありません。それに荷馬車はメイドや荷物でいっぱいで、座る余裕なんかないでしょう。どうやらぼくの妻はストラウトン城の半分を持っていくつもりのようです」

アヴェリンと母は城の階段の一番下で立ちどまり、懸念に満ちた視線を交わした。階段をおりてくる途中でペーンが馬の背によじのぼるところが見えたのだが、負傷している両手を使った結果が彼の姿に如実に表れていた。顔は病的なまでに白くなり、額にも唇の上にも玉のような汗が浮かんでいる。ペーンは苦痛の声をもらさないようにしているものの、つらいのがありありと伝わってきた。

それでもなお背筋を伸ばして鞍《くら》の上に座っている。手綱を取り、包帯で固められた手のまわりに巻きつけようと悪戦苦闘している彼が鞍から落ちないのは、自尊心のなせるわざにほかならない。

ペーンの母親は息子の説得をあきらめて向きを変えると、階段の下にいるアヴェリンと彼女の母のもとへ来た。息子を心配するレディ・ジャーヴィルの顔には、深い皺が刻まれていた。「あの子は愚かな自尊心のせいで、どんどん傷を悪化させてしまうわ」

アヴェリンは唇を嚙んでうなずいた。かたくなな表情の夫に視線を移し、どうすればいいか思案する。レディ・マージェリア・ストラウトンの娘は愚か者ではない。非常に頭が切れる母の資質を受け継いだアヴェリンは、これまで母の教えのすべてに注意深く耳を傾けてきた。

レディ・ストラウトンから教わったのは、領主夫人として屋敷を切り盛りしつつ、使用人たちを監督する方法だけではない。母は、何より夫にうまく対処することが重要だと考えていた。その方面に関して母が娘に授けた最初の教えは、男性とは神が創りたもうたなかでもっとも頑固かつ自尊心が強い生き物であり、女性は彼らが自尊心のために自らを死に追いやってしまわないよう、機転をきかせて賢く立ちまわらなければならないというものだった。

思うに、母が警告していたのは今のような状況だろう。夫が断固として弱さを認めず、傷を悪化させながら旅を続ければ、感染症にかかって死んでしまうかもしれない。父や兄と暮らすなかで、男性という生き物にはそういう愚かな面があると教えられた。しかもあろうことか、ペーンは今、父親に、馬を操れるよう包帯で固めた両手に手綱を縛りつけてくれと頼みこんでいる。賢明な妻として、夫を彼の自尊心から救うべく行動するときがきたと、彼女は心を決めた。

「ああ、どうしよう」アヴェリンが大声で言って義父に走り寄ったので、息子に言われたとおりにしようとしていたジャーヴィル卿は手を止めた。

「どうしよう?」問い返す義父が目に希望を浮かべる一方、アヴェリンの夫は疑い深そうな視線を彼女に向けている。

「どうしようって、何がだ?」ペーンが厳しい表情のまま尋ねた。

アヴェリンは夫に向かって目をしばたたきながら、不安げな表情をしてみせた。

「実は馬の乗り方を知らないの」

「なんだって?」男性ふたりが呆然と彼女を見つめる。

アヴェリンは軽く肩をすくめた。「生まれてこのかた、ストラウトンから遠くに出かけたことが一度もなかったから、今まで習う必要がなかったの。だから荷馬車に乗るつもりでいたら、母が用意してくれた荷物が予想よりも多くて」

ペーンはアヴェリンを見つめた。バラ色の頬をした彼女は無邪気な表情で、輝く笑みを浮かべている。まるで春の一日のように魅力的だが、信じられないほど頼りない生き物だということもわかっていた。結婚式では気絶するし、初夜には火事騒ぎを引き起こした。そして今、乗馬もできないと認めたのだ。どう考えてもアヴェリンはペーンが望んでいた心身ともに強い妻からはほど遠い。

ペーンは視線を父に向けたが、父は階段の脇にいる女性たちを見つめていた。父の考えこんでいる表情が気になり、ペーンも母とレディ・ストラウトンに視線を移す。母は心配そうな様子だ。だがレディ・ストラウトンは少々困惑した顔をしている。なぜだろうかとペーンが考えはじめる前に、またしてもアヴェリンが口を開いた。

「あなたが乗り方を教えてくれないかしら?」

娘の言葉を聞くなり、レディ・ストラウトンの表情が一気に晴れた。それを不思議に思う間もなく、母が突然にこやかな笑顔で走り寄ってきた。

「まあ! すばらしい考えじゃないの! ペーンと一緒に馬に乗って、乗り方を教えてもらうといいわ。二、三日あれば覚えられるわよ。ジャーヴィル城に着く頃には、難なく乗りこなせるようになっているわ。そうよ、そうしなさい」

ペーンは鞍の上で落ち着きなく身じろぎをした。何か大事なことを見落としている気がしてしかたがない。みんながこれほど喜ぶなんて、どこか変だ。だが何が変なのかわからない。顔をしかめて考えこんでいると、アヴェリンが兄の手をつかんで引き寄せた。「お兄さま、乗るのを手伝って」

「それはぼくが……」ペーンは言いかけたものの、声が尻すぼみになった。抗議しようにも手遅れだ。ウォリンはすでにアヴェリンをペーンの前に押しあげていた。

妻が振り返り、肩越しにかわいらしい笑みを向けてくる。どういうわけか、その笑みに含みが感じられて疑念が深まったが、ペーンは肩をすくめてそれを振り払い、心のなかで罵りの言葉を吐いた。まったく妻や女性というのはなんて不可解な存在なのだろう。彼がアヴェリンの両側から手を伸ばして手綱を取ろうとしたところ、彼女に先を越された。「乗り方を覚えるためには、わたしが持ったほうがいいでしょう？」

ペーンは愛馬を明け渡すようで躊躇したものの、しぶしぶため息をついて体を引いた。「好きにすればいい」

アヴェリンからうれしそうに笑いかけられても、いっこうに気分はよくならなかった。しかたなく背後からアヴェリンの腰に腕をまわすと、彼女が体をすり寄せてきた。

やれやれ、ジャーヴィル城までは長い旅になりそうだ。

アヴェリンは自分を褒めてあげたい気分だった。ようやく妻として正しい行動が取れた気がする。結婚式も、祝宴も、初夜もずっとへまばかりしていたが、とうとう正しい一歩を踏みだせた。夫を出し抜き、ペーンの両手がこれ以上悪化しないように守ることができた。

そう考えたところで、眉をひそめた。自分の夫をだましておいて、それを誇りに思うなんて、妻としてどうなのだろう。乗馬ができないと嘘をついて、まんまと夫の前に座って手綱を取るなんて。やっぱり今日は悲しい日だと、アヴェリンは重いため息をついた。ドレスに覆われた膝の上に母の手が置かれるのを感じて、視線を向けた。

「あなたならちゃんとやっていけるわ」母が娘の心を読んだように励ますと、膝を強く握った。「わたしたちはあなたがどこにいても愛しているし、すぐに会いに行くつもりよ」

ふいに目に涙がこみあげ、アヴェリンはあわててまばたきをした。けれども涙がこぼれるのを止められなかった。ストラウトン城を離れなければならない。これまで安全と安心と愛情を与えてくれたわが家を出て、今から馬で向かおうとしているのは未知の土地だ。そこでほとんど知らない男性と自分の人生をともに始めることになる。その一歩を踏みだすのは恐ろしくてつらいことだった。

「愛しているわ、お母さま」アヴェリンは涙ながらに母にささやいた。いとま乞いの挨拶をしたペーンがすぐに馬の脇腹を蹴って出発させたので安堵する。アヴェリンは涙を振り払って手綱を握りしめ、馬を城門の外へ向かわせることに集中した。

一緒の馬に乗せてもらわなければならないと夫に主張したのは、本当にそうしたかったからでもある。たしかに馬に乗れないというのはでたらめで、小さな頃から乗馬はたしなんでいてかなりの腕前だが、長距離の旅はしたことがない。これまではストラウトンを出る必要がなかった。だからきっと一時間ほど馬に乗ったら休憩して体力を回復し、また少し馬に乗ったあと、ゆっくり昼食をとって休憩し、また出発するといったふうに進むのだろうと想像していた。でも実際はまったく違った。昼食は馬の上でとった。といっても、ペーンが鞍にさげた袋から取りだした果物とチーズとパンはアヴェリンだけが食べた。両手に包帯を巻いているせいで、ペーンは食べられなかった。どうにか食べようと、包帯をした手でチーズをつかんだが、ひと口かじるかかじらないかのうちにチーズを地面に落としてしまった。アヴェリンが手伝いを申しでても、ペーンはかぶりを振り、別に腹はすいていないと言った。

彼女は胸が痛かった。ペーンは自尊心が高すぎて妻の助けを受け入れられずにいる。このままだと空腹になる一方だ。そんな彼を愚かだと笑うのは簡単だが、アヴェリンも人のことは言えなかった。何しろ、結婚式のドレスをはじけさせてしまったのだから。自尊心にとらわれすぎると、誰もが愚かしい真似をしてしまう。

同じ馬に乗っているのに、その日の大半は無言のまま旅を続けた。夕方になり、空き地にたどり着いたとき、ペーンがここで野営をすると言うのを聞いて、アヴェリンはほっとした。うれしくてたまらず馬からそそくさとおりたが、急ぎすぎたために地面についた足が体を支えきれず、がくんと膝が折れそうになった。あわてて夫の脚と鞍につかまり、体勢を立て直す。

「大丈夫か、アヴェリン？」ジャーヴィル卿がそばに駆けつけ、腕を取って体を支えてくれた。

アヴェリンはどうにか笑みを浮かべてうなずいた。恥ずかしくて夫の顔を見ることができず、黙って彼の脚から手を離す。義父に連れられて空き地の隅まで行き、そこにあった倒木に座ってこわばった脚を伸ばした。義父はすぐに取って返し、自分の妻が馬からおりるのを助けた。長時間、鞍の上で揺られていたせいで、レディ・ジャーヴィルも足がふらついている。夫の腕にすがりつくようにしてアヴェリンのところまで来ると、隣に腰をおろした。

「テントを張るあいだ、少し休んでいるといい」ジャーヴィル卿が言う。

馬の世話を始めた男性たちに合流する彼を見送ってから、アヴェリンとレディ・ジャーヴィルは同時にため息をもらし、顔を見あわせて苦笑いした。

「あなたもわたしと同じくらい、体じゅうが痛くて疲れきっているのかしら」レディ・ジャーヴィルが自嘲するような笑みを浮かべながら尋ねた。

アヴェリンはうなずいた。「わたしだけじゃないと知って、ほっとしました」それからあわててつけ加える。「お義母さまがつらい思いをしているのを喜んでいるわけではありませんけど」

「わかっているわ」レディ・ジャーヴィルがやさしく答える。

アヴェリンはそう聞いてほっとした。

「予期しないことが重なったせいで、予定よりも早くストラウトン城を出発しなければならなくなったのを申し訳なく思っているのよ。ご家族のもとを離れる前に、わたしたちのことをもう少し知ってもらう時間を取れればよかったのだけれど」

アヴェリンは視線をそらした。ふいに喉に熱いかたまりがせりあがってきたのをどうにかのみくだし、なんでもないとばかりに肩をすくめてみせる。「旅をするあいだに知りあえますから。ジャーヴィル城に到着したあとでも」

「そうね。あなたとは仲よくできたらと思っているの。息子だけで娘を持てなかったことをずっと残念に思っていたから。もちろん息子のことは愛しているけれど、男の子と女の子を両方持てたあなたのお母さまがうらやましいわ。だからあなたを娘として迎えられて本当にうれしいのよ」

アヴェリンは笑みを浮かべ、手を伸ばして義母の手を握りしめた。そのとき、レディ・ヘレンとディアマンダがこちらへ向かってくるのに気づいた。ふたりも馬に揺られてきたので、ぎくしゃくした動きになっていることに驚きはない。驚いたのは、ふたりのあとからついてきたメイドたちもつらそうにしていたことだ。どうやら荷馬車に乗るのも馬に乗るのも、たいした違いはないらしい。

「ジャーヴィル卿はまずテントを張ると言ってたわ。そうすれば、男の人たちがほかのこまごました用事を片づけてるあいだに、わたしたちがなかを整えられるから」レディ・ジャーヴィルの反対隣に座りながら、ディアマンダが言った。

ペーンの母親がその知らせを受けて何か小声で返しているあいだに、レディ・ヘレンがディアマンダの隣に腰をおろした。そのあとは四人とも黙ったまま、男性たちが支柱を立ててその上に重い生地を広げるのを見守った。テントはふたつあり、片方はもう片方よりもかなり大きくて立派だ。旅行用のテントが贅沢品であることは知っている。それをふたつも所有しているのは夫の一族がとても裕福である証拠だ。それはいいことだが、今のアヴェリンにはもっと別の差し迫った関心事があった。今すぐ用を足したいという切羽詰まった欲求に駆られていたのだ。けれど、そんな話をここで持ちだすのはためらわれた。若い娘が体の欲求について口にするなんてはしたないことだ。アヴェリンは必死に我慢したが、そろそろ限界に近づいていた。

そのときふいに、目の前に二本の脚が現れた。アヴェリンが顔をあげるとペーンが立っていた。安堵すると同時に何をしに来たのかと疑問がわく。

「テントができた」彼はそう言うと、片手を差しだして妻が立つのを助けようとした。アヴェリンは躊躇し、結局は夫の包帯に覆われた手を取らず、ぎくしゃくと自力で立ちあがった。自分のせいでペーンの傷を悪化させたくなかったからだが、ペーンが眉間に皺を寄せたので、彼女はため息をついた。夫は怪我などしていないふりを全力で続けている。ここでアヴェリンが助けを借りなければ、ペーンは気を悪くするだろう。

そう思い直して頭を振ると、夫の腕につかまった。彼に連れられて空き地を横切り、大きいほうのテントへと向かう。

「これがぼくたちのテントだ」ペーンの言葉を聞き、アヴェリンは驚いた。「必要だと思うものがあれば、あそこにいる男たちに言ってくれ。なんでも積み荷からおろして運ぶよう命じてある。まずは寝具から運んでいるが、遠慮なく彼らに申しつけるように」

「わかったわ」アヴェリンは小さな声で答え、背後を一瞥《いちべつ》した。ルニルダがついてきているのを見てほっとした。テントにどんなものを用意すべきかなんて見当もつかない。ルニルダも知っているとは思えないが、ふたりで知恵を出しあえば、どうにかなるだろう。「寝具はどこに置いたらいいか、希望はある？」ペーンがテントの入り口の垂れ幕をめくり、なかへ入るよう促したため、アヴェリンは尋ねた。

彼女がペーンの腕から手を離し、脇を通ってテントへ入ると、ペーンは肩をすくめた。「奥の右側の隅がいいだろう。これからぼくはほかの者たちを手伝いに行くが、その前にきいておきたいことはあるかい？」

「ええ」アヴェリンは頬が熱くなるのを感じつつ、夫が身ぶりで示したテントの隅を見つめた。「用を足したいの。それから今日は土埃を浴びてしまったから、お風呂に入れたらうれしいわ」決まり悪い要求をようやく口にできた。テントの入り口に向き直って言葉を継ぐ。「ここではどちらも無理だとわかっているけれど……」ところがそこに夫の姿はなく、アヴェリンは口をつぐんだ。

眉をひそめながらテントの入り口まで歩き、外を見る。アヴェリンの夫は長身で、ほとんどの男性より頭ひとつ抜きんでている。彼はすぐに見つかったが、いたのは野営地の反対側で、しかも両親と何やら真剣な顔で話しこんでいたので、アヴェリンは戸惑った。

「用を足す？　彼女は本当に便所と風呂が必要だと言ったのか？」ジャーヴィル卿は困り果てている息子と同様、困惑した声をあげた。

「そうなんです。どうすればいいでしょう？　男たちに地面を掘らせるとか……」

「それでどうする？　その上にテントを張り直すのか？　ありえない」父はかぶりを振った。

「アヴェリンがわざわざ地面を掘ってもらいたがっているとは思えないわ」レディ・ジャーヴィルが憤慨した様子で口を挟む。「もし今、必要に迫られているなら、家臣たちが地面を掘り返すのを何時間も待ちたいはずがないもの。旅のあいだ、用を足したいときにはどうすればいいのか、ききたかったんでしょう」

「なるほど、そうかもしれない」ペーンはほっとして同意した。「旅の汚れを落としたいから風呂に入りたいと言ったのも、今は無理だとわかっていて言ったに違いありません」

「そうね。だったら……川のほとりで人目につかない場所を探してあげたらどうかしら？　そうすれば、どちらの目的も果たせるわ」母が穏やかに提案する。

「そうします」ペーンは危機を回避できて、明らかに安堵した様子でうなずいた。

息子が自分のテントへ戻っていくのを見送りながら、レディ・ジャーヴィルは頭を振った。「あの子は十字軍で長く過ごしすぎたわね」

「そのようだな」ジャーヴィル卿はうなずいて同意したが、いたずらっぽくにやりと笑った。「あいつはアヴェリンのことが大好きなんだ。彼女を喜ばせたくてたまらないんだよ」

「ええ」レディ・ジャーヴィルがにっこりする。「そのとおりよ。わたしたちはいい選択をしたということね」

「いい選択をしたのはきみだ」ジャーヴィル卿は妻を褒めたたえた。「とはいえ、さっぱりわからんな。なぜアヴェリンがまだ小さな赤ん坊のときに、ペーンにぴったりだと考えたんだ？」

「簡単よ。あなたと彼女の母親の組み合わせを想像してみたの」

「なんだって?」ジャーヴィル卿が驚いた顔で妻を見た。「どういうことだ?」

「ペーンがいずれ、あなたとそっくりになるのはわかりきっていたわ。小さい頃からあなたによく似ていたんですもの。そしてアヴェリンは彼女の母親によく似ていた。だからストラウトン卿とわたしがいなくて、あなたとレディ・ストラウトンが一緒になったらどうなっただろうと想像してみたの。そうしたら、ふたりの仲はかなりうまくいくと思えたのよ」

「わたしとレディ・ストラウトンだと? 彼女は……すばらしい女性だ。だが、わたしが愛しているのはきみだよ」

レディ・ジャーヴィルはひどく居心地が悪そうな夫を見てにっこりした。「ええ、そうね。でもあなたは彼女のことも同じように愛せたと思うわ。だから息子の妻にはアヴェリンがいいと思ったの」

ジャーヴィル卿は口を開けたが、あわてて閉じた。賢明にも、これ以上この話題を続けないほうがいいと悟ったのだ。妻と深く話しあってもいい話題とそうでない話題があると、男は結婚生活で学ぶものだ。これは明らかに危険な話題だった。

「アヴェリン?」ペーンはテントをのぞきこみ、妻がメイドとともに今夜の寝床を整えようと毛皮を敷いているのを見て緊張を解いた。もし妻が小用をすませる差し迫った必要に駆られているなら、ペーンが両親に相談しているあいだにひとりでどこかへ行ってしまうのではないかと心配だった。そんな愚かな真似をするほどアヴェリンが衝動的ではないとわかってほっとする。彼の基準によれば夫に従順な妻は賢明な妻であり、賢明な妻はよい妻なのだ。

「どうしたの?」アヴェリンは寝床を一緒に作っていたルニルダを置いて、すぐにペーンのほうへ来た。

「こっちだ」ペーンはそれだけ言うと、向きを変えて歩きだした。野営地を出たところで包帯を巻いた片手をアヴェリンの腕の下に差し入れ、足元が不安定な森のなかで転ばないよう彼女を支える。アヴェリンがうるさく行き先を尋ねてこないのがうれしかった。それもアヴェリンが夫に対して従順だという、さらなる証拠にほかならない。

両親が選んでくれた花嫁にも自分の人生にも満足感を覚え、ペーンは歩きながら口笛を吹きはじめた。体にしみついた習慣で、ひとりでいるときはいつも無意識に口笛を吹いていた。アヴェリンをいざなって川のほとりへ来ると川沿いにしばらく進み、ようやく誰にも見られない場所を見つけて妻に向き直る。そこでペーンはためらった。いったいどうすればいいのだろう? ふたりは結婚した。アヴェリンは彼の妻だが、夫婦の契りはまだ結んでいない。そういう場合、自分はここにとどまって、妻が水浴びをするのを見守っていてもいいのだろうか？　それとも騎士道精神にのっとり、ひとりにしてやるべきなのだろうか？　本能的な部分は、このまま残って妻が水浴びをする姿を見たがっている。一方、頭は騎士道精神を発揮せよと告げている。結婚した夜の反応からすると、アヴェリンはかなりの恥ずかしがり屋で、ペーンはシーツをはがすだけでもひと苦労だった。しかもそのあとはあっという間に火が燃え広がり、見るものも見られなかった。実際、妻の体はほとんど拝めていないが、問題はそこではない。重要なのはアヴェリンが自分といるとまだ羞恥心を感じるに違いなく、だからこそ水浴びのあいだはひとりきりにしてやるべきだということだ。

その結論はうれしいものではなかったが、すぐに心ゆくまでアヴェリンを眺められるようになると自分に言い聞かせ、どうにか下半身をなだめた。両手が癒え、夫婦の契りを交わすのが可能となればすぐにもだ。

「あなた？」

その呼び方を聞いて、ペーンはにやけた。自分はアヴェリンの夫なのだ。もちろん頭のなかでは理解していたが、こうして改めて呼ばれると、より実感がわき、何やら誇らしげに胸を張りたい気分になる。自分はアヴェリンの夫だ。父と母が互いのものであるように、ペーンも妻のものとなった。それに妻は彼のものでもある。そう考えると、心のなかがあたたかくなり、自分は人としてひとつ成長したのだと驚きとともに悟った。ようやく一人前の大人になれた気がした。

「あなた？」

ペーンはもの思いを振り払うと、小さな妻に注意を向けた。「なんだ？」

「ここで何をするつもりなの？」

「きみが風呂に入ったり、ほかの用もすませたりしたいと言ったから、この場所ならうってつけじゃないかと思ったんだ」

アヴェリンがもう一度あたりを見まわし、ため息をつく。「そうだったの」

ペーンは眉をひそめた。「外でそういうことをしなければならないのは快適とは言えないが、旅をしているあいだはしかたがない。わかっているとは思うが、ちゃんとした風呂は用意できないから――」

「ええ、もちろんよ。連れてきてくれたのはうれしいの。ここはいい場所よ」アヴェリンが彼の言葉をさえぎる。

「だったらなぜため息をついて、〝そうだったの〟なんて言うんだ？」

「それは……ここへ来る前にどこへ行くか説明してもらえたらよかったのにと思った

だけよ。そうしたら体を拭くものも持ってこられたし……」ペーンが悪態をつくのを聞き、アヴェリンは口をつぐんで唇を噛んだ。ペーンは包帯に包まれた手で妻の背中を押して向きを変えさせ、そのまま背中に手を添えて来た道を戻りはじめた。ふたりが森を抜けてふたたび野営地へたどり着く頃には、アヴェリンは息があがって顔が真っ赤になっていた。ペーンは彼女をテントへと急がせた。

「必要なものを取ってくるといい。ぼくはここで待っている」そう言うと、テントの出入り口の前に立ち、背筋を伸ばして厳しい表情を浮かべ、腕組みをした。

アヴェリンは手間をかけさせる自分に夫がいらだっているのかと様子をうかがったが、ぐずぐずしていればよけいにいらだたせるだけだと気づき、すばやくテントへ入った。彼女が必要なものを入れた袋を持ってテントから出ると、ペーンはあっという間に奪い取り、包帯を巻いた両手のあいだに挟んで戻ってきた道をまた早足で進みだした。アヴェリンは走って夫のあとを追いかけた。手綱で操られる馬になった気分で、黙々と走りつづける。ペーンはまた妻に合わせてゆっくり歩く必要があることを忘れてしまったらしい。でも、それをわざわざ指摘するつもりはなかった。

ペーンはさっきの場所へまっすぐ向かっていたが、小さな空き地へ足を踏み入れると突然足を止めた。すぐ後ろにいたアヴェリンは止まれずに夫のかかとを思いきり踏み、さらに彼の脚を駆けあがってしまいそうになってようやく踏みとどまった。小声で謝りながら夫の背中に片手を置いて体勢を立て直す。ところがペーンがいっこうに反応しないので、夫は何を一心に見つめているのか確かめるべくアヴェリンが彼の背後から顔を出したとたん、思わず眉が跳ねあがった。ジャーヴィル卿夫妻が空き地でキスをしていたのだ。アヴェリンはこれまで、両親のように結婚した夫婦がお互いに愛情を示すことはまれだと考えていた。でも、どうやらそうでもないらしい。

ペーンがせっかく見つけた場所を取られたとぶつぶつこぼしながら向きを変え、小さな空き地から歩み去ろうとしたので、アヴェリンも従った。ほっとしたことに、先ほどよりもずっとゆっくりとした足取りだ。ほどなくペーンは代わりの場所を見つけた。

「ぼくはあの藪《やぶ》の向こうにいる」ペーンは妻の袋をおろし、空き地から出ていった。

夫が木々のなかへ姿を消すのを見つめながら、アヴェリンは自分をひとりきりにしてくれたペーンの気遣いに対する感謝の念がこみあげて胸が熱くなった。なんてやさしいのだろう。体を洗うあいだ彼がずっと見ていると思っていたわけではないが、よく考えればペーンにはそうする権利がある。それにもかかわらず、この場にとどまらなかったことには感謝の気持ちしかない。だが次の瞬間、考えこまずにはいられなかった。なぜ夫は見ようとしなかったのだろう？

もちろんペーンがそんなことを望むはずがない。自分の一糸まとわぬ姿なんて見たいと思う人がいるわけがないのだから。そう考えるとすっかり気持ちが沈み、ため息をもらしてドレスを脱ぎはじめた。藪の向こう側に夫がいるが、居心地の悪さはまったく感じなかった。ペーンがのぞき見るのではないかという恐れも感じない。掛け金のかかった自分の部屋にいるかのような安心感を覚えていた。ペーンは絶対に彼女の体になど興味を持つはずがないと、アヴェリンは確信していた。

少しなら見てもいいだろう。いや、だめだ。いいじゃないか。いやいや、絶対にだめだ。

妻が少ししか離れていない場所でドレスを脱いでいる衣ずれの音を聞きながら、ペーンは心のなかで堂々巡りの葛藤を繰り返していた。どうしてもアヴェリンの姿が見たい。見てもいいはずだ。アヴェリンはペーンの妻で、彼のものなのだから。自分には見る権利がある。

だが、それは騎士道精神にもとる行為だ。しかもやや子どもじみてもいる。藪の前にある大きな岩に腰をおろし、葛藤を繰り返す。少年時代は、村の若い娘が水浴びしている姿を、弟と一緒に藪に隠れてのぞき見したものだ。だが思春期だった当時と同じ真似など大の大人がすることではないと、ペーンは自分に言い聞かせた。

ぱさっという静かな音が響いた。何かが地面に落ちた音だろうか？ ドレスか？ それとも下着まで脱ぎ終えたのか？ アヴェリンは今、傾いた太陽の光を浴びながら、乳白色の肌をさらして立っているのだろうか？ その姿ならありありと思い描ける。アヴェリンのやわらかな茶色の髪は豊かな胸に落ちかかり、丸みを帯びたヒップへと届いているに違いない。そんな光景を思い浮かべて、思わず唇をなめる。やはり見るべきだ。見なければならない。見ないと死んでしまう。思春期の少年と同じだ。自分は……。

アヴェリンを守らなければならない。頭のなかに突然、そんな考えが浮かんだ。妻を誰かに横取りされないよう、あるいは彼女が襲われたり、さらわれたり、溺れたりしないよう、自分が気をつけてやらなければならない。水が跳ねる静かな音が聞こえ、ペーンは耳をそばだて、緊張して体をこわばらせた。あれは一日の汚れを洗い流している音だろうか。それとも溺れている音だろうか。どちらの可能性もありうると結論づけ、水を浴びて濡れている全裸の妻と彼のあいだに立ちはだかっている藪に向き直った。

〝水を浴びて濡れている全裸の妻〟という言葉が頭のなかをぐるぐるまわり、やはり確認すべきだと心を決めた。アヴェリンが無事かどうか、少しのぞいてみるだけだと自分を納得させる。

良心は異を唱えていた。呼びかけてみれば、わざわざのぞかなくてもアヴェリンが無事かどうかはわかるはずだ。

「うるさい」そう声に出して良心を黙らせると、包帯を巻いた両手で藪をかき分け、隙間からのぞきこもうとした。

「おいおい、若造みたいにのぞき見か？」

おもしろがっているような声を聞き、あわてて藪から手を離したせいで、枝先が顔にぴしゃりとあたった。悪態をつきながら体を起こして振り返り、包帯を巻いた手で顔にできた傷をさすりながら父をにらむ。ペーンはさも心外だとばかりに言い訳をした。「彼女が無事かどうか確かめようとしていただけですよ」

ジャーヴィル卿は片方の眉をあげてにやりとすると、息子の隣に腰をおろした。

「では、育て方を間違えたな。もしあそこにいるのがおまえの母さんなら、わたしはのぞく。いや、一緒に水浴びをするな」

父の不満そうな声を聞き、ペーンは含み笑いをもらした。「だったらなぜ今、母上と水浴びをしていないんですか?」

「おまえたちが来なければそうしていた。邪魔されるまではその気でいたんだ。だがおまえの母さんが、息子夫婦がこんなに近くにいるところでは控えたほうがいいと言い張った」父は明らかに憤慨している。

「それは申し訳ない」ペーンはそう言ったが、心からの謝罪に聞こえたかどうかは疑わしかった。つらい思いに耐えているのが自分だけでないとわかって、心のどこかではほくそ笑んでいた。「ぼくたちに気づいていたとは思いませんでした」

「気づいたのは母さんだ。息子たちのこととなると、頭の後ろにも目がついているんじゃないかと思うくらい鋭くなるからな」ジャーヴィル卿が突然、苦しげな表情を浮かべる。アダムのことを思いだしたのだろう。

亡き弟のことを考えるといつもそうなるように、ペーンはたちまち罪悪感に襲われた。アダムを救えず、自分だけが生き残ったことに後ろめたさを感じずにはいられない。

ペーンがじっと両手を見おろしていると、雰囲気を変えるように父が咳払いをした。

「それで? 彼女はどうだった?」

「どうって何がです?」ペーンは当惑した。

「アヴェリンだよ。大丈夫なのか？」

「ええ」重いため息をつきながら答えた。「気持ちよさそうに首まで水に浸かっていました」

ペーンの浮かない声を聞き、ジャーヴィル卿が笑った。それが息子の期待していた水浴び中の妻の姿ではないことがわかっているのだ。「もう一度確認したほうがいい。さっきから藪の向こう側がやけに静かだぞ」

ペーンはためらったものの、結局岩の上に膝をつき、藪をかき分けてもう一度のぞいた。妻の体が水に浮かんでいる。顔は青白く、ぴくりとも身動きしない。思わず罵りの言葉が口をついて出た。

「どうした？」息子のただならぬ様子に気づき、父が尋ねた。だがペーンは答える間も惜しんで、藪を抜けて走りだした。妻を救うために。

7

最初、水はとても冷たく感じられたが、アヴェリンはすぐに慣れた。小さい頃から泳ぐのは大好きだった。子ども時代、ウォリンとともに両親に連れられて川のほとりでよくピクニックをしたものだ。そのたびに水泳も楽しみ、ピクニックを心待ちにしていた。けれどもおばのイシドールがユーニスとヒューゴとステイシウスを連れて城に来てからは、もちろん彼らもピクニックに参加することになり、いとこ三人に巨大な鯨が川に浮いているみたいだとばかにされるようになった。しかもいとこたちは巧妙にも、大人たちには聞こえない場所でアヴェリンに意地悪な言葉を投げつけた。そのせいでアヴェリンはだんだん水泳が楽しくなくなり、ついに泳がなくなった。だが泳ぎ方を忘れてしまってはいなかったらしい。ひとしきり泳いだあと、今はこうして幸せな気分で水面に浮かんでいる。完全にくつろいでいられるのは、誰にも邪魔されないよう夫が守ってくれているとわかっているからだ。

そのとき突然、誰かの腕がまわされて体を持ちあげられ、水面から引きあげられた。アヴェリンは悲鳴をあげそうになったが、体にまわされた手に包帯が巻かれているのが見えた。夫の腕だ。川に入ってきたペーンにすばやく抱えあげられて、気づくと彼のがっしりとした胸に抱きしめられていた。

アヴェリンは驚いて混乱しながらも、じっと動かずにいた。耳に入っていた水が流れでると、夫がわけのわからないことを叫んでいるのが聞こえた。彼女を抱えて川から出ようとしながら、〝溺れた〟とか〝悪魔だ〟とかわめいている。

ペーンは何を言おうとしているのだろう。アヴェリンが川で水浴びをしているあいだに、彼の母親か父親が溺れたのだろうか？　それとも彼女がぼんやりと川面《かわも》に浮かんで何も気づかないうちに、ふたりが悪魔に襲われたのだろうか？

どちらにしても恐ろしい事態だ。今や義理の両親となったふたりの身に災いが降りかかったことに変わりはない。アヴェリンを抱えたまま彼は川から出て、森のなかを走りだした。ペーンの両腕から緊張が伝わってくる。ペーンは取り乱している。彼は簡単に取り乱したりする男性ではないのだから、ただならぬ事態が起きたに違いない。

そのうえペーンは、足を止めてアヴェリンが脱いだ服をかき集めようともしなかった。それもまた、ただならぬ事態が起きた証拠だ。もしペーンの両親が溺れたのなら、今度は夫と自分が悪魔の襲撃にさらされるに違いない。そうでなければ、ペーンがわざわざ太った裸の妻を抱きかかえて森を走り抜けようとするはずがない。

アヴェリンはペーンの力強さに驚いていた。こんなに軽々と彼女を持ちあげるほどの力をどこに隠していたのか、どうして必死に走っているのかという疑問が頭のなかを駆け巡る。夫に尋ねてみてもいいが、アヴェリンを川から引きあげてからずっと黙っていることから察するに、ペーンは襲撃に備えて誰にも自分たちの居場所を知られないようにわざと口をつぐんでいるのかもしれない。実際、森のなかを何者かが追ってくる足音が聞こえる。心臓が早鐘を打ちはじめ、アヴェリンは必死に頭を働かせた。今、わざわざペーンを止めて説明を求めるのはやめて、このままおとなしく夫の腕に抱かれていることにしよう。

追跡者の足音こそ聞こえてくるが、姿は見えない。ようやくペーンが野営地にたどり着いたとたん、アヴェリンはひどく恥ずかしくなった。何しろ、一糸まとわぬ姿だ。一目散に野営地へ戻ってきたペーンのただならぬ様子を見て、ジャーヴィル家の男性たちが驚いている。いったい何が起きているのかも、なぜ彼が猛烈な勢いで自分たちのほうへ走ってくるのかもわからないに違いない。ペーンがやっと足取りを緩めたので、アヴェリンはどういうことかきこうとした。だがそうする間もなく、ペーンに体をさらに高く持ちあげられ、気づくと馬の背にお腹を叩きつけられて息を詰まらせていた。ペーンはすぐさま馬に飛び乗り、全速力で走らせはじめた。アヴェリンの顔のすぐ近くに、夫のむきだしになった片方の膝がある。彼女の脚やヒップをかすめているのが、夫のもう片方の膝だろう。

馬の背に繰り返し叩きつけられ、アヴェリンは息をするのもままならなかった。体を揺さぶられるたび、息が詰まってうめかずにいられない。そのとき、ヒップに何かが押しあてられていることに気づいた。夫の包帯を巻いた片手に違いない。彼女が馬から落ちないように支えてくれているのだ。

アヴェリンは思わずうめき、このまま死んでしまいたいと思った。ヒップをむきだしにしたまま馬に乗せられているのだ。家臣たちからも丸見えだ。彼女たちを襲撃しようとしているのが何者かは知らないが、もし家臣たちに殺せなかったとしたら、自らの手で殺してやろうと固く心に誓う。

そのとき、夫がまた低い声でぶつぶつ言っているのが聞こえた。だがアヴェリンの頭はペーンの口よりも馬のひづめに近い位置にあるため、何を言っているのかちゃんと聞き取れなかった。罵りの言葉のようでもあり、祈りの言葉のようでもある。あるいは懇願と怒声のようでも。ペーンはアダムという名の男性について話しており、自分のせいでアヴェリンをその人のようにするわけにはいかないと口走っている。そして誰かに恐ろしい結果をもたらしてやると脅している。〝神〟というひと言をとらえ、ペーンがわれらが創造主を脅していることに気づいたアヴェリンは、彼の頭がどうかしかけているのかもしれないと思いはじめた。

そのときふと思いだした。馬の背にくりつけて馬を疾走させるのは、溺れた者を助けるための広く知られた方法だ。もしかすると、自分は誤解していたのかもしれない。アヴェリンを水面から引きあげたときにペーンが〝溺れた〟と叫んでいたのは、彼の母親か父親のことではなく……。

なんてこと！　夫はアヴェリンが溺れたと勘違いして、妻の命を救おうと必死になっているのだ。世のなかにこれほど心を打たれることがあるだろうか。そのとき何かを飛び越えるためにペーンが馬を跳躍させたため、アヴェリンは突然吐き気を覚えてうめき声がもれた。それが彼の耳にも届いたに違いない。ペーンはアヴェリンのヒップから手を離し、彼女の頰にあてると妻の名前を呼び、馬の速度を落とした。

馬がゆっくりとした歩みになるあいだに、アヴェリンは必死に考えた。もし夫が彼女の命を救おうとしているなら、本当は溺れていなかったなどという説明は聞きたくないはずだ。事実が周囲に知れたら、夫が愚か者に見られてしまう。何も身につけていない姿で馬に乗せられ、ヒップをさらけだしているアヴェリンも同様だ。これ以上恥ずかしいことはない。実際のところ、本当に溺れていて意識がない状態だったらいいのにと思いはじめていた。馬が足を止めるまで、彼女はどうすべきか頭を振り絞って考え抜いた。馬が完全に止まると、ペーンはアヴェリンの体を抱えあげた。気の毒にも、そのせいで両手の傷はさらに悪化したに違いない。

そのあいだアヴェリンは目を閉じたままでいたが、どうにかして片方の腕でうまくむきだしの胸を覆い、もう片方の手を脚の付け根の上に垂らして隠そうとした。

「アヴェリン?」

一瞬どうするか迷ったあげく、溺れたふりをすることにした。少なくとも溺れたことは否定しないほうがいい。まばたきをして目を開き、すぐさま目を伏せる。溺れかけて衰弱していて、自分が服を着ていない事実には気づきもしていないというふりをする。彼女が裸ではないふりをしていれば、もしかしたらペーンも気づかないかもしれない。

「アヴェリン?」

「ペーン?」片目だけを開けて口を開く。うまく声を震わせることができたのが誇らしかった。ひどく弱々しく聞こえる。まさに溺れかけた人のようだ。アヴェリンは満足しつつ、開けていた片目を閉じた。

「神よ、感謝します」ペーンがため息をつくのを聞き、アヴェリンは両目を開けた。だが彼女の願いもむなしく、危機が去った今、妻が全裸でいることにペーンが気づいたのは明らかだった。視線をさまよわせている夫に一糸まとわぬ姿を見られていることを悟り、アヴェリンの心臓が縮みあがった。彼の視線にさらされ、全身がかっと熱くなる。落ち着きなく身じろぎして、ペーンの膝の上で胎児のように体を丸めた。

その様子でアヴェリンの苦悩に気づいたらしく、ペーンは彼女の顔に視線を戻すと咳払いをして座ったまま背筋を伸ばし、突然馬からおりて妻の体を抱きあげた。草の上にそっと座らされたアヴェリンは、むきだしのヒップの下に虫がいませんようにとひそかに祈りつつ、膝を胸に引き寄せ、できる限り体を隠そうとした。アヴェリンが見あげると、ペーンがチュニックを脱いでいたので、にわかに戦慄《せんりつ》が全身を駆け抜けた。まさかこの場で夫婦の契りを交わすつもりなの？　裸体を目にして情熱をかきたてられ、今ここでそうせざるをえなくなったのだろうか？

けれどもチュニックを頭からかぶせられ、戦慄は跡形もなく消えた。ペーンはただアヴェリンの体を隠そうとしていただけだと気づき、おかしなことにがっかりした。自分は男性の情熱をかきたてるたぐいの女ではないと気づくべきだったのに。ペーンが体をかがめ、子どもに服を着せるようにアヴェリンの両手をチュニックの袖から出した。

「気分はどうだ？」着せ終えたペーンが心配そうに尋ねる。

「ええと、大丈夫よ……ありがとう」そう小声で言ったとき、アヴェリンは夫が視線を落とし、妙な表情を浮かべていることに気づいた。

自分の体を見おろすと、夫のチュニックは思っていた以上にひどい状態になっていた。ペーンは今日、火を消しとめるために使ったチュニックとズボンを着る以外になかった。初夜に起きた火事騒ぎのせいで服が入った収納箱が燃えてしまい、袖を通せるのは火を消すために使った煙臭くて穴が空いたぼろぼろのチュニックしかなかったのだ。あろうことかそのチュニックの穴のひとつから、彼女の胸の頂が突きでている。

ああ、神さま！　ペーンが包帯を巻いた手を伸ばして、突きでた先端をどうにか穴のなかへ戻そうとした瞬間、アヴェリンは死にたくなった。手が不自由な夫にできるわけがない。

ペーンの手を軽く払って自分ですることにした。チュニックのなかに先端を押しこみ、体を揺すって二度と穴から出ないようにしたが、そのあともうつむいたままだった。あまりに恥ずかしくてペーンと目を合わせるどころではなく、彼の包帯を巻いた両手を見つめた。

アヴェリンは驚きに息をのまずにいられなかった。こうして目のあたりにして初めて、ペーンの手に巻かれた包帯がいかに厚いかに気づいたのだ。それだけ重傷である証拠だ。とはいえ、息をのんだのはその事実に衝撃を受けたせいではない。これほど何重にも包帯を巻いているのに、その上に血がにじんでいたからだ。しかも出血してからさほど時間が経っていないように見える。このささやかな救出劇のせいで傷がさらに悪化したのだろう。

「あなた！」アヴェリンは思わずペーンの両手をつかんだが、彼が悲鳴のような声をあげたのを聞き、あわてて手を離した。視線をあげてペーンと目を合わせ、ゆっくりと頭を振る。こんなに重い彼女の体をこの手で持ちあげたなんてとても信じられなかった。けれども今、アヴェリンが頭を振っているのは、自分の体重とはまったく違う理由からだ。まったく、男性とはなんと厄介な生き物なのだろう。「さあ、戻って手当てをしないと」

ペーンは不機嫌そうにうなったが、それでも立ちあがった。ペーンが包帯を巻いた手を差しだして手助けしようとしたので、アヴェリンは彼の手首をつかんで同じように立ちあがった。夫の穴だらけのチュニックしか身につけていないことも、濡れた長い巻き毛が蛇のごとく背中に垂れ落ちていることももはやどうでもいい。今、一番の気がかりは夫の手の怪我の状態だ。アヴェリンはペーンの肘をつかんで馬のそばに戻るよう促し、ためらいながら夫のほうを向いた。

「馬に乗るのを手伝いましょうか?」心配そうに尋ねる。

ペーンは鼻を鳴らすと両腕でアヴェリンの体を持ちあげ、馬に乗せた。すばやい動作だったが、彼女は夫が一瞬痛みに顔をしかめたのがわかった。アヴェリンは口を引き結び、つまらない自尊心にこだわるペーンを叱りつけまいとしながら、夫が彼女の後ろに座るのを待った。ペーンが手綱を取り、野営地へと戻りはじめる。

ふたりが到着するなり、ジャーヴィル卿夫妻が飛びだしてきた。けれどもペーンはほかの馬たちがつながれている場所で馬を止めようとはせず、まっすぐ自分たちのテントへ向かった。アヴェリンは肌もあらわな格好のまま野営地でさらし者にならずにすんだことに安堵しつつ、急いで自力で馬からおりた。彼女を抱えおろさせて、これ以上ペーンの手の怪我を悪化させたくない。ジャーヴィル卿夫妻が駆け寄ってくるのを視界の隅でとらえ、彼らが息子の妻の体調を気遣う質問を口にするのが聞こえてきたが、アヴェリンはあられもない格好のままでいるのはごめんだった。説明をペーンに任せ、すぐさまテントに入る。

「奥さま！」ルニルダが駆け寄ってきて心配そうな顔でアヴェリンの腕を取り、全身に視線を走らせた。「大丈夫ですか？」

「大丈夫、ルニルダ。本当よ」不安げなメイドを安心させようとする。

「ああ、神さま、ありがとうございます！」ルニルダがやっと体の力を抜いた。「レディ・ジャーヴィルから奥さまが溺れたと聞いたときは、心臓が止まりそうになりましたよ。ペーン卿が助けてくださって本当によかった」ルニルダにせき立てられて狭いテントを横切り、毛皮とシーツを敷いた急ごしらえの寝床に向かう。ルニルダはせっせと立ち働いたに違いなく、テントはこれ以上ないほど快適に整えられていた。収納箱の上には蠟燭も灯《とも》されている。夕闇が迫るなか、小さな明るい光が揺れていた。

「さあ、濡れたチュニックを脱いでください。服を替えて体をあたためないと、肺病になってしまうかもしれません」

「肺病になんかならないわよ」アヴェリンはそう答えたものの、すばやく夫のチュニックを脱いだ。蠟燭を床に置いたルニルダが収納箱を開けてなかを探り、体を拭く布を取りだすのを見て、アヴェリンはいらないと手を振った。馬に乗せられていたあいだに、体はすっかり乾いている。髪以外はどこも濡れていない。とにかく、ペーンがテントに戻ってくる前に着替えをすませたかった。「傷の手当て用の薬草ときれいなリネンの布を詰めた袋を探して」アヴェリンは清潔なシュミーズを身につけ、ルニルダから手渡された黒いドレスを受け取りながら、メイドに命じた。

「どこか怪我をされたんですか？」ルニルダが袋を探しながら心配そうに尋ねる。

「いいえ。そうではなくて、わたしを運んだせいで、ペーンの両手の怪我がさらに悪化してしまったの」

「まあ、そうなんですか。レディ・ジャーヴィルのメイドのセリーが、ペーン卿の両手のやけどは重症だと話してました」ルニルダは小声で言うと、収納箱のひとつに頭を突っこんだ。「怪我が治るには二週間はかかるだろうと。ただしそれは、旅のあいだにさらに傷が悪化しなかった場合の話だそうです」

アヴェリンは眉をひそめた。ペーンのやけどの具合がどの程度悪いのか、彼女は充分に注意を払っていなかった。だがジャーヴィル城へ戻る旅でペーンが馬に乗ることを彼の母親はあれほど案じていた。もしかすると具合がよくないのかもしれない。ペーンがテントに戻ってきたら、両手の傷を確かめられるだろう。妻として、その機会が与えられることが何よりありがたい。

けれどもアヴェリンはそれから長い時間、待たなければならなかった。そろそろペーンを捜しに行ったほうがいいのではないかと考えはじめたとき、ようやくテントの入り口の垂れ幕が開いた。

ペーンがやっと戻ってきてくれたことに安堵して、アヴェリンは明るい笑みを浮かべたが、それはすぐに消えた。テントに入ってきたのはペーンではなく、彼の母親だった。

「まあ」笑みが消えていたことに気づき、アヴェリンはどうにかもう一度笑顔になると、申し訳なく思いながら説明した。「てっきりペーンだと思ったんです。包帯を替える必要がありますから」

「包帯ならわたしが替えておいたわ」レディ・ジャーヴィルはテントに入ってくると、アヴェリンを安心させるように答えた。「ありがたいことに、あの子はちょっとやけどをしただけなの。旅のあいだにもどんどん回復するだろうし、二週間もすれば治るはずよ」

「そうですか」そう聞かされて、どういうわけかアヴェリンはがっかりしてうなだれた。妻としての自分など必要ないのではないかという疑問を感じずにはいられなかった。普通の妻が備えている資質を何も求められていない気がする。結婚式は挙げたもののまだ夫婦の契りも結んでいないし、まだジャーヴィル城には到着していないとはいえ、旅の途中でも妻らしい行動は何ひとつできていない。それにペーンの母親が健在でジャーヴィル城を取り仕切っている限り、アヴェリンに妻らしい仕事ができるとも思えない。今もよき妻として夫の怪我の手当てをすることさえできず、自分がまったく必要とされていないと思えてきた。

「アヴェリン、ごめんなさいね」レディ・ジャーヴィルが言った。「今、あの子を介抱する立場にあるのはあなたなのに。なんだか心配になってきたわ。息子は面倒を見てくれる妻がいるという事実に慣れるまでに、相当時間がかかるのではないかしら？」

「どうか気になさらないでください」アヴェリンはため息をつくと、毛皮でできた寝床に腰をおろした。「ただ妻として何もできていないのではないかと心配なんです」

「そんなことはないわ」レディ・ジャーヴィルがうろたえた顔で進みでる。「あなたはすばらしい妻よ。ペーンにぴったりだわ」

「痛み《ペイン》にぴったりだとおっしゃりたいんでしょう」アヴェリンは皮肉まじりに答えた。「わたしは両親の城で火事騒ぎを起こして、火を消そうとしたペーンにやけどを負わせました。それに自分が溺れたと思わせて、彼がやむなく――」

「溺れたと思わせた？」レディ・ジャーヴィルは息をのんでさえぎった。「わざと溺れたふりをしたの？」

「もちろんそんなことはしていません。ペーンが勘違いしたんです。わたしはただ仰向けになって川に浮いていただけでした。そうしたらペーンが突然、わたしの体を引きあげて、そのまま運んでいったんです」

レディ・ジャーヴィルが恐ろしげに息をのむ。「なぜすぐに声をかけなかったの？」

「それは……最初はあまりに驚いたからです。それに自分たちが何者かに襲われたのだと思いました。ペーンが〝溺れた〟とか〝悪魔だ〟とか叫んでいて、何が起きたのかさっぱりわからなかったんです。誰かが襲いかかってきて、お義母さまかお義父《とう》さまを溺れさせたのだと思いました。でも……」アヴェリンは力なく肩をすぼめた。

「勘違いだったと気づいたときには、すでにヒップがむきだしの状態で馬に乗せられていました」頭を振りながら言う。「ペーンの誤解だと知らせて、気まずい思いをさせるのはあまりに忍びなかったんです。だから彼には妻を救ったと思わせておくことにしました」レディ・ジャーヴィルはアヴェリンの愚かさにあきれ返っているに違いない。実際、話を聞いているあいだも何度か驚いたように息をのんでいた。

　決まり悪さのあまり、アヴェリンはうなだれ、ルニルダがこの場にいなくてよかったと心のなかで思った。ルニルダはセリーと一緒にテントの外にあるかがり火にあたりに行っているので、このなんとも屈辱的な告白を聞かれずにすんだ。アヴェリンとしては、またしても自分のせいで起きたちょっとした失敗として片づけたかった。そのときレディ・ジャーヴィルがくぐもった音をもらすのが聞こえ、アヴェリンは体をこわばらせて顔をあげた。アヴェリンが信じられない思いで義母を見つめていると、レディ・ジャーヴィルはまたしても片手をあてた口からくすくす笑いのような音をもらした。次の瞬間、我慢するのをあきらめたらしく、大声で笑いだした。

アヴェリンはあいまいな笑みを浮かべ、義母の笑いがおさまるのをひたすら待った。

「ああ、アヴェリン」レディ・ジャーヴィルがとうとうため息をもらして毛皮の上に腰をおろし、隣にいるアヴェリンの肩に片方の腕をまわして体を引き寄せた。「かわいそうに。わたしが笑ったのはあなたのことじゃないのよ。わたしたち全員のことを笑ったの。この数日、次から次へと厄介ごとが起きているわ。まずは結婚式であなたが気絶したこと。それからあの火事騒ぎ。それから今度は溺れてもいないのに、あなたが溺れたと大騒ぎになったんですもの」

「ええ、自分が間抜けに思えます」

「あなたが？　まさか、そんなことはないわ。あなたのお母さまから、結婚式の日に体を布で巻いたのは自分の考えだと聞かされたの。火事騒ぎに関しては、たしかに蠟燭を倒したのはあなたかもしれないけれど、それを素手で消そうとしたのはペーンよ。

もしあなたが使用人たちに助けを求めていなければ、ペーンはひとりで火を消そうとして今頃は焼け死んでいたはずだわ。それに今日ペーンはあなたが溺れていると勘違いして、頭がどうかした男みたいにあなたを引きずりまわした。どれもあなたのせいではないわ。これはいわば……運命のようなものね。だけど今のところ、運命はあなたの味方をしていないみたいだわ」

「わたしの味方をしていない？」アヴェリンは驚いて義母を見つめた。「怪我をしたのはわたしじゃありません。ペーンです」

「そうね。だけど……」レディ・ジャーヴィルはためらったあと、悲しげに言った。「ペーンの包帯を替えるあいだにあの子から、花嫁が自分の理想とは違うかもしれないと思い悩んでいるって話を聞かされたの。あなたのことをか弱くて、未熟で、不慮の事故に見舞われやすい女性だと思っているみたい」

アヴェリンは顔をしかめた。彼女はか弱くなんてないし、きちんとしたしつけを受けていて、かなり有能だ……いつもなら。事故に見舞われやすいかどうかに関しては、今まではそんなことは一度もなかった。ここ数日は例外だ。「どうしたらいいんでしょう？」

「そうね……」レディ・ジャーヴィルが一瞬考えてから言った。「ペーンに話すべきだと思うの。溺れたと考えたのはあの子の勘違いだったと」そう言ったものの、どこか自信なさげな声だ。

アヴェリンは首を振った。「いいえ、そんなことをしたら、ペーンはわたしを助けようとした自分を愚か者だと考えるでしょう。妻は夫の自尊心を守るべきです」

「そうね。だったら……」義母はしばらく考えこんだ。「あなたが本当は馬の乗り方を知っていることを認めるのはどうかしら？」

「わたしが馬に乗れることを知っていらしたんですか？」アヴェリンは驚いた。

「結婚式の夜、お母さまからあなたがいかにいろいろなことができるか聞いたの。そのなかに乗馬も入っていたわ。だからあなたが馬に乗れないと言いだしたとき、すぐに気づいた。そう言ったのはペーンに手綱を取らせて、両手の怪我がそれ以上ひどくならないようにするためだと」

アヴェリンはうなずいた。「ええ。だから乗馬ができるとわたしが認めたら、ペーンはこの先ずっと、自分が手綱を取ると言いだすのではないかと心配なんです」悲しげにささやく。「そうしたら、傷はさらにひどくなるでしょう」

「そうね、あの子なら言いだしかねないわ。男というのはばかみたいに誇り高い生き物だから」レディ・ジャーヴィルがため息をついた。「それなら何も言わず、自分は有能な妻なのだと態度で示すしかないわね。わたしは夫婦のことには立ち入らず、あなたから妻としての役割を奪わないよう気をつけるわね」申し訳なさそうに言葉を継ぐ。「今まであの子の面倒を見るのはわたしの役目だったの。今後うっかりあなたたちのことに首を突っこんだりしたときは、遠慮なく指摘してちょうだいね」

きっと自分は何も言わないだろうと思ったものの、アヴェリンはうなずいた。妻としてのアヴェリンの立場をおとしめるために、義母がわざと介入してきたわけではないとわかっただけで充分だ。たとえレディ・ジャーヴィルが今の言葉をあっという間に忘れて息子の世話を焼きはじめたとしても、そのたびに小言を言うつもりはさらさらなかった。

「みんなに見られて恥ずかしいのはわかるけれど、もしその気になったらかがり火にあたりに来て。もうすぐ夕食ができるはずだから」レディ・ジャーヴィルはアヴェリンの肩をやさしく叩くと、テントから出ていった。

8

アヴェリンは勇気を出して、かがり火のそばにいるみんなのところへ行こうと考えた。夕食がなんであれ、もう供されている頃だ。そのときテントの外側から誰かが咳払いをする音が聞こえた。女性がためらいがちに話しかけてくる。「アヴェリン？」

「はい？」いったい誰かと興味を引かれ、アヴェリンが声のしたほうを見ると、テントの入り口の垂れ幕が持ちあげられ、ディアマンダがなかをのぞきこんだ。不安そうな表情だ。

「入ってもいい？」

「ええ、もちろん」アヴェリンは笑顔を向けると、ディアマンダが手にしている葉でくるまれた肉に視線を落とした。

「男の人たちが罠《わな》をかけて仕留めたウサギの肉を焼いたの。なかなかテントから出てこないのは、さっきあんなことがあったのを恥ずかしがってるからでしょ？　そう思って肉を持ってきたのよ」

アヴェリンは差しだされた肉を見つめてまばたきをし、視線をあげてディアマンダを見つめた。少女は恥ずかしそうに頰を真っ赤に染めている。アヴェリンは今の話を聞いて、自分の顔も赤くなっているに違いないと思った。男性たちにあられもない姿を見られて本当に恥ずかしかった。だがまさか、ディアマンダにまで見られているとは思わなかった。さぞみっともない光景だっただろう。そう考えると屈辱感がこみあげてきて、たちまち全身がかっと熱くなる。

少女を見つめたままだったことに気づき、アヴェリンはどうにか笑みを浮かべて肉を受け取った。「ありがとう、ディアマンダ。わたしのことを気にかけてくれて、本当にやさしいのね」

ディアマンダが笑みを大きくした。「もし自分があんな目に遭ったら死んでしまうだろうと思ったの。みんなが見ているなかで、裸で馬に乗せられて野営地を突っきらなければならなかったなんて。たとえわたしがあなたほどふくよかでなかったとしても同じことよ」励ますような笑みを浮かべる。「あなたのいとこたちがあなたに意地悪をしていたのは知ってるわ。でもジャーヴィル城に行けば、あなたはずっと幸せになれると思うの。ペーンもジャーヴィル卿夫妻も、絶対にあなたの見た目をからかったりしないはずだもの。ほんとにすばらしい人たちよ。どんな人でも受け入れてくれるわ。たとえ太っていたり、不器量だったりしてもね」今の言葉がアヴェリンにどう聞こえたのかに気づいたらしく、目をしばたたき、あわててつけ加えた。「あなたが不器量だって言ってるわけじゃないの。もしあなたが不器量だったとしても、あの人たちなら絶対に……」アヴェリンを安心させるつもりで言ったのに、どんどん墓穴を掘っていることに困り果てたのか、ディアマンダは舌打ちをし、背を向けてテントの入り口を開けた。「レディ・ジャーヴィルが心配するといけないから、そろそろみんなのところに戻らないと」

アヴェリンが何か答える前に、ディアマンダはテントから出ていった。とはいえ、どう答えていたかは自分でもよくわからない。心の一部では、自分のことを思いやって食べ物を持ってきてくれた少女のやさしさに感謝していた。けれどもディアマンダに慰められたことで、かえって自身や先ほどの出来事が最低最悪に思えてきた。

重いため息をつき、間に合わせの毛皮の寝床に腰をおろして、ディアマンダがくれたウサギの肉を見つめる。おいしそうなにおいを漂わせているけれど、もはや空腹だとは感じられない。というよりも、ディアマンダが訪ねてくる前も空腹だったわけではない。馬の背にうつぶせに乗せられ、さんざん揺さぶられたせいで、何かを食べる気にはとうていなれなかった。しかも自分がさらした恥辱をディアマンダに改めて思い知らされた今、さらに食欲が失《う》せた。けれども残念ながら、どうしても何か口に入れなければならない。今日は馬に乗せられて長い一日を過ごしたが、明日も同じに違いない。先ほどレディ・ジャーヴィルから、アヴェリンがか弱くて妻としての能力に欠けており、理想の妻とかけ離れているのではないかとペーンが思い悩んでいると聞かされた。だったら、なおさら元気を出すために食べなければならない。

眉根を寄せて肉を手に取り、少しかじると同時に舌を嚙んでしまった。小声で悪態をつきながら肉を吐きだし、舌の先を前歯の根元にあて、どうにか痛みをやわらげようとした。さほど強く嚙んだつもりはなかったのに、舌がひりひりしている。どうしてこんなに急に不器用になったのかと頭を振りながらため息をもらし、さらに食べようとしたものの、それ以上は体が受けつけそうになかった。舌は痛いままだし、先ほど肉にかじりついたときから胃がむかむかしている。

アヴェリンは肉を食べるのをあきらめ、寝床に横たわった。目を閉じて体の力を抜こうとする。こうしていれば胃の調子も落ち着くかもしれない。だが横になってじっとしていても、不快感はいっこうにおさまらなかった。舌の痛みも胃のむかつきもさらにひどくなっている。そのうえ全身がむずむずしはじめた。まるで蟻《あり》が何匹も肌を這っているみたいだ。

顔をしかめ、手のひらで腕や顔をこする。次の瞬間、突然吐き気に襲われて体を起こした。片手で口を押さえてどうにか立ちあがり、足早にテントの外へ出て裏にまわりこみ、膝をつくと同時に胃のなかのものをぶちまけた。なんの前触れもなく、激しい嘔吐《おうと》が始まった。息をつく暇さえない。

すべて吐きだしてやっと息を吸いこみ、その場に座りこんで腹部に片手を押しあてる。もう大丈夫だとわかるまで、立ちあがるのをためらった。ありがたいことに胃が空になったおかげで、むかつきがようやくおさまりつつある。ただし今夜はもう何も食べられそうにない。

指先をゆっくりと腹部に走らせ、軽く押した瞬間、痛みに顔をしかめた。先ほど馬に乗せられたときにできたあざに触れたのだ。舌は痛むし、お腹にはあざがある。なんてひどいありさまだろう。レディ・ジャーヴィルからは、運命がアヴェリンに味方をしていないようだと言われたけれど、本当にそうだろうか？　運命がアヴェリンそのものを今すぐここから排除したがっているように思える。この二日間で立て続けに起きた出来事がいい証拠だ。

鬱々とした思いを払うように、アヴェリンは頭を振りながら慎重に立ちあがった。

吐き気がぶり返さないことを確認すると、テントの正面へ移動し、かがり火を囲んでいる人たちのほうを見る。誰も彼女がテントから飛びだしたことには気づいていないようだ。彼らに気づかれずにテントに戻れたのがありがたい。嘔吐した事実を夫には絶対に知られたくなかった。妻がひ弱なのではないかという懸念をさらにかきたてるだけだ。

寝床の脇に置きっぱなしの肉を見て、アヴェリンは顔をしかめた。もう一度食べようとしたら、どうなるかわかっているだろうなと脅しつけるように、お腹がごろごろ鳴っている。もう肉を食べるつもりはない。でも夫が寝床に帰ってきたときに、彼女が食事をとらなかったことに気づかれたくもない。アヴェリンはウサギの肉を手に取り、テントの入り口まで戻った。垂れ幕の隙間から誰もこちらを見ていないかどうか確認し、すばやくテントの裏へ移動して背後に広がる森に向かって肉を放り投げ、ふたたびテントのなかへ戻った。

そろそろやすもうと考えて寝床に行きかけたとき、何かにつまずいた。手に取ってみると、ぼろぼろになったペーンのチュニックだった。いつもなら、床に脱ぎ捨てられた服はすべてルニルダが回収してくれる。だがおそらくルニルダはチュニックをどうすればいいかわからず、そのままにしておいたのだろう。ペーンのものだし、今日までどうにか身につけていたけれど、もはやぼろ布同然だ。とはいえ、さしあたって身につけられるものがこれしかないことを考えると、ペーンがこのチュニックを捨てるのに同意するかどうかは疑問だ。たとえ今、彼がチュニックを着ずに外にいるとしても。しかしこれを着たからといって、ペーンが寒さをしのげるとは思えない。あちこちが穴だらけだ。

アヴェリンはチュニックを裏返すと、テントの隅にある自分の収納箱をちらりと見た。なかには母が持たせてくれた生地が入っている。結婚式の日に台なしにした二枚のドレスの代わりを仕立てるようにと入れてくれたのだ。あの生地を使えば、夫のために新しい服を仕立てることができる。ペーンには新しい服が必要だし、アヴェリンも彼に喜んでもらえることがしたかった。

彼女は毛皮の寝床の端にチュニックを落として収納箱の前へ行くと、慎重な手つきで箱の上から床へと蠟燭を移した。収納箱を開けてなかをのぞきこみ、眉をひそめる。入っていたのは三種類の色の生地だ。火事で失った赤いドレスよりもさらに深くて美しい赤色と象牙色、それに結婚式で着たドレスによく似た淡い青色だ。アヴェリンは赤と淡い青色の生地を却下したあと、象牙色の生地は脇に置いて残した。それから今着ているものとよく似た黒いドレスを手に取った。

手にした黒いドレスから象牙色の生地へと視線を移し、しばし考える。頭のなかに突然、黒いズボンと白いチュニックを身にまとったペーンの姿が思い浮かび、それをどうしても消すことができなくなった。この黒いドレスの縫い目をほどくことになるけれど、そうすればペーンのズボンを縫うのに充分な生地を手に入れられる。それに黒いドレスなら、今着ているものがある。二枚も必要ないはずだ。

心が決まると、象牙色の生地はそのまま置いておき、黒いドレスを引っ張りだしたあと収納箱を閉め、蠟燭をもとの場所へ戻した。寝床へ戻り、ドレスの縫い目をほどきはじめる。

ほどき終わると寝床にスカートの生地を広げ、裁断を始めた。今までにも、父と兄のために何着も服を縫ったことがある。ペーンの体格はアヴェリンの父よりも兄に近いはずだが、ペーンのほうが兄よりもさらに大柄だ。その点に留意しながら生地を切り終え、今度は縫う作業に取りかかった。ようやく夫を喜ばせることができると思うと、うれしさがこみあげてくる。

ふと気づくと、収納箱の上に置いた蠟燭の火が消えかけていた。顔をしかめて疲れた目をこすっていると、ふいに蠟燭の火が消えた。だが完全な暗闇になったわけではない。どういうわけか、テントの入り口の隙間から薄明かりが差しこんでいる。

縫いかけのズボンを置いて立ちあがった瞬間、アヴェリンはうめいた。体のあちこちが痛い。ずっと同じ姿勢で、長い時間座っていたせいだ。痛む背中をさすりながらテントの入り口の垂れ幕をそっと持ちあげ、外の様子を確かめる。空は淡灰色に覆われていた。もうすぐ夜明けだ。ひと晩じゅう縫い物をしてしまったらしい。

そのときふと、夫が寝床に来なかったことに気づいた。野営地の中心に、眠っている男性たちの黒い影が見える。ペーンもあのなかにいるのだろう。テントで妻と一緒に眠るよりも、ごつごつした地面の上で眠ることを選んだのだ。

アヴェリンは喉にこみあげてきた熱いかたまりをのみくだすと、入り口に背を向け、テントの隅にある寝床を見た。横になったら泣きながら眠りにつくことになるだろうし、目が覚めたら今よりさらに気分が悪くなっているに違いない。疲労困憊《こんぱい》していたので睡眠をとらなければならないのはわかっていたが、じきにほかの人たちが起きてくるだろうし、わずかな時間寝るだけでは足りないはずだ。少しだけ眠って無理やり起きれば、かえって具合が悪くなるだろう。

アヴェリンはため息をつき、収納箱の前まで行った。火が消えた蠟燭を脇に置き、体を拭くための布と茶色のドレスを収納箱から取りだすと、テントの外へ向かった。忍び足で野営地から出て、昨日水浴びをした川へと続く道を歩きはじめる。ペーンが馬を全速力で走らせたため、荒々しいひづめの跡がはっきりと残っており、迷わずにたどり着けた。

水際で立ちどまり、あたりを見渡しながら深呼吸をして、早朝のさわやかな空気と木々の香りを胸いっぱいに吸いこむ。しんと静まり返った穏やかな時間が心地いい。アヴェリンはかすかに笑みを浮かべ、ドレスを脱いで川に入った。

水が冷たかったので手早く水浴びをすませ、さらに手早く体を拭くと、茶色のドレスを身につけた。野営地へ戻ろうと、脱いだ黒いドレスを手にもと来た道をたどりはじめる。もうすぐほかの人たちも起きだす時間だ。そのとき、空き地の隅にウズラがいることに気づいた。名案が浮かび、アヴェリンはふと立ちどまった。

かがり火の燃えさしで調理した新鮮な卵料理を目にしたら、ペーンはどれほど驚いて喜ぶだろう。アヴェリンは手から黒いドレスを落とし、よたよたと歩きだしたウズラを追いはじめた。さほど進まないうちに、道の脇にあるウズラの巣に気づいた。巣のなかにある卵が見え、彼女の唇が弧を描く。アヴェリンはしっしっと言ってウズラを追い払うと、地面に膝をついて巣に近づこうとした。髪が枝に引っかかってめちゃくちゃになっても、ドレスが泥だらけになっても気にならなかった。そんなのはあとでどうにでもできる。今重要なのは、あのウズラの卵を手に入れることだ。大切な夫のために。

ペーンは寝返りを打ち、顔をしかめた。体のあちこちが痛い。戸外の固い地面で眠るのは苦手だ。だが昨夜はそうしたほうがまだましに思えた。自分が寝るはずだったテントを見て、顔をしかめる。昨日の夜はほとんど眠れなかった。馬でアヴェリンを運んだときにペーンの体に密着していた、一糸まとわぬ妻の体のやわらかな感触を思いださずにはいられなかった。それに彼のチュニックしか身につけていないアヴェリンのしどけない姿も。服の前面に空いた穴から胸の頂が誘いかけるように突きでていた。あのテントで、若く愛らしい妻とともに毛皮の寝床に入るのはとびきり魅力的なことに思えた。あまりに魅力的すぎる。暗闇のなか、何も身につけていないアヴェリンがやわらかくてあたたかな体をすり寄せてきたり、アヴェリンのヒップがペーンの脚の付け根に押しあてられ、体にまわしたペーンの腕を彼女の胸がかすめたりすることを考えるだけで、興奮をかきたてられてしまう。この猛々《たけだけ》しい欲望は自分でもどうにもできない。だから昨夜はテントに近づかなかった。

ペーンは体に巻きつけていた毛皮を押しやり、朝の冷気に身震いした。上半身裸だったことに気づいたのはそのときだ。たとえ穴だらけで煙のにおいがしみついていても、あのぼろぼろのチュニックが恋しい。少なくともある程度は雨風から身を守ってくれる。だがチュニックを取りにテントへ行く危険は冒したくない。特にアヴェリンのむきだしになった胸の記憶が鮮やかによみがえっている今はなおさらだ。

なんてことだ！　自分の欲望がこれほど強いとは思ってもみなかった。今までも普通の男並みの欲望はあったし、体がほてるたびにどうにか対処してきたが、彼女を自分のものにしたいという、これほど強烈な衝動はかつて覚えたことがない。脳裏からどうしてもアヴェリンの姿が消えない。この手と唇で彼女のやわらかな体をたどり、それから……。

ペーンはよけいなもの思いを振り払った。テントへチュニックを取りに行くのは、川で水浴びをしてからだ。冷たい水に体を浸したほうがいい。ゆっくりと時間をかけて。

ため息をつくと、寝起きでぼんやりとした頭のまま、川へと向かう道を歩きだした。水を浴びれば頭がすっきりするだろうと自分に言い聞かせ、眠たげに顔をこすり、歩きながらどうにか目を覚まそうとする。

もともと朝は得意ではない。入浴後にやっと頭が冴《さ》えることもしばしばだ。ただし緊急事態なら話は別だ。寝ている最中でも何者かに襲撃される物音が聞こえたら、すぐに飛び起きて応戦できる。だがそれ以外の場合は、今日のようになかなか目が覚めない。寝ぼけまなこのままで歩いて、あちこちつまずいてしまう。

手で口を覆ってあくびをしながら、ペーンはまたしても顔をこすり、今後の計画を立てようとした。川でひと泳ぎしてどうしようもない体のほてりを解消し、ほかの者たちを起こして旅を続けなければならない。できれば今日じゅうにハーグローヴに到着したかった。そこで新しい従者の少年が待っている。ペーンが弟を亡くしたと聞いたハーグローヴ卿が、ぜひ代わりに自分の息子を従者にしてほしいと申しでたのだ。

ペーンは木イチゴの茂みに気づいて目を輝かせ、歩く速度を緩めて近づいた。熟れて、いかにもおいしそうだ。見たとたん、口のなかが唾でいっぱいになる。普段のペーンは果物を食べない。それは女性の食べ物で、男である彼は原則として肉とチーズとパンを口にするようにしている。だが食事の手助けをかたくなに拒んでいるせいで、ずっとまともに食べていない。しかし食事を抜くのは苦痛ではなかった。前にもそうしたことはあるし、たった一日食事を抜くくらいなんでもない。幸い、包帯を巻かれていてもゴブレットは持てるから飲むことはできる。とはいえ今この瞬間、目の前にある木イチゴはこれ以上ないほどおいしそうだ。木の枝から子羊の脚の肉がぶらさがっているかに見える。

ペーンは茂みの脇で立ちどまって振り返り、来た道を確認した。誰も彼のあとを追ってきてはいない。唇をなめて木イチゴに注意を戻し、茂みの前にひざまずく。それから身を乗りだして熟れた木イチゴをひと粒口に含み、体を後ろに引いた。次の瞬間、口のなかで果実がはじけ、ペーンは思わずうめいた。まさに天にものぼる心地、神々の酒《ネクタル》のごとき極上の味わいだ。身を乗りだして木イチゴをもうひと粒口に含む。それからしばらくひざまずいたまま、花の蜜を吸う蜂のように次から次へと木イチゴに食いついた。だがふいに、右側の藪で小枝が折れる音が聞こえた。

ペーンは食べるのをやめ、目を細めて音のしたほうを見つめた。何も見あたらないが、何かが近づいてくる音がたしかに聞こえる。それもわりと大きそうだ。動物だろうか？ 木イチゴのことが完全に頭から消えたとき、枝のあいだから一羽の鳥が近づいてくるのが見えた。茶色と淡い黄褐色でずんぐりしていることから察するにウズラだろう。だがウズラはすぐに藪のなかに姿を消した。

ペーンはウズラを追いかけようとした。あの鳥を捕まえて今日の食事にしよう。あるいはあとを追えば、巣にたどり着いて卵を見つけることができるかもしれない。もし朝食にウズラの卵の料理を出せたら、アヴェリンはどんなに喜ぶだろう。

彼は膝をついたまま静かにゆっくりと、前方から聞こえる小枝を踏みしめる音を追いかけはじめた。そのとき目の前にある藪の隙間から茶色いものがちらりと見えた。ここまで近づけばウズラを捕まえられるととっさに判断し、包帯を巻いた両手を思いきり伸ばし、腕のあいだにウズラを挟みこもうとする。ところが標的は予想よりはるかに大きかった。そう気づいた瞬間、体のバランスを失い、視界をさえぎっていた藪に向かって転がるようにまともに突っこんだ。だがあっと思ったときにはもう、背中から地面に倒れこんでいた。どういうわけか、体の下に長いウールの茶色のスカートが見える。

誰かと思いきりぶつかった衝撃に、ペーンはうめいた。けれどもそのうめき声は、女性のものとおぼしき悲鳴にかき消された。ペーンがあわてて横に転がると、女性はもがきながら彼から離れ、横たわってこちらを向き、ぽかんと口を開けた。

「あなた?」彼女は目を丸くしてペーンを見つめている。

「アヴェリン」寝床で寝ているはずのアヴェリンがどうしてこんなところにいるのかと、ペーンは困惑して彼女を見つめ、その髪が濡れていることに気づいて目を細めた。

「水浴びをしていたのか?」

アヴェリンがまばたきをして、ゆっくりうなずく。「ええ、あの川で」

「昨日溺れかけたのに、今朝またひとりきりで泳いだのか?」ペーンは妻をにらみつけた。彼は昨日、危うく妻を失うところだったというのに、性懲りもなくふたたび自らの命を危険にさらしたアヴェリンに激怒していた。いったい彼女の理性はどこへ吹き飛んでしまったのだろう？　こんなに美しいのにこれほど頭が鈍い女性との結婚生活がどんなものになるのかは想像もつかない。まったく、ひ弱で、もろくて、教養がないだけでも最悪なのに、ここまで非常識だったとは心底がっかりさせられる。

「わたしは――」

「アヴェリン」ペーンは語気荒くさえぎった。「きみはまた溺れていたかもしれない。今回はぼくがそばにいてきみを救えなかったかもしれないんだぞ」藪のなかで、どうにか立ちあがって体をかがめる。アヴェリンがこちらの手首をつかむのを待って、彼女を立たせた。

「でも、実際には溺れていない――」

「ああ、何よりだ」ペーンはまたしてもさえぎった。「だが神がきみにその美しさに匹敵する分別を授けてくれなかった以上、今後はひとりで出歩くのを許すわけにはいかない。どこかへ行くときはもちろん、何かをするときも必ずぼくの許しを得るようにしろ」厳しい口調で命じてから、眉をひそめた。妻のドレスの前面がひどく汚れていた。スカートは泥だらけで、ドレスの上半身には黄色い点と透明なものがまじったぬるぬるした何かが付着している。アヴェリンの顔と首もべとべとしていた。「その顔やドレスはどうした？　何がついているんだ？」

「ウズラの卵よ」アヴェリンがため息をもらした。「川から戻る途中でウズラを見かけて、朝食にウズラの卵の料理を出せたらあなたが喜ぶだろうと思ったの。ちょうど卵を集めているときに、あなたに背後から飛びかかられたのよ」

彼女の説明を聞いて、ペーンは怒りがいくらかおさまった。それはアヴェリンもまたペーンと同様に伴侶においしい朝食を食べさせたいと思っていたからなのか、彼女のドレスを汚した責任がペーンにあるからなのかはよくわからない。とはいえ長いため息をつくと、怒りの感情はほとんど消え去った。彼が残りの怒りの感情をどうにかのみくだしたとき、妻ががっかりした顔をしていることに気づいた。

「卵料理は本当にうまい。ぼくもあのウズラを見かけたとき、きみと同じことを考えた。結局、ウズラではなくてきみに飛びかかってしまったが。さあ、行くぞ」ペーンはそっけなく言うと手を差しだしたが、その手が包帯でぐるぐる巻きになっていることを思いだした。

アヴェリンは夫の手は見ないふりをして、彼の腕に手をかけた。

夫の手が一時的に使えなくなったことを、とりたてて大げさにとらえない妻に感謝しつつ、ペーンは彼女をいざなって道をたどり、川のほとりに出た。妻がドレス姿のまま水のなかに入っていくのを見守る。アヴェリンは川床にある小石を両手ですくうと、それを使って顔と首とドレスについた卵の汚れをこすり落とした。ペーンは心のどこかで、彼女がドレスを脱いでもう一度水浴びをしてくれたらいいのにと考えていた。とはいえ、卵が乾いてドレスにこびりついたら、あとできれいにしようとしても落ちにくくなるだろう。

けれどもペーンの失望はすぐさま好奇心に取って代わられた。濡れたドレスが肌に張りつき、アヴェリンの女らしい体の曲線があらわになっている。ペーンは気づくと川のほとりにさらに近づき、かがみこんで川の水をすくっている妻の姿を食い入るように見つめていた。手から流れ落ちる川の水に濡れて、今やドレスは第二の肌のようにアヴェリンの体に密着している。彼女が祝宴で着ていた赤いドレスだったらよかったのにと、ペーンは思わずにいられなかった。シルクでできたあのドレスなら色も鮮やかで、地味な茶色のドレスよりもさらに扇情的だったはずだ。だが茶色だろうと赤だろうと、ドレスの生地がアヴェリンの体に密着している様子を目にするのは喜ばしいことで、文句は言えない。ペーンは川に入っていって、ドレスをはぎ取りたかった。あるいはぴったりと張りついた生地の上から、妻の全身に手を這わせたかった。

厚手のウール地にもかかわらず、水の冷たさのせいで、妻の胸の頂が尖《とが》っているのがわかる。できるものなら今すぐあの濡れたドレスを脱がせ、舌でアヴェリンの胸の頂を愛撫して……。

「ああ、くそっ！」

「あなた？」

罵りの言葉を聞き、アヴェリンが驚いた顔で彼を見る。ペーンは反射的に足をもつれさせながら川に入った。

「あなた！　いったい――」

「ぼくにも卵のしみがついていた」ペーンはとっさに嘘をついた。だが実際は、勝手な妄想のせいで脚の付け根がこわばってどうしようもなくなっていたのだ。先ほどまで、体の中心で頭をもたげている部分をなすすべもなく見おろしながら、心のなかでつぶやいていた。彼にはすぐ目の前にいるこの女性を、法律的にも道徳的にも自分の好きにする権利がある、そうしないとアヴェリンの無邪気な仕草のせいで、頭がどうにかなってしまうと。

だが、そんなことをアヴェリンの前で認めるわけにはいかない。絶対にだめだ。だから腰まで水に浸かってこわばっている下腹部を隠し、川にいきなり入った理由を説明するために嘘をついた。ありがたいのは、冷たい水のおかげですぐにこわばりが解消されたことだ。ありがたくないのは、突然ある事実に気づいたことだ。もともと川に行こうとしたのは用を足すためだったが、情けなくも今のペーンは自分でズボンを脱ぐこともはくこともできない。そんなことを妻に頼むくらいなら死んだほうがましだ。

「さあ、もう充分きれいになっただろう」ペーンは向きを変え、激しく水音をたてて川から出た。背を向けて、妻がびしょ濡れになったドレスから、先ほどペーンが空き地に着いたとき、地面に落ちていた黒いドレスに着替えるのをじっと待つ。昨夜アヴェリンが着ていたのと同じドレスだが、おそらく彼女はそれを身につけたまま川まで来て、水浴びをしたあと茶色のドレスに着替えたのだろう。そしてウズラを偶然見かけ、黒いドレスを置いたまま追いかけたに違いない。しかし茶色のドレスが濡れて着られなくなったため、また黒いドレスを身につけざるをえなくなったのだ。

アヴェリンが着替え終わるとすぐに、ペーンは急ぎ足で彼女を連れて野営地へ戻った。妻を自分たちのテントへ送り届けると、父を捜して川に戻り、水浴びを手伝ってもらった。父に洗ってもらうのはどうにも恥ずかしく、終わるとほっとした。いまいましい手の包帯が取れる日が待ち遠しいが、母からは少なくとも二週間は包帯を巻いていないと治らないだろうと言われている。その二週間は自分の人生でもっともみじめな日々になるに違いない。

ため息をつき、父と一緒に野営地へ戻ったところ、テントが倒れかけており、ふたりの家臣がテントの背後にある森をうろうろしていた。ペーンはふたりに大声で呼びかけ、事情を聞くことにした。

「テントの杭《くい》が一本、地面にめりこんでたんです。ホブがどうにか杭を引き抜こうとすると勢い余って手から飛びだして、森のほうへ飛んでいってしまいました」男のひとりがペーンに報告した。「杭がどこに落ちたのかわからなくて、手分けして探しているところです」

このままでは出発が遅れてしまう。ペーンはいらだって身じろぎすると、答えた男に命じた。「戻ってテントを片づけてくれ。杭はぼくが探す」

男が視線を落とし、包帯でぐるぐる巻きにされたペーンの手を疑わしそうに見る。

ペーンは口元をこわばらせた。

「見つけたら大声で叫ぶから、おまえたちのどちらかが取りに来てくれ。さあ、テントの片づけに取りかかるんだ。それが終わってもぼくがまだ杭を見つけていなかったら、そのときは手伝ってほしい」

男たちは肩をすくめ、テントを撤収しに戻っていった。ペーンは向きを変え、森へと入った。杭がどれくらい遠くまで飛んだのかはまったく見当もつかない。というより、どの方向に飛んだかさえわからない。たぶん見つけられないだろう。とはいえ、少なくとも彼にはちゃんと見える目がふたつある。

目を皿のようにして森のなかを捜索しはじめてから数分が経った頃、ペーンは何かにつまずいた。キツネの死骸だ。かわいそうに。彼が見おろすと、憐れなキツネは口にウサギの脚をくわえていた。キツネがウサギの脚をほんの少ししかかじっていないこと、さらにそのウサギの肉が明らかに火を通したものであることが気になり、膝をついてさらによく観察してみる。どう考えてもキツネがウサギの肉を焼くはずがない。つまり考えられる可能性はふたつ、かわいそうなキツネがたまたま誰かが置いていったウサギの肉を見つけてほんの少しかじったあとに生き絶えたか、あるいは動物を殺すために誰かがわざと毒を塗ったウサギの肉を置いたかだ。

杭を見つけたという男の叫び声が聞こえ、ペーンは顔をあげた。テントを片づけ終えた男たちがペーンを助けるべく森へ戻ってきて、杭を探しあてたに違いない。テントは片づき、杭も見つかったので、これで出発できる。今日一日かけて旅をすれば、それだけハーグローヴと新しい従者に近づけるだろう。

ペーンはキツネのことなどすっかり忘れ、身を起こして立ちあがった。だが数歩進んだところで、どろどろした何かに足を取られそうになった。足元を見ると、誰かの吐瀉物《としゃぶつ》だった。ペーンは顔をしかめ、ブーツを草にこすりつけて汚れを落とし、足早に野営地へ戻った。

一歩進むごとに、どうか今朝の出来事がこれからの悪い予兆ではありませんようにと祈る。今日はもう少しましな一日に、せめてここ二日間よりもいい一日になってほしい。思えばストラウトン城に到着して以来、ものごとがひとつも順調に進んでいない。結婚式は首尾よくいっているかに思えたが、それは花嫁が気を失うまでのことだった。あれ以来、次から次へと厄災ばかり起きている。自分は呪われているのではないかとペーンは思いはじめていた。事態が好転する日は本当にくるのだろうか？

9

　その日、馬に乗っているあいだ、アヴェリンはひたすらしゃべりつづけた。少なくとも最後の一時間はそうだった。引きつづき馬の乗り方を教えてもらうために、彼女は昨日と同様、ペーンの前に座り手綱を取った。だがペーンはその必要はないと考えたらしく、すでに上手に乗れるようになっていると言った。それでもアヴェリンはひとりで馬に乗るのはまだ不安だと主張し、夫からそれなら自信をつけさせるためにもう一日教えようという同意を引きだした。

　それなのに三十分も経つと、アヴェリンはいつの間にか馬の上で眠りこんでいた。徹夜で針仕事をしたせいもあるし、馬に心地よく揺られていたせいもある。ペーンは妻の手から落ちそうになっている手綱を取り、どうにか彼女を起こすことなく自分の胸に寄りかからせ、そのまま眠らせていたに違いない。

　その日の午後に目を覚ましたとき、アヴェリンはずっと起きていられなかった自分にひどく狼狽《ろうばい》した。ペーンの手の怪我がこれ以上ひどくならないよう、夫の代わりに手綱を握っているべきだったのに。もう絶対に眠ったりするものかと心に決め、口を動かすことにした。とにかく頭に思い浮かんだことを片っ端から口にしていれば、起きていられるだろう。アヴェリンはなんとか起きていた……だがそれからわずか一時間後、ペーンは馬を止め、今夜はそこにテントを張ると決めた。

アヴェリンは動揺した。馬に乗りながら眠りこけた彼女を見て、ペーンはまた妻をひ弱だと思ったのではないだろうか。自分の目から見ても、そう思われてもしかたがない気がする。アヴェリンの妻としての役目は夫であるペーンを守り、支えることだ。だが夫を守れているとはとても思えない。眠りこんで、彼にまた手綱を取らせたのがいい証拠だ。ペーンの手がこれ以上悪化しないよう、二度とあんな失態を演じるわけにはいかない。今夜は針仕事を早めに切りあげて眠るようにしよう。そうすれば明日は眠りこけたりせずに夫の代わりに手綱を握れる。

でも、早く眠るのは難しいかもしれない。一日じゅう寝ていたせいで今は目が冴え、何かしたくてうずうずしている。けれども残念ながら、ペーンは妻が疲れ果てていると思いこんでいるようだ。

アヴェリンはみじめな気分で、ほかの人たちがせわしなく動きまわってテントを張る様子を眺めた。何か手伝いたいのに、ペーンから有無を言わせぬ口調で座っていろと命じられた。最初は旅の疲れを癒やすためにレディ・ジャーヴィルが隣に座っていたからまだよかった。しかしテントの設営が終わると、義母はなかをどう整えるか指示するため、義父と使うテントに姿を消した。アヴェリンも自分のテントに向かおうとしたが、ペーンからまたしても座っていろと命じられた。そういう仕事はルニルダにさせればいいと。

そんなもの思いに引き寄せられたかのように、突然目の前に夫が来た。アヴェリンはなんとか笑みを浮かべた。

「メイドがテントのなかを整えた。食事ができるまで、なかでやすんでいてくれ」

「だけど――」

「さあ、早く」ペーンが言い張る。

アヴェリンは一瞬躊躇したものの、ため息をついて立ちあがった。今日は昼食をとっていない。夫が鞍の上で何を食べたのかわからないが、彼女はその時間も眠りこんでいたのでお腹がぺこぺこだ。それに用も足したかった。でもどちらかを訴えても、夫は聞く耳を持たないに違いない。空腹も用足しもまだ我慢できると考え、アヴェリンは素直にテントへ入った。

「おやすみになるなら寝床を作ります」ルニルダが話しかけてきた。

「丸一日寝ていたのよ。全然疲れていないわ」アヴェリンは皮肉まじりに答えた。

「そうですね。奥さまが一日寝ていたのは知ってます。ペーン卿はたいそう心配していらっしゃいましたよ。気分がよくないんですか？」

「いいえ、大丈夫。徹夜で針仕事をしてしまっただけなの。そんなつもりはなかったんだけど」ルニルダが口をぽかんと開けるのを見て、アヴェリンはつけ加えた。

「ペーンがテントに戻ってきたら針仕事をやめようと思っていたのに、彼は寝床に来なかった。気がつくともう夜明けだったのよ」

「そうですか……」ルニルダは途方に暮れた様子だったが、励ますように言った。

「新しい服を見たら、旦那さまはさぞ喜ばれるに違いありません」

「そうね」アヴェリンは気持ちが少し軽くなった。彼女がきちんとした服を作ったら、ペーンは絶対に喜んでくれるはずだ。それに夫に服を贈るときに、今日これほど疲れていた理由を説明すればいい。そうすればペーンも思ったほど妻がひ弱ではないと納得してくれるはずだ。アヴェリンはすぐに針仕事に取りかかろうと収納箱の前へ行き、縫い物を出そうとした。

「奥さまは寝ていらしたから、旅の途中、レディ・ジャーヴィルが昼食に配ってくださったパンとチーズを召しあがりませんでしたね。まだ少し残ってるはずですので、取ってきましょうか？」

「ええ、お願い。ありがとう」アヴェリンは収納箱を閉め、縫いかけの夫のズボンを持って寝床へ向かった。あと一時間かそこらでズボンを完成させれば、寝る前にチュニックに取りかかれる。きっとあとひと晩かふた晩でチュニックもできあがるはずだ。

熱心に針仕事に取り組んでいると、ルニルダが戻ってきた。パンとチーズだけでなく、リンゴまで手にしている。ルニルダはアヴェリンのかたわらに食べ物を置くと、荷馬車のなかにある何かについて質問し、そのあとセリーを手伝いに行ってもかまわないかと尋ねてきた。うわの空で話を聞いていたアヴェリンはうなずき、手をひらひらさせてルニルダを出ていかせると、持ってきてもらった食べ物をときどきつまみながら縫い物を続けた。数時間後、ディアマンダがゴブレットに入ったシチューを持ってきたときも、まだ熱心に針仕事に取り組んでいた。

「まあ、シチュー？」ゴブレットを受け取りながら、アヴェリンは驚いて尋ねた。

「ヘレンおばさまが、あなたのお母さまがストラウトン城を出るときに持たせてくれた、黒い大きな鍋を使ったの」ディアマンダは不安そうにアヴェリンを見た。「おばさまがルニルダに、あなたのお母さまが用意した道具を使ってもいいかどうかあなたに尋ねるよう言ったみたいだけど？」

「そうだったのね」アヴェリンは先ほどメイドが食事を持ってきたときに何かきいていたのを思いだした。

「ヘレンおばさまは、ゴブレットに入れたシチューならペーンも食べやすいだろうと考えたのよ」

アヴェリンはゆっくりとうなずいた。できれば彼女が思いつけたらよかったが、どうすればペーンが食事をとりやすくなるかなどまったく考えもしなかった。自分は世界で一番思いやりのない妻だ。

「ルニルダも、ほんとにゴブレットを使ってよかったのかどうか気にしてたわ」アヴェリンがあまりに長いあいだ黙りこんでいるのが気になったのか、ディアマンダが言った。

「もちろん使ってかまわないわ」アヴェリンは即座にうなずいた。出発前、母はアヴェリンの荷物のなかにゴブレットを六個入れていた。すべてアヴェリンとペーンのイニシャルを入れた特注品だ。とはいえ、旅に同行している人は大勢いる。六個ではとうてい足りないはずだ。「みんなはどうやってシチューを食べているの？」

「男の人たちはまたウサギ肉を食べてるわ。ヘレンおばさまはシチューを家族の分しか用意できなかったの。みんなに行き渡るだけのゴブレットがなかったから。とにかく、ペーンからこれを持っていくよう言われて来たの。そうすればあなたがわざわざテントの外へ出る必要もないし、休んでいられるからって。今日はほんとに疲れていたみたいね」

「ゆうべ、ほとんど寝ていなかったから」ディアマンダのもの問いたげな表情を見て、アヴェリンは答えた。

「明日も旅を続けられそう？　こんなことをきいてるのは、あなたが病気じゃないかとペーンが心配していて――」

「大丈夫、元気になるわ。今だって元気よ。今日疲れていたのは寝不足だっただけ。今夜はちゃんと眠るようにするわ」

ディアマンダは疑わしい顔になったが、それでも礼儀正しくうなずくと、アヴェリンの膝の上にある黒い布を興味深げに眺めた。「何を縫ってるの？」

アヴェリンは膝に置いた縫い物を見おろし、笑顔になった。「ペーンのためにズボンとチュニックを縫おうと考えたの。火事のせいで服がぼろぼろになってしまったから。わたしが疲れていたのはそのせいよ。昨日の夜、胃の調子が悪くて眠れなかったから縫い物を始めたんだけど、ふと気づくと朝になっていたの」ゴブレットを脇に置いて縫いかけのズボンを掲げ、唇を嚙んでディアマンダに尋ねる。「彼は気に入ってくれると思う？」

「まあ」ディアマンダは目をみはると、手を伸ばしてズボンに触れた。「絶対に気に入ると思うわ」

アヴェリンは安堵の笑みを浮かべ、ズボンを膝の上に戻した。「あとひと晩かふた晩で完成させるつもりよ」

「あまり根を詰めすぎないで。目によくないわ。ここにはもう一本蠟燭が必要じゃない？」

アヴェリンは収納箱の上に置かれた蠟燭を一瞥した。そういえば、少し前にルニルダが来て蠟燭をつけてくれた気がする。だが、それからどれくらい時間が経ったのかわからない。

「一本で充分よ」アヴェリンは心配してくれたディアマンダにほほえみかけた。

「せめて近くに置いたほうがいいわ。そうすれば目が疲れないから」ディアマンダは収納箱から蠟燭を手に取り、毛皮の寝床の横に置いた。「ここのほうがいいわ。それじゃあ……」身を起こし、アヴェリンに向かってにっこりした。「わたしもシチューを食べてくるわね。食べ終わったら、ゴブレットを取りに戻ってくるわ。わたしのと一緒に洗えばいいから」テントの入り口の垂れ幕を持ちあげながらつけ加える。「残さず食べてね」

テントからディアマンダが出ていくのを見送り、アヴェリンはかすかにほほえんだ。ディアマンダは魅力的な若い娘に思える。仲よくしようとしてくれるのがありがたい。シチューはとてもおいしそうなにおいがした。けれどもルニルダが持ってきたものを食べたばかりで、お腹がすいていない。とはいえシチューに手をつけずにゴブレットを返せばレディ・ヘレンの気分を害してしまうだろうし、せっかく持ってきてくれたディアマンダのことも傷つけたくない。

アヴェリンはテントの入り口の垂れ幕に視線を移した。一日じゅう閉まっているわけではなく、今は野営地の中央にあるかがり火のまわりに集まっている人々の姿が見えている。彼女は縫い物を置き、ゴブレットを手に取って立ちあがった。どこかへ出かける際には夫の許可を得るよう言われたが、アヴェリンが身支度したり用を足したりするときにペーンがついてきたことは一度もない。シチューを捨てるのにうってつけの藪を探しに行くのに、わざわざ夫の許可を得る必要はないだろう。せっかく火のそばで暖を取っているペーンのそばへ行き、森までつき添ってほしいと頼むのも気づまりだ。

昨日、水浴びをしたときのことをふと思いだす。ほんの少ししか離れておらず、しかもこちらがたてる物音が聞こえる場所に夫がいるという状態は居心地が悪かった。おまけにシチューを捨てるのは夫が知る必要のないことだ。わざわざ知らせて心配をかけたくない。誰の手もわずらわさずに、この件は自分ひとりでなんとかしたい。

ひとたび心を決めると、アヴェリンはシチューの入ったゴブレットを手に外へ出て、すばやくテントの裏にまわりこんだ。野営のかがり火から離れているせいで、あたりは暗い。それに夫に連れられているわけではないため、どの道を進めば川へ出られるのかさえわからない。それでも森へ入り、行く手をさえぎる枝をかき分けて進みつづけ、テントから充分離れた場所まで来ると足を止めた。それからゴブレットを逆さまにして振って空にすると、それを地面に置き、用を足そうとした。

スカートの裾を持ち、まくりあげてうずくまったとたん、ヒップに鋭い痛みが走った。小さく悲鳴をあげ、手でヒップをさする。ちょうど先の尖ったイラクサの上にしゃがんでしまったようだ。

しかめっ面をして少し離れた場所へ移動し、今度は片手でイラクサがないことを確かめてから用を足した。

ほっとしてテントへ戻ろうとしばらく進んだところで、突然ゴブレットを置き忘れてきたことに気づいた。あたりを覆う暗闇を見つめ、取りに戻るのは明日の朝にしようかとしばし考える。朝日が差しているからすぐに見つけられるだろう。とはいえ、置き忘れた場所がわからなくなりそうで不安だ。何より、ディアマンダがあとでゴブレットを取りに戻ってくると言っていた。手元にないことをどう説明すればいいだろう？　自分がシチューを食べなかったと知れば、ディアマンダは傷つくはずだ。

アヴェリンはあきらめのため息をつき、最初に立ちどまったと思われる場所まで引き返し、ひざまずいて右手であたりを探った。当然ながら、指先に触れたのは捨てたシチューだ。彼女は小声で文句を言いながら、草に手をこすりつけてシチューを落とし、もう一度あたりを探った。今度は鋭いイラクサが指先に触れた。

なんてついていないのだろう。憤懣《ふんまん》やるかたない思いで、左手で傷ついた右手の指先をこすり、なおも周囲を探した。ありがたくも次は何ごともなくゴブレットを見つけることができ、ほっとして立ちあがる。

テントに戻りながら、そんなについていないわけではないと自分に言い聞かせようとしたが、とてもその言葉を信じる気にはなれなかった。テントの裏で立ちどまり、誰にも見られていないことを確認してから早足でテントをまわりこみ、入り口を開けてなかへ入り、安堵のため息をもらした。

ゴブレットを寝床のそばへ置き、縫い物を手に取ったとき、アヴェリンは顔をしかめた。先ほどイラクサで傷ついた指先がちくちくと痛い。反対側の手に縫い物を持ち替え、痛むほうの手を掲げて確かめようとする。けれども寝床に腰をおろした瞬間、イラクサで傷ついたのは指先だけではないことに気づいた。

大きく息をのんで急いでひざまずき、縫い物を手から落とすと、ドレスのスカートを持ちあげた。ヒップの傷の具合を確認しようとしたが、いくら体をひねっても傷は見えない。痛くないほうの手でヒップに触れてみると、みみずばれがいくつかできているようだ。

アヴェリンはスカートをもとに戻し、大きなため息をついた。ペーンの言い分は正しかった。こんなおっちょこちょいの自分は、ひとりで出歩いてはいけないに違いない。イラクサのせいでヒップも右手もひりひりする。おまけに捨てたシチューの上にひざまずいたせいで、ドレスの膝部分にちぎれた肉片がついていた。

アヴェリンは肉片をゴブレットのなかへ落とすと、縫い物を脇に置き、寝床に横になった。みみずばれが引いてヒップと右手の痛みがやわらぐまで、一時間以上はかかるだろう。今は針仕事ができる状態ではない。

だが結果的にはよかったのかもしれない。これで今夜は眠れるし、そのうえ考えていた以上に長く睡眠をとれるのだからと自らに言い聞かせる。とはいえ、自分のあまりの愚かさに意気消沈せずにはいられなかった。藪にひとりで行って無事に帰ってくることさえできないなんて。


「どうだった？」ディアマンダがテントから戻ってくるなり、ペーンは尋ねた。

「寝てたわ」ディアマンダが申し訳なさそうに言った。「でも寝てるように見えただけかもしれない。起こしてきましょうか？　それとも――」

「いや、いい」ペーンはため息をついた。ディアマンダに妻の様子を見てきてほしい、もし気分がよくなっていたら、自分たちの輪に加わるよう誘ってほしいと頼んでいた。だがそれは無理らしい。ペーンは頭を振り、ブーツの爪先で火にくべられた薪を押しこんだ。

「アヴェリンは食べていた？」母が尋ねるのが聞こえた。ペーンが見守るなか、ディアマンダがテントから取ってきたゴブレットを掲げる。

「ええ、小さな肉以外は全部」

「よかった。少し旅の疲れが出ただけなのよ」母の答えを聞き、ペーンは低くうなった。

「アヴェリンは今日一日ずっと眠りこけていて、今もまた眠っています」彼は険しい表情で指摘した。「母上、彼女は病気じゃないかと思うんですが」

「大丈夫よ、ペーン。アヴェリンは健康だわ」母はそう答えたが、それをうのみにするほどペーンは愚かではなく、母が一瞬心配そうな顔をしたのも見逃さなかった。それでもこの話題はここで切りあげることにした。少なくともみんなの前では。心のなかでは、そのことについてずっと考えつづけていた。自分は世界一虚弱な妻と結婚したのだろう。だからこそ今後もアヴェリンには特別気を配り、無事にジャーヴィル城へ到着させなければならない。わが家に着いて旅の苛酷さから解放されたアヴェリンの体調がよくなるよう、ペーンは祈る思いだった。

旅が終わるまでにあと三日はかかる。明日の遅い時間にはハーグローヴの屋敷に新しい従者を引き取りに行く必要がある。そのあとは二日しかかからないはずだ。本来ならストラウトン城から両親の家まで二日で行けるが、今回は従者を迎えに寄るせいで一日多くかかる。ペーンは両親に男たちの大半を連れて先に家へ戻ってほしい、自分とアヴェリンのためには少数の者を残すだけでいいからと頼んだのに、母はまるで聞く耳を持たなかった。息子のそばにいて包帯を取り替え、傷がそれ以上悪化しないようこの目で確かめたいの一点張りだった。

ペーンはテントを見つめ、旅が終わるまでアヴェリンは彼の馬に乗せることにしようとひそかに決意した。妻が充分に体を休め、少しでも体力を温存できるように。

鳥たちの鳴き声が聞こえ、アヴェリンは縫い物から顔をあげた。テントの入り口を見やると、すでに夜明けを迎えようとしていた。またしても夜通し縫い物をしてしまった。

うたた寝はしたものの、イラクサでついた傷の痛みに耐えかねてすぐに目が覚めた。でもそのあいだにヒップの痛みは完全に癒え、一日じゅう眠っていたせいで体はまったく疲れていなかった。ほんの少しだけ縫ったら絶対に眠ろうと自分に言い聞かせて縫い物に取り組むことにしたが、もちろんそのとおりにはならなかった。針仕事はすいすい進み、気づくとそのまま夜を明かしていた。

このあと時間が経つにつれ、徹夜したことを後悔するはめになるだろうとわかっていたものの、今は満足していた。とうとうズボンを縫い終え、チュニックもかなり縫い進めることができた。あとひと晩あれば完成できそうだ。

この服を贈られた夫がどれほど喜ぶだろうと想像しながら、丸めていた背中を伸ばしてゆっくりと立ちあがる。ずっと同じ姿勢を取っていたせいで体が痛い。こうなる前に途中で体を動かして凝りをほぐすべきだったのだろうが、縫い物に夢中で、そんなことは思いつきもしなかった。そして今、何時間も同じ姿勢で座りつづけていたつけがまわってきた。

未完成のチュニックを丁寧に折りたたみ、ズボンと一緒に収納箱にしまいながら、夫は昨夜もテントへ来なかったけれど、そんなことは気にしていないと自分に言い聞かせようとした。だが嘘をつくのは上手ではなかった。自分自身に対してつく嘘であっても。

結婚生活というのは想像していたよりもずっと寂しいものに思える。あるいは寂しいのは彼女の結婚生活だけなのかもしれない。

ため息をもらし、収納箱から離れてテントの入り口へ行き、外の様子を確かめる。こうして立ちあがって動いてみて初めて、また用を足したくなっていることに気づいた。それもかなり切羽詰まっている。でも残念ながら、かがり火のまわりで寝ている男性たちはぴくりとも動かず、誰もまだ起きあがる気配がない。野営地を突っきって用を足しに行こうと思ったが、あの男性たちが邪魔だ。

アヴェリンは周囲を見まわし、野営地の反対側に一本の道があることに気づいた。きっと川に通じる道だろうと考え、もう一度昨夜の残り火を囲んで眠っている男性たちに視線を戻す。

昨夜はひとりで森に行き、少々痛い思いをするはめになったけれど、あのときはあたりが暗かった。朝の光が差している今ならひとりでもどうにかなるだろう。とはいえ、夫からは許可なしに出歩かないよう命じられている。昨夜、誰にも気づかれなかったのは夜陰に乗じたからだが、今はもはや暗くない。男性たちはすぐに起きだしてきそうには見えないから、誰かが起きる前に、森で用を足して戻ってこられるかもしれない。

あれこれ思案しているあいだに、さらに切羽詰まってきた。もし今、外で用を足さなければ、テントのなかで粗相をしてしまいかねない。

小さな声で文句を言うと、アヴェリンはテントの外へ出て忍び足で野営地をまわりこみ、道だと思われるほうへ向かった。

しばらく進みつづけていると、別の小さな空き地に出た。困惑してあたりを見まわす。川はどこにも見あたらないが、空き地の向かい側にもう一本道が通じている。アヴェリンは心のなかで肩をすくめると、空き地を横切って、さらに続く道を歩きだした。ところが進むにつれて道がどんどん狭くなり、結局途絶えた。この先どこにも行けないのは明らかだ。

彼女はためらったあげく、とうとう欲求に負けてその場で用を足すと、もと来た道を引き返しはじめた。

先ほどの小さな空き地へ戻り、ふと立ちどまる。目の前で道が二本に分かれていて、自分がどちらの道から来たのかわからない。たぶん右側だろう。だが二本の道はさほど離れておらず、左側の可能性もある。アヴェリンは自らの直感を信じて右側の道を進むことにした。間違っていたら引き返して左側の道を進めばいいだけだと自分に言い聞かせながら。結局、間違いだとわかって引き返すことになったが、先ほどの空き地に出るまでにやけに時間がかかったように思えた。しかも空き地そのものが前に見たものより小さく、明らかにさっきの空き地とは違う。

それでも頭にある光景を頼りに進むしかない。今度は左側の道を進んだが、十分経ったのち、道に迷ったのだと認めざるをえなくなった。最悪なことに、太陽が顔を出した今、勝手にテントを抜けだしたことをペーンに気づかれないはずがない。またしても夫の許可なく野営地から出たことがばれてしまう。

このまま座りこんで泣きたい気分だった。最近は問題ばかり起こしている気がする。結婚式の最中も初夜もそうだったし、旅に出てからは溺れてもいないのに溺れたと誤解されたうえに、今度は迷子になるなんて。この結婚は呪われていると運命が告げているかのようだ。だがアヴェリンに言わせれば、運命なんて気にするほうが愚かだ。結婚する前ならともかく、結婚したあとに警告されてもどうしようもない。

アヴェリンは必死で涙を振り払って深呼吸をし、今自分がいる空き地を見渡した。最初のとも、その次に着いたのとも違う空き地だ。そこで、でたらめに道を選んで彼女はもう一度歩きだした。

それから三十メートルほど進み、角を曲がったとたん、誰かにぶつかりそうになった。この人に道案内をしてもらえばようやく森から抜けだせるとほっとしたのもつかの間、ぶつかりかけた男性が何者かに気づいた。小声で悪態をついている男性は、義父のジャーヴィル卿だった。そのこと自体は問題ない。まだ知りあったばかりだけれど、彼はとてもいい人に思える。けれどもペーンの父親がアヴェリンと同じ理由でここに来たのは火を見るよりも明らかで、彼は今まさに用を足そうとしているところだったらしい。

「まあ!」アヴェリンははじかれたように向きを変えた。ジャーヴィル卿の邪魔をしたくない一心で、来た道をそのまま引き返そうとしたほどだ。とはいえ、すぐに野営地へ戻るためには義父に頼るほかなく、遠くへ行くことはできない。彼女は足を止めた。

なぜ義父をひとりにせずに足を止めたのか、説明すべきだろうかと思案する。だがなんと声をかけるかアヴェリンが決めかねているうちに、義父は用を足し終え、大股で彼女のそばに来た。

「驚かせたのならすまない」ジャーヴィル卿がぶっきらぼうに言った。「こんな時間から起きだしているのは自分だけだと思っていたんだ。用を足しに野営地からこれほど離れた場所に来るのも」

たしかにアヴェリンももう三十分以上歩きつづけている。ここが野営地からどれほど遠く離れた場所かは想像もつかない。とはいえ義父にそんなことは言わず、ただ笑みを向けた。こんな決まり悪い状況のせいで顔が真っ赤になっているのを、どうか頭上で揺れている木の陰が隠してくれていますようにと祈る思いだった。

「ということは、わたしの夫はまだ起きていないんですね?」アヴェリンは希望を持って尋ねると、ジャーヴィル卿とともに歩きだした。先ほど彼とぶつかりかけた際に進もうとしていた方向だ。

「わたしが野営地から離れるときは、まだ寝ていたが……」ジャーヴィル卿が口をつぐむ。そのとき森のなかを急ぎ足で近づいてくる足音が聞こえた。義父が頭を振る。

「だが今、こちらに向かってきているのはペーンだと思う」

「アヴェリン！」ペーンがよろめきながら突然姿を現した。アヴェリンたちが一メートルほど離れたところで歩みを止めるのを見て、ペーンは突然立ちどまった。「ここにいたのか！　森のなかで迷っているんじゃないかと心配して来たんだ。ひとりでうろうろしてはならないと言ったはずだぞ。道に迷ったらいけないからと」

「わたしは……」アヴェリンは開きかけた口をあわてて閉じた。ペーンにいきなり腕を引っ張られたせいで舌を嚙みそうになる。二十歩も行かないうちに、すぐに森から抜けて見覚えのある空き地に出た。「どうしてわたし、野営地からそんなに離れていない場所にいたのかしら？」アヴェリンは心底驚いた。森からすぐに出られたのが本当に不思議だった。

「迷子になったからに決まっているじゃないか」ペーンから非難するように言われ、アヴェリンは顔をしかめた。よく考えもせずに思ったことを口走るなんて、自分は思慮が足らなすぎる。何か話すなら、よくよく考えてからにしないと。

「ええ、少し迷ったかもしれない」彼女は素直に認めた。「でもあなたのお父さまと偶然出会ったし、危ない思いもしていないわ。それに川へ行ったわけじゃない。ただ自分の……用事をすませたかっただけよ」あいまいな表現で言い、さらにつけ加える。

「すぐにすまさなければならない用事だったの。でも昨日テントを張ってから、あなたが一度も様子を見に来なかったから……」

　声に非難の色がまじるのをどうしても抑えられない。昨夜、用を足したいかどうかききにペーンが来なかったせいで自分は深く傷ついていたのだと、アヴェリンは今さらながら気づいた。特に夫の許可なしにひとりで出歩くなと命じられたあとだったのだからなおさらだ。

「用を足したいかどうか尋ねてほしいときみから頼まれた覚えはない」ペーンがいらだった声で、そっけなく答える。「きみが川に行っていないのはわかっている。今日テントを設置したのは川の近くじゃないからな」

「そうなの？」アヴェリンは驚いてきいた。「だったら今日はどうやって体をきれいにすればいいの？」

「水浴びはなしだ」ペーンがぶっきらぼうに言った。「だがうまくいけば夕方にはハーグローヴに着いて、そこで風呂に入れるだろう」

「まあ」アヴェリンは眉をひそめた。本音を言えば、道中でどれほど埃っぽくなろうが、川で水浴びを楽しめるなら気にならない。ただし昨日の大失敗のあとであることを考えると、ハーグローヴで入浴するのが一番安全だ。

　アヴェリンはため息をついて背を向け、テントに向かって歩きだしたが、すぐにペーンの手が腕に置かれた。

「アヴェリン?」

「何?」彼女は慎重に答えると、振り返って夫を見た。

「もし小便……その必要があるときは」ペーンは早口で言い直した。「これからはぼくにそう言うだけでいい」

だったら最初の日にそう言ってほしかったのに言ってくれなかったではないかと、アヴェリンはもう少しで指摘しそうになった。だからあの日の夕方、夫にテントへ連れていかれたとき、恥を忍んで自分から用を足す必要があると話したのだ。

「どんなことであれ、ぼくに頼むだけでいい。そうすれば可能な限り、要求に応えるようにする。だがそういう件に関して、ぼくはきみの心を読むことはできないんだ」

「まあ」アヴェリンは目をしばたたいた。ペーンは彼女の心を読むことができない。もちろんそうだろうが、それでも彼に理解していてほしかった。アヴェリンにも切羽詰まった欲求を満たす必要があるのだということを。アヴェリンはペーンが察してくれるだろうと期待したけれど、ペーンは必要があれば妻のほうから言いだすだろうと考えていたのだ。アヴェリンはため息をついてうなずいた。「わかったわ」

ペーンは明らかに満足した様子でうなずくと、背を向けて父親の前で足を止めた。

「森へ散歩に行ってきます」

アヴェリンは眉根を寄せた。なぜペーンはかすかに強調するように大きな声を出したのだろう。するとジャーヴィル卿も同じく大きな声で応じた。

「わたしも一緒に行くとするか」

父と息子が歩み去るのをアヴェリンは当惑しながら見送ると、頭を振って荷造りをするためにテントへ戻った。みんなが朝食をとり終えたら、ペーンはすぐに出発したいのだろう。そうすれば彼女もテントで眠ってしまうこともないので助かる。すでに疲労感に襲われていた。今日これからの時間が途方もなく長く感じられてしかたがない。でも夫と一緒に馬に乗っておしゃべりを続けていれば退屈はしないだろう。心に決めたとおり、ずっと起きていられるはずだ。

10

「奥さま」

アヴェリンは顔をあげ、駆けてくる少年に笑みを向けた。ほっそりした体つきで黒髪の少年の名はデイヴィッド・ハーグローヴといい、ペーンの新しい従者だ。まだ十歳だが、年齢のわりに背が高い。とても痩せていて、天使のような顔をしている。大人になったら何人もの女性を泣かせるに違いない。

アヴェリンが見守るなか、デイヴィッドは石につまずいて転んだ。アヴェリンは立ちあがって少年のそばへ駆け寄り、無事かどうか確かめたいという衝動を必死でこらえなければならなかった。野営地の反対側でこちらを見ていたペーンが、デイヴィッドの優雅とは言えない身のこなしを目のあたりにし、やれやれと言いたげに頭を振っている。もしここでアヴェリンがデイヴィッドのもとに駆け寄ったら、夫はいい気がしないだろうとわかっていた。昨日、この少年を引き取るためにハーグローヴへ到着したとき、デイヴィッドは階段から転げ落ち、アヴェリンとペーンの足元にどさりと着地した。アヴェリンは少年を助けようとしたが、ペーンに止められた。彼女がちらりと見ると、夫はよせと言いたげに首を振った。

そのときと同様、デイヴィッドはすぐに立ちあがり、何ごともなかったかのように走りだした。アヴェリンの前まで来てにっこりする。

「奥さまは今夜のテントのなかの用意に取りかかれると閣下が言ってます。男たちでテントを張って、収納箱と毛皮を運び終わりました」

「ありがとう、デイヴィッド」アヴェリンは小声で言い、少年に笑みを返した。

デイヴィッドはうなずくとペーンがいるほうへ戻ろうとしたが、突然足を止めてふたたびアヴェリンの前に来た。「それと閣下は奥さまを川に連れていくと言ってました。その、監……監督を……やることが全部終わったらって」少年はあいまいに言い終えた。ペーンが口にした正確な言葉を忘れてしまったに違いない。

「ありがとう、デイヴィッド」アヴェリンは繰り返した。

少年はうなずいてまた背を向けると、今度は転ばずにペーンのいるほうへ戻っていった。

アヴェリンは頭を振りながらテントへ向かった。あの少年はやる気があって明るいものの、ありえないほど不器用だ。けれども少年がぎこちないのは緊張しているからではないだろうか。ひとたび落ち着けば、あのぎこちなさも消えるはずだ。

テントのなかの用意をするといっても、アヴェリンのすべきことはさほどなかった。アヴェリンがなかへ入ったときには、男性たちはいつものようにテントの隅に毛皮を積みあげてくれていたし、ルニルダがシーツや枕や毛皮で寝床を整えているところだった。アヴェリンにできるのは、夕日が沈みかけているため、収納箱の上に蠟燭を置くことくらいだ。

すべてはテント内を手早く整えてくれたルニルダのおかげだ。ルニルダからセリーを手伝ってきてもいいかと尋ねられ、アヴェリンはうなずいた。メイド同士、ふたりは仲よくしているらしい。ルニルダが出ていくと、アヴェリンは収納箱から夫のために縫っているチュニックとズボンを取りだした。ペーンがあとどれくらいで来るかわからないが、チュニックが完成間近なため一分も無駄にしたくない。真っ先にしたいのはズボンの縫い目を確認して、完璧かどうか確かめることだ。

もしハーグローヴの屋敷に到着した昨日の夜、ペーンがベッドに来て彼女を驚かすようなことがなければ、チュニックはすでに完成していたはずだった。いや、正直に言えば、昨夜チュニックを縫い終えるのは絶対に無理だっただろう。夫が部屋に入ってきたとき、アヴェリンはすでに眠くてたまらず、針仕事どころではなかった。前の日に徹夜をしたうえに、その日は必死に鞍の上で眠らないようにしていたため、到着したときには疲れきっていた。

ハーグローヴに着いたのはちょうど夕食の直後で、ハーグローヴ卿夫妻からあたたかいもてなしを受けた。夫妻は軽食を振る舞い、アヴェリンたちのために部屋と風呂を用意してくれた。アヴェリンは疲労困憊していたためにうとうとし、あわや食事の皿に顔を突っこむところだった。食事が終わるとそそくさとその場をあとにして、入浴のために二階へあがった。

これまで生きてきたなかで、あれほど入浴を楽しんだことはない。いい香りのする湯にいつもよりもずっと長く浸かり、二日間の旅の汚れを洗い流した。そのあと暖炉のそばで髪を乾かすと、縫い物を持ってふかふかのベッドに入った。針仕事に取りかかったものの、ふと気づくと舟を漕いでいて、起きているためには絶えずまばたきをしなければならなかった。十分後、ペーンがデイヴィッドを従えて部屋に入ってきたときには、これで縫い物はあきらめざるをえないと安堵したほどだ。

デイヴィッドはアヴェリンに笑みを向けたが、ペーンは彼女に向かってうなるように挨拶の言葉を口にしただけだった。それからペーンは湯を張ったたらいへ向かうと、少年の手を借りて服を脱ぎだした。

ようやく夫がたらいに体を沈めるまで、アヴェリンは口をぽかんと開けたまま、夫のたくましいむきだしの背中を見つめずにいられなかった。そのあと彼女はどうにか落ち着きを取り戻し、ペーンの体のほとんどは、たらいにさえぎられて見えていないのだと冷静に考え、手にしていた縫い物を丸めてベッドの下へ押しこんだ。夫がたらいから立ちあがったときに未完成のチュニックを見られたくないし、感想もまだ聞きたくない。アヴェリンはベッドに横たわり、シーツを引きあげた。ペーンが入浴を終えて部屋から出ていくまで寝たふりをしておいて、そのあとふたたび針仕事に取りかかるつもりだった。ところが目を閉じた瞬間、本当に寝てしまった。

そのあと深い眠りから覚めると、彼女の隣にペーンが横たわっていることに気づいた。てっきりペーンは入浴を終えたら部屋から出ていき、階下にいる男性たちと眠るのだと思っていたら予想が外れた。夫がこんなにすぐそばで寝ていたというのに……アヴェリンときたら、ひと晩じゅうぐっすり眠りこんでいたのだ。

そして今、彼女は縫い物を手にため息をもらしていた。もし昨夜、夫が入浴するために部屋を訪れず、なおかつ自分が眠りこまなければ、チュニックを完成させて今朝にも彼に贈ることができたのに。この旅が始まって以来、初めてひと晩じゅうぐっすり眠れたのはよかったけれど、結局、縫い終えることができなかった。

だが、どうということはない。あと一時間もあればチュニックは完成し、今夜ペーンにズボンとチュニックを贈ることができる。少なくとも夫は火事場から逃げだしてきたような格好ではなく、領主の息子として颯爽《さっそう》とした姿で家に戻れるだろう。

「アヴェリン!」ディアマンダがテントに走りこんできて、縫い物を手に座っているアヴェリンを見ると突然立ちどまった。

「何かしら?」アヴェリンは尋ねたが、ディアマンダは驚いた顔でアヴェリンの膝の上にあるチュニックをぼんやり見つめているだけだ。

「もうほとんどできてるのね」ディアマンダがもっとよく見ようと近づいてきた。

「なんてすてきなの。縫い物がほんとにうまいのね。わたしなんてまっすぐ縫うことすらできないのよ」悲しげに言うと、眉をひそめた。「でも、また暗いところで針仕事をしてるのね。こんなに細かい作業なのに」

アヴェリンはあたりを見まわして驚いた。縫い物に没頭しているうちに、いつの間にか日が傾いていた。外にはすでに明かりが灯されているが、テントの内部は薄暗い。

「だめよ、こんな調子だと目が悪くなるわ」ディアマンダはたしなめるように言うと、収納箱の上の蠟燭を手に取り、床に積まれた毛皮の脇へ置いた。蠟燭にすでに火が灯されているのを見て、アヴェリンはまたしても驚いた。きっとルニルダがこっそりテントに入ってきて、明かりをつけてくれたに違いない。ルニルダをメイドに持てて本当に運がよかったと心のなかでつぶやく。こちらの期待する以上のことまでしてくれる、アヴェリンにとってなくてはならないメイドだ。「ほら、このほうがずっと明るいでしょ?」ディアマンダが身を起こし、うれしそうな笑みを浮かべた。「少なくとも、あなたの目が見えなくなるんじゃないかと心配する必要がなくなったわ」アヴェリンの肩を親しげに叩くと、向きを変えてテントから出ていった。

ディアマンダを見送ったあと、アヴェリンは気づいた。ディアマンダが目のことばかり心配していたせいで、そもそも彼女がなんのためにこのテントへ来たのかきくのを忘れた。頭を振りながらふたたび縫い物に注意を戻し、いったいなんの用件だったのかとあれこれ考えはじめる。

けれどもそれからすぐにペーンが体をかがめてテントの入り口から入ってきたので、アヴェリンはもの思いをさえぎられた。彼は怒った顔をして、〝役に立たない愚かな娘だ〟と小声で言っている。アヴェリンは完成するまでペーンに見せまいと、あわてて縫い物を背後に隠し、体を起こした夫に問いかけるような笑みを向けた。

「さっきディアマンダに言伝《ことづて》を頼んだんだ。よければ、ぼくがきみを川に連れていくとね」ペーンは毛皮のすぐ近くの床に置かれた蠟燭を見て、顔をしかめた。「こんなところに置いていたら、また火事騒ぎを起こすぞ」

「わたし……」蠟燭を床に置いたのは自分ではなくてディアマンダだと言いかけて、アヴェリンは口を閉じた。そんな告げ口はしたくないし、ディアマンダが蠟燭を床に置いたとき、アヴェリンも反対しなかった。

「蠟燭を消して、必要なものを持ってくるように」ペーンは話を切りあげて背を向け、ふたたび体をかがめてテントから出ていった。

アヴェリンは小さく安堵のため息をもらすと、立ちあがって蠟燭の火を吹き消し、収納箱から体を拭くための布を取りだして足早に夫のあとを追った。

「声が聞こえない」

ペーンがそう言って振り返ろうとすると、アヴェリンはすかさず答えた。「何を話せばいいのかわからないんですもの」

ペーンは振り返るのをやめ、かすかに体の力を抜いた。アヴェリンが溺れかけたときを除けば、こうして彼女を水浴びに連れてくるのは初めてだ。二度とあんな事故は起こしたくなかったので、最初のうちはアヴェリンが水を浴びているあいだに背を向けるのは絶対にごめんだと突っぱねた。けれども肩を落とした彼女からそれなら水浴びはあきらめると言われ、急に不憫になった。アヴェリンはまだ恥ずかしがっているらしく、そのせいで水浴びをあきらめさせるのは忍びない。

長時間、馬に揺られて疲れているアヴェリンから、せっかくの水浴びの機会を奪いたくないとペーンは考え、自分が背を向けているあいだ、話しつづけているなら水浴びをしてもいいと譲歩した。そうすればアヴェリンが無事だとわかるからだ。最初、彼女は自分の現状を伝えてきた。「水のなかには入っていないわ。まだ服を脱いでいる途中よ」ペーンが背を向けると、アヴェリンは言った。「水に入ったらそう言えばいい？　それとも――」

「それでいい」ペーンはぶっきらぼうに言った。彼女が服を一枚一枚脱いでいく様子を詳しく聞かされたくない。そうでなくてもすでに頭のなかは妄想でいっぱいで、耐えがたいほどだ。妻は不器用で、事故を引き起こしやすく、ひ弱で、健康とは言えない。だが、とびきり色っぽくもある。一日じゅう、アヴェリンと一緒に馬に乗っているのはまさに拷問だった。アヴェリンのヒップがペーンの下腹部に押しつけられ、彼女の腿の外側がペーンの腿の内側に密着し、豊かな胸がアヴェリンの腰にまわした彼の手に触れたりする。そんな状態が延々と続くのだ。

この三日間、ペーンは馬に乗っている最中、アヴェリンの体に触れまいとなるべく身じろぎせずにいた。それに腕の位置もできるだけあげないようにした。そうしないと腕がアヴェリンの胸をかすめそうになるからだ。ところが必死に努力しているにもかかわらず、アヴェリンにそれ以上のことをしている自分の姿を想像せずにはいられなかった。しかも何時間もかけてだ。手綱は彼女が握っており、ペーンはほとんどすることがないので、よけいに妄想がふくらんでしまった。この両手で妻のドレスを緩めて肩から脱がせ、むきだしになった豊かな胸を受けとめる。そしてやわらかくて丸い胸をもみしだき、両方の胸の頂をそっとつまむ。首元にキスをされ、軽く歯を立てられたアヴェリンがやわらかな声をもらす。彼はその声を楽しみながら、片手をおろしてアヴェリンのやわらかな腹部から脚のあいだに滑らせる。すると興奮をかきたてられたアヴェリンが馬に乗ったまま振り返り、ペーンの手を借りてどうにか彼のズボンの前を開き、こわばりを解放する。そして体をかがめ、そこに顔を近づける。

もちろん実際そんなことになれば、馬は抵抗するだろう。間違いなく後ろ脚で立ちあがり、ふたりを泥のなかへ放りだすに違いない。それに現実には、ペーンの両手は包帯でぐるぐる巻きにされていて、アヴェリンに対してそんな愛撫などできるはずがない。それがどうにも腹立たしかった。

あの火事で、ペーンは両手を怪我しただけではなかった。服も、初夜も、そのあと続くはずだった夜もすべて奪われた。怪我さえしていなければ、毎晩かいがいしく妻の〝世話〟をしてやれたのに。アヴェリンのそばに行くたびに下腹部が反応してしまうので、なるべく近づかないよう注意して、夜も男たちと一緒にかがり火のそばで寝るようにしていた。テントの寝床で一糸まとわぬ姿のアヴェリンの隣に寝たいのはやまやまだが、この手では彼女に触れることさえ叶《かな》わないのだから。

できるものならアヴェリンにはひとりで馬に乗ってほしいが、妻にできないことがあれば教えるのが夫の役目だ。馬の乗り方を知らないなら、それを指導しなければならない。とはいえアヴェリンはとても自然に馬を乗りこなしているように思えた。だが彼女はまだ馬にひとりで乗る自信がないと言い張っているため、もう少し自信がつくまで一緒に乗ってやるつもりだ。

アヴェリンが事故を起こしやすいことが痛いほどよくわかっているからこそ、これ以上災難が降りかからないよう、自分が気を配る必要がある。

「何を話したらいい?」アヴェリンの声で、ペーンは現実に引き戻された。

「なんでもかまわない。ただ声が聞こえれば」ふいに興味がわき、言葉を継いだ。「そうだな、きみがストラウトン城でどんなふうに育ったのか聞かせてほしい」アヴェリンがどんな教育を受けてきたのか知りたい。乗馬はレディの大半がたしなむものだが、妻は乗り方を知らなかった。ほかにもそういうことがあるなら把握しておきたい。今後、彼女を教育するためにも。

「わかったわ」アヴェリンが話しだすと、ペーンはもっと具体的にこれまで何を教わってきたのかと尋ねるべきだったことにすぐさま気づいた。アヴェリンはあれこれ話しつづけている。おしゃべりが好きに違いない。疲れているはずなのに、昨日はハーグローヴへ到着するまで話しつづけていた。そして今日もだ。きっとペーンの自宅へ到着する予定の明日もそうだろう。だがアヴェリンがおしゃべりなのは気にならなかった。妻の人となりについて詳しく知ることができるのだからなおさらだ。アヴェリンとその家族、彼女の子ども時代について、できるだけ多くを知りたい。

いや、アヴェリンが気づいている以上に、ペーンは彼女について知っているかもしれない。アヴェリンはいとこたちの悪口をひと言も口にしようとしなかった。彼らにあざけられたせいで劣等感を抱いていることも、彼らがストラウトン城へ来たために、それまでは愛情たっぷりの両親と兄、安全な家がそろった完璧だったはずの子ども時代が台なしになったこともだ。アヴェリンはいとこたちのことを絶対に悪く言わないが、ペーンにはすぐにわかった。あの三人は情け容赦がなく冷酷で、いつも何かに腹を立てていて、忍耐のかけらも持っていないのだろう。あの三人が自分たちの父親や家、財産を奪われたことに憤りを覚えているのは理解できる。だがアヴェリンに八つあたりするのは理解できない。アヴェリンはあの三人に新たな家を提供してくれた男性の娘だというのに。

きっと嫉妬心のせいだろう。群れのなかでもっとも弱い者を攻撃する心理が働いているせいもあるはずだ。その証拠に、あの三人は自分たちのおばやおじを攻撃しようとはしない。それからウォリンのこともだ。ウォリンなら攻撃されたら、躊躇なく報復するだろう。アヴェリンがいじめられているところを見た場合も同じだ。他人の悪口を言わない妻は尊敬に値するが、いとこたちの悪口にずっとさらされてきたせいで、彼女の自尊心はひどく傷ついているはずだ。

アヴェリンが無事に水浴びを終えてひとりでドレスを着る頃には、ペーンは固く心に誓っていた。妻に自身の価値を教えてやる必要がある。彼女がこれほどひ弱で不器用だとは思えない。アヴェリンの両親は心から娘を愛し、気にかけている様子だった。そんなふたりが、まだ人生をうまく生き抜いていくすべを身につけていない娘を嫁に出すはずがない。

アヴェリンがこれほど不器用で愚かなことばかりしでかすのは、自尊心の低さと、夫に対して感じているわだかまりのせいではないだろうか。緊張しているうえに、ペーンたちに気に入られたいという思いが強すぎて、四六時中つまずいているデイヴィッドと同じだ。

ペーンが時間をかけて適切な接し方をすれば、アヴェリンを完璧な妻にできるはずだ。

「支度ができたわ」

ペーンは振り返り、思わず笑顔になった。アヴェリンはまたぶかぶかで暗い色をした、魅力的とは言えないドレスを身につけているし、濡れた髪をこれ以上ないほどきつく束ねている。それでも全身からなんとも言えない美しさが放たれていた。大きな瞳には明るさとやさしさが宿り、口元には穏やかな笑みが浮かんでいた。

自分の両親はうまくやったのだとペーンは思った。両親が選んでくれたこの花嫁を、ペーンは気に入っている。時が経てば、彼女に対する思いはさらに深まるかもしれない。今のところはアヴェリンを好きだと思えるだけで充分だろう。妻を好きだと思えるのはいいことだ。そういう相手であれば人生をともに過ごしやすくなる。

自分が愚か者のように突っ立ったまま妻に向かってにやにやしていることに気づき、ペーンは顔から笑みを消し、身ぶりで彼女に先を歩くよう促した。一緒に野営地へ戻りながら、アヴェリンに自信をつけさせるにはどうすればいいかと思案する。もし彼女が馬なら、ときおりリンゴを食べさせて尻を軽く叩いてやればいい。もし彼女が従者なら、心をこめて背中を軽く叩き、よくやったと伝えればいい。だが妻に自信を持たせるための方法はひとつも思い浮かばなかった。

「まあ！　あれは……」

アヴェリンの驚いた叫び声でペーンはわれに返った。いつの間にか野営地に到着していた。ペーンはちらりと妻を見て何をあわてているのか尋ねようとしたが、すでに横に彼女の姿はなく、ふたりのテントに向かって駆けだしていた。アヴェリンのあとを追いはじめるなり、ペーンは煙のあがったテントのまわりに人々が集まっていることに気づき、すぐにそれが燃えているのだと悟った。

彼は悪態をついて走りだし、人波をかき分けて進んでいく妻を追いかけた。

「アヴェリン！」ペーンは妻に追いつくと、体をかがめてテントの入り口から入ろうとする彼女を引きとめようとした。だがアヴェリンの腕はペーンの包帯を巻いた両手をすり抜けた。

ペーンは罵りの言葉を吐きながら妻のあとからテントに入った。

「大丈夫よ」ふたりが入ってきたのを見て、母がすぐに言った。被害状況を確認していたらしい。「誰も怪我をしていないわ。それが一番大事なことよ」

「そうだな」父がペーンのそばに足早に近づいてきながら同意した。息子が妻の首を絞める、あるいは絞めようとするのを阻止できる近さまで寄る。

だがアヴェリンは黒焦げになった毛皮の残骸を見つめて悲しげな叫び声をあげていることから察するに、大丈夫だとは考えていないのだろう。

「何があったんです?」ペーンは険しい表情できいた。

「蠟燭の火が毛皮に燃え移ったらしい」父が言いにくそうに口にする。

ペーンはすぐさま妻をにらみつけ、低くうなった。「だから蠟燭をあんな場所に置かないよう言ったんだ。それに川へ一緒に行く前に火を消せとも言ったはずだ」

「ちゃんと吹き消したわ!」アヴェリンは叫んだ。「本当に吹き消したのよ」

「いや、そうは思えない」ペーンははねつけるように言った。「あわてて軽く吹いただけだろう。火がちゃんと消えたかどうか確かめずに、ぼくのあとを追いかけたに違いない」

アヴェリンは肩を落とした。「あなたの言うとおりね。きっとそうに違いないわ。すべてわたしの責任よ」

妻の反応を見て、ペーンは眉をひそめた。アヴェリンはひどく傷ついたような声を出し、頬に大粒の涙をこぼしている。これほど打ちひしがれた様子の妻を目の前にして、また事故を起こしたと叱りつけることなどできなかった。

ペーンはため息をつくと、片方の足からもう一方の足へ重心を移動させて小声で言った。「まあ、燃えたのは毛皮だけだ。誰も怪我をしなかったし、大切なものは何も焼けていない」

「大切なものは何も……」アヴェリンが繰り返す。彼女がくずおれるように膝をつき、大声で泣きじゃくりだしたのを見て、ペーンはすっかり困惑した。

実際困惑するあまり、母に父とともにテントから追い払われてほっとしたほどだ。母がアヴェリンの面倒は自分が見ると言ってくれたのが本当にありがたかった。今は妻にどう接したらいいのか見当すらつかない。アヴェリンがあの毛皮の寝床に愛着を感じていたのは明らかで、さしあたって考えつくのはそのくらいだ。テントの反対側にあった彼女の収納箱は無事で、被害に遭ったのは毛皮だけだ。火が燃え広がる前に誰かが気づいたのか、テントそのものも無傷ですんだ。

そう、アヴェリンが動揺しているのはあの毛皮のせいに違いない。ジャーヴィル城へ到着したら、彼女のために毛皮をふんだんに用意してやろう。暖炉の前に敷いて、妻が好きなときにいつでも横になれるようにするといいかもしれない。そうすればペーンもアヴェリンの隣で横になれる。身も凍る寒い冬の夜、あたたかな暖炉の前でふたりで寝転び、熱いリンゴ酒でも飲みながらゆったりとした時間を過ごすというのは、ひどくそそられる考えだ。

いや、リンゴ酒はだめだ。アヴェリンがドレスにこぼすかもしれない。だがリンゴ酒を取りあげられたら、自分が夫に救いようがないほど不器用だと思われていると考えて、彼女はすっかり自信をなくすだろう。アヴェリンをあらかじめ裸にして、暖炉前の毛皮に横たわるときにリンゴ酒を渡すのはどうだろう？　それがいいと決め、その光景を思い浮かべてペーンは頬を緩めた。リンゴ酒の入ったゴブレットを手にしている、生まれたままの姿のアヴェリン。裸ならリンゴ酒をこぼしたってかまわない。彼がかがみこんで、舌先でアヴェリンの体についたリンゴ酒をなめ取ればいい。ああ、いい考えだ。妻の豊かな胸に落ちたリンゴ酒をなめ、舌先で円を描くように頂を愛撫して尖らせ――。

「何をそんなににやにやしている？　自分の妻がたった今、おまえの寝床を燃やしたというのに」父がぴしゃりと言った。

「ええ、そうでした」ペーンはどうにか真顔に戻ろうとした。

「おまえには申し訳ないことをした。アヴェリンは気立てのいい娘だが、災いを呼び寄せるたちらしい。最初から気づいていたら――」

「アヴェリンはすばらしい女性です。謝る必要などありません。彼女が妻になってくれて、本当に喜んでいるんです」

「なんだと？」ジャーヴィル卿が愕然として息子を見つめた。「ふたりで川に行ったとき、彼女に殴り倒されて頭でも打ったのか？」

「いいえ、もちろんそんなことはありません」ペーンは父をにらんだ。

「いや、何かあったに違いない」父が顔をゆがめる。「おまえは最初から、アヴェリンがひ弱で不器用だと心配していたじゃないか。そして今、自分の寝床を燃やされたのに、彼女が妻になってくれて本当に喜んでいるというのか？」信じられないと言わんばかりの口調だ。

ペーンはいらだって父をにらんだが、反論はしなかった。代わりに新しい従者を呼んで川へ水浴びに向かい、妻に自信をつけさせるための方法をあれこれ考えはじめた。

「アヴェリン、そんなに泣かないでちょうだい」レディ・ジャーヴィルがかたわらにひざまずき、アヴェリンを抱きしめた。

アヴェリンは泣きやもうとしたものの、どうしても涙が止まらず、義母にもたれかかってひたすらすすり泣いた。睡眠不足で疲れきっているうえに、正直に言ってもうたくさんだ。結婚式の日以来、何もかもうまくいっていなかったが、これが決定的な一撃になった。

あのチュニックとズボンを渡せば、妻に対するペーンの思いこみを正せると考えていた。今さら本当は馬に乗れると打ち明けることはできない。自分は不運を呼び寄せたりしないと否定することも。今、不運を呼び寄せているのがアヴェリンなのは火を見るよりも明らかだけれど、チュニックとズボンを贈ったら少なくとも印象はよくなると思っていた。同時に、それをきっかけにペーンが思うほど彼女が弱々しくないと証明できるとも考えていた。日中あんなに疲れていたのは、徹夜して彼のために縫い物をしていたからだと。何より、夫のためにこれほど努力してきたというのに、一瞬の不注意でその努力が水の泡になったことが信じられない。蠟燭は消したものと思っていた。小さな煙が立ちのぼったから大丈夫だと思ったのに、そうではなかった。

「アヴェリン」レディ・ジャーヴィルが腕のなかのアヴェリンをなだめながら言った。「毛皮のことで泣いているのではないんでしょう？　毛皮ならいくらでも取り替えがきくもの」

アヴェリンは義母の胸に抱かれたまま、うなずいた。涙はようやくおさまりつつあるが、まだ話せる状態ではない。

「だったら、どうしてそんなに泣いているの？　これでまたペーンに不器用で愚かな妻だと思われると心配しているの？」

アヴェリンは一瞬泣きやみ、またしても大声で泣きだした。義母の言うとおりだ。今の今まで、その点については何も考えていなかった。努力の結晶である縫い物を失ったこと、夫に自分が役に立つ妻だと証明する機会を奪われたことを嘆くだけで精いっぱいだった。

レディ・ジャーヴィルは慰めの言葉をかけるのをやめ、子どもをあやすようにアヴェリンの体を揺すった。大泣きがやがてすすり泣きとしゃっくりに変わり、アヴェリンはようやく身を起こした。レディ・ジャーヴィルはアヴェリンの手を取ってやさしく叩き、彼女が話しだすのを待った。

「そろそろ何があったか聞かせてくれる？」しばしの沈黙のあと、レディ・ジャーヴィルが尋ねた。

アヴェリンは弱々しくうなずいたものの、意気消沈して寝床だった場所にある残骸を見つめることしかできなかった。

「まず何か飲んだらどうかしら？」レディ・ジャーヴィルが促した。「ルニルダに蜂蜜酒を持ってこさせることもできるわ」

アヴェリンは首を振った。

さらに沈黙が流れ、レディ・ジャーヴィルがふたたび尋ねようとしたとき、アヴェリンは唐突に口を開いた。「ペーンのために新しいズボンとチュニックを縫っていたんです」

レディ・ジャーヴィルがほっとした表情になり、アヴェリンの手を軽く叩いた。

「ええ、知っているわ。あなたがいつも疲れている様子なのが心配だとこぼしたら、セリーがそれをあなたのメイドに話したの。そうしたらルニルダはセリーに、心配しなくても大丈夫だ、ひと晩じゅう起きて夫のために新しい服を縫っているせいだからと教えてくれたのよ」もう一度アヴェリンの手を叩く。「ルニルダは今夜その服が仕上がると話していたわ」

「ええ、その予定だったんです」アヴェリンはまた新たな涙があふれてきたことにうろたえた。

「予定だった？」レディ・ジャーヴィルが恐れを含んだ声できく。

アヴェリンはうなずいた。「ペーンがわたしを川へ水浴びに連れていこうとテントに来たとき、わたしは針仕事をしているところでした。だから縫い物を毛皮のそばに置いたんです。そのあと蠟燭の火を吹き消し、体を拭く布を持って、急いであとを追いかけました」みじめな思いで頭を振る。「てっきり蠟燭は消えたものと思っていました。でも、そう思いこんでいただけで……」

「毛皮と一緒に縫い物も燃えてしまったということ？」レディ・ジャーヴィルがぞっとした様子で尋ねる。

アヴェリンはうなずいた。

「まあ、なんてかわいそうに！」レディ・ジャーヴィルにふたたび腕のなかへ引き寄せられたが、アヴェリンの目からもはや涙は出なかった。涙は涸《か》れ果てたらしい。泣きたいだけ泣いたからだ。

しばらく無言のまま、ふたりはじっと座っていた。レディ・ジャーヴィルは慰めの言葉を見つけられない様子で、ただ〝かわいそうに〟と何度もささやきつづけている。アヴェリンは今は何を言われても、この悲しい気持ちがやわらぐことはないだろうと思った。疲れきっているし、打ちひしがれてもいる。今の自分に必要なのは眠ることだけだ。

テントの入り口の垂れ幕が持ちあげられ、ふたりがそちらを見ると、セリーが入ってきた。新しい毛皮を手にしている。

「ジャーヴィル卿にこれを持っていくよう言われました」セリーは背後をちらりと見て、後ろにいるルニルダがなかへ入れるよう脇に寄った。ルニルダのあとから四人の男たちも入ってくる。

「ジャーヴィル卿が燃えた毛皮を片づけるために彼らをよこしました」ルニルダが説明する。同じ〝ジャーヴィル卿〟でも、セリーはペーンの父親のことを、ルニルダはペーン本人のことを言っているのだろう。どういうわけか、アヴェリンの喉の奥からくすくす笑いがもれだした。止めようとしても止められない。

レディ・ジャーヴィルが気遣わしげにアヴェリンを一瞥し、きっぱりと言った。

「それなら作業がしやすくなるように、どきましょう」

アヴェリンは義母の手を借りて立ちあがると、テントの隅に移った。男性たちが焼け焦げた毛皮をテントの外へ引きずっていく。ルニルダは葉がたくさんついた木の枝で残った灰を掃きだすと、アヴェリンの母が持たせた収納箱からシーツを取りだした。それからセリーとともに新しい毛皮で間に合わせの寝床をこしらえ、シーツを敷いた。

「さあ、できたわ」レディ・ジャーヴィルが寝床へ行くようアヴェリンを促した。

「少しやすんだらどう？　夕食の用意ができたら、ルニルダに起こさせるから」

「お腹はすいていません」アヴェリンはぼんやり答えると、寝床に潜りこんだ。女性たちが心配そうに目を見交わすのがわかったが、今は彼女たちを安心させようという気力さえわかなかった。

「とにかく今は体をやすめて」レディ・ジャーヴィルがとうとう言った。「少し眠れば気分もよくなるわ」

そう言われて目を閉じた瞬間、アヴェリンはあっという間に眠りに落ちた。

11

鍛錬場で訓練している男たちの監督を終え、ペーンは大広間にある架台式テーブルにつき、蜂蜜酒を楽しんでいた。誰かが近づいてくる気配を感じ、緊張しつつ階段を一瞥したが、たちまち安堵した。こちらに向かってくるのは母だった。一瞬、妻ではないかと思ったが、そうではなかったことにほっとした。今はアヴェリンと顔を合わせたくない。

「あら、ペーン」母が足早に近づいてきた。「よかったわ。話したいと思っていたところなの。お父さまはどこ？」

「馬屋に行っていますが、すぐに戻ってくるでしょう」ペーンは片方の眉をあげた。

「ぼくの妻はどこにいるんです？」

「日光浴室にいるわ。縫い物をしているの」

「もちろんそうでしょうとも」ペーンは皮肉まじりに答えた。アヴェリンは何かというと縫い物ばかりしている。だがペーンが完成品を見たことは一度もない。妻は自分用の新しいドレスを縫っているのだろう。彼女の手持ちのドレスはどれも暗い色で、地味で、ぶかぶかすぎる。せめて新しいドレスはもう少しきれいな色で、体に沿ったデザインであってほしい。だがドレスを一着仕上げるのに、これほど時間がかかるものだろうか？

ジャーヴィル城へ戻る道中、妻の様子を何度か確認したが、いつもテントで縫い物をしていた。城へ到着してから三日経っても、その状態は変わらない。縫い物以外にアヴェリンがしていることといえば眠るか、すすり泣くだけだ。眠りながら涙を流しているときさえある。

ペーンの従者を迎えに行くまでは、アヴェリンはよくしゃべり、絶えず笑みを浮かべていた。だがジャーヴィル城へ戻る旅の最終日に、すべてががらりと変わった。テントでぼや騒ぎがあったあの夜から、彼女はすっかり元気を失ってしまった。明るい声でおしゃべりをしていたアヴェリンが恋しかった。何より、あれほどみじめで不幸せそうな姿など見たくない。なぜ妻がそんな状態になっているのかわからないのだからなおさらだ。最初はあとに残してきた家族を恋しく思っているのかと考えていた。それなら時間が経つにつれて寂しさも徐々にやわらぐだろうと思ったが、彼女は元気を取り戻すどころか、悲しみが日に日に深まっているように見える。

「そんなそっけない言い方をしてはだめよ。アヴェリンはあなたのために新しいズボンとチュニックを縫っているのだから」母がたしなめるように言う。そのとき大広間の扉が開き、ジャーヴィル卿が入ってきた。

「新しいズボンとチュニック？　ぼくのために？」ペーンは驚いた。「いったいどうして？　新しい服を必要としているのはアヴェリンで、ぼくじゃありません」

「そのとおりだ」ジャーヴィル卿がテーブルに近づきながら同意した。「あの娘はぴったりの大きさのドレスを一着も持っていない。あるのは地味で暗い色のものばかりだ」立ちどまって妻の頰に口づけると、ペーンが座っていた長椅子に腰をおろす。「結婚式の祝宴で破けた青いドレスと火事で焼けた赤いドレスしか、明るい色の服を持っていないらしい」

レディ・ジャーヴィルは夫を、続いてペーンをにらんだ。「あなたの妻は旅の最中、火事で服が台なしになったあなたのために新しい服を縫おうと、ひと晩じゅう針仕事をしていたのよ。夜になるといつもテントにこもっていたのも、日中あれほど疲れきっていたのもそのせいだわ。アヴェリンはあなたのために服を仕立てようとしたの」

母の言葉を聞き、ペーンは目をしばたたいた。だが最初に口を開いたのは父だった。

「それで今もまだ完成していないとしたら、よほど縫うのが遅いんだな」

「ウィマーク」レディ・ジャーヴィルは夫をにらみつけ、ため息をついた。「テントのぼや騒ぎがあった夜、アヴェリンは縫い物をほとんど完成させていたの。それだけにあのときは本当に取り乱していたけれど、ここに到着してからもう一度針仕事を始めたの。きっともうすぐ縫い終わるはずだわ」

「うーむ」父が眉をひそめる。あのぼや騒ぎを思いだしているのだろう。「だからアヴェリンは幸せそうではないのか？　縫っていた服が燃えてしまったから？」

「それもあると思うけれど、家族が恋しいのもあると思うわ」レディ・ジャーヴィルは不機嫌そうに息子を見てつけ加えた。「そんな彼女をあなたが手助けしようとしていないせいもあるでしょうね」

「ぼくが？」ペーンは信じられない思いで目をみはった。「ぼくになんの手助けができるというんです？　たしかにアヴェリンは幸せそうじゃないが、それはぼくとはなんの関係もありません」

「あなたはその状態を解決しようとしていないじゃないの」母が反論した。「あなたときたら、自分の妻を少しもかまおうとしない。まさに犬以下の扱いだわ。少なくとも、犬たちにはときどき骨を投げ与えているのに」

ペーンは顔をしかめた。「妻をかまえるわけがありません。息子が両手を怪我したことを忘れたんですか？」

「アヴェリンとベッドをともにすることだけを言っているわけではないの」レディ・ジャーヴィルが怒ったように答えた。「ここ最近、アヴェリンにひと言以上話しかけたことがある？」

「アヴェリンに話しかけるですって？」ペーンが驚いて尋ねると、母は目を細めた。

「あなたときたら、そんなこともわからないの？　それとも、あまりに長いあいだ十字軍に参加していたせいで、あなたの父親がわたしにいつも話しかけていることさえ忘れてしまったの？」

「ぼくが言いたいのはそういうことじゃありません」ペーンはいらだって答えた。

「アヴェリンはとてもおしゃべりなんです。いや、かってはそうでした。一度話しだしたら――」

「ペーンが言っているのは、ここに戻る旅の途中、あの娘の話にひと言も口を挟めなかったということだ」父がおもしろがるように言った。「少なくとも馬に乗っているあいだは」

「ええ。でも、それはアヴェリンが必死で眠らないようにしていたからじゃないかしら？」レディ・ジャーヴィルが答える。

「そうだろうとも。あの娘は寝るのが大好きみたいだからな」ジャーヴィル卿が皮肉まじりに言った。「馬の乗り方を学びたいと言ってきた日にも、結局は馬の背で眠りこけていた」

「あの日だけだわ。しかもそれは徹夜で針仕事をしたせいよ」母は口をつぐみ、ため息をついた。「今まで黙っていたのは、このことは話さないとアヴェリンと約束したからよ。でも彼女はあなたたちに無能な妻だと思われていると知ってひどく動揺していたわ。だから今、こうして話しているの。アヴェリンは無能な妻なんかじゃないことに気づいてほしかったのよ」

ペーンと父は目を見交わした。ジャーヴィル卿が口を開いた。「無能な妻じゃないだと？」

「ええ」レディ・ジャーヴィルがきっぱりと答える。

「わたしだってあの娘のことは好きだが、彼女は馬の乗り方さえ知らないんだぞ」

「まさか、アヴェリンは馬に乗れるわ」

「だが――」

「母上の言うとおりです」ペーンは父を制した。「ストラウトン城を離れるとき、アヴェリンは乗馬ができないと言っていましたが、最初からとても自然に乗りこなしていました。実際、ここに到着するまでにかなり上達したんです。ハーグローヴの屋敷を出たあとはひとりで馬に乗るよう勧めたが、まだ自信がないから一緒に乗せてほしいと頼まれたんです」

「少しもわかっていないのね」レディ・ジャーヴィルが言った。「アヴェリンはストラウトン城を離れる前から馬の乗り方を知っていたのよ」

「くだらないことを言うな、クリスティーナ」ジャーヴィル卿が信じられないとばかりに言った。「なぜわざわざ嘘をついて、自分を無能に見せる必要がある？」

「ペーンの手の怪我を悪化させないためよ」

「なんですって？」ペーンは混乱して母を見つめた。

「あのとき、あなたは自分で手綱を取ると言い張っていた。わたしと同じように、アヴェリンもあなたの両手の傷がさらにひどくなるのではないかと恐れたの。だから自分が馬に乗れないと思わせて、あなたが妻に乗馬の仕方を教えているあいだずっと、あなたの代わりに手綱を握ろうと考えたのよ」

ジャーヴィル卿が鼻を鳴らす。「だが二日目、あの娘は眠りこけていたじゃないか」

「だからそれは徹夜で縫い物をしたせいなの」レディ・ジャーヴィルは夫に指摘した。「それ以降は夜通し針仕事をして疲れ果てていたにもかかわらず、馬の上で起きていられるよう涙ぐましい努力を続けていたのよ」

ジャーヴィル卿が考えこんだ様子で尋ねる。「つまりきみはアヴェリンが妻として適切な教育を受けていると言いたいのか？」

「ええ。結婚式の祝宴のとき、アヴェリンのお母さまから娘の多彩な能力について聞かせてもらったわ。同じ年頃の女性と比べても、アヴェリンははるかに妻として完璧な教育を受けているはずよ」

「あの娘が家を切り盛りできると？　怪我や病気の手当てや、使用人たちの教育もか？」父がきいた。

「ええ、それ以上のことができるに違いないわ」

「だったら、なぜペーンが手を怪我しているのに手当てをしようとしないんだ？　ペーンの傷の具合を確認して包帯を巻いているのはいつもきみじゃないか」

母が決まり悪そうな顔になる。「それは……アヴェリンにも申し訳ないと思っているけれど……この子がわたしの息子だからよ」

「それにここはきみが切り盛りすべき家だ」ジャーヴィル卿が納得した顔で言う。

レディ・ジャーヴィルは全身をこわばらせた。「どういう意味?」

「きみはさっき、あの娘が悲しそうなのは遠くにいる家族を恋しく思っているから、そしてペーンに無能な妻と思われているからだと話していたな」

「ええ」

「それだけじゃないはずだ」

「ほかにどんな理由があるというの?」

「アヴェリンは大好きな家族を残して実家を離れただけじゃない。わたしたち家族の一員になるためにここへ来たんだ。もしきみが言うようにアヴェリンがしかるべき教育を受けていて賢い妻になる才能の持ち主だとしたら、結婚したとき、新しい家に移り住んで、そこを切り盛りする心の準備をしていたはずだ。だがここはわたしたちの家であり、きみが切り盛りすべき家だ。実際きみがすべてを完璧にこなしているから、アヴェリンには何もすることがない。つまり彼女はここで自分の居場所を作れず、いまだに客人みたいな気分でいるはずだ」

レディ・ジャーヴィルは長椅子にふらふらと近づくと、夫と息子のあいだにどさりと腰をおろした。「そんなことは考えてもみなかったわ」

「無理もない」ジャーヴィル卿はやさしく言うと、しばし口をつぐんでから、ふたたび口を開いた。「ここに戻ったとき、あの年老いたレジャーが亡くなったという訃報を受け取った」

「ええ、そうね」レディ・ジャーヴィルがかすかに困惑した様子で答えた。「あなたから聞いたわ」

「レジャーはわたしの代わりに、ラムズフェルドの城主を務めていた」ジャーヴィル卿はレディ・ジャーヴィルの実家であるラムズフェルド城の話題を持ちだした。ふたりが結婚したことでジャーヴィルとラムズフェルドの領地は併合されたが、自分たち家族はずっとジャーヴィル城に住んでいる。

「ええ」レディ・ジャーヴィルは突然話題が変わったことにいらだっているように見えた。

「訃報を聞いたときからずっと、レジャーの後任を誰にしようかと考えていた」

ペーンは体をこわばらせた。父が何を言おうとしているのかわかったのだ。母もわかったらしく、明らかに不満そうな表情を浮かべている。

「ウィマーク」

母が言いかけたが、父はそのまま続けた。「アヴェリンとペーンをラムズフェルド城へ行かせるべきだ」

「でも——」

「そうすれば、ふたりに互いをよく知る機会を与えられるだろう。しかも、わたしたちに干渉されることもない」ジャーヴィル卿は妻の反論をいっさい許さなかった。

「アヴェリンには自分が切り盛りすべき家が与えられる。いつまでもお客でいるような気分をぬぐえずに苦しむこともなくなるはずだ」

「そうね」レディ・ジャーヴィルはため息をつき、負けを認めた。

「アヴェリン、大丈夫？」

「なんですって？」アヴェリンはぼんやりとレディ・ヘレンを見あげた。彼女たちは今、大広間の壇上のテーブルにつき、夕食をとっているところだった。アヴェリンはレディ・ジャーヴィルとレディ・ヘレンのあいだに座っていた。いつものように、ペーンはいない。アヴェリンが階下へ行ったときはテーブルについて父親と話をしていたのに、そのあとすぐにその場から立ち去った。

夫がテーブルを離れたのは自分を避けるためだろうとアヴェリンは考えた。ペーンは常に彼女を避けているが、ここに来てついに一緒に座って食事をするのさえいやがるようになったのだ。しかもアヴェリンと同じ寝室で眠ろうともしない。どこで寝ているのか知らないものの、彼女の隣でないことだけは確かだ。

「ため息をついていたでしょう」レディ・ヘレンがやさしい口調で言った。「あまり幸せな気分ではないのかしら？」

アヴェリンはどうにか笑みを浮かべた。ペーンの母親と同じく、レディ・ヘレンも親切な女性だ。ジャーヴィル城へ来て以来、ふたりはとても親切に接してくれている し、思いやりの心からいつもアヴェリンのそばにいてくれる。そのせいで、ペーンは妻が寂しい思いをしていることにまったく気づかないのだろう。彼女はまたため息をつき、そんな自分にいらだって頭を振った。「ごめんなさい」

「謝る必要はないのよ、アヴェリン」レディ・ジャーヴィルが会話に加わり、アヴェリンの手を軽く叩いた。「あなたに悪いところがあるわけではないのだから」

〝悪いところ〟という言葉を聞き、アヴェリンは顔をしかめた。「でもお義母さまに謝るべきだと思うんです。ペーンが食事の場に加わろうとしないのは、どう考えてもわたしに悪いところがあるせいですから」

「なんですって？」レディ・ジャーヴィルが驚いた顔で言う。

アヴェリンは息を吸いこんで続けた。「あなたの息子さんは、わたしを妻として気に入っていないようです。その証拠に、わたしをなるべく避けようとしています。今このテーブルにさえつこうとしないのは、わたしがここにいるからです。もちろん毎晩自分の部屋で寝ようとしないのも」

「まあ、アヴェリン」レディ・ジャーヴィルは困惑した様子でアヴェリンを見た。「それを自分のせいだと考えているの?」

「ほかに理由がありますか?」アヴェリンは肩をすくめた。「ディアマンダにきいたら、わたしがここに来る前は、ペーンは自分の部屋で寝ていたし、ここで食事をしていたと言っていました。ディアマンダは、彼が今そうしないのはわたしのせいではないと考えているみたいですが、ほかに理由を思いつきません」

「だって彼女は何も知らない……」レディ・ジャーヴィルが口をつぐみ、唇を噛む。ディアマンダが何を知らないのかアヴェリンは尋ねようとしたが、そうする前にレディ・ジャーヴィルが嫌悪感たっぷりに頭を振った。

「あまりに秘密が多すぎるわ。これをペーンに言ってはだめ、あれをアヴェリンに言ってはだめ」レディ・ジャーヴィルが怒ったようにこぼした。「ペーンがあなたになんの説明もしていないことに、わたしが気づくべきだったわ。そういうところはあの子の父親に似たのね。アヴェリン、どうかそんなに心を痛めないで。わたしもウィマークと結婚して何年も経ってから、ようやく気づいたのよ。もし何か知らなかったり、理解できなかったりすることがあれば、夫にはっきり尋ねるべきだと。こんなことを質問したら愚かに見えるのではないかとか、無視されるのではないかと恐れていてはだめ。一番愚かなのは何も尋ねようとせず、知ろうとしないまま、あれこれ想像ばかりふくらませることよ」ゴブレットからひと口飲むと、ふたたび口を開いた。「さあ、上へ行きなさい。あなたたちの寝室の右側にある部屋にノックをしないで入って。そうするだけで何も言わなくても、いろいろなことがわかるはずよ。だけど、そのあとはペーンにどうして自分と一緒に寝ようとしないのか、ちゃんときかなければいけないわ。きっと驚くような答えが返ってくるはずだから」

アヴェリンは困惑して義母を見つめた。レディ・ジャーヴィルが何を言っているのか、さっぱりわからない。秘密が多すぎる？　誰が何を隠しているのだろう？　こちらが頼んだので、レディ・ジャーヴィルは本当はアヴェリンが馬に乗れることや、夫の服を縫っていたことを秘密にしているのは知っている。でもレディ・ジャーヴィルの言葉を聞く限り、秘密というのはアヴェリンに関することだけではないらしい。

「さあ、行って」レディ・ジャーヴィルの声で、アヴェリンは現実に引き戻された。

レディ・ヘレンをちらりと見てみたが、困惑している様子は見られなかった。アヴェリンはしぶしぶ長椅子から立ちあがり、ゆっくりと二階へ向かった。レディ・

ジャーヴィルに教えられた部屋に行ったらどんなことがわかるのかと好奇心を感じないわけではないけれど、答えなど知りたくないという気持ちのほうがはるかに強い。ペーンが彼女の近くにいる状態に耐えられないのではないかと疑っていること自体、悲しくてしかたがないのに、彼の口からそう告げられるのはもっと最悪だ。なんて臆病なのだろうとアヴェリンは思わず顔をしかめた。両親にそんな臆病者に育てられた覚えはない。でも先週はあまりにさまざまな出来事がありすぎて、次は何が起きるのかとびくびくしてしまう。

だが、すべてが最悪なわけではない。旅の最中は次から次へと恐ろしいことが起きたけれど、ジャーヴィル城に到着してからは少し状況がましになった気がする。ここで生活していると、いろいろな意味で家に戻ったような気分になれた。レディ・ジャーヴィルはアヴェリンの母と同じく、城を見事に切り盛りしていた。そのせいでアヴェリンは縫い物しかすることがないが、さほど気にはならなかった。今までの出来事を考えると、むしろすることを与えられないほうがほっとする。自分が今まで気づいていなかった無能さをさらけだし、悶々とする必要もないからだ。

それよりもペーンのために服を縫っているほうがはるかに安心できる。ペーンは亡き弟と同じような体格をしているため、今はアダムのチュニックとズボンを身につけているが、妻としてはやはり夫には新しい服が必要だと考えていた。それにペーンのために縫い物をするのは楽しかった。少なくとも自分には針仕事という得意分野があると思えるからだ。それに縫い物をしながら、ディアマンダやレディ・ヘレン、レディ・ジャーヴィルとおしゃべりをして過ごすのもとても楽しい。レディ・ジャーヴィルもヘレンも本当にやさしいし、ディアマンダはとびきり明るく、ことあるごとにアヴェリンを励まそうとしてくれた。

唯一の不満は夫から嫌われていることだ。これほど悲しいことがあるだろうか？　ペーンはいつもアヴェリンを避け、まだベッドもともにしようとしない。結婚式の日の夜、ペーンは熱心に彼女の体に触れ、愛撫しようとしてくれた。あのとき大きな期待を抱いただけに、今のこの状態には落胆せずにいられない。

アヴェリンは鬱々としたもの思いを振り払った。目の前にあるのは、夫婦の寝室の隣にある部屋の扉だ。本来なら、この部屋もペーンとふたりで使っているはずだけれど……。

深呼吸をして耳を澄まし、なかから物音がしないかどうか確かめたが、何も聞こえなかった。話し声も。背筋を伸ばして扉を叩こうと片手を持ちあげた瞬間、レディ・ジャーヴィルからノックはしないよう言われたことを思いだした。

手をおろし、しばしためらったのちに、アヴェリンは扉を開けた。

扉が開く音がしたとき、ペーンはちょうどデイヴィッドにシチューをすくったスプーンを口に入れてもらったところだった。きっと父だろうと思い、振り向いた瞬間、シチューを喉に詰まらせそうになった。扉のところに立っていたのはアヴェリンだった。

ペーンはデイヴィッドに視線を戻した。ようやくかたわらに従者がいる状態に慣れたところだ。今までの人生において、あのストラウトン城での火事直後の二日間ほど欲求不満がたまったことはない。両手に負ったやけどのせいで食事や着替えといったごく簡単なことさえひとりでできなくなったからだ。屈辱を覚えながらも練習を繰り返し、包帯を巻いた両手でやっとズボンをおろせるようになったときは、本当にほっとしたものだ。それでも、自分ひとりではどうしてもズボンをもとには戻せなかったため、しかたなく父に手伝ってもらっていたが、そのたびにどうしようもない屈辱感を嚙みしめていた。

それだけに、ハーグローヴへ到着した日はうれしかった。ついに身のまわりの世話を頼める従者ができたからだ。とはいえあまりに誇り高いせいで、自分では何もできないことをほかの人たちに知られるのが許せなかった。たとえ何もできない状態が一時的であるとしてもだ。だからハーグローヴからジャーヴィル城へ戻る旅の初日は、川のほとりにある空き地へ行き、デイヴィッドに手伝ってもらって食事をすませた。ジャーヴィル城へ到着した二日目の夜は、亡き弟の部屋へ食事を運ばせてデイヴィッドに食べさせてもらい、入浴するために彼の手を借りて服を脱いだ。だが、もう我慢の限界だった。デイヴィッドはしぶしぶ体を洗う手伝いを申しでたが、こちらから断った。自分自身にも、デイヴィッドにもそんな屈辱を味わわせるわけにはいかない。だから湯に浸かるだけにした。

それ以来、同じ生活のリズムを繰り返している。毎朝デイヴィッドの手伝いで服を着て、彼を従えてあれこれ手伝わせながら仕事をこなし、昼までの時間を過ごす。それからアダムの部屋へ戻り、デイヴィッドに厨房から昼食を持ってこさせ、彼に食べさせてもらう。夕食も同じだ。夜になるとデイヴィッドにベッドの支度をさせ、デイヴィッド自身は部屋の隅にある藁《わら》の寝床で眠るのだ。

ペーンは従者に視線を戻して命じた。「デイヴィッド、もういい。食事はすんだ。それを厨房へ戻してくれ」

従者は一瞬ためらった。半分しか食べていないので、ペーンが本気で食事はすんだと言ったのかどうか疑っている様子だ。しかし結局うなずくと、アヴェリンの脇を通り過ぎて部屋から出ていった。ペーンがふたたび妻を見ると、彼女はまだ扉のところに立ったままだった。それからアヴェリンが肩を怒らせて部屋へ足を踏み入れ、後ろ手に扉を閉めて口を開くまで、ペーンはひたすら待った。だが妻の口から出てきたのはまったく予想外の言葉だった。

「食事の時間、あなたが一緒のテーブルにつかなかったのは、わたしを避けていたせいではないのね？」

驚きのあまり、ペーンは口をぽかんと開け、ふたたび閉じた。「どうしてそんなふうに考えたんだ？」

アヴェリンがゆっくりとため息をつく。「常にわたしを避けているように見えるからよ。今日、大広間へ行ったときみたいに、わたしが部屋に入るとあなたはすぐに出ていったわ。それにここへ到着して以来、わたしと一緒のテーブルにはつこうともしなかったでしょう。ハーグローヴの屋敷では同じ部屋で過ごしたけど、あなたは旅のあいだずっと、わたしたちのテントに来ようとはしなかった。ジャーヴィル城に戻ってからも、自分のベッドで眠っていないわ」頬を真っ赤に染めながら、最後の言葉を早口で言い終えた。

ペーンはわけがわからず、目をしばたたいた。「今夜きみが大広間に入ってきたときにぼくがあの部屋から出たのは、夕食の時間だったからだ。知ってのとおり、ここで食事をしているからね」

「ええ、今ようやく理解できたわ」アヴェリンは静かに答えたが、首をすくめてぶつぶつ言った。「でもそれでは、わたしとベッドをともにしたがらない理由の説明にはならない。あなたがわたしを求めていないのはわかっているわ。自分に女性としての魅力がないのは知っているし――」

ペーンが信じられない思いで鼻を鳴らすと、アヴェリンは顔をあげて夫をにらんだ。

「そんな無作法な態度を取らなくてもいいでしょう。自分が太っているのはわかって――」

ペーンはまたしても鼻を鳴らし、かぶりを振った。「きみは本当に美しい」

アヴェリンの瞳に怒りの色が宿るのを見て、ペーンは不思議に思った。彼はアヴェリンのことを心から愛《いと》おしく思っているのに、彼女は本当にそれがわかっていないのだろうか。そのとき突然気づいた。もちろん、わかるはずがない。何年もいとこたちにあざけられて、アヴェリンは自信を失っているのだ。かえすがえすも残念なのは、ペーンがストラウトン城にいるあいだにその事実に気づけなかったことだ。気づいていたら、あの卑劣な三人を脅しつける以上のことをしてやったのに。

「心にもないことを言わないで」アヴェリンの声に、ペーンはわれに返った。「わたしがそれほど美しいなら、なぜ一週間も経つのに夫婦の契りを結ぼうとしないの？」

ペーンは信じがたい思いでうめき、両手を掲げた。「今この瞬間は、きみとベッドをともにするのが少しばかり難しいからだ」

「ヒューゴは、問題はあなたの両手じゃない、もしあなたが馬に乗れるなら、わたしの上にも乗れるはずだと言ったわ」アヴェリンははねつけるように言ったが、自分がはしたない言葉を口走ったことに気づいたらしく、決まり悪さからか真っ赤になった。

「ヒューゴが？」ペーンは苦々しげに尋ねた。「なぜやつの言うことを信じた？」

「彼は男性だし、わたしよりもずっとそういうことに詳しいから」アヴェリンは静かに答えると、小首をかしげた。「それは本当じゃないの？　ヒューゴは間違っているの？」

「ああ、やつは間違って……」ペーンは自分が嘘をついていることに気づいて口をつぐんだ。もちろん今も、アヴェリンと夫婦として完全に結ばれることは可能だ。難しくはあるものの、不可能ではない。両手は使いものにならないが、下腹部はそうではないのだから。あの火事以降、何度もその事実を思い知らされている。アヴェリンと一緒に馬に乗っていたときは、脚の付け根がこわばってしかたがなかった。それに妻に水浴びをさせるために川へ連れていったときは……彼女の姿を見る必要すらなかった。妻がドレスを脱いで川に入っていく音を聞いただけで、そこが張りつめた。

夜、アヴェリンの隣で寝るのを避けているのは、その香りがわかるほどそばに彼女がいて、手を伸ばせば触れられるのに体を交えることができないのが耐えられないからだ。ハーグローヴの屋敷でアヴェリンと一緒の部屋で一夜を明かしたのは、それしか選択肢がなかったからにほかならない。自分ひとりの部屋を用意してくれなどと頼んで、妻に恥をかかせたくなかった。だがあの夜以外は、できるだけアヴェリンから遠い場所で寝るようにしてきた。頭のなかであれこれ思い描いている行為をすべてできるくらい両手の傷が癒えるまでは、そうするつもりでいた。

その決断のせいで、妻は夫に避けられている、夫はそばにいるのさえ耐えられないのだと信じこんでしまったのだろう。ペーンの態度は、アヴェリンがいとこたちによって植えつけられた誤った自分の姿をさらに強化しただけだった。

ペーンはため息をついて説明しようとした。「両手が使えないと、きみに不快な思いをさせることになる。だが、たしかに夫婦の契りを結ぶことは可能だ。ただし普通のやり方ではできない。

きみには窓台に座ってもらわなければならないだろう。あるいは腰をかがめてもらうか……」

ペーンの言葉はしだいにゆっくりになった。そうしたさまざまな姿勢を取ったふたりの姿で、頭のなかがたちまちいっぱいになる。妻が窓台に腰かけ、誘うように脚を広げている。彼はアヴェリンの脚のあいだに立ち、キスをしながら体を重ね、ひと息に貫くのだ。続いて浮かんだのは、同じ窓台に向かって体をかがめているアヴェリンの背後から、思いきり突きあげている自分の姿だ。

「初夜に終わらせるべきことを終わらせないのは、わたしに不快な思いをさせたくないからだというの？」

アヴェリンの声で現実に引き戻され、ペーンは彼女をにらんだ。アヴェリンが彼の言葉を信じていない様子なのがいらだたしい。「ああ、ベッドをともにしないのはそのせいだ。旅のあいだ、ぼくがテントのやわらかくてあたたかな毛皮の寝床よりも、固くて冷たい地面を好きこのんで選んだと、本気で思っているのか？」

「いいえ、もちろんそんなことは思っていないわ」アヴェリンが鋭い口調になる。「だからこそ、固くて冷たい地面のほうがまだましだと考えるほど、わたしを嫌っているのかと思ったのよ」

ペーンは口を開きかけたものの、また閉じた。いとこたちのせいで、妻が自信を持てないのはわかる。だが初夜に、ペーンは夫として彼女を求めている姿を見せたはずだ。初体験に臨む少年のように下腹部が張りつめていた。アヴェリンはあれを見逃したのだろうか？

ペーンは口をすぼめた。見逃した可能性はあるかもしれない。「きみは結婚式の夜、われを忘れるほどのぼせあがっていたのか？」

「いいえ」夫の問いかけに衝撃を受けたらしく、アヴェリンは即座に否定した。

「だったら気づいたはずだ。ぼくの……」ペーンは口ごもり、露骨な表現に代わる言葉を探したあげくに締めくくった。「情熱の証《あか》しを」

だが意味が通じなかったらしく、アヴェリンは夫を見つめているだけだった。

ペーンは大げさにため息をついた。「信じてほしい。もし両手に怪我をしていなければ、何がなんでもきみと床入りをやり遂げただろう。だが手が自由に使えない今は、きみに不必要な痛みを与えたくないんだ」

アヴェリンは唇を噛み、しばし手をもみ絞ったあとに口を開いた。「結婚式の夜にどんなことが起きるかは母から警告されていたわ。初めてのときはかなり不快なものだし、痛みを感じることもあると。わたしのことを心配してくれてありがたく思っているわ。でも、もしあなたがそうしたいなら――」

「アヴェリン」ペーンは妻をさえぎった。「きみは自分が何を言っているのかわかっていない。女性にとって、初めての経験が必ずしも心地いいものにならないことは確かだ。だがぼくが手を使わなければ、きみはきわめて不快な思いをすることになる」

「わかったわ」アヴェリンが小声で言う。そのときふいに、扉を叩く音がして飛びあがった。彼女が向きを変えて扉を開けると、そこには不安そうな顔をしたデイヴィッドが立っていた。

少年はアヴェリンからペーンに視線を移した。「閣下、まだ風呂に入りたいですか？　それか——」

「どうぞお風呂に入って」アヴェリンは低い声で言うと、部屋から出ていった。

ペーンは立ち去る彼女を沈んだ心で見送った。こちらに背を向けた瞬間、アヴェリンの目に涙が光っているのが見えたのだ。結局、妻を説得できなかった。ベッドをともにしないのはアヴェリンに魅力を感じられないせいではないのに。だが、どう説明したら理解してもらえるのかわからない。

デイヴィッドがまだそこに立って答えを待っているのに気づき、ペーンは手を振って少年を招き入れた。今日はずっと鍛錬場で男たちの訓練を監督したが、そのなかのひとりにぶつかられて転倒してしまった。あいにく昨夜の雨のせいで地面がぬかるんでおり、デイヴィッドがすぐにぼろ布で泥をあらかた拭き取ってくれたのだが、完全に落とすには入浴する必要があった。とはいえ、夕食の時間が迫って忙しくしている使用人たちに迷惑をかけたくないので、夕食が終わるまで入浴を待つことにした。大広間のテーブルに座って待っていたとき、ちょうど母が通りかかった。

風呂の支度をさせているあいだ、ペーンは妻をどう説得すべきか思案した。使用人たちがたらいを運びこんで湯を入れている横で、デイヴィッドがぺちゃくちゃしゃべっているのもほとんど聞こえなかった。この従者とアヴェリンに共通点があることにはすでに気づいている。不器用なのはもちろん、デイヴィッドもまたとりとめもないことを飽きもせずに話しつづけていられるのだ。

おかしなことに、デイヴィッドのおしゃべりを聞いていても腹は立たず、むしろ心が慰められた。少年はいつも戦いや武器や馬の話題を持ちだしてきた。従者となった初日の夜は、ペーンの両手の怪我はドラゴンとの戦いで負ったものかと尋ねてきた。主人のやけどがドラゴンの吐いた炎のせいではないと知り、デイヴィッドはたいそうがっかりした様子だったが、それからドラゴンについて延々と話しはじめた。デイヴィッドによれば、ドラゴンは卑劣で危険きわまりないという。また鼻がもげるほど息が臭く、悲鳴をあげるレディたちを食らうのだとまことしやかに語った。

たらいが湯で満たされ、部屋からほかの使用人がいなくなると、デイヴィッドはペーンが服を脱ぐのを手助けしながら、今夜、実は知りたいことがあるのだとぽつりと言い、唐突に尋ねた。「レディとベッドで寝るときは、どんなことをするんですか？」

ペーンは口をぽかんと開けて少年を見つめ、驚きのあまりあえいだ。「なぜそんなことをきく？」

「レディ・ヘレンがメイドに言ってるのが聞こえたんです。閣下が一緒にベッドで寝ないから、レディ・アヴェリンは閣下に嫌われてるんじゃないかと心配してるって。閣下は夜、レディ・アヴェリンを寝かしつけてあげないんですか？」

「なんてことだ。城じゅうの者たちが知っているのか」ペーンは小声で言うと、ズボンを脱いでたらいに体を沈めた。考えてみれば、こういった事態を予測してしかるべきだった。城のなかで秘密を守りつづけることなど不可能なのだから。

「寝かしつけてあげるんでしょう？」デイヴィッドの声で現実に引き戻され、ペーンは少年を一瞥した。

「ああ、そんな感じだ」あいまいに答えると、自分が風呂に入っているあいだ、料理人に菓子でももらって食べて待っているようデイヴィッドに伝えた。

デイヴィッドが部屋から出ていくと、ペーンはたらいに沈みこんで目を閉じ、妻をどう扱えばいいのかと考えた。このまま放っておいてはいけないことはわかっているが、具体的にどうすべきなのかわからない。言葉で説明するだけで、アヴェリンを納得させられるとは思えない。そうでなくても彼はもともと話すのが得意なほうではなく、何かについて相手と議論するよりも行動に出るほうがはるかに向いている。アヴェリンのことは本当に魅力的だと思っているし、ベッドをともにしたくてたまらないが、その気持ちを伝えて納得してもらうにはどうすればいいのかがさっぱりわからなかった。言葉で伝えようとしてもうまくいかず、結局こちらの言い分を信じてもらえない気がする。おそらくアヴェリンを心から納得させる方法はただひとつ、実際にベッドをともにすることだけなのだろう。今すぐにでも行動に移したいものの、実際にそうしたところでそのあとアヴェリンに感謝されるとは思えない。たとえ彼女が口ではどう言っていようと。

先ほどアヴェリンは、たとえ自分が不快な思いをしようと、夫婦の契りを結ぶのを完遂してほしいと言いかけていた。自分が何を頼んでいるのかよくわからないままそう口にしたのだろう。生娘にとって初めてのときは痛みを覚えるものだと聞かされるのと、実際になんの準備もできていないまま貫かれる痛みを経験するのとは、まったくの別物だ。両手を使ってアヴェリンの全身を愛撫して抱きしめてやらなければ、彼女の体の準備を整えられない。両手が使えないとなれば、使えるのは口だけで……。

ペーンははじかれたようにたらいのなかで上体を起こした。水しぶきがあちこちに飛び散った瞬間、心のなかにさまざまな光景が思い浮かんだ。一糸まとわぬ姿のアヴェリンが目の前に横たわり、ペーンに口でくまなく全身を愛撫されて歓びの声をあげはじめる。彼は体を起こし、一気に身を沈めて……。

「くそっ、どうしてもっと早く思いつかなかったんだ?」ペーンはつぶやくと、大声で従者を呼んだ。

12

アヴェリンが自分の寝室に戻ると、すでにたらいはたっぷりの湯で満たされていて、ルニルダが暖炉の火をつけてくれていた。先ほど使用人たちがペーンのために、たらいや湯を運びこんでいるそばを通り過ぎたばかりだ。それだけに、彼らがふたり分のたらいを満たせる量の湯を用意していたことに驚き、わざわざこんな苦労をする必要はないのにとさえ思う。今のアヴェリンが心から求めているのはベッドに入ることだけなのだから。

夫と話す前とは比べるべくもないが、ペーンと話してみてまた気分が落ちこんでしまった。結婚式の夜にすませておくべきことをいまだにしないのは、アヴェリンを思いやっているからだとペーンは言っていたけれど、そんな言葉は信じられなかった。しかも彼は、傷を負っている両手を使わなくても夫婦の契りを交わすことは可能だと認めた。それにもかかわらず契りを交わそうとしないのは、ペーンにとって面倒臭いことだからだろう。とはいえ夫から毛嫌いされているわけではないとわかり、心底ほっとした。ペーンが一緒に夕食をとろうとしないのは、彼女を避けているせいではなかった。

アヴェリンは手早く入浴をすませると、全身にリネンの布を巻きつけ、髪を乾かすために暖炉の火のそばに座った。腰をおろすとすぐに部屋の扉が突然開き、ペーンが入ってきた。

「あなた?」アヴェリンは椅子の上で体をひねり、驚いて夫を見つめた。ペーンもまた体に布を巻いただけの姿だ。ただし彼の布はアヴェリンのものよりはるかに小さく、腰だけに巻かれている。

「わかったんだ」ペーンが誇らしげに宣言し、満面に笑みを浮かべた。アヴェリンはわけがわからず、彼を見つめることしかできなかった。結婚以来、ペーンはアヴェリンの前でほとんど笑みを浮かべたことがないのに、どういうわけか今はにっこり笑っていて、彼女は不安をかきたてられた。

「いったい何がわかったの?」困惑して尋ねる。

ペーンは答える代わりに部屋を横切り、窓辺へ行った。「さあ、ここへおいで」

アヴェリンは無意識に疑わしそうに目を細めていた。彼女が窓台に座れば自分が両手を使わずとも夫婦の契りが交わせると、ペーンに言われたことを思いだしていた。まさか今、ここでそうするつもりなのだろうか……。

そんなはずがないと自分に言い聞かせ、アヴェリンはしぶしぶ立ちあがった。たしかペーンはそのあと、そういう行為では痛みを伴うのだと笑止千万な説明をしていた。彼が両手を使っても使わなくても、それが痛みを感じる行為であることは承知している。結婚前に母から詳しく聞かされていた。母は初夜のベッドで行われる行為について説明しないまま、大事なひとり娘を嫁に出すような愚か者ではない。実際、行為の最中に花嫁が耐えなければならない試練について、かなり詳細に説明してくれた。そして最初は痛いと思うが、夫に思いやりがあるなら徐々に楽しめるようになるはずだとつけ加えた。

アヴェリンは息を詰めて母の説明を聞いた。はっきり言って、どこを取っても楽しめるようになるとは思えなかったけれど、母は決して娘に嘘をついたりしない。だから初夜を迎えるまでは、とりあえず母の言葉を信じることにした。実際に初夜を迎えて、行為そのものは完遂できなかったにもかかわらず、母の〝楽しめるようになる〟という言葉を信じざるをえなくなった。結婚式の夜、ベッドでペーンからキスや愛撫をされたとき、少なからず歓びを感じた。少なくとも、寝室が炎に包まれるまでは。

アヴェリンは窓辺にいるペーンのかたわらで立ちどまり、夫の出方を待った。ペーンは彼女に笑いかけると、包帯を巻いた片方の手で腰に巻いていた布を突然取り去った。布が音をたてて落ちる。

アヴェリンは息をのんだ。ペーンの脚のあいだにあるものが岩のようにこわばり、地面から突きだした太い棒のように上を向いている。彼女はそこからどうにか視線を引きはがし、目をあげて夫の顔を一瞬見つめ、ふたたび脚のあいだへと視線を落とした。

もちろん前にも目にしたことはある。結婚した日の夜に。だが、こんなにも大きくて……こわばっていたのかどうか、よく思いだせない。でも違うのは明らかだ。あの夜、火事騒ぎの最中に火を消そうとしていたペーンの脚のあいだにあったものは、長靴下のなかに別の長靴下を丸めて入れたみたいだった。けれども目の前にあるものは、長靴下のなかに本物の足を一本入れたみたいに見える。こういう状態をまじまじと見た経験のないアヴェリンには、途方もない大きさに思えてしかたがなかった。

突然、神に感謝したい気分になった。手のやけどが治るまで、夫が結婚式の夜にすべきことを先延ばしにしてくれて本当によかった。今はもう、ペーンから嫌われているかどうかも気にならない。男性が愛人を持つことは何も間違っていない。剣で突き刺され、ひと思いに殺されたほうが女性はまだ幸せだ。こんな巨大なものを体に突き入れられるよりもずっと。

そのとき、自分が取り乱しすぎていることに気づいた。必要以上に恐れを募らせることはない。アヴェリンはどうにか顔をあげ、これから何が起こるのか問いかけるように愛想笑いをペーンに向けた。

「なぜ顔をしかめている?」ペーンにきかれて初めて、アヴェリンは気づいた。自分が思うほど感じのいい笑みは浮かべられていなかったらしい。

「わたし……」適当な言い訳を探そうとしたが何も思い浮かばず、アヴェリンはあきらめて夫に尋ねた。「さっき、何かわかったと言っていたわね?」

「ああ、そうだ」ペーンは向きを変え、窓を覆っていた寒さよけの毛皮を脇へ引いて、室内に月明かりが差しこむようにした。

アヴェリンは身を乗りだし、興味津々で外を見たが、ほとんど何も見えなかった。窓台の高さは一メートルほどあるため、窓から下を見るためにはさらに身を乗りだして窓に額をつけなければならない。それゆえ窓にはめられたガラスを見つめ、感心した表情を浮かべてみせた。ガラスはとても高価で貴重だ。城の窓にガラスがはめられていること自体が非常に珍しい。その事実だけを取ってみても、ペーンの一族が裕福なのは一目瞭然だ。

「とてもすてきな窓ね。見せてくれてありがとう――」アヴェリンは驚いて悲鳴をあげ、夫の肩をつかんだ。ペーンに向きあうようにいきなり体をまわされ、脇の下に手を差し入れられたと思うと、あっという間に窓台にのせられていたのだ。「いったい何を――」

それ以上質問を続けられなかった。ペーンに膝をつかまれて脚を大きく広げられ、そのあいだに立った彼からいきなり口づけられた。最初は驚きのあまり、体を引くことも何か言うこともできなかった。でも唇を重ねたあとすぐに、ペーンの舌先で唇を開くよう促され、舌を絡められた瞬間、われを忘れた。何を言おうとしたのか、もはや思いだせなかった。

ペーンがキスを終える頃には、アヴェリンは彼の腕のなかでとろけそうになっていた。もう頭を働かせて何かを考えることなどできない。

「すべてを解決する方法がわかったよ」ペーンが唇をアヴェリンの耳元に這わせながら、彼女が胸を隠そうと握りしめている布から両手を離すようにと軽くつついてきた。

「それはよかったわ」アヴェリンは吐息まじりに言うと、ペーンのほうへ頭を向け、飼い主に撫でられている猫のようにペーンの唇に横顔をすりつけた。

くれないと」

「両手が使えなくても口は使える。だがそのためにはまず、きみが布から手を離してくれない?」

「うーん……」アヴェリンはうっとりしてほほえんだ。「もう一度、キスをしてくれない?」

布からアヴェリンの手を引きはがそうとしていたペーンは一瞬動きを止め、彼女の表情に気づいて、ゆっくりと満足そうな男らしい笑みを浮かべた。「キスされるのが好きなんだな?」

自分から尋ねたにもかかわらず、ペーンはすでに答えを知っているとばかりの、うぬぼれた表情をしている。でもアヴェリンはそんなことは気にならなかった。布から片手を離し、ペーンの髪に差し入れて頭の位置をさげさせ、さらなるキスを乞い求める。ペーンは素直に応じてくれた。今回はゆっくりとやさしいキスから始め、徐々に深めていく。最終的には互いに負けじとばかりに、むさぼるようにキスをしていた。

とうとうペーンが唇を離したときには、ふたりとも息も絶え絶えの状態だった。ペーンがすかさずアヴェリンの頬から耳にかけてキスの雨を降らせはじめる。

容赦ない愛撫で全身に震えが走るのを感じながら、アヴェリンはペーンがもっとキスをしやすくなるように頭を傾け、突然首をねじって口で夫の唇をとらえようとした。

そうせずにはいられなかった。彼はまたしてもアヴェリンの願いどおりに、唇を重ねてくれた。アヴェリンはペーンにいやおうなく興奮をかきたてられ、無意識に体を弓なりにそらし、彼の体に押しつけていた。少しでもペーンに近づきたくてたまらず、全身のありとあらゆる部分が彼を求めている。アヴェリンが窓台の上で体を前にずらし、ペーンの体にぴったりと押しあてた瞬間、彼はキスをやめて、今度はアヴェリンの喉に唇を押しあてた。感じやすい鎖骨のくぼみに唇を押しつけ、軽く歯を立ててもらいたい一心で、彼女は大きくのけぞった。

うめいて夫の肩をつかみ、体のバランスを保とうとする。そのとき、胸に巻きつけていたはずの布が腰まで落ちていることに気づいた。ペーンはそんなことには気づいてもいないかのように、アヴェリンの体の下のほうへと唇を這わせている。今すぐ布をつかみ、あらわになった上半身を隠したいが、片方の手はペーンの髪に差し入れ、もう一方の手は彼の肩をつかんでいる。どちらも離したくない。

胸のふくらみに唇を這わされると、アヴェリンは大きく息をのんだ。愛撫を求めて、胸の頂が痛いほど硬くなっている。ふと気づくと、足の裏側を壁につけて、窓台の上でヒップを持ちあげていた。もっと体を密着させたい。下半身を覆っている布越しでも、ペーンのこわばったものがあたっているのがわかる。なんてすばらしい感触だろう。思わず下腹部を彼の体に押しつける。

ペーンがうめき、さらに体を密着させてくる。あまりの快感にアヴェリンはうめきながら頭を後ろに倒した。濡れた胸の頂に触れるひんやりとした夜気が心地いい。全身を震わせながら頭を前に戻し、今度は腹部にキスの雨を降らせているペーンを見おろした。すでにその部分も小刻みに震えている。ペーンの肩の位置がどんどんさがっていくにつれ、アヴェリンは体のバランスが取りにくくなり、息をのんで窓にさがっている毛皮をつかんだ。その瞬間、ペーンが包帯を巻いた片手で、妻の腰を隠していた布を一気に払った。先ほど、窓を覆っていた毛皮を脇へ引いたときのように。

脚のあいだをさらけだされ、アヴェリンは抗議の声をあげようとした。けれどもペーンに脚をさらに大きく広げられ、唇を押しあてられて、一瞬息ができなくなる。「ああ、神さま!」無意識に、窓台にのせられているヒップをまたしても持ちあげていた。混乱と興奮で頭がどうにかなりそうだ。母が初夜について話したとき、こんなことは教えてくれなかった。こんなふうにちりちりと燃えるように興奮が高まっていくなんて、ひと言も言っていなかった。

ペーンが今すぐこの魔法を使うのをやめなければ、アヴェリンはどうかしてしまうだろう。でもペーンがここでやめたら、彼女は死んでしまう。脚をきつく閉じて、ペーンを止めたいと思う一方で、夫の顔をもっと近くに引き寄せ、感じやすい体の芯を彼の唇に強く押しあてたい衝動に駆られていた。ペーンは愛撫をやめようとせず、アヴェリンは知らないうちに彼の髪を引っ張っていたことに気づいた。その手を引っこめ、もう片方の手と同様に窓の脇にさがっている毛皮をつかみ、強く引くことで弾みをつけてヒップをふたたび持ちあげたとき、突然全身で歓びがはじけた。叫びながら毛皮をさらに強く引いてのけぞると、ふたりの体の上に毛皮が落ちてきた。

「アヴェリン？」

ぼんやりとした意識のなか、ペーンが包帯を巻いた両手でどうにか毛皮を押しやり、アヴェリンの脚のあいだに立ったのがわかった。彼女は腕を伸ばしてペーンの体を引き寄せ、彼の腰に脚をきつく巻きつけて、顔をがっしりとした首元に押しあてた。すすり泣き、小刻みに震えているせいで、体がばらばらになりそうだ。自分という存在が粉々に砕け散ったかに感じ、この世界でしがみつけるものがペーンしかいないかに思える。

アヴェリンは彼の両腕が背中にそっとまわされ、体を引き寄せられたのを感じた。敏感になっている脚のあいだにこわばりを押しあてられて、なすすべもなくあえぐ。ペーンもまたあえぐと、包帯を巻いた片手で妻の顔を上向かせ、自分のものだと主張するようにキスをしてきた。

アヴェリンもまた情熱的なキスを返し、体を弓なりにそらして彼に密着させた。下腹部がこれ以上ないほどぴったりと合わさり、ふたり同時にうめいた瞬間、彼女は気づいた。この歓びの行為はまだ終わっていない。ペーンが体をずらすと、こわばりで芯を刺激された。

「しっかりつかまっていろ」ペーンは耳元で言うと、一気に彼女を貫いた。痛みを伴うとわかっていたにもかかわらず、アヴェリンは悲鳴をあげ、本能的に体が跳ねあがった。


ペーンは大きく息を吸いこみ、じっとしているよう自分を戒めた。動きたいのはやまやまだ。アヴェリンの奥まで身をうずめ、あたたかな部分にじわじわと締めつけられていると動きたくてたまらなくなったが、そうしてはならないのは百も承知だ。彼を迎え入れている状態に慣れるまで、アヴェリンに時間を与えたほうがいい。

「どうしてそんなに痛くないのかしら」ふいにアヴェリンが驚いたように言った。

ペーンが上半身を少し離して見おろすと、彼女は驚いた表情を浮かべていた。「とんでもなく痛いのかと思っていたけど、つねられた程度なのね」アヴェリンは笑みを大きくし、試すように身をよじった。「なんだか不思議な感じがするわ」

アヴェリンがふたたび身をよじったため、ペーンは歯を食いしばって額を彼女の額につけ、ゆっくりと深呼吸をした。今すぐ激しく突きたいが、そんな衝動は抑えなければならない。

「あなた?」アヴェリンが唐突に尋ねる。

「なんだ?」ペーンは食いしばった歯のあいだから答えた。

「これで全部?もう終わったの?」

ペーンは短い笑いをもらすと背筋を伸ばし、体を引いた。「いや、まだだ」

「まあ」アヴェリンが息をのむ。「とても……いいわ」

言葉とは裏腹に困惑顔の彼女を見て、ペーンはすぐにわかった。アヴェリンは真の意味での快感を味わっておらず、まだ不思議な感じがしているのだろう。ペーンがふたたび貫くと、アヴェリンは驚いて目を見開いた。

「ああ、これって……なんて……」彼女はいったん口をつぐんだが、ペーンがふたたび体を引くと、また口を開いた。「まあ」

ペーンは旅のあいだ、アヴェリンが馬の上でしゃべりつづけていたことを思いだし、彼女は今も話しつづけなければならないと考えているのではないかと不安になった。

そこでキスをしてアヴェリンの唇をふさぎ、ふたたび体を引いた。

もっと激しく突きあげたいと男としての本能が告げていたが、ペーンはアヴェリンのためにどうにか自分を抑えようとした。それなのにアヴェリンは気に入らないらしく、ペーンの腰に脚を巻きつけ、両手で彼の体を強くつかんできた。アヴェリンの動きを制するには両手を、しかも慎重に使う必要がある。これ以上怪我を悪化させたくないし、何より手の痛みのせいで勢いをそがれたくない。

背中に爪を立てられ、アヴェリンにもっと速くと促された瞬間、ペーンはわれを忘れた。欲望のままに、奥まで何度も突き立てる。アヴェリンが声をあげ、体を弓なりにそらしている様子に気をよくし、さらに動きを速めた。するとアヴェリンが突然ペーンの口から唇を離し、悲鳴をあげて頭を後ろに倒し、自分も動きはじめた。さらに奥深くまで引き入れられて、ペーンはうなり声をあげ、自らを解き放った。

ようやく理性を取り戻した彼はアヴェリンの体から離れ、彼女の肩越しに窓を見た。わずかに開いている。おそらくペーンたちが帰ってくるからと誰かが部屋の空気を入れ替えようとして、開けた窓を閉め忘れたに違いない。今の夫婦の営みを人に聞かれていなければいいがと思いながら、窓枠の下に視線を向けたとき、そこに人が集まっているのが見えて、たちまち体をこわばらせた。半数は父の家臣で、この窓を見あげて立っている。だがありがたいことに部屋の向こう側で暖炉の火が燃えているため、下にいる彼らにはペーンたちの影しか見えないはずだ。すると男たちのなかのひとりが進みでたので、ペーンは目を細めた。どこか見覚えのある姿だったが、その人物がこちらに向かって親指を立てたときに確信した。あれは父だ。

うめいて妻の肩に額を押しつけたとき、突然心配になった。アヴェリンが肩越しに下を見て、男たちに見られているのに気づいたらどうすればいいのだろう。夫婦として初めて結ばれたところを誰かに見られていたと知れば、さぞ恥ずかしがるに違いない。ペーンはアヴェリンの腰に両腕をきつく巻きつけ、彼女の体を窓台から持ちあげた。

「あなた！　手の怪我がひどくなるわ」アヴェリンは叫ぶと、腕をペーンの肩に巻きつけ、足首を彼の腰にかけてずり落ちないようにした。

ペーンはその体勢のまま窓からあとずさりしていき、ふくらはぎがベッドにあたるとベッドへ倒れこんだ。その上からアヴェリンも倒れこんでくる。彼女は悲鳴をあげたかと思ったら、寝返りを打って夫と向きあうなり笑いだした。ペーンに見つめられたアヴェリンは頬を真っ赤に染め、やさしい瞳をして笑みを浮かべている。なんて美しいのだろうとペーンが考えていると、彼女は突然眉をひそめた。

「どうした？」

「シーツの上では……その……」アヴェリンは口をつぐみ、決まり悪そうにさらに頰を染めたが、どうにか言葉を継いだ。「普通、シーツに赤いしみがつくことが花嫁の純潔の証しだと言われているわ。それでみんなは夫婦の契りが成し遂げられたと知るはずよ。でもわたしたちは……」声が尻すぼみになって消え、彼女は窓台をちらりと見た。

「ああ」ペーンは唇を嚙んだ。「ぼくはそんなことは気にしない。ぼくたちが夫婦の契りをすませた証拠を要求する者がいるとも思えない。ぼくがそうだと言えば、みんなは信じる」何しろ父とその指揮下にある兵士たちの半数に目撃されていたのだからと、ペーンは皮肉っぽく考えた。

「だけど――」アヴェリンが反論しようとしたが、ペーンはキスで封じた。片方の腕を彼女の体の下から引き抜き、寝返りを打ってベッドの上で仰向けになり、アヴェリンに向かって腕を広げる。

「さあ、おいで。シーツをかけて眠ろう」

アヴェリンはためらっていたものの、ペーンのそばに寄るとシーツと毛皮を引っ張ってふたりの体にかけた。それからまたためらったあと、夫の胸に頭を休めた。

ペーンが片方の腕を巻きつけて抱き寄せると、彼女はおずおずと夫の胸に片手を置いた。

ペーンがうとうとしかけたとき、アヴェリンが顔をあげて何か話そうとした。だが彼は腕を使ってアヴェリンの頭を自分の胸に戻し、小声で言った。「眠るんだ」

ペーンが目を閉じて寝たふりをしていると、妻の体から力が抜けていくのがわかった。ほどなくアヴェリンの軽いいびきが聞こえてきて、思わず笑みを浮かべる。なんて愛らしいのだろう。妻は花のごとく繊細に見えるのに、船乗りのようにいびきもかく。愛おしさが募り、ペーンはアヴェリンの額の上部に唇を押しあてた。アヴェリンと同様に体から力を抜くと、頭上にあるベッドの天蓋を見あげ、人知れず笑みを浮かべる。結婚式の夜にすべきことを、ようやく成し遂げた。しかも手を使うまでもなく、どうにかアヴェリンに歓びを与えることができた。われながらよくやった。

アヴェリンは右の胸が刺激されるのを感じて目を覚ました。笑みを浮かべ、眠たげな声でつぶやきながら伸びをする。今や全身が熱を帯びはじめていた。目を開けて見おろすと、夫の頭のてっぺんが見えた。朝日のなか、黒髪を輝かせながら、ペーンが彼女の胸の頂を口に含んでいる。

アヴェリンはうめくと、両手をペーンの髪に差し入れて頭皮に軽く爪を立て、さらに背中へと滑らせた。ペーンが顔をあげ、彼女をちらりと見る。アヴェリンが目を覚ましたことに気づくと、彼女の体をあがってきて半ば覆いかぶさり、挨拶代わりのキスをした。

朝起きたばかりで息がにおうのではないかと、アヴェリンは一瞬心配になった。でもペーンが気にしないのなら自分も気にしないでおこうと心に決めたとたん、キスに夢中になった。こんなふうに目覚めるのはなんてすてきなのだろう。ペーンに片方の膝で脚のあいだを広げられ、そこに膝を押しつけられると、うめき声をあげて体を弓なりにそらさずにはいられなかった。全身がペーンの愛撫を乞い願っている。

「窓台に移るべきかしら？」ペーンが体をずらしたのに気づき、アヴェリンは息を弾ませて尋ねた。彼が妻の頭の両脇に肘をついているのは、手の傷の悪化を防ぐためだろう。

ペーンは動きを止め、かすかな笑みを浮かべてかぶりを振った。「いや、今朝は窓台を使うのはよそう」

「でも――」ノックの音がしてアヴェリンは口をつぐみ、扉をちらりと見た。

「誰だ？」ペーンが彼女にのしかかったまま、うなるように尋ねる。

「デイヴィッドです、閣下」扉の向こうで少年が叫んだ。「ジャーヴィル卿から、起きてるかどうか見てこいと言われました。今日は、閣下とラムズフェルド城へ行く予定だとおっしゃってます」

ペーンはため息をつき、アヴェリンの体から離れた。「そうだったな。ああ、もう起きている」

「着替えを手伝いましょうか？」

ペーンはベッドの上に座り、シーツに手を伸ばしかけたが、包帯を巻いている両手に気づいて動きを止めた。

アヴェリンがすばやく起きあがり、シーツと毛皮をつかんでふたりの体を隠す。けれどもペーンはベッドから出て立ちあがった。

「ぼくの服は持ってきているのか、デイヴィッド？」ペーンが寝室を横切りながら叫ぶ。彼の下腹部がこわばっているのを見て、アヴェリンは唇を噛んだ。

「はい」

「入ってくれ」

扉が開くと、アヴェリンはどうにか夫から視線を引きはがし、シーツを顎の下まで引っ張りあげた。彼女が見守るなか、ペーンのチュニックとズボン、ブーツ、それに鎧を両手で抱えているデイヴィッドが部屋に入ってきた。鎧を身につけるということは、ラムズフェルドが盗賊などの襲撃に備える必要がある遠方の地である証拠だろう。ラムズフェルド。どこかで聞いた名前だ。思いだすのに少し時間がかかったが、夫の腰より下には視線を向けないよう注意しながら尋ねた。「ラムズフェルドというのは、お義母さまが生まれた場所じゃない？」

「ああ。どうして知っているんだ？」

「ここに到着した日、レディ・ジャーヴィルから聞いたの。あなたがストラウトン城へ来ているあいだに、城主が亡くなったとおっしゃっていたわ」

「ああ、レジャーだ。かなりの年だった」ペーンがそう言うのを聞き、アヴェリンはレジャーが怪我や病気ではなく老衰で亡くなったのだろうと考えた。

「ラムズフェルド城に行くのはそのせいなの？　きっとお義父さまは年を取った城主が亡くなったから？」アヴェリンは興味を覚えた。「きっとお義父さまは代わりの城主を決めなければならないんでしょうね」

ペーンはデイヴィッドが服を置いた椅子の脇に立って振り返ると、しまったという表情でアヴェリンを見た。

「きみに話すのを忘れていた」

「話すって、何を？」アヴェリンは尋ねた。デイヴィッドが折りたたまれたズボンを広げると、ペーンは脚を突っこんだ。

ペーンは従者にズボンをはかせてもらうのを待って答えた。「父にきかれたんだ。あそこの城主になる気はないかと」

「なんですって？」アヴェリンは驚いた。デイヴィッドが背もたれのない腰かけの上に立つと、ペーンは腰をかがめ、チュニックを頭からかぶせてもらった。それを着終えると、アヴェリンが喜ぶのを期待するように振り返って笑みを浮かべた。

「父は信頼できる人物にラムズフェルド城を任せる必要がある。それにぼくを城主にすれば、さまざまなことを経験できると考えたらしい」アヴェリンがぼんやりと見つめていると、ペーンは詳しく説明した。「ぼくは長いあいだ十字軍で戦ってきた。戦士としての経験は豊富だが、領主としてはまだ実践を積む必要がある」ペーンはひざまずいてデイヴィッドに重い鎧をつけてもらってから立ちあがった。「それに父は、もし自分自身で切り盛りする家があれば、きみも幸せになれるだろうと考えている」

夫が従者にベルトと剣はどこかと尋ねているあいだ、アヴェリンはなおもペーンを見つめていた。どうやらデイヴィッドは、ペーンがいつも寝ていた部屋にそれらを置き忘れてきたらしい。少年が謝罪の言葉を口にして部屋から走って出ていくと、ペーンはベッドへ近づき、身を乗りだして彼女にすばやく情熱的なキスをした。それから身を起こして部屋から出ていった。アヴェリンをひとり残して。

ペーンがラムズフェルドの城主になる。ペーンと自分はラムズフェルド城へ移り住むことになるだろう。今後その城を切り盛りするのはアヴェリンだ。

胸に不安が忍び寄ってくる。一週間前は、自分で家を切り盛りできるのはすばらしいことだと思い、女主人になるのを楽しみにしていた。今までそうするための教育を受けてきたのだから。母は心を砕いて、領主夫人として知っておくべきことをすべて教えてくれた。でもそれは一週間前、アヴェリンのまわりで惨事が立て続けに起きる前の話だ。今は家を任されると考えただけでぞっとした。不器用な自分のせいで、ラムズフェルド城は一週間のうちに崩壊するのではないだろうかと考え、アヴェリンはみじめな気分になった。

「ラムズフェルド城はレディ・ジャーヴィルが育ったところよ。何十年か前にご両親が亡くなったとき、あの城は彼女とラムズフェルド卿に譲渡されたの」ディアマンダが言った。

「ただ、レディ・ジャーヴィルはまだほんの子どもだったのよね」レディ・ヘレンがつけ加えると、ディアマンダはうなずいた。

アヴェリンは黙ったまま、ふたりの話に耳を傾けていた。彼女たちは今、二階にある日光浴室へ向かっているところだ。

三人は朝食を終え、大広間から出てきたばかりだった。アヴェリンが沐浴《もくよく》をすませて階下へ行ったときにはすでに、ペーンと義父はラムズフェルド城に向けて出発していた。今朝、食事のテーブルについたのは、四人の女性と何百人という使用人と兵士たちだった。

そこでレディ・ジャーヴィルが最初に口にしたのはもちろん、ペーンがふたりの部屋から出ていって以来ずっとアヴェリンの心を占めていたことだった。新婚夫婦のラムズフェルド城への引っ越しだ。けれどもディアマンダとレディ・ヘレンを含め、その場にいる誰もがアヴェリンよりも先にその件について知っていたらしい。最後に知らされたのがアヴェリンだったようだ。

そのとき彼女は、ラムズフェルド城への出発が一週間後であることを聞かされた。そのあいだにペーンの両手の怪我も治るだろうと見込んでの決断だ。引っ越しに備えて荷造りをする時間もあと一週間だ。とはいえ、荷造りすべきものはほとんどなかった。旅を終えてから収納箱から取りだしたのは衣類だけだ。ジャーヴィル城では、アヴェリンが持参したものは何も必要なかった。

レディ・ジャーヴィルは無理をして明るく話している様子だ。ペーンの母親として、息子の引っ越しを心から喜ぶことができないのだろう。ディアマンダとレディ・ヘレンでさえ、普段よりも声を抑えているように思える。だからこそ、こうして大広間から日光浴室へ逃げだせたことが、アヴェリンにはありがたかった。あそこへ行けば、新たに取り組んでいるペーンのチュニックとズボンを縫い終えることができる。ペーンのためにふたたび縫い物に取り組みだしたのは、ここジャーヴィル城に到着した翌日だ。その日の午前中は城内をあてもなくさまよったあげく、ペーンのためにもう一度縫い物をしようと心を決めた。今、夫は体格がだいたい同じだった亡き弟のアダムのチュニックとズボンを身につけているが、あつらえたようにぴったりというわけではない。

「ラムズフェルド城はほんとにいいところだから、きっと気に入るわ」日光浴室の前まで来ると、ディアマンダが言った。

「行ったことがあるの？」アヴェリンが興味を引かれて尋ねたとき、レディ・ヘレンが部屋の扉を押し開けた。

「ええ、家族とここへ来る途中で立ち寄ったの。初めてレディ・ジャーヴィルと

――」ディアマンダが前にいたレディ・ヘレンにぶつかって立ちどまった。レディ・ヘレンは日光浴室の扉の前に立ちはだかり、アヴェリンとディアマンダが部屋に入らないようにしている。「ヘレンおばさま、いったいどうしたの?」ディアマンダはおばの横を通り抜け、室内をのぞきこんで驚いた声をあげた。

レディ・ヘレンが突然向きを変え、アヴェリンを部屋から遠ざけようとした。「散歩にうってつけの日だわ。外を歩きましょう」

「なんですって? 雨が降っているのに?」アヴェリンは指摘し、レディ・ヘレンの憐れむような表情を見て眉をひそめると、彼女の脇をすり抜けて室内に何があるのか自分の目で確かめようとした。

「だめよ、見ないほうが――」レディ・ヘレンはアヴェリンの肩に手を置いて止めようとしたが、結局ため息をついて手をだらりと落とした。アヴェリンはディアマンダの脇を通り過ぎ、室内に入った。

最初はおかしな点も、間違った点もないように思えた。日光浴室にいたのはレディ・ジャーヴィルの愛犬のブーディカとジュノーだけだ。二匹のグレイハウンドは布切れの上で体を丸めて眠っていた。布は犬たちが居心地よく過ごせるよう、レディ・ジャーヴィルが用意したものに違いない。

ほかのふたりの女性に向き直ろうとしたとき、アヴェリンはふいに動きを止め、犬たちの体の下からのぞいている布切れをもう一度見つめた。深緑色。ペーンの新たな服を縫うのに使ったらいいと、レディ・ジャーヴィルがくれた生地と同じ色だ。ペーンのために用意した結婚式用の衣装の残り生地だと言っていた。

「アヴェリン？」レディ・ヘレンが心配そうに尋ねる。

アヴェリンは小川にかけられた細い木の幹を渡るかのように、慎重な足取りで部屋を横切った。布切れから片時も目を離さずに一歩、また一歩と足を進める。犬たちのところへたどり着くと、注意深くひざまずき、布切れをつかんだ。犬たちが目を覚ましたので、二匹の体の下からゆっくりと布切れを引き抜いた。ブーディカとジュノーが立ちあがり、尻尾を振って見つめるなか、アヴェリンは布切れを持ちあげた。完成間近だった、ペーンのためのチュニックだ。犬たちに爪を立てられ、食いちぎられてぼろぼろになっている。

「ああ」レディ・ヘレンが苦しげにうめいた。「あんなに熱心に縫っていたのに。なんてことかしら、アヴェリン」

「レディ・ジャーヴィルを呼んでくるわ」ディアマンダがすぐさま部屋から出ていく。

少女が走り去る音を聞きながら、アヴェリンはその場に座りこみ、ペーンのチュニックの残骸を見つめることしかできなかった。信じられない。信じられるわけがない。呆然とするあまり、この惨事をどう考えたらいいのかわからなかった。

悲しげな鳴き声がしたと思ったら、ブーディカの濡れた舌で頬をなめられた。アヴェリンはまばたきをして涙を振り払い、目の前の犬たちに焦点を合わせようとした。ジュノーも近くに寄ってきて、彼女の濡れた頰をなめる。謝っているのだろうか？それとも慰めようとしてくれているの？

ブーディカがまた悲しげな声を出し、アヴェリンの頰をなめた。お仕置きをしないでと懇願しているようだと思い、彼女はかすかに笑みを浮かべた。この愚かな犬たちを懲らしめることなどできるわけがない。アヴェリンは長いため息をついて全身の力を抜くと、布を落とし、安心させるように二匹の頭を撫でた。

「大丈夫よ」そう言ったとき、犬たちの体毛のやわらかな感触に慰められていたことに気づいた。

「でも、あれほど頑張っていたのに」レディ・ヘレンが言い、アヴェリンはわれに返った。

「たかがチュニックですもの」低い声で答える。

レディ・ジャーヴィルは、運命がアヴェリンの味方をしていないようだと言っていた。アヴェリンは自分でもそうではないかと思いはじめていた。もしそうなら、今後どうするかはふたつの選択肢しかない。完全にあきらめて何もしないか、あるいは状況に最大限うまく対処するよう努力を続け、運命のほうにアヴェリンをもてあそぼうとするのをあきらめさせるかだ。

彼女は簡単にあきらめるたちではない。

「アヴェリン?」

アヴェリンが顔をあげると、レディ・ジャーヴィルがゆっくりと部屋に入ってきて、レディ・ヘレンのかたわらに立った。少し呼吸が乱れているのは急いで駆けつけたせいに違いない。でも今はゆっくりと慎重な足取りで、心配そうな表情を浮かべている。おそらくディアマンダからことの顚末《てんまつ》を聞かされ、自分の愛犬たちがしでかしたことに対してアヴェリンがどういう反応を示すのかと恐れているのだろう。

「わたしの――」レディ・ジャーヴィルが口を開いた。

「いいんです」アヴェリンはさえぎると、最後にもう一度ジュノーとブーディカの頭を撫で、すばらしいチュニックになるはずだった布の残骸を手に取って立ちあがった。「でも、さらに布が必要になると思います。すぐに生地商人に来てもらえるとありがたいんですが」

「さっそく誰かに呼びに行かせるわ」レディ・ジャーヴィルが心配そうな目でアヴェリンを見る。

義母が心配するのも無理はない。ぼや騒ぎでチュニックとズボンが燃えたあと、アヴェリンは精神的にぼろぼろになった。今回も同じようになるのではないかとレディ・ジャーヴィルは不安なのだろう。でもアヴェリンにしてみれば、あれは自分らしくない珍しい反応だった。きっと疲れ果てていたせいに違いない。あの惨事が起きたときは何日もろくに睡眠をとっていなかった。そのうえわずかな期間に、ひどい事件が立て続けに起きたせいもある。だがここに到着してから二日間は何も起きず、惨事が起きたのは三日ぶりだ。それくらいで精神的にぼろぼろになったりはしない。

アヴェリンはレディ・ジャーヴィルの脇を通り過ぎながら、安心させるように義母の腕を軽く叩いた。「チュニックを縫うのに象牙色の生地が充分あるかどうか、残りを確かめてきます」

日光浴室から出て、自分の部屋へ戻る。手にしているびりびりに破けた布を目安にすれば、象牙色の生地が足りるかどうかわかるだろう。アヴェリンは収納箱の前にひざまずき、ぼろぼろの布を肩にかけて箱の蓋を開けようとしたが、ふと動きを止めてあたりのにおいを嗅いだ。何か異臭がする……。もう一度あたりのにおいを嗅ぎ、肩にかけた布のほうに顔を向けた。豚肉だと気づき、チュニックを手に取って顔に押しあてた。チュニックから豚肉のにおいがしている。
アヴェリンは座りこんでチュニックを見つめた。昨夜の夕食は豚肉だったが、どうしてそのにおいがチュニックについたのかわからなかった。夕食のあとは縫い物はしていない。ペーンのところにおしゃべりをしに行って……彼と一緒に部屋へ戻ったあとは、縫い物のことなど考えられなかった。

指で生地をこすってみる。たしかに豚肉のにおいだ。犬たちが飛びついたのも無理はない。でもどうして豚肉のにおいがしているのだろう？　誰かがつけたのだろうが、どうやって？　豚の脂がついた指先で触れただけでは、これほど強いにおいはつかないはずだ。生地には肉そのものをこすりつけたかのような強烈なにおいがしみついている。

ペーンのために縫っていた服が台なしになるのは、これで二度目だ。一度目はぼや騒ぎで、今回は犬たちに嚙みちぎられた……。突然あることに思い至り、アヴェリンは頭を振った。まさか誰かが彼女の縫い物の邪魔をしようとしているのだろうか？　そんなことがあるはずはない……だけど、ぼや騒ぎが起きたときはたしかに、テントを出る前に蠟燭の火を吹き消したはずだ。でも最近の自分が信じられないほど事故ばかり起こしていることを考えると、やはり完全には消せていなかったのかもしれない。

こんなことを考えるなんて自分は愚か者だと、心のなかでつぶやく。きっと豚肉のにおいは偶然ついただけだ……どうしてついたのかは、さっぱりわからないけれど。とはいえ、誰かがわざとそんな真似をするはずもない。誰もがアヴェリンに親切にしてくれているのだから。

アヴェリンはチュニックをたたみ、収納箱のなかにある象牙色の生地の上に置いた。ペーンと彼女がラムズフェルド城へ移るのはいいことなのだろう。新しい家に到着するまで、三着目の縫い物に取りかかるのはやめておこう。念のために。

13

「ディアマンダ、わたしは記憶力がいいほうとは言えないけど、たしかラムズフェルド城は本当にいいところだと言っていたわよね？」崩れかけた城壁が見えてくると、アヴェリンは弱々しい声で尋ねた。

「ええ」前方に見えている城から視線を離そうとせず、ディアマンダは力なくうなずいた。「前に見たときは、ほんとにいいところだったの」

「いくつのとき？」

「六歳よ」

「なるほどね」アヴェリンはため息をつくと、隣で馬の歩調を緩めている夫と同じように穏やかな表情を浮かべようとした。

レディ・ジャーヴィルの愛犬に縫いかけのチュニックを台なしにされてから、今日で一週間が経とうとしている。災いが何も起きない、実に平和な一週間だった。それゆえ誰かが自分の邪魔をしようとしているのではないかと一瞬疑ったけれど、それはただの思い過ごしだと考えることにした。あれ以来、その疑念を裏づける出来事は何も起きていないのがいい証拠だ。

実際のところ、先週は本当に何も起きない一週間で、つまらない昼とつまらない夜の連続だった。ペーンは毎日、朝一番に義父とともに馬に乗ってラムズフェルド城へ出かけてしまい、往復するだけでも半日かかるため、毎晩遅い時間にジャーヴィル城へ戻ってきた。ペーンが帰る頃にはアヴェリンはすでに寝ていることがほとんどだったし、たとえ寝ていなくても、疲れきった夫がベッドに倒れこんでいびきをかきだすとすぐに彼女も眠ってしまった。

そんなわけで、結婚式の日にすべきことをとうとう完遂したあの夜から、ペーンはアヴェリンと体を重ねていなかった。妻としては残念でならず、ペーンがそうしようとしないのは、彼女に欲望を感じられないせいではないかと、ふたたび不安を感じていた。ペーンは疲れているだけだといくら自分に言い聞かせようとしても、頭のなかで三人のいとこの声が聞こえてくるのだ。〝夫がおまえの体に触れるのは最初の夜だけ、それも義務感からだ。そのあとはそんな太った体に触れようとするわけがない〟だから彼らの声が聞こえると必死に振り払い、ラムズフェルド城に引っ越すまで待ってみよう、そうすれば夫も頻繁に出かける必要がなくなるはずだからと自分に言い聞かせた。そのあと、どうなるか様子を見ればいいと。

この一週間、ペーンと義父が毎日ラムズフェルド城に出かけている理由は、レディ・ジャーヴィルから聞かされていた。なんでもここ数年、ラムズフェルドは略奪者たちに悩まされているらしい。国境を越えてやってきたスコットランド人が領地に住む人々を襲ったり、家畜を盗んだりしているという。ラムズフェルド城も一、二度、襲撃されたことがあるらしい。レディ・ジャーヴィルによれば、ジャーヴィル卿は何よりも城が襲撃されたという点に動揺しているそうだ。それもこれも、前城主のレジャーがペーンの父親から高齢すぎて城を管理できないと思われるのを恐れて、数々の問題をいっさい報告してこなかったからだ。そのせいでラムズフェルドとそこで暮らす人々に被害が及ぶことになった。ペーンと義父が毎日ラムズフェルド城へ出向いたのは、アヴェリンたちが移り住む前に少しでも暮らしやすくなるよう準備を整える必要があったからにほかならない。

アヴェリンは城壁に空いている多くの穴を不安げに見つめた。ただし、ほとんどが小さい穴だ。もっと大きな穴はすでに修復済みなのだろう。場所によっては、明らかに最近になって丸ごと再築されたと思われる壁もある。これもまた、夫と義父がこの一週間で仕上げたに違いない。ふたりとも自分たちの妻を安全でない城には連れてきたくなかったのだろう。

「ラムズフェルド城はかつてとは様変わりしている」アヴェリンの横でペーンがぽつりと言う。

彼女はうなずいたが、あえて何も言わなかった。

「母が子どもの頃に住んでいた城だ」

アヴェリンは、ジャーヴィル卿の隣で馬に乗っているペーンの母親をちらりと見た。レディ・ジャーヴィルが今朝、息子夫婦とともにラムズフェルド城へ行きたがったのは言うまでもない。もちろんディアマンダとレディ・ヘレンもだ。ペーンが反応を待っていることに気づき、アヴェリンはうなずいた。

「長い歳月のあいだに問題が起きて変わり果てた城を見たら、母はさぞ動揺するだろう」

彼女が再度うなずくと、ペーンは満足げに低くうなり、馬を進めて父親の後ろへ戻った。アヴェリンはペーンを見つめ、今の短いやり取りで、彼は何を言いたかったのだろうと考えた。最初はペーンが自分に義母を慰めてほしいと言っているのかと思った。でも、それだけではない。わざわざ〝動揺するだろう〟と言ったのは、城に到着したら義母が女性によくあるように取り乱したとき、うまくなだめてほしいと伝えたかったのではないだろうか。

アヴェリンは必要とあらば喜んで義母を励まし、安心させるつもりだった。ペーンの母親にはこれまでも本当にやさしくしてもらっているのだから。とはいえ、もしペーンがそう望んでいるならはっきりそう言ってほしかった。正直に言えばあきれている。男性とはなんと厄介な生き物だろう。

アヴェリンは頭を振ると、無言のままレディ・ジャーヴィルの様子に注意を払った。義母は初めのうちは気丈に耐えている様子だったが、城門を抜けて城の正面玄関の階段を目指すあいだ、馬が歩を進めるごとに背中も首もまっすぐに伸び、頭もこれ以上ないほど高く掲げられていくように思える。今にも首がぽっきり折れてしまいそうだ。とはいえ、レディ・ジャーヴィルが見せた動揺の兆候はそれだけだった。

城の階段の前で馬からおりると、ペーンと義父が全員分の馬の手綱を取り、馬屋と思われる建物に連れていった。ただし穴だらけで、まだ崩れ落ちていないのが不思議なほどだ。

誰も馬を引き取りに現れなかったことに対して何か言おうとする者はひとりもいなかったが、アヴェリンは気づいた。レディ・ジャーヴィルが体の前で組みあわせた指先に力がこもっている。けれども誇り高い義母は肩を怒らせて階段をあがり、アヴェリンとルニルダ、ディアマンダ、レディ・ヘレンを城へといざなった。

大きな両開きの扉を開けて城の内部を見たとたん、レディ・ジャーヴィルはとうとう落ち着きを失った。目を見開いて肩を落とし、〝ああ〟とささやく。失望と苦悩が感じられる小さな声は、ひっそりとした室内にのみこまれた。

レディ・ジャーヴィルが気を失うのではないかと考え、アヴェリンがとっさに腕を取ると、義母は口走った。「これは……これって……」

「少し手を加えれば、すぐになんとかなります」アヴェリンはきっぱりと言った。ディアマンダが信じられないと言わんばかりの表情を浮かべる。

ありがたいことに、レディ・ヘレンは同意の言葉をささやいてくれた。とりあえず大広間の中央にある架台式テーブルへ向かう。

「ああ、アヴェリン」レディ・ジャーヴィルはため息まじりに言うと、目を大きく開いて義理の娘を見た。「本当にこんな状態だなんて知らなかったの。あなたたちをここに住まわせるわけにはいかないわ。これではまるで――」

「いいんです」アヴェリンは義母を安心させようとした。この城のひどいありさまに彼女自身も狼狽していたが、とりあえずその感情を無視しようとする。床はイグサでうっすらと覆われていた。かなり古いイグサらしく草が生い茂り、最悪なことに黴《かび》まで生えている。室内の壁は煙突の煤で黒ずみ、一度も漆喰《しっくい》を塗られたことがないかのようだ。とはいえ、レディ・ジャーヴィルが住んでいた頃は白かったに違いない。二階もあるにはあるが、木の階段のところどころが欠けていてほとんど使えない状態だ。頭上の部屋の木の床にもいくつか大きな穴が空いており、なかにはベッドくらいの大きさの穴まである。

「かわいそうなわが家」レディ・ジャーヴィルは悲しげに小声で言うと、アヴェリンに促されてテーブルの長椅子に沈みこんだ。だが座ったとたん長椅子が壊れ、義母は床に投げだされた。

「大丈夫ですか？」アヴェリンはレディ・ヘレンと一緒にレディ・ジャーヴィルを立たせた。

「ええ、ありがとう」レディ・ジャーヴィルがささやく。女性たちが進みでて、レディ・ジャーヴィルのスカートについた埃と泥を払おうとした。「スカートなら大丈夫。洗えばすむから」まったく落ちない汚れを見てレディ・ジャーヴィルはため息をもらし、わびしげなまなざしで大広間を見つめて目をしばたたいた。「あれは豚かしら？」

アヴェリンは義母の視線の先を追い、目を丸くした。部屋の隅の薄汚いイグサの上に巨大な動物がいる。彼女たちが見つめるなか、雌豚は脚を何度かイグサにこすりつけると、息を吐きだして横向きに寝転んだ。昼寝をしようとしているのは明らかだ。

「ええ、そうですね」アヴェリンはぼんやりと答えた。困惑するあまり、どう反応すべきかわからなかった。夜はそのほうが家畜が寒さにやられたり盗まれたりすることもないという理由で、城内に家畜を入れる人たちを大勢見てきたけれど、アヴェリンの母はそういうことはしない。レディ・ジャーヴィルも愛犬二匹を別にすれば、そうしない。いったいあの豚をどうすればいいのか、アヴェリンにはさっぱりわからなかった。

「おまえの母さんはわたしの予想よりもはるかによく耐えている。実は今日はここに来ないよう、クリスティーナを説得しようとしたんだ」馬たちを馬屋に入れて城へ戻る途中、ウィマーク・ジャーヴィル卿がぽつりと言った。

「そうなんですか？」ペーンは尋ねた。

「ああ。こんなふうに荒れ果てた実家を見せたくなかった。だが母さんは根っからの頑固者だ。わたしが何を言おうと、おまえたちふたりがここに落ち着くのを見届けると言って聞かなかった」ジャーヴィル卿が顔をしかめる。「今は城がきちんと整うまで、自分もここにとどまると言いだすのではないかと心配している。あるいはそうなるまでは、おまえたちふたりをここには置いておけないと」

ペーンは危うくそうなりそうになった。先週はジャーヴィル城とラムズフェルド城の往復で疲労困憊したが、城壁を修復すればアヴェリンをここに迎えられると考えて奮闘した。どうしてもこの城に自分ひとりで滞在したくなかった。先週一週間、アヴェリンと体を重ねたい一心で毎晩家へ戻ったが、結局帰り着いたときには疲れきっていて妻と楽しむどころではなかった。

ペーンは両手を見おろして、きつく握りしめた。今朝、母に最後の包帯を取ってもらったばかりだ。こぶしを握ると肌が突っ張るものの、こうして握れること自体がうれしかった。完治したわけではなく、まだ少しひりひりするが、それでも手は使える。この手でアヴェリンに触れる瞬間が待ち遠しく、まさに今夜そうしようと考えていた。何しろ今日の移動は片道だけで、先週からの疲れなど問題にはならない。とうとうこの手で、かわいらしくて愛おしい妻の体を思う存分楽しめるのだ。

「いったい何ごとだ?」

父の驚愕の叫び声を聞き、ペーンは城のほうを見て足を止めた。父も立ちどまったままだ。城の階段のてっぺんで激しい攻防が繰り広げられていた。アヴェリンとメイド、そして普段は威厳たっぷりの彼の母が叫び声をあげながら、相当な大きさの雌豚を城の外へ追いだそうとしている。雌豚が腹に子を宿しているのは明らかだ。巨大な豚の背後で女性三人が腰をかがめ、その尻を押してどうにか城の正面玄関から外へ追いやろうとしていた。

ディアマンダとレディ・ヘレンもその場にいた。豚の後ろの空間は三人でいっぱいのため、レディ・ヘレンは少し離れた安全な場所に立ち、心もとない表情を浮かべている。ディアマンダは両手を打ちあわせて飛びまわりながら、喉から絞りだすようにしっしっと大きな声を発している。大声を出せば出すほど、豚に自分の言いたいことが伝わると考えているかのように。

ペーンはため息をつくと、前に進みはじめた。「嚙みつかれる前になんとかするのが一番でしょう。豚に歯があることを、母上たちが知っているとは思えません」

「むしろ問題は、おまえの母さんに歯があることを豚が知っているかどうかだ」ジャーヴィル卿があとからついてきながら、おもしろがるように言った。

彼らふたりが近づく頃には、雌豚は恐れを募らせるあまり、女性たちの誰に嚙みついてもおかしくない状態だった。ペーンは冷静にリンゴを差しだし、豚を階段の下まで誘導した。一方父は、興奮している女性たちを城のなかへ戻るようせき立てた。ペーンが城内に入ると、五人は架台式テーブルの脇に立っていた。父が不満げに頭を振るのを横目に、レディ・ジャーヴィルが何か言い張っている。「ウィマーク、ペーンたちをここに住まわせるわけにはいかないわ」

「大丈夫です」アヴェリンは答えた。ところがレディ・ヘレンがレディ・ジャーヴィルに賛成だとばかりにうなずいて口を開いた。

「あなたの奥さまは正しいと思います、閣下。アヴェリンは良家の出身のレディです。貴族の女性なんですよ。こんな瓦礫《がれき》のなかに住まわせることはできません」

「いや、ぼくたちはここに残ります」ペーンは決然と言い放ち、女性たちに近寄った。たちまち母からにらみつけられたものの、一歩も引きさがるつもりはなかった。この二週間はやけどのせいで無力そのものだったが、彼はもはや子どもではない。「この城をきれいにしてみせます。アヴェリンが使用人たちに指示を出せば、あっという間に見違えるようになるはずです。彼女が城の内部、ぼくが外部の修復を指揮します。母上が今度遊びに来る頃には、城はもっときれいな状態になっているでしょう」

「わたしも賛成だ、クリスティーナ」ジャーヴィル卿が言った。「今やラムズフェルド城はこのふたりの家だ。それに毎日ジャーヴィル城とここを馬で往復して時間を無駄にするより、アヴェリンとペーンがここにとどまって修復に時間をかけるほうがずっと効率的だろう」

「いいわ」レディ・ジャーヴィルは唐突に答えた。「それならわたしもここに残ります。ふたりを手助けするために」

「クリスティーナ」ジャーヴィル卿がたしなめた。「もしきみが残れば、ジャーヴィル城と同じようにこの城を取り仕切ってしまうだろう。だが、ここはアヴェリンの家だ。彼女にすべて任せて好きにさせよう」

「でも……」レディ・ジャーヴィルは廃墟《はいきょ》同然の城を見まわした。「快適に暮らせる場所にするためにはかなりの手入れが必要よ。助けの手があったほうが、はるかに早く修復できるはずだわ」

「だったら、わたしが残って手伝うわ」ディアマンダが申しでる。

「いい考えだ」ペーンはみんなからいっせいに振り返って見られると、肩をすくめて言葉を継いだ。「彼女なら助けになるし、アヴェリンの話し相手にもなれる。ただし、レディ・ヘレンの許しがもらえたらの話だが」ディアマンダのおばは唇をすぼめたが、結局うなずいた。

「わかったわ。わたしたちがここに残りましょう。ディアマンダにとってもためになるはずですもの。ここで手伝いをしていれば、貴族の女性が直面する緊急事態に手早く対処できるようになるはずだから」レディ・ヘレンが皮肉まじりに答えた。

「だけど――」レディ・ジャーヴィルが何か言いかけたが、アヴェリンはかまわず抗議した。

「いいえ、本当に助けの手は必要ありません――」

ジャーヴィル卿がふたりを無視して口を開いた。「それが完璧な解決法に思えるな。わたしたちは今からジャーヴィル城に戻り、きみたちの私物をラムズフェルド城へ送るようにしよう。そして一週間後にここへ戻ってきて、きみたちレディをジャーヴィル城へ送り届ける。ただし、もし気が変わったらいつでもジャーヴィル城へ戻ってきてほしい。わたしたちはいつだって大歓迎するし、その場合はペーンがきみたちレディを送る」レディ・ヘレンとディアマンダがうなずいたのを確認して手を叩いた。

「これで決まりだ。だったら、わたしたちはすぐにでも家へ戻ろう。あとは息子夫婦にすべて任せて。さっそく使用人たちを集めて仕事にかかればいい。さあ、わたしたちはまた長い道のりを逆戻りだ」

「でも、ウイマーク、たった今着いたばかりなのに」レディ・ジャーヴィルが反論する。

「長く滞在するつもりはないと言っておいたはずだ。そもそも、きみはわざわざ来るべきではなかった。今日わたしが来たのは、命じた部分が今朝までに修復できているかどうか確かめるためだ」

「ええ、だけど――」

「セリーに今から戻る支度をさせる」ジャーヴィル卿は続けた。「わたしたちが立ち去れば、息子たちもすぐにここを暮らしやすくする準備に取りかかれるだろう」

ペーンは息を殺し、母がさらに抵抗しないかどうか見守った。だが母はため息をつき、あきらめたようにうなずいただけだった。

「よし！」ジャーヴィル卿が妻の腕を軽く叩いた。「ペーンとちょっと外で話してくる。そのあいだに、レディたちにジャーヴィル城から持ってきてほしいものを聞いて、別れの挨拶をすませておいてくれ」

ペーンはジャーヴィル卿と一緒に外へ出ると、次はどうすべきかという父からの指示や忠告にうなずきながら耳を傾けた。ジャーヴィル卿は妻がアヴェリンに忠告するのをよしとせず、義理の娘に城の切り盛りを任せるべきだと考えているが、自分自身が息子に忠告するのはかまわないと考えているらしい。そうだとしても、ペーンはいっこうに気にならなかった。きっと父は息子であるペーンのことを、わが家という自分の居場所を持ち、新たな家族を作りあげていく仲間のひとりと見なしてくれているのだろう。

ふたりが話し終えた頃、ようやく城から女性たちが出てきた。彼女たちがどんな話をしたのか、ペーンにはわからなかった。ひとつ確かなのは、レディ・ヘレンとディアマンダがジャーヴィル城の寝室からここへ持ってきてほしいものを数えきれないほど挙げたに違いないということだ。母がアヴェリンに何も忠告を与えなかったかどうかはわからない。長いあいだディアマンダを教育してきた母にとって、自分の知識を教えることはもはや習慣となっているはずだ。実際、女性たちが目を真っ赤にしてすすり泣いているのは、どんな忠告を与えたかは知らないが、どう考えても母のせいだ。

「まったく、女というやつは」女性たちが近づいてくるのを見ながら、父が大げさにため息をついた。「まるで片道行くのに三日はかかるかのような騒ぎぶりだな。半日もかからず着くというのに」

「そうですね」ペーンは同意した。

「さあ、行こう。そんなに遠く離れるわけじゃない」階段の下まで来て抱きあっている女性たちに、ジャーヴィル卿が声をかける。

レディ・ジャーヴィルは女性たちからしぶしぶ体を離すと、今度は息子を抱きしめた。あまりにきつく抱きしめてくるため、ペーンは母のあばらが折れるのではないかと心配になった。「彼女のことを頼んだわよ、ペーン。本当にいい子だから」

ペーンはうなずいたものの、母が誰のことを言っているのかよくわからなかった。最初はアヴェリンのことかと考えたが、彼にしてみれば妻はとても子どもとは言えない。ディアマンダはまぎれもなくまだ子どもだが、アヴェリンはどこからどう見ても大人の女性だ。

「クリスティーナ」ジャーヴィル卿がしびれを切らした様子でせかした。

「まったく、男ときたら」母はいらだったように小声で言ったが、とうとうペーンの体を放すと自分の馬に乗った。

「進捗状況を確かめるため、一週間後に戻ってくる」ジャーヴィル卿も馬に乗りながら言った。「何か厄介ごとが起きたら使者を送ってくれ」

ペーンはうなずくと、馬に乗った両親が自分の家臣たちとレディ・ジャーヴィルのメイドを従えて立ち去るのを見送った。両親たちが城門を抜けて丘を目指しはじめたところでペーンは振り返り、階段の一番下に立ったままの女性たちをちらりと見た。彼女たちはまるで今生の別れのごとく、馬で去っていく一行を見つめている。

ペーンは頭を振って咳払いをし、女性たちの注意を引いた。「使用人たちは残していくからきみたちの好きに使ってくれ。ぼくは外の作業を手伝ってくる。必要があれば、いつでも捜しに来てほしい」

「わかったわ」アヴェリンがささやき、どうにか笑みを浮かべた。

ペーンは満足げに低くうなると向きを変え、城壁の小さな穴を修復している男たちに近づいていった。一週間前、ペーンが父とともに視察に来たとき、この城壁は使いものにならないほど壊滅的な状態だった。ペーンも父も、これがあのラムズフェルド城かと目を疑ったものだ。

ペーンの両親が結婚してまもなく祖父が亡くなって以来、レジャーはこの城を管理してきた。ペーンも子どもの頃、両親とともにここへ遊びに来たことが何度かあるが、少なくともここ十年は訪れた記憶がない。先週、この城の荒廃ぶりを目のあたりにし、父はひどく悔やんでいた。城主として城を任された時点でレジャーはすでに若くはなかったし、ペーンたち一家がストラウトン城へ出かけているあいだに亡くなったときは、かなりの高齢だった。年のせいで、レジャーが城を適切に管理できなくなっていたことは明白だ。だがあまりに頑固者ゆえ、それを素直に認められなかったに違いない。ペーンは考えにふけりながら城壁にたどり着き、作業中の男たちに加わった。

この近隣で城主にもはや城を管理する能力がないことを知らなかったのは、レジャーの様子を確認するのを怠っていた父だけだったらしい。ラムズフェルド城をたびたび襲撃していたスコットランド人たちは明らかに気づいていたのだろう。彼らは価値のある品々をすべて盗みつくしていた。城壁の一部さえも引きはがされている。

その結果残されたのは、まさにペーンと父が最初にここへ来たとき目のあたりにした、みすぼらしい光景だ。壊れた城壁と至るところの木材が朽ち果てている城の残骸、それからひと握りのくたびれた服装の使用人たちと、みすぼらしい装備しか身につけていない五十人の兵士たち、そして数えるほどの豚と鶏だけだ。

城を立て直すべく来たペーンが最初に直面したのは、兵士たちに関する問題だ。無能な城主に任せきりでこの地を視察しようともしない領主に対して、彼らは激しい憤りを感じていた。それゆえ、今後は事態を改善させるからと男たちを説得するのに丸二日かかった。そのあとはどうにか彼らも仕事をするようになり、それをきっかけにものごとが円滑に進みだした。ジャーヴィルから来た父の下で働く家臣たちの手助けもあり、修復作業は順調に続いている。この調子なら、秋までにはラムズフェルド城をもとの状態に戻せるだろう。少なくとも外観は。城壁を修復し、馬屋や鍛冶場、靴工房も新たに建てなければならない。そこに入る馬番や熟練の職人たちも必要だ。前にここにいた職人たちはとうの昔に、自分たちの技術が正当に評価される場所へ逃げだしていた。

できるものならアヴェリンには、城の外部がきれいになる前に、城の内部を整え終えてほしかった。城の外装すべてを扱うペーンに比べれば、内装を担当する彼女の仕事は簡単なはずだ。とにかくきれいに掃除をすればいいだけなのだから。そこでふと、兵士たちと同様にここの使用人たちも腹を立てていて扱いづらいのだろうかと疑問に思った。

いや、むしろアヴェリンなら彼らをうまくあしらい、城の内部をきれいにしてくれるだろうと考え、ペーンは誇らしさで胸がいっぱいになった。父は最初、アヴェリンが困惑するだろうと考えていたが、ペーンの考えは違った。経験上、ものごとを正しい状態にする仕事を与えられるほど女性は張りきるものだとわかっていた。ここにはそういう仕事が山ほどある。

アヴェリンはすでに城の掃除に取りかかっているに違いない。今このときも使用人たちを城のあちこちへ配置し、せっせと汚れを落とさせているはずだ。

「あなた?」

ペーンは振り向き、作業をしていた壁から、近づいてくる妻へ注意を移した。歩みに合わせてアヴェリンのヒップと胸が揺れていることに気づき、唇をなめずにはいられなかった。この一週間、毎日ラムズフェルド城とジャーヴィル城の往復で疲れきっていなければ、ベッドに横になると同時に眠りに落ちることもなかったのに。あまりに疲れているせいで、とうとうアヴェリンとひとつになれたあの夜から体を重ねることができないままだ。だがこうしてラムズフェルド城に滞在することになったのだから、その問題も解決できるだろう。

「わたしの話を聞いているの？」アヴェリンに尋ねられてペーンは眉をひそめたものの、ようやく気づいた。彼女が何か話しかけていたのに、体を重ねることばかり考えていて聞き逃してしまった。

「いや、なんて言ったんだ？」

「使用人たちが消えたと言ったのよ」

ペーンは目をしばたたき、アヴェリンを見つめた。きっと聞き違えたのだろう。

「なんだって？」

「実際に消えてしまったわけじゃないの。ただ彼らの姿が見つからないのよ。大広間にも、厨房にもいない。ほかにどこを探せばいいのかわからないの」

「二階は探したのか？」

アヴェリンはぼんやりと夫を見つめた。二階を探すことまでは考えつかなかったのだろう。とはいえ、使用人たちがそこにいる可能性はまずない。「二階にいるはずはないわ。階段が崩れかけているんですもの」

「崩れかけているのは三つか四つの段だけで、あとは大丈夫そうだ。ここに視察に来た初日、父とぼくもあの階段を使った。きっと使用人たちは二階で、今夜のために寝室の支度をしているんだろう」

「まあ」アヴェリンは片方の足からもう片方の足へ重心を移動させ、ため息をつくと疑わしげに小声で言った。「二階を確認してみるわ」

ペーンをその場に残し、アヴェリンは城へ戻っていった。

アヴェリンが通りかかったとき、ルニルダは城の前に止めた荷馬車から掃除用具を引っ張りだしている最中だった。使用人たちを探してふたりで城を駆けずりまわっていたときに、掃除用具がほとんどないことに気づいたのだ。アヴェリンはメイドにその仕事を任せ、正面階段をのぼって大広間へ入った。

「レディ・ヘレンはどこ?」ディアマンダに尋ねた。少女はその場に立ちつくし、先ほどレディ・ジャーヴィルが座ったときに壊れた長椅子の残骸を見つめている。

「厨房の奥にハーブ園があるかどうか見に行ってるわ。もしあったとしても薬草は伸び放題だろうけど、今でも使えるものがあるかもしれないからって」

アヴェリンはうなずいた。そんなことまで頭がまわらなかったが、たしかに城には薬草を植えたハーブ園が不可欠だ。ハーブ園と同じくらい欠かせないのが井戸だろうと考え、彼女は口を開いた。「井戸はどこかしら？　絶対にあるはずだわ。井戸が汚れて使いものにならなければ、ペーンとお義父さまに新しい井戸を掘ってもらわないと」

「そうよね、掃除をするにも水が必要だし」ディアマンダが戸口をちらりと見た。「ペーンにきいてくる？」

「お願いしていい？　わたしは使用人たちがいないかどうか、二階を確認しなければならないの」

ディアマンダが信じられないと言いたげに目をみはる。「どうして？　二階は安全とは言えないわ。使用人がいるはずないのに」

「ええ、わたしもそう思ったんだけど、ペーンから使用人たちが二階で寝室の支度をしているかもしれないと言われたの」

ディアマンダは鼻を鳴らした。

アヴェリンはかすかに笑みを浮かべた。「本当にやれやれだわ。ペーンに井戸の場所をきいてきてもらえない？　わたしは使用人たちを探すわ」

ディアマンダはためらったあと言った。「くれぐれも気をつけて。あの階段は安全そうには見えないから」

「二階の床もね」アヴェリンは認めた。「気をつけるようにするわ」

ディアマンダが戸口へ向かうと、アヴェリンは手すりが残っている部分につかまりながら、慎重な足取りで階段をのぼりだした。先ほどレディ・ジャーヴィルが座ったとたんに長椅子が崩壊したときの光景が、まだ頭にこびりついている。ジャーヴィル城に向かう旅の最中、自分が引き起こした厄災を思い返すと、この階段をのぼりきる自信がない。少なくとも、膝をすりむく程度の怪我はするのではないだろうか。

そう考えて顔をしかめながらふと、なぜ自分はそうまでしてこの仕事を成し遂げようとしているのかと不思議に思った。実際、こんなことをしても無駄だとわかっている。それでもペーンは二階に使用人たちがいて、今夜の寝室の用意を整えていると考えているようだったから、こうして確認しているのだ。とはいえ大広間さえ片づいていないのに、使用人たちが寝室の支度をしているとは考えにくい。ちなみに厨房の片づけもすんでいなかった。

もし大広間がひどい状態なら、厨房はさらにひどい状態と言っていい。先ほど確認してそう思い知らされた。大広間と同じく、厨房の床も調理台もテーブルも手入れされていなかったが、最悪なのはあらゆるものが脂と煙のせいでべたべたしていることだ。室内履きが床にくっついてしまったのを見て、アヴェリンは厨房にあるものには何も触れたくなくなった。

アヴェリンたちが一週間後に城へ来るのを知りながら、使用人たちは大広間も厨房もきれいにしようとはしなかった。そんな彼らがわざわざ二階の寝室だけを整えるはずがない。でもとにかく自分の目で確認して、次にどうすべきか決めればいい。いずれにしろ、ペーンも使用人たちがどこにいるのか知らなかった。城の外部の責任者はペーンである一方、内部の責任者はアヴェリンだ。そうだとしたら使用人たちの居場所を突きとめて仕事をさせられるかどうかは、彼女の手腕にかかっている。

木の階段のてっぺんまであと少しというところで、足をかけた踏み板がいやな音をたてた。本能的に下の踏み板に足を戻した瞬間、さっきよけた穴からあわや転落しそうになった。すんでのところで欠けた階段の端に片膝をつき、両手で手すりをつかんだが、踏み板の欠けた穴に片方の足がはまりこんでしまった。

「これでも〝大丈夫そうだ〟というの？」アヴェリンは先ほどの夫の言葉をつぶやくと、渾身の力を振り絞って手すりにしがみつき、穴から足を引き抜いた。わざわざ確かめなくても、ひどくすりむけているのがわかる。向こうずねがひりひりと燃えるように痛いのがその証拠だ。それでも痛みに歯を食いしばり、どうにか震えながらも立ちあがった。

壁にもたれた一瞬、このまま階段をおりて戻ろうかと真剣に考えた。だが、あと数段あがれば二階に着く。ゆっくりと息を吐きだしながら、どうにか背筋を伸ばしてのぼりつづけることにした。今度はぽっかりと空いた穴をよけるときに、踏み板のなるべく壁に近い部分に足を置くようにした。そちらのほうが頑丈で、崩れ落ちる危険も少ないに違いない。

ありがたいことに今回はいやな音はせず、残りの段をあがってようやく一番上までたどり着いた。安堵のため息をもらして立ちどまり、ドレスのスカートを持ちあげて脚の傷の具合を確かめてみる。

案の定、向こうずねにひどいすり傷ができていた。うんざりしながらスカートをもとに戻し、階段をおりるときは痛い思いをせずにすみますようにと、心のなかで祈る。

二階へ着いたのちに、遅まきながら気づいた。明かりを持ってくるべきだった。大広間には開かれたすべての扉から光が差しこんでいたが、二階の廊下ははるかに薄暗かった。だがたとえ明かりを持ってきていたとしても、先ほど階段から転落しかけたときに取り落としていただろうと考え、前へ進みだす。足を置く前に必ず爪先で床の感触を確かめることを忘れなかった。一階からでも、二階の床にいくつか大きな穴が空いているのが見えた。絶対にあの穴からは落ちたくない。

二階には寝室が三つあり、アヴェリンはひと部屋ずつ確認していった。一番大きい最初の寝室が、かつてレジャーが使っていた部屋だろう。もしそうなら、彼はほとんど私物を持っていなかったに違いない。あるいは死後、私物はすべて盗まれたのかもしれない。とにかく室内にあるのは古いベッドとわずかな品だけだった。次のふたつの部屋は文字どおり何もなかった。家具さえもなく、どちらも床に穴がふたつ空いているだけだ。最後に見た部屋の床には一番大きな穴があった。とはいえ、考えていたほどの大きさではない。一階から見たときは、ベッドの大きさくらいある巨大な穴に見えたのに。

この穴から落とせるのは、せいぜい収納箱くらいだろう。ベッドは無理だ。アヴェリンは穴の一メートルほど手前で立ちどまり、身を乗りだしておそるおそるのぞきこんでみた。一階を見渡せるものの、穴から見おろしても大広間はいい状態とは言えなかった。階下で見たときと同じく、室内は目もあてられない様子で、イグサはひどいありさまだった。この城全体がそうだ。

アヴェリンは頭を振りながらあとずさりしていったが、ふいに動きを止めた。背後で何かがきしる音がしている。半ば振り返ったとき、いきなり横っ面に板のようなものを叩きつけられた。突然の襲撃によろめき、そのまま横向きに倒れこむ。おそらくそれがよかったのだろう。倒れながらも本能的に手を伸ばし、右手でどうにか床をつかんだ。ただし左手は何もつかんでいないままだ。そのとき今度は壊れた木材とおぼしきものに頭を打ちつけて目の前が真っ暗になり、アヴェリンは先ほどのぞきこんでいた穴からなすすべもなく落ちていった。

14

意識を取り戻したアヴェリンが最初に気づいたのは、頭が割れるような痛みだった。今まで経験がないほどの痛みで、思わずきつく目を閉じたものの、頭痛が悪化しただけに思えた。

「アヴィ?」

ディアマンダの声だとわかったので、どうにか目を開けて、困惑しながら視線をあげた。金髪のかわいらしい少女の心配そうな顔を見つめ、彼女の頭上に張られた布に目をやり、それからあたりを見渡す。

「旅行用のテントね」かすれたささやき声になったので、アヴェリンは唇を湿らせて唾をのみこんでから、もう一度口を開いた。「どうして?」

「ペーンが張らせたの。あなたをやすませるために」ディアマンダが説明した。「落ちたときに、かなりひどく頭を打ったから」

「落ちた」アヴェリンは戸惑いながら繰り返した。二階にいるところを殴られ、左手で空をつかんだまま倒れこんだ記憶がよみがえり、心臓が跳ねる。おまけに壊れた木材のようなものに頭を打ちつけた。穴の縁だった気がする。そのあと自分が穴から落ちたのだと悟った。「誰かに殴られたの」アヴェリンは口走った。「それで穴から落ちたのよ」

「殴られた?」ディアマンダがかぶりを振った。「穴の端で頭を打ったんだろうってペーンが言ってたわ。顔をすりむいてたし、二階の板に血がついてたから」

「いいえ、殴られたの」アヴェリンは弱々しい声で主張したが、やさしく手を叩かれて反対側を見ると、レディ・ヘレンが身を乗りだしていた。

「きっと夢でも見たのよ。二階にいたのはあなただけだったもの」レディ・ヘレンが諭すような顔になった。「そもそも上に行くべきじゃなかった。階段を転げ落ちて首の骨を折らなくて幸運だったわ。実際、スカートが壊れた板の端に引っかからなければ、つまずいて穴から落ちたときに確実に死んでいたはずよ」

「スカートが?」アヴェリンは繰り返した。

「そうですよ」ルニルダが寝床に近寄り、レディ・ヘレンの肩越しに顔をのぞかせた。

「わたしが手桶とほうきを持って大広間に行ったら、奥さまが穴から落ちてきたんです」メイドが思いだしただけで鼓動が乱れるとばかりに胸に手をあてた。「一メートルくらい落ちたんですよ。でもスカートがぎざぎざした穴の縁に引っかかってぶらさがったんです。布でできた人形みたいに」唇を噛んで首を振った。「わたしは立ちすくんで悲鳴をあげることしかできませんでした」

「その悲鳴を聞いて駆けつけたの」ディアマンダが言う。

「わたしもよ」レディ・ヘレンがかすかに身を震わせた。「あんな悲鳴は二度と聞きたくない。恐ろしくて心臓が止まるかと思ったわ」

「ほんとね」ディアマンダがうなずいた。「ぞっとしたわ。てっきりルニルダが怪我をしたんだと思ったら、あなたがぶらさがってるんだもの」思いだして身震いする。

「ルニルダにはペーンを呼びに行ってもらって、わたしはあなたを助けられないかと階段を駆けのぼったわ」

「そこでわたしはディアマンダに追いついたのよ」レディ・ヘレンがアヴェリンの手をそっと握った。「愚かなことに、この子はどうにかして引っかかっているスカートを外そうと考えたの。そうすればあなたを引っ張りあげられるからと。でもペーンを待ちなさいと言ったわ。そんな力はないんですもの」

「スカートが破けそうだったのよ」おばにたしなめられたディアマンダが、いらだたしげに反論した。「布が裂けて下に落ちたら死んじゃうと思ったの」

「その心配はあったわね」レディ・ヘレンがため息とともに認めた。「でもあなたが考えたようにスカートを外していたら、ふたりとも落ちていたかもしれないわ」

ディアマンダはその可能性を指摘され、むっとして鼻を鳴らした。「わたしは力持ちだもの」

「何を言っているの。アヴェリンはあなたよりずっと重いでしょう」レディ・ヘレンが根気強く諭した。「彼女の体重を支えるなんてできるはずがないわ」

「それでペーンがおろしてくれたの？　それとも引きあげてくれたのかしら？」アヴェリンは言い争いを止めようと口を挟んだ。

「そうそう」ディアマンダが笑顔になって目を輝かせた。「ペーンはすごく力が強くて、片手であなたを持ちあげたの。穴の横にひざまずいて、スカートをつかんで引きあげたんだから。それから下に運んで男の人たちに大声で指示を飛ばしたのよ」

「男の人たち？」アヴェリンは困惑してディアマンダを見つめた。

「ええ。ほら、ルニルダがペーンを呼びに行ったら、ほかの人も一緒に駆けつけてくれたの」ディアマンダが説明した。「一瞬、誰もがあなたを見あげて凍りついたわ。ペーンもよ。当然だけど、みんな恐怖で動けなかった。そのあとペーンがテントの布を取りに行かせて、あなたの真下にぴんと張らせたの。万一、引きあげる前に落ちてしまったときのために」

「もちろん、下に布を張る前にペーンが引きあげたけれど」レディ・ヘレンが言った。

「あなたを抱えておりてきて、意識が回復するまで寝かせておけるように城の正面にテントを用意させたのよ」

「そうですよ。旦那さまはそれはもう心配されて、テントを張り終わるまでずっと抱いていらしたんですから」ルニルダが笑みを浮かべて話す。夫に少しは大切に思われているのかもしれないとアヴェリンが心を躍らせたとき、ディアマンダが口を出した。

「当然よ。テントを張ってなかに毛皮を用意するまで、おろす場所がなかったんだから」現実的な意見を言った。

「アヴェリンをやすませたほうがいいわ」アヴェリンの顔に広がりかけていたかすかな笑みがたちまち消え去るのを見て、レディ・ヘレンがディアマンダに顔をしかめてみせた。「いずれにしても、男の人たちの作業の進み具合を見てこないと」

「男の人たち?」アヴェリンは立ちあがったレディ・ヘレンに尋ねた。

「そうよ」ディアマンダが答えた。「階段と二階の床を修理させるために、ペーンが何人か割りあてたの。ほかの人は大広間を磨けるように、古いがらくたを移動させてるわ」

「そうなの」アヴェリンは小声で言った。

「心配しないで」ディアマンダも立ちあがった。「今日は男の人たちと顔を合わせなくてすむから、やすんで体調を整えて。彼らのことはわたしたちが監督しておくわ」

「わたしには男の人と顔を合わせたくない理由があるの？」アヴェリンは狼狽した。

「だって……」金髪の小柄な少女は一瞬ためらった。「いろいろあったから、恥ずかしいかなと思っただけ」

「いろいろ？」アヴェリンは恐怖におののいた。「いろいろって？」

「恥ずかしいでしょ。みんなの目の前で……」アヴェリンが知らないことにたった今、気づいたらしく、ディアマンダが言葉を切る。

「いらっしゃい。アヴェリンをやすませてあげるのよ。本人が知る必要はないでしょう」レディ・ヘレンに腕を引かれ、ディアマンダもおばに続いてそそくさとテントから出ていった。

アヴェリンはルニルダに目を向けた。「わたしが知る必要がないことって何？　男の人たちは何を見たの？」

ルニルダは浮かない顔でため息をついたものの、女主人のことをよく理解している。

アヴェリンはどうしても答えを聞きだすつもりだった。

「奥さまの体はほとんどまっすぐになっていて、スカートの後ろが引っかかった状態でぶらさがってたんです」ルニルダが決まり悪そうな様子で自分の背中を示す。

メイドを見つめるアヴェリンの顔に恐怖が広がっていった。「全部見えていたの？」

「いいえ」ルニルダは急いでアヴェリンを安心させようとした。「スカートは両脇の下の位置で引っかかってめくれてたので……その……そう、正面は膝の上まで隠れてました。かなり上まで」

「それで背中は？」アヴェリンはきいたが、ルニルダの顔を見れば答えは明らかだ。どうやらアヴェリンが溺れているとペーンが誤解した日のように、男性たちにまたしてもヒップを見られたらしい。「ペーンは間違いなくわたしを厄介者だと思っているわね」

「まあ、いいえ」ルニルダがそばにひざまずいてアヴェリンの手を握った。「本当です。旦那さまは奥さまの命が危ないのを見て真っ青になったんですよ。腕に抱きしめてからは、床におろそうとはなさいませんでした。かなり長いあいだ抱えたまま、心配そうに見つめていらっしゃいました。奥さまを思う気持ちがだんだんふくらんできてるんだと思います」

アヴェリンには信じがたかった。自分は完璧な妻ではないからだ。実際、ペーンにとってはちょっとした悪夢だろう。結婚してから引き起こしたり巻きこまれたりした災難を心のなかでもう一度挙げるのに疲れ、アヴェリンは単刀直入にきいた。「あの人はどこ?」

「奥さまが大丈夫だと確信されてから、男の人たちに作業の指示を出して、ご自身は村へおいでになりました。使用人の手配の件で行かれたんじゃないでしょうか」

そう聞いて、アヴェリンは顔をしかめた。そもそもペーンは城の外部を、彼女が内部を担当するはずだった。またしても自分の不手際でペーンにさらなる負担をかけてしまった。アヴェリンが起こした火事で両手にやけどを負ったときとは違い、今回はペーンが怪我をしたわけではないが、彼が今こなしていることは本来ならアヴェリンの務めだ。アヴェリンが転落したせいで、夫は自分の責務だけでなく、彼女の責務まで負うはめになってしまった。

とはいえ、このままにしておくつもりはない。使用人を手配しに村へ出かけたペーンを今さら止めることはできないけれど、せめて彼が留守のあいだ、作業に目を配ることはできる。アヴェリンは毛皮の上で起きあがりかけたが、体を半分起こしたところで痛みと吐き気に襲われて動きを止めた。

「だめです」ルニルダがすぐさまアヴェリンの肩に手をあて、もう一度横になるよう促した。「やすんでいてください。ひどい怪我をしたんですよ」

アヴェリンは歯を食いしばり、メイドの手を払って立とうとした。「起きあがりたいのよ、ルニルダ。寝ていようが立っていようが、頭は痛いんだから」

ルニルダが大きく息をつき、アヴェリンを押し戻そうとするのをやめて彼女の脇の下に手を入れ、立ちあがるのを手伝った。

アヴェリンはルニルダに助けてもらってどうにか自分の足で立ったが、メイドにほとんど抱えられるようにしてテントを出たところで、また吐き気に襲われた。大きく息を吸い、じっと動かないで立っていれば徐々に具合はよくなると自分に言い聞かせる。本気でそう思えるかどうかは定かでなかったが、そんなことはたいした問題ではない。夫は火事のあともやけどを負った手ですべきことをすべてこなしていた。自分だって頭が痛くても指示は出せる。

ルニルダに支えられて大広間に入ったアヴェリンが最初に確認した場所は二階だった。自分が落ちたと思われる穴を黙って見つめ、落下する直前の記憶をふたたびたどる。ディアマンダとレディ・ヘレンがなんと言おうと、アヴェリンは殴られたと確信していた。頭は少々混乱しているものの、それでも……いまだに驚くような一撃を体が覚えている。鋭く激しい痛みが走り、体のバランスを失った。倒れながら左手の下に何もないと気づき、そのあとに穴の向こう端に頭をぶつけてもう一度鋭い痛みに襲われた。

そう、誰かに殴られたのは間違いない。でも誰に？　いなくなった使用人のひとりだろうか？　でも部屋は無人に見えた……。

違う。ここの人には会ったことすらない。そんな人に彼女を傷つける理由はない。ふと台なしになったチュニックのことが頭に浮かぶ。生地についていた豚肉のにおいと、自分の努力を誰かが妨害していると感じて一瞬ぞっとしたことも。けれども、そんな思いは頭からすばやく追いやった。ふたつの出来事が関係しているはずがない。一生懸命縫った服を台なしにすることと、本人を攻撃することはまったく方向性が違う。

「アヴィ！　起きだしたりしてどうしたの？」ディアマンダに心配そうな顔で駆け寄られて、アヴェリンはいったん考えるのをやめた。今はすべきことがある。

馬で戻ったペーンが城門を抜ける頃には、満月が高くのぼっていた。長い夜だった。村への訪問は無駄足に終わった。あそこにいた誰かが城の使用人だったとしても、それを認める者はなく、ラムズフェルド城で働きたいという者はひとりもいなかった。農奴であれば城へ来るよう命じられたかもしれないが、農奴はレジャーが亡くなるずっと前にラムズフェルド城を逃げだしたと聞いている。村人は皆、自分たちは自由人で、何をしようが城の農地の面倒さえ見ていればいい小作人だと主張した。ほかに案も浮かばず、ペーンは村をあとにしてジャーヴィル城へ向かった。城を清掃して機能させる使用人が必要である以上、自分がどこかから調達してこなければならない。

ペーンは長い道のりを経て両親を訪ね、食事の席で父に状況を説明し、また馬に乗ってここまで戻ってきた。この件はなんとかすると約束してくれた父の言葉が耳に響いている。使用人たちは明日の昼頃にはラムズフェルド城に到着するはずだ。こうしてペーンはようやく城に戻ってきたが、今週で一番遅い帰宅になってしまった。

彼は壊れた馬屋に馬を直行させた。寝藁を敷いてやり、長旅のあとなので多めに餌を与えてから、あたりが静まり返っているなか、疲れた足を城に向ける。襲撃に目を配る男たちが城壁沿いに立っていなければ、廃墟だと思ったはずだ。これほど静かで人の少ない城は今までの人生で見たことがなく、かえって心を乱された。

さらに気になったのは、出かけるときには正面にあったテントがなくなっていることだ。そのことに気づいたときは胸に不安がよぎったが、アヴェリンが目を覚まして片づけさせたに違いないと思いあたった。城内の火のそばでやすんで、怪我を癒やしているのだろう。

そのほうがいい。アヴェリンがほんのわずかな布を引っかけた状態で大広間の高い天井からぶらさがっていたときのことを思いだすと、心臓が締めつけられる。あの光景のせいで十年は寿命が縮まった。思い起こしただけで気分が悪くなる。さらに動揺したのは、引きあげたアヴェリンの顔を見たときだ。落下の際に顔を打ったのは明らかで、額の切れ目からあふれる血がいくつかの筋に分かれて頬を伝い、巨大な鳥の細長い鉤爪《かぎづめ》にも見えた。最初は死んでしまったのかと怯《おび》えたが、穴から引きあげて腕に抱くとアヴェリンの胸が上下しているのがわかってこのうえなく安堵した。テントの準備が整って、なかに毛皮の寝床が手早く用意されても、彼女をおろしたくない自分に気づいた。

アヴェリンはとんでもない強運の持ち主か、あるいは不運の持ち主のいずれかだ。知りあってからのわずかな期間に、火事に遭い、溺れかけ、今度は致命的な転落を経験したが生き延びた。まあ、火事では本当の意味で危険にさらされたわけではなかったとはいえ、それにしても……。

ペーンは頭を振った。結婚して以降のアヴェリンは運に見放されているようだと母は言っていた。義理の娘になったアヴェリンが見舞われた直近の災難の話を聞いて、母が最初に口にした言葉がそれだ。そのあと母は、ペーンのためにアヴェリンが一生懸命仕立てたチュニックを犬が台なしにしたことを話してくれた。運だけではすまされない何かがあるのではないかという思いがペーンのなかに芽生えたものの、絶対的な裏づけがあるわけではなく、単にいろいろな偶然が重なっただけなのかもしれない。

とはいえ、疑念を後押しする事実はいくつかある。たとえば母は飼い犬を愛しているが、言うことを聞いて行儀よくするよう求め、相応にしつけている。飼いはじめてからブーディカとジュノーが何かに襲いかかったことは一度もない。それにもかかわらず母の説明によると、二匹はチュニックに爪を立てて食いちぎっていたという。それからテントのぼや騒ぎの件もある。蠟燭の火は吹き消したと確信を持って言っていたアヴェリンの真剣な顔は今でも思いだせる。彼女の確信が薄れたのは、急いでいて確実に火が消えたかどうか見届けなかったのだろうとペーンが指摘したからだ。

だが今回の出来事は本気で疑わずにはいられない。どんな事情で起こったのかと父に尋ねられたとき、ペーンはまったく説明ができなかった。あの寝室には城を初めて確認しに行った日に父と入っていた。階下からは穴を見あげなかったとしても、問題の部屋に入ればアヴェリンも気づいたはずだ。窓には埃っぽい古びた毛皮がかけられて光がさえぎられていたとはいえ、階下の大広間のほのかな明かりが穴を通して差しこみ、かがり火のように光を放っていたからだ。穴を見過ごしたせいでつまずいて落ちるなどありえない。どう考えても不可能だ。

そう、これほど運が悪い人間はいない。何かがおかしい。妻に今回の出来事について慎重にきいてみよう。そして彼女から目を離さないようにするのだ。それから妻に自分の価値を自覚させるよう働きかけていこう。以前からそうしようと思っていたのに、いろいろあってなおざりになっていた。ペーンを出迎えるように開け放たれた両開きの扉を通って城内に入り、大広間で足を止めてあたりを見まわす。そこに男たちが集まっていた。ひとり残らず床に手足を広げて横になり、嵐のようないびきをかいている。疲れきって深い眠りについている理由は、まわりに目をやればすぐにわかった。自分が不在のあいだに相当な仕事をこなしたからだ。床は何人かで集めてきたに違いない刈られたばかりのイグサで覆われており、その下の床が完全にきれいになるまでアヴェリンが男たちを眠らせなかったのは確実だ。暖炉のかすかな火明かりでは階段の様子はうかがえないが、おそらく修理されて安全な状態に戻ったのだろう。

間違いなくほかにも変わったところがあるだろうが、夜も更けて暗かったので確認するのは朝まで待つことにした。今はただ妻がどこにいるのか知りたい。アヴェリンが回復したことをこの目で確認するまでは安心できそうにない。もう一度床に目を走らせ、二階の部屋に手をつける時間があっただろうかと考えながら階段に視線を向けかけて、大広間の中央のテントに目を留めた。あまりに疲れていて最初は見過ごしたものの、ようやくテントの存在に気づいた。ここにあったのだ。外から運びこまれて、寝ている男たちの真ん中に設置されている。アヴェリンの提案に違いない。

元気があればそれを見て笑いをもらすところだが、それだけの力がなかった。男たちのなかにいながら私的な空間を保つ妻の妙案に頭を振り、大広間の両開きの扉を閉めようとする。そのときになって片方の扉がつかえ、もう片方は完全に蝶番《ちょうつがい》が外れていることに初めて気づいた。どうりで出迎えるように大きく開いていたわけだと思い、明日には修理しようと心に留めて、眠っている男たちのあいだを縫って進んでいった。

彼らが疲れている証拠に、ペーンが床を横切っても誰ひとり身じろぎしなかった。午前中は城壁用に石を集め、午後はおそらく夕方までかけてそれをきれいにして運んでいれば、くたくたになっただろう。

ペーンは誰にもつまずかずにテントにたどり着き、そっとなかに入って足を止めた。大広間は歩ける程度の明るさがあったものの、テント内は真っ暗だ。闇に包まれて顔をしかめ、妻の傷を確認してどんな具合か知るのは無理だと気づいた。それも朝まで待つしかない。ペーンはテントの奥の右端に向かった。ジャーヴィル城への道中と同様、そこに毛皮が敷かれていると思ったからだ。けれどもすぐに床の何かに足が引っかかった。

倒れそうになって小さく悪態をつき、半ば飛び跳ねるようによろめいて隅に着地した。けれども足が毛皮を踏んだとたん、完全にバランスを失って毛皮の上に倒れこみ、激しく体を打ちつけてうなり声をもらした。毛皮はたくさん持ってきていたけれど、それでも圧倒的に不足している。ともあれ妻の小さな体にのしかかって押しつぶしてしまわなかったのだから、よかったと思うべきだろう。しかし彼女が寝返りを打ち、体を丸めてすり寄ってきたので、間一髪だったとわかった。

今夜は体を重ねることを望んでいたのを思いだしたが、それも今となっては叶わず、ペーンは小声でぼやいてチュニックを乱暴に脱いだ。

「旦那さま?」闇のなかから声がして、ペーンは動きを止めた。

「ルニルダか?」床の何かにつまずいたあたりから呼びかける声は、妻のメイドのものに違いない。

「はい、旦那さま。どうしてレディ・アヴェリンと一緒に二階へいらっしゃらないんですか？」

ペーンは凍りついて視線を落とし、暗がりで隣に寝ている人影が誰なのか見きわめようとした。

「ペーン？」ディアマンダの眠たげな声がして、そこにいることが信じられないとばかりに彼女がペーンの脚を撫でる。

彼は悪態をついてはじかれたように立ちあがり、よろめきながら来た道をたどってテントを横切った。自分の勘違いに動転しすぎて、大広間の安全な場所に出るまで謝罪の言葉を口にすることすら思いつかなかった。

男たちをまたぎながら大広間をそそくさと抜け、闇のなかを突き進んでいたので、妻の姿に気づかず、はね飛ばしそうになった。

「あなた？」踏みとどまろうとしたアヴェリンに腕をつかまれると同時に、ペーンも手を伸ばして彼女を支えた。

「ああ。ここで何をしている？」

「帰ってくる馬のひづめの音が聞こえたの。でもあなたがあがってこないから、寝る場所がどこかわからないんだと気づいて捜しに来たのよ」アヴェリンが説明する。

「そうか」闇のなかで手探りされ、手を握られたペーンは息をついて、暗い階段をのぼる妻のあとに続いた。真っ暗な廊下を進むあいだ、ペーンは黙って方向がわかっているアヴェリンに行き先をゆだねた。ほっとしたことに、寝室に着くと暖炉の火のやわらかな光でふたたび視界がきくようになった。明かりがアヴェリンの頭に巻かれた包帯を浮かびあがらせ、ペーンは眉をひそめた。「頭の具合は？」

「大丈夫よ、ありがとう」アヴェリンが小声で答え、それからすぐにきいてきた。「ルニルダが言っていたけど、村に行ったんですって？」

「そうだ」ペーンは室内を見まわし、妻が部屋をきれいにして新しいイグサを敷かせただけでなく、荷馬車から収納箱を持ちこんで古いベッドを運びださせたことに気づいた。レジャーのベッドがひどい状態なのは知っていたが、新しいベッドができるまではそれで間に合わせるしかないと思っていた。しかしアヴェリンは毛皮でふたりの寝床を作ってくれていた。「テントにいると思っていた」ペーンは出し抜けに言った。

アヴェリンが眉をあげる。「いいえ、ディアマンダとレディ・ヘレンのためにもうひとつ部屋を用意する時間がなかったから、男の人たちの目をさえぎれるようにテントを張らせたの。ルニルダも一緒にいるわ」アヴェリンが弱々しくほほえんだ。「あなたがテントのなかでつまずいてみんなを起こしてしまう前に、あなたを捜しに行ってよかった」

ペーンは顔をしかめた。「なかでつまずいて、みんなを起こしてしまったよ。なぜ二階できみと一緒にいないのかとルニルダにきかれて、初めて勘違いに気づいた」

アヴェリンがそっと笑って肩をすくめる。「きっとまた眠りについているわ。一日じゅう働いて疲れきっていたから」そこで言葉を切った。「城で働いてもらえるよう何人かは説得できた？　そのために村へ出かけたのよね？」

「ああ、それで行ったんだが、だめだった。ぼくたちのために働きたいという者はひとりもいなかった。村は貧しいし、この城と変わらないくらい悲惨な状態なんだが。人々はレジャーと略奪者たちに長いあいだ虐げられてきた。父が村人たちの面倒を見るべきだったのにそれを怠ってきたから、誰もが腹を立てて恨んでいる」ペーンはため息まじりに打ち明けた。「それでこんなに時間がかかった。ジャーヴィル城に寄ってきたんだ。父は朝一番にジャーヴィルの村に出向いて、ここで働く新たな使用人の手配をすると約束してくれた。使用人たちはすぐにこちらへ向かうだろうから、昼頃には順次到着するはずだ」

「そう」アヴェリンがうなずいた。「それならよかった。男の人たちは今日もたくさんの仕事を片づけてくれたけど、まだまだすることは残っているから、使用人は大歓迎だわ」妻は足を踏み替えて室内を見まわした。「お腹はすいている？　喉は渇いていない?」

「いや、ジャーヴィル城で食べてきた」

アヴェリンがうなずいて毛皮の寝床に向かう。「もう遅いし、あなたは疲れているみたいだから、質問はやめにしてやすんでもらわないと」

ペーンは妻のあとを追いながら小さくため息をもらした。たしかに疲れているし、アヴェリンも今日はひどい転落を経験した。どちらも体を重ねることができる状態ではないが、それでもそうできればと願わずにはいられなかった。

明日だと自分に言い聞かせながら服を脱ぎ、毛皮の寝床に入ってアヴェリンの隣に横たわった。明日こそは妻と体を重ねよう。

15

アヴェリンが目覚めたときには寝床にペーンの姿はなく、明るい日の光が部屋に差しこんでいた。彼女は眠たげにまばたきをして窓を見やった。昨夜ルニルダに窓を覆ってもらった毛皮が眠っているあいだに取り除かれていた。ペーンが部屋を出る前に外したか、ルニルダが今朝少なくとも一度は部屋に来たということだろう。もの思いに引き寄せられたかのように扉が開き、ルニルダが水を入れたたらいを運んできた。

「お目覚めですね」メイドがにっこりして部屋を横切った。「気分はいかがです?」

「ましになったわ」アヴェリンは少し待って症状を確認してから答えた。ほっとしたことに、昨日の午後から夜にかけて続いていた、頭を金槌で殴られているような痛みが今朝は消えていた。彼女は思わずほほえんで上体を起こした。「ずっとよくなったみたい。ありがとう、ルニルダ。ところでペーンはどこ?」

「夜明けから男の人たちと城壁の作業に取り組んでいらっしゃいますよ」メイドがそう言って、たらいを収納箱にのせた。

アヴェリンは寝床から起きあがって沐浴をしようとそちらに向かいながら、今日の予定を考えた。城にある家具らしいものといえば、持参したこの収納箱しかない。昨日はこれを椅子やテーブルとして利用した。この状況はなんとかしなければ。

城のなかのことは任されているので、きちんと切り盛りしようとアヴェリンは心に決めていた。ジャーヴィルから使用人が到着しはじめる前の朝のうちに村を訪ねてみるのもいいかもしれない。ペーンの話では、略奪者のせいで村はラムズフェルド城と同じくらい苦しい状態にあるという。アヴェリンは貧しい村の状況をいくらかでも改善して感情面でのしこりをやわらげるため、必要なものはすべて村で賄えればと考えていた。

村で買う必要があるのは家具だけではないと、お腹が鳴っているのもかまわず考える。今のところラムズフェルド城には料理人がいない。持ちこんだ食料はあるけれど、長くはもたないだろう。とはいえ、簡単には補充できそうもない。少なくともラムズフェルド城の敷地内では。これまでここで見かけた動物は、到着した際に大広間を寝床にしようと居座っていた雌豚だけだ。残念ながら家畜はそれしかいないらしい。

「ほかの部屋の床の修理を始めてもいいと伝えてきます」ルニルダがそう言って、アヴェリンが使っているたらいの横に着替えの服を置いた。「奥さまが目を覚ますまで金槌を使うのは待つようペーン卿が指示されたんです」驚いて見あげたアヴェリンにルニルダが説明する。

「どれくらい待っているの？」アヴェリンは眉をひそめた。

「午前中の半分でしょうか」ルニルダが愉快そうに答えてから言い足した。「でも待っているあいだも忙しくしてましたよ。レディ・ヘレンが掃除をさせたり、厨房にものを運ばせたりしてましたから」

「午前中の半分」アヴェリンはぞっとして繰り返した。そんなに寝ていたとは思ってもみなかった。「どうして起こしてくれなかったの？」

「眠りたいだけ眠らせておくようにとペーン卿がおっしゃったんです。それが回復を助けるからと」

アヴェリンは小さくため息をもらした。心配りはありがたいけれど、今日じゅうにすませておきたいことが山ほどあるにもかかわらず、午前の半分がもう終わってしまった。

「作業の開始を伝えてきますね。それから服を着るのを手伝います」ルニルダがアヴェリンを安心させてから部屋を出ていった。

アヴェリンはバラの香りがする水と体を清める小さなリネンの布を使って、沐浴に専念した。数分後に背後で扉の開く音がしたが、ルニルダが戻ったのだろうと思って手を止めず、片足を収納箱にのせて布を滑らせた。そのとき肩をつかまれ、彼女は驚いて飛びあがった。振り返ると、ペーンと顔を合わせていた。

「ああ、あなた」驚いて息を切らして言ってから、一糸まとわぬ姿で立っていることに気づき、小さな布を持ちあげて体を隠そうとした。けれども無駄な努力だった。実際、役に立たないどころか、むしろペーンの注意を引いてしまった。いや、ペーンは濡れた布は顧みず、腕をつかんでアヴェリンを引き寄せたので、布を握った両手がふたりのあいだに挟まった。そのままペーンが身をかがめて唇を重ねる。

最初、アヴェリンは身じろぎもしなかった。すっかりあわててしまい、反応できなかったからだ。けれどもペーンは恥ずかしさをすぐに忘れさせてくれた。彼の舌が唇の探求を始めると、アヴェリンはそれに応えて口を開き、かすかな吐息をもらした。すると舌が忍びこんできて、結婚式の夜とようやく夫婦の契りを結んだときに感じたあのほてりと興奮がすぐさま体を満たしていった。アヴェリンは布のことなどあっという間に忘れて手を離し、ペーンの首に両手を滑らせた。彼女は何も身につけていないが、ペーンはきちんと服を着ているのでチュニックの生地とズボンがやわらかい肌にこすれる。それが刺激的だと思っていると、腰に手を添えられて体を押しつけられた。チュニックが敏感になった胸の頂をかすめ、背筋に震えが走る。

唇が離れると今度は首筋をたどられて、アヴェリンは頭を後ろにそらしてペーンの髪に指を絡めた。夫婦の契りを交わしたときのように彼の口が胸までおりてくるかと思ったが、代わりに手が伸びてくる。丸みを帯びた豊かな胸を包まれ、やさしく握られてはっとした。親指と人差し指で愛撫された先端が熱を持って硬くなる。そこでようやくペーンが頭の位置をさげて頂を口に含んだ。

「ああ」軽く歯を立てられ、アヴェリンは吐息をもらした。次の瞬間、胸をやさしく握っていた手がいきなり脚のあいだまで滑りおり、彼女は息をのんで爪先立ちになった。つかの間、押しあてられていた手が奥に滑りこんで、もっともやわらかい部分を探る。アヴェリンは必死にペーンの肩にしがみついた。「あなた?」なじみのある耐えがたいほどの興奮で体がこわばりだすと、アヴェリンはどうすればいいのかわからずに息をのんだ。

ペーンが頭の位置をあげて、わがもの顔にふたたび唇を重ねた。今度は強引とも言えるほど荒々しく舌が入ってきた。同時に秘められた部分に指を差し入れられ、アヴェリンは口をふさがれたまま声をもらした。愛撫に反応して本能的に腰を突きあげる。指を引き抜かれてからさらに奥までうずめられると、ふたたび腰を突きあげた。ペーンの肌に爪を食いこませているのはわかっていたが、与えられる歓びにのまれてどうすることもできなかった。

　夫婦の契りを交わすのに男性の手は不要だなんてヒューゴは本気で言ったのだろうか。たぶん手を使わなくても大丈夫なのだろう。たしかに結婚を完全なものにしたときに夫はそれを証明した。でも、ああ、手は信じられないほどに歓びを高めてくれる。触れられただけで高みへと導かれたとき、アヴェリンは思わず叫び声をあげ、ペーンにぐったりともたれかかった。

　何も考えられずにただ身を震わせていると、抱きあげられて毛皮の上に運ばれた。横たえられ、生まれたままの姿をさらけだしていてもまったく気にならなかった。まぶたが重く感じられてぼんやりしたまま、ペーンがチュニックとズボンを脱ぎ捨てるのを見つめ、背筋を伸ばした夫のすばらしい体格を愛《め》でた。それから彼は毛皮の上に膝をついた。

　アヴェリンの顔を見つめながら片方の足首をつかんで自分の肩にのせ、もう片方を反対の肩にのせる。アヴェリンは彼が何をしているのかわからずに目をしばたたいた。

ヒップの下に手を差し入れられ、毛皮の上で体を引き寄せられて、こわばりを押しあてられる。アヴェリンは困惑してペーンを見つめた。これは母から説明を受けていない。やがて高ぶったものが滑りこんできて、アヴェリンは背中を弓なりにそらした。体の奥まで満たされて、唇から驚きの声がこぼれる。

ペーンに手が届かないので頭の両側のシーツを握りしめると、体を引いた彼にふたたび貫かれた。ペーンがヒップをつかんでいた手を片方離し、アヴェリンの感じやすい芯をやさしく撫でながら身をうずめる。敏感になった体がたちまち反応し、アヴェリンは声をあげて首をよじり、毛皮を覆うシーツに顔を押しつけた。かかとがペーンの肩に食いこむのをどうにかしようと膝を曲げると、片方の足が肩から滑り落ちた。ペーンはそれをつかんで戻そうとはせず、もう片方の足首もおろしてアヴェリンを組み敷き、体重をかけないよう腕で体を支えながら繰り返し突きあげ、今度はふたりの口から歓喜の声がほとばしった。

ペーンが濡れたシーツのごとくぐったりとしているアヴェリンの上からおりて、そばに寄り添い、腕のなかにかき抱く。そして人形を扱うかのように頭の位置を調整して自分が望むとおり胸板にのせた。その仕草がどことなくほほえましくてアヴェリンは口元をかすかに緩めたが、どうしてそう感じるのかは説明できなかった。そして少し前に目覚めたばかりだというのに、あまりに疲れていて深く考えようとも思わなかった。ただまぶたが閉じるに任せ、夫の胸の鼓動に安らぎを覚えながら眠りに落ちた。

次に目を覚ましたときには昼近くになっていて、またしても夫の姿は寝床になかった。それでもひとりでのんびり身支度ができると思い、気にならなかった。アヴェリンは寝ているうちに午前が終わってしまったことすら気にならず、階段をおりながら満面に笑みを浮かべていた。大広間にある暖炉のそばの騒動を目にするまでは。

アヴェリンは階段の途中で足を止め、昨日の夜に設置された真新しい手すりを握って呆然とした。どうやら昨日、大広間から追いだした雌豚が戻ってきたらしい。ルニルダとディアマンダが豚を起きあがらせて外へ出そうとしているが、豚は頑固な性格らしく、今はここで昼寝をすると決めているようだ。追い立てる人間の努力に取りあおうともしない。

アヴェリンは頭を振り、階段を下まで駆けおりて大広間を突っきり、豚をつついて起きあがらせようとしているディアマンダのそばで不安げに手をもんでいるレディ・ヘレンに近づいた。

「ああ、気をつけて、ディアマンダ」ディアマンダのおばが心配そうに声をかける。

「男の人に脅して追い払ってもらえないの？」

「ペーンは昨日、リンゴを使って外へ誘いだしていました」アヴェリンはレディ・ヘレンのそばで足を止めた。

「まあ、アヴェリン。具合はどう？　眠ったら頭痛はやわらいだ？　昨日はひどい痛みに悩まされていたでしょう」レディ・ヘレンが心配事をしばし忘れ、アヴェリンに笑みを向ける。

「おかげさまで、ずいぶんよくなりました」アヴェリンは小声で答えた。

「リンゴは試したわ。でも興味を示さないの」ディアマンダがスカートからリンゴを取りだして雌豚の前に差しだしたが、たしかに今回は効果がないようだ。

「あら、もしかして……」アヴェリンは言葉を切った。豚のまわりを歩いてほんの二、三歩で問題がわかった。「まあ」

「どうしたの？」ディアマンダが興味深げに近寄ってくる。

「残念ながらしばらくは動かせないわ」

「ええっ？　どうして？」アヴェリンの隣に来たディアマンダが雌豚に目を凝らす。

「まあ」

「何？　なんだっていうの？」レディ・ヘレンはそばに来ようとしなかった。

「子豚を産んでます!」ルニルダが歓声をあげてディアマンダとアヴェリンに歩み寄った。

「そんな」レディ・ヘレンが声をあげた。「なかで産むのは困るわ。ここでなんて。どうしましょう」

「奥さま!」アヴェリンが扉のほうを向くと、ペーンの従者が大広間に駆けこんできて、急ぐあまり足がもつれそうになっていた。それでもどうにか転倒せずにそばまで来て、息を切らして報告した。「ジャーヴィル卿夫妻が門を通ってこられたのでお伝えするようにと、ペーン卿がおっしゃってます」

知らせを聞いてアヴェリンは眉をあげた。義父が使用人をよこしてくれるという話は昨夜ペーンから聞いていたが、自分たちも一緒に来るとは言っていなかったはずだ。とはいえ、予想しておくべきだった。ほどなく顔を合わせたペーンの母親が、アヴェリンの頭の傷のことで騒ぎ立て、心配しなくても自分が数日滞在して、具合がよくなるまですべてをこなすつもりだと申しでた。その言葉にジャーヴィル卿はあきらめのため息をつき、息子を捜しにその場を離れた。

「さあ、横になってやすまないと」レディ・ジャーヴィルが先に立って階段から城内へとアヴェリンを促し、レディ・ヘレンとディアマンダがあとに続いた。「おろした荷物をどこへ運ぶか、わたしから使用人に指示を出すから……まあ！」レディ・ジャーヴィルが足を止めて大広間を見渡した。「怪我をしているわりに滑りだしは順調ね」磨かれた床に広げられた、刈ったばかりのイグサに目をやり、新しい手すりをつけて板を取り替えた階段を見あげる。「見違えるようだわ」

「アヴィが転落したあと、ペーンが家臣たちに階段と二階の床を修理するよう指示したの」ディアマンダが伝えた。

「そうなんです」レディ・ヘレンもうなずいた。「それから城内をきれいにしておくよう言い残して、使用人を捜しに出かけました。アヴェリンが歩きまわれるようになるまで、わたしたちが監督していたんです」

「そうだったの」レディ・ジャーヴィルがアヴェリンの額に視線を戻し、眉間に皺を寄せた。「あなたは休んでいてちょうだい。頭の怪我は用心しないといけないわ。それに……」大広間を見渡し、奥の隅にいる雌豚に気づいて言葉を切った。「まあ、戻ってきたのね」

「残念ながらそうなんです。扉が開いているのを歓迎のしるしだと思ったみたいですね」アヴェリンは豚に近づくペーンの母親に続いた。「扉は修理しないと閉まらないんですけど、みんなが作業を終えて閉めようとするまで気づかなかったんです。今日、男の人たちに頼んで直してもらおうと思っていたんですが、遅すぎました。あいにく子豚を産んでいるところなので、しばらくこのままにしておくしかありません」豚の尻のほうにまわりこむレディ・ジャーヴィルを見てつけ加える。

「まあ、本当だわ」レディ・ジャーヴィルがため息をついた。「今はここに置いてあげるべきでしょうね」そう言ってアヴェリンに注意を戻した。「さあ、体を休めて。使用人は何人か連れてきたし、ほかにも荷馬車でこちらに向かっているから、まもなく到着するはずよ。わたしはせっかちで、荷馬車での旅は辛抱できなかったの」

アヴェリンは階段へとせかす義母に抵抗した。実際、すでに一日の半分を寝て過ごしてしまったうえに、したいことが山ほどある。「起きたばかりなんです」自分の言うことに従おうとしない義理の娘に向かってレディ・ジャーヴィルが眉根を寄せるのを見て、アヴェリンは打ち明けた。「それにこんなに気持ちよく晴れる日は珍しいので、少し散歩でもしようかと思っていたんです……頭をはっきりさせるために」最後につけ加えた。

「そう」レディ・ジャーヴィルがにっこりした。「それもいいかもしれないわね。でも何かあるといけないから、ディアマンダを連れていったらどう？　さっきも言ったけれど、頭の怪我は用心しないといけないから」

アヴェリンは答えるのに躊躇した。ディアマンダが来るのは困る。彼女のことは好きだが、本当はこっそり村に行って――。

「すてき。もちろん一緒に散歩に行くわ」ディアマンダが明るく答える。城内で始まろうとしている清掃作業から逃れたい気持ちが顔に出ている。大広間の壁にはこれから漆喰を塗らなければならず、二階の小さめの部屋の片づけがあとふたつ手つかずで、厨房も同様だし、ハーブ園は言うまでもない。こうした雑用をしなくてすむとわかって、ほっとしているのも無理はない。

アヴェリンはどうすることもできずにうなずいた。「それはいいわね」

「じゃあ、いってらっしゃい。もしものときのために、ルニルダにもお供をさせて。わたしはレディ・ヘレンとここで進み具合を見ておくから、散歩を楽しんできてちょうだい」レディ・ジャーヴィルが追い立てた。

ルニルダとディアマンダが歩調を合わせ、先に行くアヴェリンの両側についた。

「どこを散歩するの？」門番の前を通りながらディアマンダが尋ねた。

アヴェリンは唇を嚙み、どう答えようかと思案した。

「アヴィ？」森へと続く小道に向かうにつれて、ディアマンダの歩みが遅くなる。

アヴェリンはため息をついて足を止め、来た道を振り返った。門に立つ男性たちの耳には声が届かないことを確かめてから、大きく息を吸う。「村に行こうと思っていたの」

「なんですって?」ディアマンダが怯えた顔をした。「でも、そんなの――」

「そんなに離れていないでしょう」アヴェリンはなだめた。「昨日ここへ来る途中に通ったけど、全然遠くなかったわ」

「だけど朝食のときにペーンが言ってたわ。村の人たちはジャーヴィル卿にないがしろにされたと怒っていて、わたしたちがここにいるのが気に入らないんだって。村には行くべきじゃ――」

「その溝を埋める一歩を踏みだせればいいと思っているの」

ディアマンダが口ごもる。「どうやって?」

「そうね、城にはまったく家具がないでしょう、ディアマンダ」

「ええ、気がついたわ」少女が皮肉まじりに言った。「座る場所も食べる場所もないし、おまけに――」

「そうなのよ」アヴェリンはうなずいた。「村人を雇って家具を作ってもらったらその問題は解決するし、同時に不信感もやわらぐかもしれない」金髪の少女が確信の持てない顔をしたので、アヴェリンはつけ加えた。「それに食料品を買ってもいいかもしれない。パン屋があればパンを買うとか、エールを造る店の女主人からエールを買うとか。そういうものはまだ自分たちでは用意できないでしょう」

「パンとエール？」ディアマンダが片手をゆっくりお腹にあてた。「もうお昼よね」

「そうですね。なのに奥さまは朝起きてから何も召しあがってませんよ」ルニルダが指摘した。

「そうなのよ」アヴェリンはふたりにほほえみかけた。「だからお金を持ってきたの。何か食べて、城にも買って帰れるように。家具やほかのものも見てまわれるかもしれない。ペーンが言うように村が貧しいなら、この取引は喜ばれるんじゃないかしら」

「取引するものが何もないかも」ディアマンダが主張する。

「どちらなのかは行ってみないとわからないわ」アヴェリンはため息をついて眉をあげた。「一緒に来る？」

ディアマンダが城を振り返り、それからゆっくりうなずいた。「ええ。うまくいかないとは思うけど、確かめてみてもいいかもしれない」

アヴェリンはうなずいて向きを変え、ふたたび歩きだした。天気がよくてあたたかく、村を訪れること自体をこれほど不安に思っていなければ散歩を楽しめたところだ。ペーンが村人は自分たちを恨んでいると言っていたので、歓迎は期待できない。それでも小袋に入れてベルトにつるし、スカートのひだに隠してある硬貨が助けになることを願っていた。

「馬に乗ってきたほうがよかったかもしれないわね」

考えごとをしていたアヴェリンは、ディアマンダの声でわれに返り、あたりに目をやった。馬の足でなら村はすぐ近くに感じたが、歩くとなるとやや距離があった。それでも長い道のりというほどではない。ディアマンダはジャーヴィル城で少しばかり甘やかされてきたのだろう。常に使用人がなんでもしてくれるので、さほど歩くことがなかったのではないだろうか。

「もうそれほど遠くないはずよ、ディアマンダ。この角を曲がったらすぐだと思うわ」

ディアマンダが疑わしそうに鼻を鳴らしたが、角を曲がってみると村に入っていたので、〝あら〟と小さな驚きの声をもらした。

村は小さく、豊かには見えなかった。けれどもそれはアヴェリンも予想していた。予想外だったのは貧しさの度合いだ。村とその住民はレジャーの統治のもとで相当苦しんできたらしい。予定していた計画を実行に移すのは考えていたより難しそうだ。

「あんまり歓迎されてないみたい」村外れに立ち並ぶ小さなあばら屋の外に集まって

ひそひそ話す女性たちのほうに向かいながら、ディアマンダがアヴェリンに身を寄せた。女性たちはあからさまにこちらをじろじろ見ていて、その表情は冷たく疑念に満ちている。「あの人たちに話しかけたりしないわよね？」

少女の怯えた声に、アヴェリン自身も臆病になってうなずいた。「ええ、村の中心まで行きましょう。そこなら力になってくれる人がいるんじゃないかしら」

ディアマンダが同意とも否定とも取れる声を出した。「ほんとにこうするのがいいと思う？」

「ええ」アヴェリンはきっぱりと答えたが、内心では不安が芽生えつつあった。ひらめいた当初は名案に思えたものの、村人とすれ違うたびに無言の怒りを向けられていると、自分の計画がうまくいくのかどうか疑問に思えてくる。村の中心に着いたときには、少なくとも言葉で攻撃されずに村から出ることができるのかどうかさえ心配になりはじめていた。

16

「わたしたち、つけられてるわ」ディアマンダが神経質そうに振り返りながらささやいた。

アヴェリンは振り返らなかった。歩くにつれて、あとに続く人々が増えてきていることには気づいていた。それがうわべだけの自信が揺らぎはじめた理由のひとつでもある。

足を止めればそれがきっかけで後ろの人たちが実際に行動に出たり何か言ってきたりするのではないかと恐れ、アヴェリンはかすかに焦ってあたりを見まわした。村の外れでは小さな田舎家の前しか通ってこなかったが、中心のここにはそれより大きな藁ぶき屋根と壁土の家や商店がいくつかある。一番大きい建物には看板がかかっているものの、あまりに色あせていて、読めるのは〝宿〟という文字だけだ。

胸に安堵がこみあげ、アヴェリンはそちらに向かって落ち着いて歩こうとしたが、残念ながら小走りになってしまった。

薄暗い建物に入って背後で扉が閉まると、三人ともほっと息をついた。けれども安心できたのも、暗がりに目が慣れて周囲の様子がはっきり見えるようになるまでのことだった。三人は明かりがふたつあるだけの中規模の部屋に立っていた。大きい架台式テーブルが二台、部屋の両側に据えてある。奥の正面に扉があり、おそらく厨房へつながっているのだろう。部屋には全部で六人の男性がいて、五人の客はふたつのテーブルに分かれて座り、宿の主人とおぼしき男性が奥の扉の前で腕組みをして喧嘩《けんか》腰で立っている。ひとり残らず強い反感のこもった目で、うさん臭そうに三人を見つめていた。

アヴェリンはため息をついた。彼女たちが城から来たのだと誰もが知っていることは明らかだ。徒歩で来たことからもわかるだろうし、格好からしてそうだ……少なくともディアマンダの高価なドレスは……アヴェリンは心のなかでそう言い直した。自身のドレスは村人たちの身なりにかなりうまく溶けこんでいることに気づいて顔をしかめる。生地は掘り出し物の高級品だが、ほとんどの村人が着ている服と同様に黒っぽくて味気なく、体に合っていなかった。

アヴェリンは背筋を伸ばし、こちらに向けられている無言の視線には取りあわずに、ディアマンダとルニルダを右側の空いている席に連れていった。ふたりは座ったが、アヴェリンは座らなかった。待っていても注文を取りに来てもらえないのではないかと思ったのであえて座らず、ディアマンダとルニルダに飲み物のほかに何か食べたいかどうか尋ねた。ここに来るまでは空腹を訴えていたにもかかわらず、ディアマンダは首を振った。どうやら食欲をなくしたらしい。ルニルダもいらないと答えた。アヴェリンはうなずいて宿の主人のもとに向かいながら、にこやかな笑みを顔に張りつけた。

彼女が近づいていくと主人の目に驚きが浮かんだが、それだけだった。アヴェリンが正面に立っても、何が欲しいかきこうともしない。自分たちがここにいることが本当に気に食わないらしいと内心でため息をつき、アヴェリンはさらに笑みを大きくした。「三人分の……」言葉を切ってほかの客に目をやり、ほとんどが同じミートパイ《パスティ》を食べていることに気づく。ここで出される食事のなかで一番おいしいに違いないと思い、手前の男性を指さして注文を終えた。「この人が食べているのと同じものを三人分と、蜂蜜酒を三杯とエールを一杯、お願いするわ」

アヴェリンは宙に漂う悪意にはまったく気づかないふりをして、もう一度晴れやかな笑みを見せてからディアマンダとルニルダのもとに戻った。隙を見せれば食事の提供を断られるかもしれない。アヴェリンは息を詰めて主人の反応を待った。ディアマンダとルニルダのあいだの狭い隙間に身を滑りこませてもまだ、主人は先ほどと同じ場所でためらっていた。けれどもしばらくしてから、いらだたしげに息を吐き、背を向けて厨房に入っていった。

アヴェリンはゆっくりと息をついた。ともかく叩きだされなくてほっとした。

三人は無言で注文した品が来るのを待った。長くはかからなかった。ほどなく主人が戻ってきて、目の前に乱暴に飲み物を置いた。

「どうして四杯も飲み物を頼んだの？」主人が厨房に戻ると、ディアマンダがきいた。

「蜂蜜酒とエールを両方飲んでみたかったからよ」アヴェリンはそれ以上説明せずに蜂蜜酒を慎重に口に含み、酸味を感じたり、いやな味がしたりしないとわかって肩の力を抜いた。食べ物や飲み物を楽しもうとする気持ちをそいでやろうと主人に何か入れられるかもしれないと半ば覚悟していた。もちろん、食べ物はまだ来ていないけれど。アヴェリンは自分に釘を刺して蜂蜜酒を置き、今度はエールを試した。

液体が口内を満たしたところで動きを止める。蜂蜜酒はありきたりの味だったが、エールはおいしい。見事な出来だ。

「このエールは誰が造っているの？」アヴェリンはパスティを手に戻ってきた主人に

きいた。

「おれだ。それがどうした?」

アヴェリンは主人の周囲を見渡し、厨房の扉のそばに立ってこちらを冷ややかに見つめている女性に気づいた。主人の妻だろう。扉からこっそりのぞこうとしたところで、こちらの問いかけが聞こえて出てきたに違いない。

「おいしかったわ」アヴェリンは真剣な顔で答えた。「このエールはとてもよくできている。これまで飲んだなかでも最高の部類に入るくらいよ」何かを企《たくら》んでいるのではないかと疑うように女性が表情をこわばらせたので、アヴェリンはつけ加えた。

「蜂蜜酒も充分おいしいけど、エールほどではないわね」

正直な感想を受け、お世辞を言って何かしようとしているわけではないと納得したらしく、女性はこわばらせていた表情を緩めてうなずいた。「その蜂蜜酒は最高の出来じゃない。いつもはもっとおいしいよ」

アヴェリンはその言葉を信じてうなずいた。「名前をきいてもいいかしら?」

女性はためらってから、早口で短く言った。「エイヴィス」

「ありがとう、エイヴィス。わたしはアヴェリンよ」アヴェリンはかすかにほほえんだ。「蜂蜜酒とエールの両方を大量に造ることはできる?」

エイヴィスが目をしばたたいて用心深く答える。「やろうと思えばできるけど」

「それならお願いしたいわ。できるだけたくさん造って、城に届けてほしいの」

エイヴィスは躊躇した。おそらく、とっとと失せろと言えるだけの金銭的余裕が自分たちにあるのかと、心のなかで葛藤しているのだろう。けれどもアヴェリンがそれぞれの飲み物ひと樽につき、いくら払いたいと思っているかをつけ足すと、エイヴィスは動きを止めて目を見開いた。

沈黙のなか、アヴェリンは返答を待ったが、声が出なくなるほどエイヴィスを驚かせてしまったらしい。村は貧しくて充分な金銭を払ってくれる人がおらず、アヴェリンが申しでた額が途方もない大金に聞こえたに違いない。けれどもそれは相応な金額で、お金で恨みを帳消しにしようとしていると誤解されないよう女主人にきちんと伝えた。提示した額は母がまれにそうしたものを買うときに支払う金額よりも少ない。ストラウトン城にはエール醸造職人がいたので、結婚式のような儀式でもない限り買い足す必要はなかった。

「引き受けてもらえないかしら?」あまりに沈黙が続くのでひどく気まずくなり、アヴェリンは切りだした。

「もちろんやりますよ」主人のほうが答え、妻もようやくうなずいた。主人も今は笑みを浮かべんばかりだ。

「ありがとう」アヴェリンは小声で言った。けれどもそこで、エイヴィスが扉のそばでためらっていることに気づいた。早く仕事に戻りたいが、ききたいことがあるとでもいうように足を踏み替えている。

「これからも定期的に必要なんですか?」エイヴィスがやっと口を開いた。「それともお祝いごとがあるとか——」

「定期的に欲しいの」アヴェリンは請けあった。「今のところ、エール造りをお願いしている人はいないから」

エイヴィスが目を見開いてかすかに呆然とし、何度もうなずいてから、きびすを返して厨房に駆けこんでいった。主人も急いであとに続く。アヴェリンはパスティをつまみ、ゆっくりかじった。

「これもとてもおいしいわ」最初のひと口をのみこんでから、ディアマンダとルニルダを促す。

ふたりとも周囲からの視線にさらされて明らかに居心地が悪そうだったが、気が進まない様子ながらも食べはじめた。アヴェリンたちに対する宿の夫婦の態度はやわらいだものの、ほかの男性たちはいまだに反感を隠そうともせずにじろじろ見ている。

そのせいで気まずい食事になったが、アヴェリンには怯えてそそくさと去るつもりはなかった。それでも食べ終えたときには、怖くなって逃げだしたと思われない振る舞いで店を出ることができてほっとした。

アヴェリンが店から一歩出ると、先ほどあとからついてきていた人々がまだそこにいるだけでなく、さらに人が増えていた。ディアマンダとルニルダが身を寄せてきたのを感じたが、アヴェリンはちらりと見ただけで、パンを売っているとおぼしき店に向かった。店に入ってもまったく気を抜けなかった。集まった人々は店内までついてきて、店の表側の狭い空間に入れるだけ入り、残りは開け放した扉の近くに固まった。

足を踏み入れる際に店の看板は見あたらなかったし、扉のあたりで騒ぎが起きたらどうしようかと思っていたところに、とげとげしい声が聞こえてきた。「おい、おまえら、道を空けろ。ここはおれの店だぞ」アヴェリンは肉づきのいい小柄な男性が店に入ってくるのを見つめた。その怒った顔を見ればひどい言葉を浴びせられることは想像できたので、男性がようやく店の奥に行き着いて着衣を整え、にらみつけてきても驚きはしなかった。「おれはエイヴィスじゃない。だからあんたが彼女にしたみたいに金をちらつかせて取り入ろうなんて考えるなよ。さあ、出ていってくれ！」

アヴェリンは村人のあいだに同意のささやきが広がるのを身じろぎもせずに聞いて

から、平然とうなずいた。「わかったわ」

ディアマンダとルニルダは戸口に向かいかけたが、アヴェリンがその場を動かないことに気づいて立ちどまった。

ふたりがしぶしぶ振り向いたところで、アヴェリンは言った。「でも伝えておくべきだと思うから言っておくわ。あなたにどう思われようが、わたしはまったくかまわない。エイヴィスには、エールと蜂蜜酒を二百人の兵士と使用人にたっぷり行き渡るだけ頼んだの。あなたにも同じ量のパンを注文しようと思っていたのに」どれほどの量を求められているのか理解した店主の顔を見て、アヴェリンは胸がすく思いだった。

「二百人？」店主が消え入りそうな声できき返す。

「ええ。かなりの量だということはわかっているわ。でも腕のいい村の女性たちに頼めば、自宅でいくらか作ってもらえるんじゃないかしら。あなたも助かるし、女性たちも家計の足しにできるでしょう」店主だけではそれほど大量の注文をさばけないと承知のうえで指摘した。「正直に言って、あなたの態度は理解できないわ。わたしはレジャーでもジャーヴィル卿でもなく、城の新しい女主人にすぎない。そして近くにあるほかの町や村にお金を落とさずに、商売をする必要がある自分の村の人たちから必要なものを買おうとしているのよ。あなたが愚かにも自尊心のために稼ぎのいい話を断るというなら……」

アヴェリンは肩をすくめて背を向け、扉のそばで待つルニルダとディアマンダのほうに歩きだした。二歩も行かないうちに店主の声がした。「待ってくれ」

アヴェリンは力が抜けるほど安堵した。けれどもまわりの目を意識してどうにか感情を隠しながら店主に向き直り、こちらの要望を伝えた。アヴェリンが手早く交渉していると、ディアマンダとルニルダもそこに加わった。次にアヴェリンが背を向けたときには、店主はポケットの硬貨をじゃらじゃらいわせて、にっこりしていた。

アヴェリンがルニルダとディアマンダを促して扉へ向かうと、群衆は即座に黙って道を空けた。アヴェリンは扉を出たところで足を止め、おびただしい数に増えた顔を見渡した。あまりの人だかりにほかの店がよく見えず、次にどこへ向かえばいいのかわからない。彼女はためらってから声をあげた。「このなかに大工はいますか?」

人ごみのなかからいくつか手があがったが、ひとりの男がわざわざ手をあげないまま歩みでて、アヴェリンにうなずきかけた。「おれが親方だ」

「あの宿の架台式テーブルを作ったのはあなた?」アヴェリンはしばし間を置いてから尋ねた。かなり頑丈なテーブルでありながら簡単に折りたためそうで、脚には彫刻が施されるなど細部にまで気が配られていた。

「ああ」親方が驚いた顔をする。

アヴェリンはうなずいた。「お願いしたいことがあるんだけど、それには人手がいるの」

「必要なら手はある」彼はアヴェリンの話を本気だとは思っていない様子で、平然と答えた。

アヴェリンは内心で肩をすくめて告げた。「新しい架台式テーブルが欲しいの。二百人の兵士と使用人が座れるだけの。もちろん長椅子と、もっと大きなテーブル用に椅子四脚も。あと暖炉のそばにも四脚……いいえ、暖炉のそばには六脚にするわ」頭のなかで計算しながら訂正した。ジャーヴィル卿夫妻はおそらく頻繁に訪ねてくるだろうし、ディアマンダとレディ・ヘレンがどれくらい滞在するつもりなのかもわからない。六脚にしておくほうがいいだろう。「大きいベッドも三台必要ね」そこでふたたび口ごもる。これまでにいくら費やしたのだろう。各寝室にも椅子を用意する余裕はあるだろうか。暖炉のそばで髪を乾かすときに座れる椅子がひとつあるとすてきだけれど。夫婦の部屋に二脚あれば、寒い冬の夜にはふたりで火のそばに座ることもできる。ひそかに肩をすくめ、そうした椅子も買おうと決めた。自分のお金もある。両親はいつだって娘に甘く、ものをいっぱいに詰めた収納箱に硬貨を忍ばせてくれていた。「寝室用に椅子をあと六脚と、小ぶりのテーブルもいくつか欲しいわ」

アヴェリンが言い終えると、しばらく完璧な沈黙が流れた。やがて親方が咳払いをし、苦しげに認めた。「ここに住む仕事ができる者をかき集めても、そんな大量の家具は大きな村と同じように速くは作れな――」

「それはわかっているわ」アヴェリンは親方の正直な返答に感心した。ほかの大工ならこの仕事がもたらす儲《もう》けを計算して、実際はできないにもかかわらず、できると即刻請けあっただろう。アヴェリンは大勢に聞こえるようにはっきりと話した。「できる範囲で急いではもらいたいけど、待ちたいと思っているわ。この仕事の利益はここに、わたしたちの村にもたらしたいから」

親方がゆっくりとうなずく。「何からお望みですか、奥さま」

「テーブル、それからベッド、次に椅子、そして小ぶりのテーブルね」そう答えて人だかりを見渡した。その場の空気が変わったのを感じる。全員の信頼を勝ち取ったわけではないけれど、人々の心は揺れている。アヴェリンは顔をあげた。「ここに薬草を分けてくれる食料雑貨店の人はいるかしら?」

「ああ、アヴィ! すごかったわ!」夕方、村を出る頃には、ディアマンダはすっかり感激していた。

「上出来だったわね」アヴェリンはにっこりした。村での成功で気分が高揚している。たしかに出だしはうまくいかず、こんなことをしたのは大きな間違いだったかとしばらく不安だったが、最終的にはうまくいき、彼女は大満足していた。

「ほんとに感動したわ」ディアマンダが続けた。「あんな勇気をどこからかき集めたのかわからない。パン屋で店主にひどいことを言われたとき、立ち向かっていったじゃない。すぐさま怒鳴って、愚かだとまで言ったんだもの」目を見開く。「わたしにはあんなことを言う勇気なんて絶対ないわ」

アヴェリンはまばたきをした。「怒鳴る?」

「そうよ」ディアマンダが片方の腕をアヴェリンの肩にまわし、興奮した様子で抱き寄せた。

「まさか」アヴェリンはかぶりを振った。怒鳴った記憶はなかったので、メイドに目を向けた。「怒鳴ったりしていないわよね?」

「魚売りみたいでした」ルニルダが誇らしげに断言する。

ぞっとしてメイドを見つめるアヴェリンの姿に、ふたりは吹きだした。

「見事だったわ!」ディアマンダが請けあった。「わたしも結婚したらあなたみたいになりたい」

アヴェリンは思わず笑いそうになってしまった。長いあいだ無力だと感じ、別の誰かになりたいと願ってきたので、自分のようになりたいと言われるのはかなり違和感がある。とはいえ、今日は自分でもよくやったと思えた。もしかすると災難をもたらす出来損ないの妻ではないことがようやく証明できるかもしれないと、期待に胸をふくらませた。

成功に感情が高ぶり、ディアマンダのあからさまな称賛にも元気づけられて、アヴェリンは気分よく城に戻ってきた。けれども大広間に入ったとたん、気持ちがしぼみはじめた。

「おかえりなさい！」レディ・ジャーヴィルが出迎えた。喜びに顔を輝かせ、見違えるようになった大広間を手で示す。「どうかしら？ ずっとよくなったでしょう？」

「これは……」アヴェリンは大広間の中央を埋めつくす架台式テーブルと長椅子を見つめた。それから暖炉のそばにまとめられた椅子に目をやり、幸せな気分が堀からもれる水のように流れだしていくのを感じて力なく頭を振った。「家具を運んできたんですね」

「ええ、使用人と一緒に荷馬車に乗せてきたの。驚かせようと思って言わなかったのよ」義母の笑顔がいくらか薄れた。「うれしくないの？　あったほうが快適だと思ったんだけれど……ほら、ここには家具がひとつもなかったから」

「ええ、たしかに」自分がどれほど失礼な態度を取っているかに気づき、アヴェリンは急いで言った。「すてきだわ。ずっと快適に過ごせそうです」

「でもちょうど村へ行って、そこで家具とか、いろんなものを手配してきたばかりなのに」ディアマンダが不満げに口を挟んだ。

「村だって？」

アヴェリンが振り返ると、ジャーヴィル卿とペーンが入ってきたところだった。ふたりとも顔をしかめている。

「村に行ったのか？」ペーンが問いただした。「厄介ごとに巻きこまれていたかもしれないんだぞ。言っただろう、村人はぼくたちに対していい感情を抱いていないと」

「奥さまは立派に対処なさいました。お母さまも誇りに思われたはずです」ルニルダがきっぱりと言う。

「そうよ」ディアマンダが加勢した。「パン屋の店主に失礼な態度を取られたときなんて、アヴィも同じ態度でやり返して、魚売りみたいに怒鳴ったんだから」

ディアマンダとルニルダが村での冒険談でみんなを楽しませているあいだ、アヴェリンは内心でうなりながら目を閉じていた。そのあとに沈黙が続いたので、彼女が息をついて目を開けると、全員がこちらを見つめていた。「もちろん、注文は取り消してきます。家具も――」

「その必要はない」ジャーヴィル卿がきっぱりと言った。「村人との関係修復のために今日きみがしてくれたことは、わたしがいくら話をしても成し遂げられなかったことだ。ここにある家具は村の大工が新しい家具を仕上げるまで置いておいて、それからジャーヴィル城に戻せばいい。どのみち向こうも家具がなくてかなりがらんとしているのだから」

「それにパン屋で注文したものと、食料雑貨店に頼んだ薬草も大歓迎よ」レディ・ジャーヴィルが確固とした口調でつけ加える。「パンを届けてもらえば、料理人がこちらに慣れていろいろと手配するまでの負担が減るし、当然ながらハーブ園は手つかずですもの」晴れやかにほほえんだ。「あなたのお手柄ね」

アヴェリンは城に戻って配置されたばかりの家具を見て以来、沈みつづけていた気持ちがようやく持ち直すのを感じた。なんだかんだいってもうまくやり遂げたのだ。アヴェリンは夫にそっと視線を向けた。ペーンは感心し、誇らしげな顔で褒めてくれるに違いない。自分はこれまで数々の惨事を引き起こしてきたけれど、今回は彼も心を打たれてやさしい言葉をかけてくれるはずだ。だがペーンは言葉をかける代わりにリンゴをくれた。父親と入ってきたときから手にしていたリンゴで、それを見つめてためらってから差しだしてきた。

アヴェリンは困惑しながらも受け取ったが、そのあとヒップをぽんと叩かれて息をのんだ。

「よし」ペーンは力強く言ってもう一度アヴェリンのヒップを叩いてから、父親とともにテーブルのほうに歩いていった。

アヴェリンはあっけに取られて夫の背中を見送った。ディアマンダとルニルダとレディ・ジャーヴィルも同じだ。全員がペーンの頭に突然角が生えてきたかのように見つめている。ほどなくレディ・ジャーヴィルがアヴェリンに向き直った。「その……新しく来た料理人に顔を見せに行って、飲み物の用意がないかどうか、きいてみたらどうかしら？　三人とも戻ったばかりだし。わたしは息子と話してくるわ」

レディ・ジャーヴィルがテーブルのほうへ歩いていくのを見送ってから、アヴェリンはディアマンダとルニルダと連れ立って厨房に向かった。大広間を半分進んだところでイグサが乾いた音をたてるのを聞き、部屋の隅に目をやって豚のことを思いだした。母豚はまだそこにいた。ペーンの従者のデイヴィッドがそばで目を丸くして見つめている。

何にそんなに興味を引かれたのか気になって、アヴェリンはすぐさま少年のほうに足を向けた。ルニルダとディアマンダもついてくる。

「まあ、見て」デイヴィッドのそばに来たディアマンダが、少年が見つめていたのが産まれたばかりの子豚だと知ってやさしい声を出した。母豚は何匹も子豚を産んでいた。

「赤ん坊を産んだんです」デイヴィッドがわかりきったことを言う。

「そうね」ディアマンダがにっこりした。「かわいいと思わない？」

アヴェリンはその言葉に口元を緩めた。大きな目をして耳の垂れた子豚たちが小刻みに震えながら、互いの体を乗り越えて母豚の乳房を求めて争っている姿は実に愛らしい。子豚が戯れる様子を見つめるうち、小柄な一匹が乳を飲もうとしては押しのけられて順番を逃していることに気づき、彼女は眉根を寄せた。

「あの子が一番弱いんだわ」ディアマンダが言う。アヴェリンの視線がどこに向けられているのか気づいたらしい。

「そうね」アヴェリンはささやいた。かわいそうな子豚はあきらめずに果敢に争っているものの、ほかの子豚より力が弱いので、何度頑張ってもきょうだいたちのように力ずくで母豚の乳にありつくことができない。アヴェリンは顔をしかめた。「懸命に戦っているわ」

「ほんとね」ディアマンダが悲しげに相槌を打つ。乳にありつけないなら、闘志があろうがなかろうがたいした違いはないとわかっているのだ。

残念ながらディアマンダは正しいとアヴェリンは思った。「レディ・ジャーヴィルが持ってきてくれた食べ物のなかに、子豚にやれるようなものはあるかしら」

ディアマンダがそう聞いて元気を取り戻した。「見に行きましょ」

アヴェリンはうなずいてその子豚を抱えあげた。胸に抱かれると子豚は身をすり寄せてもがき、彼女は小さな体のぬくもりに思わずほほえんだ。なだめようと軽く撫でて、やさしく話しかける。「大丈夫よ、おちびさん。お腹がすいているのよね。食べられそうなものを見つけるわ」耳をそっとかいてやる。「あなたのことはサムソンと呼ぶわね。大きくて強い子に育てあげるつもりだから」

「毛は剃っちゃだめよ（旧約聖書に出てくる怪力の持ち主のサムソンは、髪を剃ってはならないという戒めを敵に知られたせいで力を失う）」ディアマンダがからかって子豚を撫でた。それからアヴェリンの背後を見てふいに顔をしかめる。

「あら、ヘレンおばさまが来るわ。子豚の世話をしてお乳をやろうとしてるなんて知ったら、きっと大騒ぎよ」

「厨房に連れていったほうがよさそうね」アヴェリンは子豚をこっそり脇に抱えて進んだ。ディアマンダにルニルダ、そしてデイヴィッドまでついてくる。扉近くまで来たとき、アヴェリンはきいた。「レディ・ヘレンはどうしてそこまで豚が嫌いなの？」

「嫌いなんじゃなくて、怖いのよ」ディアマンダが説明した。「小さい頃に嚙まれて以来、ずっと怖がってるみたい。厨房に連れていく途中で捕まったら、お説教されちゃうわ」

アヴェリンはそう聞いて少し心配になったが、ラムズフェルド城は自分の家だということを思いだした。ここではアヴェリンが女主人なのだから、どう振る舞おうが彼女に説教する権利は誰にもない……ペーンと……ジャーヴィル卿夫妻は別だけれどと、アヴェリンは顔をしかめて訂正した。とはいえこちらが決めたことに対してレディ・ヘレンにあれこれ騒ぎ立てられたとしても、決して失礼な態度は取らないようにしよう。礼儀正しく自分自身の立場をはっきりさせればいい。

「いったいどういうこと？」

父とエールを楽しんでいたペーンは顔をあげ、テーブルの向こうに立つ母を見て目をしばたたいた。母は腰に手をあて、かなりおかんむりらしい。「なんの話です？」

「リンゴよ。それからヒップを叩いて、〝よし〟と言ったでしょう」レディ・ジャーヴィルがいらだたしげに答えた。

ペーンは目をしばたたいた。「妻を褒めたんです」

「あれで褒めたつもり？」母が信じられないという顔になる。

ペーンは肩をすくめた。「ミッドナイトにはそうしています」

「ミッドナイトは馬でしょう！」母がぴしゃりと言い返すのを聞いて父が吹きだし、口に含んだばかりのエールが飛び散った。

ペーンは居心地が悪くなって身じろぎした。ほかの方法でも妻の自己評価を高めなければと思ってはいたが、正直に言ってなかなか難しく、いまだに名案は浮かんでいない。これまで妻を持ったことはないし、馬を褒めたり従者に自信をつけさせたりするときは、馬にはリンゴをやって尻を叩き、従者の少年には〝よし〟か〝よくやった〟と声をかけている。そう説明すると、母の腹立ちは少しはおさまったようだった。

「つまり、いとこのせいでアヴェリンが自分をだめな人間だと思いこんでいることには気づいていたのね」母がほっとした様子で言う。

「ええ。でも彼女がうまくやったときに褒める以外、どうすればその思いこみを変えられるのかわからないんです」ペーンは白状した。

いいわ」

「そうね」レディ・ジャーヴィルが態度をやわらげた。「話をすることから始めると

ペーンはむっとして目をくるりとまわした。「話ですか。女性はいつだって話せばことを修復できると思っているらしい。鋭い剣のほうがずっと手っ取り早く効果的に問題を解決できることが多々あるというのに」

「でもアヴェリンが自身に抱いているみじめな印象をあなたがぬぐい去ってやれないのなら、彼女はわたしと同じ女性なんだし、わたしの言うことを試してみるべきじゃないかしら」レディ・ジャーヴィルが皮肉まじりに返した。「アヴェリンの頭にみじめな自分の姿を植えつけたのは、長いあいだ投げつけられてきた辛辣で心ない言葉よ。だから時間をかけて、心をこめて褒めてあげれば払拭できるかもしれない。一緒に過ごす時間を持つのもいいわね。ふたりで散歩をするとか、夜にチェスを楽しむとか、そういうことよ。さあ、わたしは村から届くものについて料理人と話をしてくるわ。まだこんなにあわただしい状態だから、届けてもらえればずいぶん楽になるでしょう。村に行くなんて、アヴェリンも気がきくわね」

ペーンは立ち去る母を見送ってから不満げに息を吐いた。「時間をかけて、か。いとこに植えつけられた劣等感を取り除くのに何年もかけるのはごめんです。アヴェリ

ンには自分は気がきいて、美しくて、有能だとすぐにもわかってほしいものだ」

「ふむ」父が理解を示すようにうなずいてから顔を輝かせた。「それならわたしも力になろう。ふたりで褒めれば、時間を短縮できるかもしれない」急に立ちあがった父にペーンは目を向けた。「今すぐ、そして今後も褒めてやろう。今日の午後、村で彼女がどれほどうまくやり遂げたかを」

ペーンはアヴェリンを捜しに厨房へ向かう父を見ながら考えた。父に言われて、ある案が頭に浮かんだ。ふたりで褒めれば、間違っているのはいとこのほうで、妻にはすばらしい価値があるとより早く気づいてもらえる。それならもっと多くの人が褒めれば、もっと早く効果が出るかもしれない。たとえばここにいる兵士と使用人が丸ごと加われば……。

ペーンはやにわに立ちあがった。みんなに話して聞かせなければ。

17

「サムソンを抱いてもいいですか？　落とさないと約束します」

アヴェリンはペーンの従者のデイヴィッドを見おろして、そのひたむきな表情に口元をほころばせた。連れてまわるようになって何日かすると、この少年を愛おしく思うようになっていた。

アヴェリンが思いきって村を訪ねてから一週間が経った。あの訪問がうまくいった翌日から、デイヴィッドをつき添いとしていつも同行させていた。デイヴィッドはペーンについて作業中の城壁のそばにいたとき、動きがぎこちないせいで大きな石につぶされそうになった。その夜、夫から城壁の修復が終わってもっと危険の少ない作業に移るまで、少年を見ていてくれないかと頼まれた。アヴェリンはすぐに快諾した。どんなにささいなことでも夫の役に立てるのがうれしかった。それ以来、デイヴィッドは彼女についている。

先週のことをゆっくり思い返してみると、概していい一週間だった。ペーンの両親は結局、到着してから数日滞在しただけだった。アヴェリンの怪我が城を切り盛りできないほど深刻ではなく、実際彼女はうまくまわしているとレディ・ジャーヴィルが認めたからだ。その最後の部分は褒められているのだとわかって、アヴェリンは泣きそうになった。レディ・ジャーヴィルはアヴェリンの能力を信じてくれている。アヴェリン自身が信じられなくても。とはいえその気持ちも、ひとつひとつ成功を重ねるうちに変わってきているのを感じていた。一日ごとに自信がつきはじめている。

先週は城の修復に勢いがついたようにも思えた。今や全体がきれいになって、城の扉は修復され、豚の親子たちは場所を移された。けれどもサムソンと名づけた子豚は別だ。元気いっぱいのその子を救うと決めたアヴェリンは、ほかの豚が外に出されてもサムソンは手元に置き、生き延びる機会を与えるためにできる限りのことをした。サムソンは城でずっと暮らすことになり、もっと正確に言うと、アヴェリンとずっと暮らすことになった。アヴェリンに抱かれていないときは自らあとを追い、ピンク色の小さな体をうれしそうに揺すりながらどこへ行くにもついてくる。アヴェリンを母親だと思っているらしく、それがペーンにとってはおかしくもあり、腹立たしくもあるらしい。

今週は夫が突然アヴェリンの存在に気づいたような週でもあった。それまでも完全に忘れているわけではなかったが、今週はわざわざ一緒の時間を作って夜にチェスをしたり、散歩に連れだしたりしてくれた……。口数は相変わらず少ないが、もともとあまりしゃべらない人なのだとだんだんわかってきた。話すよりもうなるほうが多いけれど、ときにはたくさん話すこともある。そうしたときの会話はペーンの考えを知る興味深い機会となり、彼が善良で公平で誠実な人だとわかってうれしかった。

「お願いします」サムソンを抱かせてほしいと言ったことを思いださせようと、デイヴィッドが懇願した。アヴェリンはためらったが降参し、サムソンを少年に差しだした。

「気をつけてね、デイヴィッド。重くなってきているから」アヴェリンは注意した。先週だけでサムソンの体重は倍に増えた。エイヴィスがくれた助言のおかげだ。宿の女主人がエールと蜂蜜酒ができたと初めて城まで届けてくれたとき、アヴェリンはちょうど子豚にどうにか食べさせる方法がないか模索している最中だった。エイヴィスが興味を示し、子馬に関して似た問題があった際に父親が取った策を教えてくれた。彼女の父親は油を塗った布で袋を作り、先端を乳首の形に縫って、それにヤギの乳を入れて飲ませたらしい。母親の乳代わりとしてかなりの成果があったという。

エイヴィスがこの計画の手助けを申しでてくれたので、アヴェリンはありがたく受け入れた。こうして宿の女主人に好意を持つようになり、ふたりは友人になった。そこで今日はさらにいろいろ注文して、大工に家具作りの進捗状況を確認しようと村に出かけたのだが、エイヴィスの助言がどれだけ効果があったかの報告も兼ねて、サムソンを実際に見せようと連れていった。子豚はだんだんふっくらして健康的になり、幸せそうに見えた。

アヴェリンはちょうど戻ったところで、ディアマンダを見つけて村での話を聞かせたくてうずうずしていた。ディアマンダは以前から感じよく接してくれているが、一緒に村へ出かけてからは親友としてかなりの時間をともに過ごすようになり、雑用をこなしながら笑いあったりおしゃべりを楽しんだりしていた。実際、今日も一緒に村に来たがったけれど、彼女のおばが認めなかった。レディ・ヘレンはいまだにまっすぐ縫えないディアマンダに、家に残って裁縫の練習をするよう言い聞かせた。

今頃ディアマンダはひどく退屈しているのではないだろうか。もし彼女が窓からのぞいていたら、城に向かうアヴェリンたちの姿が見えているかもしれない。

「この子、もがいてます」

デイヴィッドに声をかけられ、アヴェリンが笑って視線を落とすと同時に、サムソンが身をくねらせて少年の腕から逃げだした。サムソンは地面におり立つなり、城壁沿いに走りだした。デイヴィッドが叫び声をあげてすぐに追いかけたが、サムソンの逃げ足を速めただけに見えた。デイヴィッドがいつものように足をもつれさせて転倒するのではないかと心配になり、アヴェリンもあとを追った。

案の定、デイヴィッドは追いかけだしてから数分後に転んだ。アヴェリンは頭を振って歩調を緩め、少年に近づいた。夫はデイヴィッドの転び癖をまわりが騒ぎ立てることを嫌う。それがわかっていたので、彼女は黙って少年のそばで足を止めた。よたよたと戻ってきたサムソンが少年のにおいを嗅ぐのを見て、アヴェリンは眉をあげた。

デイヴィッドがくすくす笑いながら四つん這いになり、においを嗅ぎ返している。その光景にアヴェリンは頭を振り、デイヴィッドが立ちあがるあいだにサムソンを抱きかかえた。

「ズボンに土がついているわよ」少年が土を払い落とすあいだ辛抱強く待っていると、きしるような音がして、アヴェリンはふと上を向いた。大きな石が胸壁からこちらめがけて落ちてくる。アヴェリンは恐怖に目を見開いた。一瞬、心臓が止まる。次の瞬間、彼女は叫んで前に飛びだし、デイヴィッドに体あたりして石をよけようとした。

デイヴィッドにぶつかって肩を強打し、痛みにうめき声をあげ、サムソンとデイヴィッドもろとも倒れこみそうになる。アヴェリンがサムソンをつぶさないように放し、デイヴィッドを避けて地面に叩きつけられた瞬間、全身に衝撃が走った。

「大丈夫ですか、奥さま?」

年若くて転ぶことに慣れているデイヴィッドが真っ先に衝撃から立ち直り、アヴェリンのそばに這ってきて顔をのぞきこむ。

アヴェリンが少し息を整えてから上体を起こしてなんとかほほえむと、サムソンがふたりのあいだにちょこちょこと入ってきた。「ええ、大丈夫よ。ありがとう、デイヴィッド。怪我はない?」

「はい」アヴェリンが立ちあがろうとすると、デイヴィッドに手を差しだされたのでつかんだが、実際は自力で立った。支えてもらうにはデイヴィッドは体が小さすぎる。それでも騎士道精神を発揮しようとする少年を拒絶するつもりはなかった。「ペーン卿に叱られちゃう」デイヴィッドがしょんぼりと言ったので、アヴェリンは驚いた。「どうして叱られるの?」彼女は尋ねながら、切石が落ちてきた胸壁に目をやった。ちょうど真上で首を引っこめるディアマンダの姿を目にして凍りつく。金髪の少女はまぎれもなく、切石が落ちてきた場所から身を乗りだして下を見ていて、アヴェリンが見あげたとたんに体を引いた。一瞬遅ければ、アヴェリンは見逃していただろう。

「閣下と一緒のときに大きな石につぶされそうになって、それで毎日城壁を見についていくのを止められたんです。ぼくが死んじゃうかもしれないからって言ってました。従者が死ぬのはひとりで充分だって」心ここにあらずのアヴェリンに、デイヴィッドが自分の存在を思いださせるように言った。

アヴェリンが見おろすと、少年は恐ろしげに目を見開いている。

「これで奥さまとサムソンと一緒にいるのも止められるでしょうか?」

アヴェリンはぼんやりと少年を見つめた。こちらを見おろすディアマンダの姿が心を占めていて、少年の言葉に気持ちを向けるのは難しかった。ディアマンダはあそこで何をしていたのだろう? 本当にたった今、石が落ちてきたのだろうか?

「きっとそうだ!」アヴェリンが黙っているので、少年がみじめな様子で声をあげた。

「お願いですから閣下にこのことを言わないでください。奥さまとサムソンと一緒にいられなくなっちゃう。ぼくはそうするのが好きなのに。どうか閣下には——」

「言わないわ」アヴェリンは少年を安心させようと落ち着いた声を出したが、この一件を胸にとどめておく自分なりの理由があった。少し考えてみなければ。ディアマンダのことは友人だと思っていたが、今はあまりに多くの疑問が頭を巡っている……。

豚肉のにおいがしみついたチュニックのことが脳裏によみがえった。板で殴られて床の穴から落とされたことも。そして今、デイヴィッドもろとも切石でつぶされそうになって……ディアマンダがあそこに、切石が落とされた場所に立っていた。

でもディアマンダは友人だと、アヴェリンは心のなかで反論した。アヴェリンはディアマンダがとても好きだったが、だからといって向こうも本当に好意を持ってくれているとは限らないのだと思うとため息がもれた。それでもディアマンダとの友情のために、この件をペーンに話す前に本人に直接確認しなければならない。

当然ながらアヴェリンも愚か者ではない。ディアマンダが危害を加えようとした可能性がある以上、ふたりきりになって問いただしたりするのはばかげている。大勢がいる場で、会話が聞こえない程度に離れたところできいてみよう。

「ありがとうございます、奥さま」

アヴェリンはデイヴィッドの肩を叩いてサムソンを抱きあげ、門のほうへとせき立てた。門を抜けて何歩か進んでから、門番の存在を思いだした。ディアマンダが切石を落としたのなら、城壁のあの位置に立っていた門番が声をあげるか、少なくとも彼女の姿を目撃しているに違いない。そう思っていつも門番が立っているほうに顔を向けたが、そこは無人だった。アヴェリンは城壁沿いに視線を走らせ、門番が胸壁へと続く階段の途中にいるの見つけた。アヴェリンが観察していると、門番はおりてきて持ち場に戻った。

「ごきげんよう、奥さま。今日もお美しいですね」

声をかけられてアヴェリンは首を巡らせ、近づいてくるふたりの兵士に真っ赤な顔でうなずきかけた。

「ほんとにお美しい」すれ違いざまにふたりのうちのもうひとりも声をかけてくる。

アヴェリンは困惑して頭を振った。このところ急にみんなが褒め言葉をかけてくるようになった。背後からひとり目の兵士の言葉が聞こえてきた。「お美しいってのはおれが言ったんだ。おまえも何か思いつかないのか？」

「ペーン卿は奥さまを褒めろと言ったんだ。褒め方を工夫しろとは言わなかったぞ」ふたり目が肩をすくめて指摘した。「それになんて言えばよかったんだ？　〝かわいい豚ですね、奥さま〟とか？　女性に美しいって言ったら、ほかに言うことなんてないだろ」

アヴェリンはゆっくりと振り向き、遠ざかっていく兵士たちを見つめた。最初の兵士が頭を振る。「どうりでおまえは女とうまくいかないはずだ」

声が大きすぎて自分たちの会話が聞こえていることに気づいていないのだ。アヴェリンは考えこみ、夫の従者に目を向けた。「デイヴィッド？」

「はい、奥さま」

「ペーンは兵士にわたしを褒めるように言ったの？」

「はい」デイヴィッドがうなずいた。「たちの悪い嫌みないとこたちから長年くそいまいましい暴言を浴びせられてきたせいで、奥さまは蒸気《スティーム》を高める必要があるとおっしゃっていました。だからみんなで……その……傷を準備《プリペア》しないとって」

アヴェリンは笑わないように唇を噛んだ。おそらく夫はアヴェリンの自尊心《エスティーム》を高めて、傷を修復《リペア》しなければと言ったのだろう。けれども笑いたくなったのは、デイヴィッドがペーンの悪態をそのまま繰り返したせいだ。

頭を振ってデイヴィッドをせかしながら城に向かいつつも、今の話について考えた。最近数えきれないほどの褒め言葉をかけられて気まずかったし、当惑もしていた。男性たちを避けはじめていたほどだ。けれども、なぜそれほど褒められるのかやっとわかって泣きたくなった。褒めてくれたのは、ペーンに言われたからだと知って恥ずかしくなったせいではない。それに〝たちの悪い嫌みないとこたちから長年くそいまいましい暴言を浴びせられてきた〟せいで苦しんできたことを、全員に知られたせいでもない。泣きたくなったのは、夫がアヴェリンの心の傷を修復しようと気にかけてくれたからだ。

夫のことを知れば知るほど、彼を愛するようになっていく。頭をよぎった思いに気づいて、アヴェリンは足を止めた。愛する？　ペーンを？　もちろん妻の務めとして、夫に抱くべき愛情は持っている。だがペーンを愛しているわけではない……そうでしょう？

「ここにいたのか」

ペーンが目の前に現れて現実に引き戻されたアヴェリンは、くだんの男性にほほえみかけた。

「デイヴィッド、なかに入ってテーブルの郵便物を仕分けておいてくれ」ペーンが指示を出した。「どこかに行くときはレディ・ヘレンにまず声をかけるんだぞ」

「はい、閣下」

少年が走っていくと、アヴェリンは眉をあげた。

「ぼくたちが出かけているあいだ、あの子を見ておいてほしいとレディ・ヘレンに頼んだんだ」ペーンに腕を取られ、アヴェリンは今来た道を戻りはじめた。

「出かけるってどこへ？」好奇心に駆られ、ペーンが抱えている袋とたたんだ毛皮に目をやった。

「昼食をとりに」彼の答えにアヴェリンは目をみはった。

「昼食を？　ピクニックということ？　ふたりでピクニックに行くの？」アヴェリンは喜びに声を弾ませた。

「そうだ」低い声が返ってきた。ペーンは認めるのが恥ずかしいのだということが伝わってくる。これも母親がこの城にいるあいだに提案されたことのひとつなのだろう。ペーンがアヴェリンのヒップを叩いてリンゴを手渡してきたのは、彼なりに褒めたつもりだったのだとレディ・ジャーヴィルが教えてくれた。アヴェリンがこの〝褒め方〟に気分を害さないように、あるいは気分を害してしまった穴埋めをするために説明してくれたのだ。義母はアヴェリンを褒める別の方法を息子に伝え、チェスや散歩といった気晴らしを一緒に楽しむよう提案したとも言った。アヴェリンはその提案に感謝していた。おかげで夫との時間を楽しむことができた。

夜にチェスをしたり日中に散歩したりするのがレディ・ジャーヴィルの発案だったとしても、気にはならない。ペーンのアヴェリンをたたえたいと思う気持ち、そして母親の助言に従って一緒の時間を作ってくれている事実に心があたたかくなった。

ピクニックに行くのにどうして徒歩なのか、答えはすぐにわかった。遠くには行かないからだ。ペーンが城を出て森のなかへと、どこに出るのか知っているらしい小道た。ふたりは小川が流れる空き地に出に沿って案内してくれた。さほど歩かないうちに、ふたりは小川が流れる空き地に出た。

「まあ、すてきな場所ね」感嘆の声をあげて見まわすアヴェリンをよそに、ペーンは袋をおろして毛皮を広げだした。「こんな場所があるなんてどうして知っていたの?」

「昨日、馬に乗って適当な場所を探しに行ったんだ」

「それにとても近いわ」ペーンがふたりのために適当な場所を事前に探してくれたことに、アヴェリンは胸が締めつけられた。ピクニックを提案したのはレディ・ジャーヴィルかもしれないが、気を配ってそのためのすてきな場所を見つけてくれたのはペーンだ。もしかすると夫はアヴェリンを多少は大事に思ってくれているのかもしれないと、彼女は希望を抱いた。

「座ってくれ」ペーンが毛皮を広げて促す。

アヴェリンは唇にかすかな笑みを浮かべて腰をおろし、サムソンを毛皮の上にのせた。子豚はさっそく空き地の探索に出かけた。アヴェリンはしばらく見守っていたが、サムソンが遠くに行く心配はしていなかった。追いかけてほしいとき以外、サムソンは遠く離れたところまでうろうろしたことはない。今日もデイヴィッドがあとを追わなければ、サムソンは自分で足を止めて戻ってきていただろう。

ペーンが愉快そうに頭を振る。「デイヴィッドにその小さな厄介者を預けてくればよかったが、連れてきているのに気づかなかった」

アヴェリンは眉をあげた。「この子を抱えていたのに気づかなかったなんて、嘘でしょう?」

ペーンが顔をしかめた。「気を取られていたからな」

「何に?」アヴェリンは興味を引かれた。

「忘れ物がないかどうかに」

そう聞いて、アヴェリンはほほえんだ。一方のペーンは袋から食べ物を取りだして毛皮の上に広げるのに忙しく、彼女の笑みに気づいていない。ペーンの顔は真剣そのもので、アヴェリンは胸がいっぱいになって彼を見つめた。どれほどこの人を愛していることか。そう、愛している。夫は口数は少ないかもしれないが、行動で思いをはっきり示してくれている。ペーンは自分にとって大事なことには心を配る。城にも、自分の馬にも、そして妻にも。ふたりのピクニックのために完璧な場所を見つけようと細やかな配慮をしてくれたのもそうだが、これはたくさんある例のひとつにすぎない。ラムズフェルド城で汚れ仕事を進んで引き受けてくれたのは、切り盛りできる家がなくて妻がみじめな思いをしていると思ったからだ。家臣にアヴェリンを褒めるよう指示したのは自信をつけさせるため。一緒にチェスをしたり、散歩に連れだしたりするようになったのも、純粋にそうすれば彼女が喜ぶと聞いたからだ。

ぶっきらぼうな外見の下のペーンは善良な人だ。アヴェリンが愛する、自分のことを少しは大事に思ってくれているのではないかと彼女が願う心やさしい人。

ペーンが顔をあげて何か言おうと口を開いたが、アヴェリンの表情を見て固まった。しばらく身じろぎもせずにいたものの、やがて口を閉じて唇を湿らせた。「今のきみは輝いている」

「本当に？」アヴェリンは静かに尋ねた。

「ああ。すてきだ」

アヴェリンはにっこりした。「そんなふうに見つめてくれるから、すてきになれるのよ」

「どんなふうにだ？」ペーンが怪訝《けげん》な顔をする。

身構えるような態度にアヴェリンは笑みを大きくした。「まるでわたしがおいしいデザートで、かぶりつきたいみたいに」

「そうしたい」ペーンが身をかがめてくる。

「どうしたいの？」アヴェリンは吐息まじりに尋ねた。

「きみにかぶりつきたい」ペーンがそう言ってアヴェリンの口を封じた。唇だけを重ね、羽根のように軽く触れあわせる。アヴェリンはゆっくりとまぶたを閉じ、じっと座っていたつもりだったが、いつの間にか口を開いて自ら体を寄せていた。からかうようなキスだけでなく、それ以上のものが欲しかった。きちんとキスをしてほしい。ペーンに触れたい。触れてほしい。

けれども身を寄せれば寄せるほどペーンは体を引き、唇がかすめる程度のキスを保とうとした。

じらすような行為にアヴェリンが我慢できなくなった頃、開いた唇から舌が滑りこんできた。親密な愛撫にアヴェリンは甘い声をもらし、自らも舌先で彼の舌をつついた。ペーンが頭をすばやく傾けて唇を密着させると、舌が奥まで入ってきた。

アヴェリンは息をのんでキスを返した。肩にまわした両手をつかまれる。気も狂わんばかりの境地まで追い立てるつもりらしい。アヴェリンがかすかにもどかしさを感じていると、ペーンがいきなりキスをやめて体を引いた。

「服を脱ぐんだ」かすれた声で命じる。

驚いたアヴェリンは目をしばたたいた。恥ずかしさと興奮がつかの間せめぎあい、膝をついたものの、そこで躊躇した。

「頼む」ペーンがつけ加えた。飢えたまなざしで真剣な顔をしている。

アヴェリンは深く息を吸ってそろそろと立ちあがった。勇気をかき集めるのにわずかな時間を要したが、かがんで裾を持つとドレスを頭から脱ぎ去った。とたんにドレスを胸に押しあてて体を隠したい衝動に駆られたものの、あえて足元の毛皮の上に落とした。座ったままのペーンに一糸まとわぬ姿を隅々まで目でたどられるうち、後悔にさいなまれはじめた。ドレスを拾いあげなければとても耐えられないと思ったそのとき、ペーンがにわかに膝をついて身を乗りだし、親指で硬くなった彼女の胸の頂に触れた。

アヴェリンは唇を噛んで、その動きに呼び覚まされた熱いものをのみこんだ。さらに身をかがめたペーンに尖った頂を軽く噛まれるなり、心臓が跳ねた。舌先で先端をかすめて口に含まれ、心臓がまたしても跳ねる。今度は出し抜けに片方の胸を下から包みこむように支えられ、情熱的に吸われたかと思うと、舌で繰り返し先端をはじかれた。

アヴェリンは声をあげ、胸を味わうペーンのやわらかい髪に指を絡めた。ペーンは片方の胸を堪能するともう片方に移り、アヴェリンは彼の腕のなかで身を震わせた。ペーンが膝をついた状態で、彼女の脈打つ腹部に沿って口をゆっくりと下へ這わせていく。

「ペーン？」息を弾ませるアヴェリンをよそに、ペーンはそのまま体をかがめ、唇を横にずらしていって腰の上でさまよわせた。歯でそっと触れたり、軽く噛まれたりするうちに、アヴェリンはそれ以上の責め苦に耐えられなくなった。腰をつかまれたまま身をよじり、唇の探求に身もだえする。

するとペーンがアヴェリンの足首をつかんで重心を移動させ、さらに脚を開かせた。アヴェリンの息は短く浅くなっていき、燃えるような唇で腿の内側をたどられると、呼吸はますます乱れた。立っていられずに今にも彼の上に倒れこんでしまいそうで、もはや息を止めていた。

アヴェリンが体に力が入らないことに気づいたらしく、ペーンが両手で彼女の腰を支え、腿の上へと唇を押しあてていく。

アヴェリンは足を踏ん張ったものの、支えられていてもなお、秘められた部分にキスをされると力が抜けた。息をのんで声をあげながらくずおれたアヴェリンをペーンが抱きとめ、毛皮の上に仰向けに横たえた。そのまま脚のあいだに膝をついてさらに開かせ、頭の位置をさげてふたたび秘められた部分に唇を押しつける。

彼女は毛皮をつかんで首をよじった。興奮と欲望と彼に触れたい気持ちが心のなかで渦巻いている。同時にペーンを歓ばせたくもあった。体を重ねるたびにそう感じていたものの、どうすればいいのかわからない。その思いが耐えがたいほど高まっているが、今はただ腿を押さえられて唇と歯と舌で与えてくれる歓びを全身で受けとめた。歓喜のときが続いたのちに、とうとうアヴェリンは叫び声をあげて反射的に体を突きあげた。

めまいがして、しばらく動けなかった。気がつくと、ペーンが座ってチュニックを身につけていた。

立ちあがってズボンの腰の部分に手を伸ばすペーンの前でアヴェリンは膝をつき、先ほど彼がしたのと同じ格好になった。それからかすれた声でささやく。「わたしもあなたを歓ばせたいの」

ペーンがためらってから、ズボンを脱いで体を起こした。彼の下腹部を目のあたりにして、アヴェリンは戸惑った。硬く張りつめたものが目の前にあるけれど、何をすればいいのだろう。

ペーンが教えてくれないので、自分にしてもらったとおりにやってみようと、正面にかがんで腰に唇を寄せた。そこから腿へとたどり、思いきってこわばりそのものにもキスをした。驚いたことに、こわばりを包む皮膚はとてもなめらかで、まるでベルベットのようだ。アヴェリンは今一度キスをしてから唇で先端までたどり、そこに舌を走らせた。ほかにどうすればいいのかわからない。

「口に含んでくれ」ペーンが苦しげな声を出す。アヴェリンが不安になってあげた視線の先には、もどかしげにゆがめられたペーンの顔があった。アヴェリンは不安がいや増した。

「やり方が違うかしら?」おそるおそる尋ねる。

ペーンが首を振った。そこでアヴェリンが言われたとおりに口に含んだとたん、彼の息があがった。彼女がおぼつかなげに口を動かすと、ペーンが頭を後ろにそらして身を硬くする。アヴェリンは片手で包んでみた。胸を包んで吸ってくれたときと同じようにすると、ペーンがふいに体を引いてひざまずいた。

アヴェリンはぼんやりとペーンを見つめた。「こうするんじゃ——」

言い終える前にいきなり唇をふさがれた。あまりに情熱的なキスだったので、彼女が間違えたわけではないようだと思っていると、そのまま毛皮の上に押し倒された。アヴェリンは腕をペーンの肩にまわして脚を開いた。ペーンはすぐさま身を沈めてくるかと思ったが、下腹部を押しあてただけでわがもの顔のキスが続いた。しだいにキスが深まり、舌を差し入れられて、そのあと舌で耳をたどられると、全身がどうしようもなく震えた。

アヴェリンは甘い声をあげて顔の向きを変え、激しくキスを返しながら、体をすり寄せて無言で満たしてほしいと懇願した。それに応えてペーンに強く奥まで貫かれると、大いに安堵し低いうめき声をもらした。彼が動くたび悩ましい声がこぼれて息が弾む。組み敷かれたまま身もだえしてペーンの肩に爪を食いこませ、夫をせき立てながら舌を絡めた。

唇が離れると、アヴェリンはペーンの肩を片方ずつ吸って軽く歯を立てた。張りつめた体が震える。体のなかで弓が引き絞られているかのようだ。これ以上引かれたら壊れてしまうと思ったとき、体が跳ねて叫び声をあげていた。歓びで体が脈打つたびにペーンを包んで締めつける。アヴェリンが気づかないうちにペーンも最後に今一度突きあげて、同じように歓喜の声をあげた。

18

目を開けたアヴェリンは、困惑して自分が頭を預けている胸板を見つめ、ふたりのピクニックがどうなったのかを思いだした。食べ物に手をつけなかったことに気づいて笑みを浮かべたが、どうしてペインの胸に頭をのせることになったのかはまるで覚えていない。最後の記憶は、ペーンに半身を預けられて、互いに呼吸が落ち着くのを待っていたことだ。おそらくそのまま眠りに落ちてしまったのだろう。そのあとペーンが体をずらして、今度は逆にアヴェリンを自分の上にのせたらしい。しかも彼女を起こさずに。アヴェリンはそのことに気づいて顔をしかめた。「アヴェリン?」

アヴェリンは頭を起こし、はにかみながら夫を見つめた。驚いたことに、こうした行為のあとはいつも恥ずかしくなる。少し前には一糸まとわぬ姿で夫の前に立っていたのだから、今さら恥ずかしがるのはおかしいけれど。

ペーンがアヴェリンの表情を見て眠たげにほほえんだ。「腹が減ったかい?」

そうきかれてアヴェリンは驚いたが、実際に空腹を感じていることにも驚いて目をしばたたいた。うなずきながら体を離して毛皮の上に座り、ドレスに手を伸ばす。情熱や欲望に気を取られていない今は、身を覆いたくてしかたがない。

ペーンも隣で身支度を整え、持参した袋から出しておいた食べ物のほうに移動した。奇跡的に押しつぶされたものはなく、アヴェリンはうれしかった。本当にたまらなくお腹がすいていた。

最初は黙々と食べていたが、しばらくしてアヴェリンは城壁の状態を尋ねた。ペーンが懸命に作業を進めさせ、安全だと思えるようになってから彼女をラムズフェルド城に呼び寄せてくれたことは知っている。けれどもふたりで移ってきてからは、多くの男性たちをほかの作業に振り分けており、ペーン自身とひと握りの男性だけが残って、小さな穴や城壁の不安定な箇所の修復を続けていた。

順調だという答えが返ってきたものの、実際のところはわからない。本当に知りたかったのは、大きな石がひとりでに落ちてくる可能性があるのかということだ。ディアマンダが自分を傷つけようとしているとは、アヴェリンは絶対に信じたくなかった。

またしばらく黙りこんで、事情を明かさずに聞きだすにはどうすればいいのか考えてから、ようやく簡潔に尋ねた。

「正面の門の右側の城壁は？」

「なんだって？」

「そこは安全かしら？」アヴェリンは言い足した。「つまりその部分で作業がまだ必要な箇所はある？」

「内側の胸壁はところどころ石を替えなければならないが、外側の胸壁は頑丈だ」

「ぐらついていて、落ちたりするような石はないのね？」その口調に何かを感じたペーンがアヴェリンを見つめる。

「ないはずだ」彼はゆっくり答えた。「どうしてそんなことを？」

アヴェリンは視線を落として肩をすくめ、サムソンに目をやった。ふたりが食べ物を並べたので、子豚は戻ってきて彼女のそばの毛皮にのっている。アヴェリンは切ったリンゴとプラムをサムソンのそばに置いてやったが、子豚は興味がないらしく、においを嗅いだだけでまた探検に出かけた。

「なぜそんな質問をするんだ？」

アヴェリンは視線をあげたものの、ためらった。落石の件で夫がデイヴィッドを責めて、自分やサムソンと一緒にいることを禁じるとは思わないが、ディアマンダが関与していると確信できるまで彼女の話を持ちだすのは気が進まない。ディアマンダのことには触れずに切石が落ちてきた話ができないだろうか。

「アヴェリン、何があった?」ペーンが促した。「ドレスの袖が破れて、肩にあざができていることには気づいていた」

アヴェリンは肩に目をやり、ため息をついた。あの出来事のあと、袖の裂け目やあざには思いが及ばなかった。ディアマンダの姿を目にしてあまりに驚き、動揺していたからだ。それでも腕を一定の方向に動かしたときに、かすかな痛みは感じていた。

「村から戻ったら胸壁から石が落ちてきて、デイヴィッドとわたしを直撃しそうになったの」

「また災難か」ペーンが小声で言い、座ったまま動きを止めた。青ざめた顔をして口を引き結んでいる。

アヴェリンはふいに罪悪感を覚えて身じろぎした。自分は災いの根源だと思われているに違いない。

「城に戻ったら、石が落ちてきた場所に案内してほしい」

アヴェリンはうなずいた。屋外にいる心地よさが一気に消えて、残念な気持ちになる。日が少し陰ったようだ。ペーンもそう感じたらしく、しばし押し黙ってから息をついて荷物をまとめだした。

「子豚を連れておいで。そろそろ戻ろう」

アヴェリンは黙って立ちあがり、森で鼻をひくつかせているサムソンのところに行って抱きあげた。彼女が振り返ると、ペーンはすでに立ちあがっていた。そこから彼が毛皮の上を横切ろうとしたとき、何かが起きた。ペーンが突然つまずいて足を滑らせ、驚いてサムソンを抱きしめるアヴェリンの眼前で、前のめりになって丸太に頭をぶつけたのだ。

「あなた?」アヴェリンは駆け寄った。不安がみぞおちを引っかいている。空き地の反対側にいたにもかかわらず、ペーンが頭をぶつける音が聞こえた。大きくて痛そうな音だった。そのあとペーンは身じろぎもしていない。「ペーン?」アヴェリンはサムソンを地面におろして夫のそばにひざまずき、彼をどうにか仰向けにした。青白い顔をじっと見守る。ペーンは意識を失っていて、丸太にぶつけた額が切れている。傷口の下と周辺には大きなこぶができはじめていた。

アヴェリンはあわててペーンの胸に耳をあてた。たしかな鼓動が聞こえ、わずかながらほっとする。

息をつき、どうすべきかと思案しながら、座って空き地を見まわした。頭の傷は判断が難しく、どれくらい経てば意識が戻るかわからないし、手当てをする薬もない。

目を覚ましたときには頭がひどく痛むだろう……とはいえ、いつ目を覚ますかが問題だ。数分後か、数時間後か……。

空き地とまわりを囲む木々に目を走らせる。意識を失った状態で自分の身を守れない夫とここで夜を過ごすのは賢明ではない。ペーンは自分たちの存在を知らしめるために馬で巡回して警戒させているので略奪者を追い払えているとは思うが、それを信じて彼の命を危険にさらすのはごめんだ。

あいにく助けを呼びに行くあいだ、ペーンをここにひとりで残しておくのも気が進まない。それほど遠くに来たわけではないけれど、城まで戻って誰かを連れてくる短い時間にも多くのことが起こりうる。それは結婚してから身にしみて学んだことだ。殴打されて床の穴に落ちたのはあっという間の出来事だったし、自分とデイヴィッドの上に石が落ちてきたのはそれよりさらに短い時間のことだった。助けを求めているあいだにペーンに何が起きてもおかしくないのだから、彼をひとり残していくわけにはいかない。それはつまりペーンを連れて助けを求めに行くということだ。

兄のウォリンにはいつも楽観的すぎると言われてきた。けれどもいくら楽観主義者であっても、夫を連れて城まで戻れる、あるいは森から出て城壁にいる男たちに気づいてもらえる可能性はごくわずかだ。担ぐのはとうてい無理だし、腕か脚を持って土や草の上を引きずるのはペーンの体に悪影響を与えるだろう。そのときふと、ペーンが横たわっている毛皮に目がいき、名案が浮かんだ。

サムソンを呼び寄せてから立ちあがり、毛皮と夫の位置を確認する。これならうまくいくかもしれない。夫に寝返りを打たせてうつぶせにしてからさらに回転させ、毛皮の中央で仰向けにする。このままで位置を変える必要もなさそうだ。残り物を詰めた袋を拾って彼のそばに置いたとき、毛皮の上でつぶれているリンゴとプラムが目に入った。サムソンのために置いたものだ。結局、子豚は見向きもしなかった。森のなかへ投げ捨てるか袋に戻せばよかったのだが、そうせずに軽率にも置いたままにしてしまった。そのせいでペーンが滑って頭を打ちつけたのは明白だ。

全部自分のせいだと、罪の意識に胸が締めつけられる。けれども罪悪感を心の隅に押しやり、身をかがめて毛皮の両端に手を伸ばして、片手でひとつずつ角をつかんで引いてみた。少し力を入れると毛皮が草のじゅうたんの上を移動したので、ほっと息をつく。

これならできると自分に言い聞かせて毛皮に背を向け、角を握り直して引っ張りはじめた。ペーンがピクニックのために見繕ってくれた場所は、来るときはそれほど森の奥まで入ったようには思えなかったが、戻りの道のりはずっと遠く感じた。けれどもアヴェリンはあきらめず、やっとの思いで森の外にたどり着いた。

木立を抜けたところで足を止め、門に向かって手を振る。門番に気づいてもらえたかどうかはわからなかった。距離がありすぎて、門に立つひとりひとりの姿も見分けられない。ため息をついて振り返ったアヴェリンは、かすかに口元を緩めた。サムソンが便乗することにしたらしく、ペーンの胸の上に座っている。

その姿を見て頭を振り、アヴェリンはふたたび毛皮の角を握って歩きだした。けれどもさほど行かないうちに、門から馬が数頭現れてこちらに駆けてきた。

ここまで来るのに力を使い果たしていたアヴェリンは説明を最小限に抑え、馬に揺られて城に戻った。デイヴィッドも出てきて門に向かいかけたが、きびすを返して城の階段まで駆け戻り、そこで一団が入ってくるのを見守った。少年は賢明にもあれこれ質問したりせず、夫を自分たちの部屋に運ぶよう指示を出すアヴェリンのそばについていた。

アヴェリンたちが大広間に入ると、火を入れていない暖炉のそばにいたディアマンダとレディ・ヘレンが走ってきた。アヴェリンはふたりからの問いかけを制し、ペーンを運ぶ男性たちを二階へ急がせ、寝室の扉を開けてなかに入れた。

「奥さま！」ルニルダが心配そうな顔で駆け寄ってきた。「どうされたんです？」

「ペーンが転んで頭を打ったの。急いで薬を持ってきて」アヴェリンは簡潔に言った。「それから針と糸も。頭の出血が止まらないから、縫わなければならないかもしれない」

「どんなふうに転んだの?」ディアマンダが眉をひそめる。男性たちに続いて部屋に入ってきた際、アヴェリンの説明を耳にしたようだ。

「プラムを踏んで滑った拍子に、丸太に額を打ちつけたの」ベッドが仕上がるまでの間に合わせの毛皮の寝床にペーンが寝かされるのを見守りながら、アヴェリンは手短に答えた。説明しながらも、ディアマンダの顔をまともに見ることができない。ディアマンダの金色の髪が胸壁の向こうに消える様子が繰り返し頭に浮かんでくる。

「お持ちしました、奥さま」ルニルダが薬や針などが入った小袋を渡してくれた。

「ありがとう」アヴェリンは小声で言って、夫のそばの毛皮に膝をついた。

ペーンはいまだに青白い顔をして意識がなく、割れた額から出血が続いている。変化があったのは額にできたこぶの大きさが倍近くになったことだけで、相当強く打ったという証拠だ。

アヴェリンは袋の中身を毛皮の上に空け、針と糸を見つけた。針に糸を通そうとしたが、激しく手が震えてできそうになかった。

「セリーは治療師なの」三度試して失敗したアヴェリンを見かねて、レディ・ヘレンがやさしく声をかけた。「呼びに行かせたほうがいいかもしれないわね」

アヴェリンは打ちのめされてうなずき、メイドが部屋に連れてこられるまでのあいだ、口をつぐんで待った。少なくとも外見上は静かにしていたが、内心では妻として失格だと自分を責めていた……しかし長くは続かなかった。アヴェリンは自身とその能力に自信を持ちはじめていた。いとこたちは間違っていたと自らに言い聞かせる。彼女は役立たずではない。今も、よき妻であることを証明している。夫を気遣うからこそ手が震えるのであり、それは無能と同じ意味ではない。必要な手当てを受け入れるのも無能とは違う。

扉が開いてメイドのセリーが入ってくるのを見て、アヴェリンはほっとした。セリーはほっそりとした背の高い寡黙な女性で、普段はいることにすら気づかれないような存在だ。だが手当てに向かう彼女の姿は、自分のすべきことがわかっている人の静かな自信に満ちていた。

アヴェリンは夫の手当てを託せて安心したが、それもセリーがペーンを診て身を起こし、口を開くまでだった。「わたしのヒルを使いましょう」

「なんですって？」アヴェリンは驚きのあまり、ぽかんと口を開けてセリーを見つめた。母は看護と薬について娘に教えこんだが、ヒルを使って瀉血《しゃけつ》する治療法は、すでに出血している体から血を抜くなど、ばかげていて意味がないとまったく信用していなかった。「いいえ」アヴェリンは膝をついて立ちあがった。「ヒルは必要ないわ」「血は抜かなければなりません」メイドが安心させるように言った。「悪い血液を取り除くんです。ヒルを取りに行って、すぐに戻ってきますから」

「結構よ、戻ってこないで。あなたに夫の世話をしてもらうつもりはないから」アヴェリンははねつけるように言い、毛皮のそばでうろうろしている男性たちに目を向けた。「この女性はここには戻らないわ。なかに入れないで」

「アヴェリンったら」レディ・ヘレンがなだめるように声をかけた。「落ち着いてちょうだい。セリーはやり方を心得ているわ。彼女の母親はわたしが知る限りもっとも優秀な治療師で、彼女はその母親からすべてを受け継いだのよ」

アヴェリンはディアマンダのおばに鋭い視線を投げた。「そうですか。わたしが知る限りもっとも優秀な治療師はわたしの母で、その母はヒルなんて愚か者が使う道具だといつも忌み嫌っていました。夫はわたしが診ます」

「好きにしなさい」レディ・ヘレンはこわばった口調で言うと、セリーを促して部屋を出ていった。

助けようとしてくれただけのディアマンダのおばに噛みついてしまい、つかの間アヴェリンは後悔したが、それもいっときだった。今は気に病むべきもっと重要なことがある。アヴェリンは深呼吸をしてからふたたび針と糸を手に取って、針に糸を通すことに意識を集中した。今度は手の震えもずいぶんおさまり、なんとか通せたのでほっとした。最初は神経が高ぶって手が震えていたものの、ヒルを使うというセリーの提案に怒りが爆発して恐れも吹き飛んだようだ。

第一関門を突破できて安心したアヴェリンは、傷口をすばやく消毒してから縫いはじめた。傷は小さかったので三針縫うだけでよかったが、時間をかけて注意を払い、なるべく傷跡が残らないようにと願いながら取り組んだ。自分のためではない。ペーンに対する気持ちは彼を毛皮にのせて引いてくるあいだに受け入れていた。自分はこの人を愛している。それは傷があろうがなかろうが変わらない。傷が小さくても大きくても、顔にあっても背中にあっても。気を遣うのはペーンのためだ。とはいえ、彼もさほど気にするとは思えなかった。

ペーンの意識は戻らず、縫合を終えたアヴェリンは上体を起こして小さくため息をついた。針を刺しているときに意識が戻らなかったので半ば安堵しつつも、目を覚ましてほしいとも思っていた。目を覚ませば、少なくとも大丈夫なのかどうかがわかる。

ペーンよりずっとひどい傷を頭に負いながらも生き延びた人を見たことがあるが、もっと軽い頭の傷で命を落とした人も見てきた。だから頭の傷は怖い。どちらに転ぶかわからないからだ。

「ペーンは大丈夫？」アヴェリンが傷口を清潔に保つために額に包帯を巻きはじめると、ディアマンダが尋ねた。

「わからないわ」アヴェリンはルニルダをちらりと見た。「ルニルダ、何か薬をまぜられるようなお酒を持ってきて。目を覚ましたら頭が痛むだろうから、すぐに飲ませて眠れるようにここに置いておきたいの」

メイドがうなずき、アヴェリンの要望に合うアルコールを探すために急いで部屋をあとにした。しばらくするとそばについていた兵士たちも出ていき、アヴェリンはディアマンダとふたりきりになった。ふたりはしばらく無言で座っていたが、ディアマンダは沈黙が続いて落ち着かない気分になったらしく、咳払いをして切りだした。

「セリーへの対応はすごかったわ。わたしはあの人がいるといつも緊張するの。セリーにもヘレンおばさまにも、あなたみたいに毅然とした態度は取れないわ」

「あなたのおばさまには失礼なことをしてしまったから謝らないと」アヴェリンは小声で言った。「でもヒルを使うのは腕がない証拠ですもの」

「わたしもヒルは嫌い」ディアマンダがささやいた。アヴェリンが返事をせずにいると、ディアマンダはかすかに眉をひそめた。「わたし、あなたを怒らせるようなことを何かしたかしら？」

アヴェリンは友人だと思っていた少女を見つめた。これ以上は黙っていられない。「あなたを見たのよ、ディアマンダ。あなたが何をしたかはわかっているの」

ディアマンダがぽかんと口を開けた。ふたりは沈黙したまま、体を硬くして身じろぎもせずに見つめあった。ついにディアマンダが長いあいだ水をやらなかった花のように首を垂れた。

「わたし……」頭を振り、出し抜けに打ち明けた。「ごめんなさい、アヴィ。ほんとにごめんなさい。ばかみたいに意地悪なことをして。言い訳になっちゃうけど、あの頃はあなたのことをほとんど知らなかったし、まだ友だちじゃなかったから。今になってどれほど後悔してるか、あなたにはわからないでしょうね」

アヴェリンは困惑して目をしばたたいた。たしかに殴られて床の穴に落ちそうになったときにはそれほど親しくなっていなかったけれど、ディアマンダが告白しているように切石を落とした今日の時点では友人であったはずだ。それとも、落石のことを言っているのではないのだろうか。

アヴェリンはなんの話をしているのか自分がわかっていないことを認めることなく少女にしゃべらせる方法を考えながら、足を踏み替えた。「説明してほしいの。何を考えていたのか、最初からすべて話して」そう促してから、息を詰めてうまくいくことを願った。耐えがたいほどの沈黙が続き、何も話してくれないのかとアヴェリンは思いはじめたが、ディアマンダはただ考えをまとめていただけだった。少女がついにため息をついて口を開いた。

「ジャーヴィル城に来たとき、わたしは六歳だった。アダムと結婚することになるのはわかってたけど、初めて会ったその日からずっとペーンを愛してきたの」ディアマンダが告白した。

アヴェリンは愕然として頭のなかが真っ白になった。

「アダムが亡くなったという知らせが来たときには、これはわたしがペーンと確実に結ばれるための運命なんだと思った」ディアマンダが続けた。「あなたのことは知らなかったのよ。あなたたちが婚約してるなんて誰も話してくれなかった。ペーンはアダムよりずっと年上だったけど、まだ結婚してなかったから、誰とも婚約してないか、婚約者が死んでしまったんだと思ってた。でもようやくペーンが戻ってきたら、みんなで荷物をまとめてストラウトン城に行く準備をするよう言われたの。ペーンが婚姻契約を果たすからって」彼女は顔をしかめた。「申し訳ないけどその瞬間、まだ会ってもいなかったのにあなたを憎んだわ。わたしのペーンを奪ったから」悲しげに言い、力なくほほえんだ。「あなたに会ったら、もっと嫌いになった」

「どうして？」アヴェリンは驚いて息をのんだ。

「だって、あなたはすごくきれいで親切で……」アヴェリンが吹きだしたのを見て、ディアマンダが唐突に言葉を切って眉をひそめる。

「ディアマンダ、わたしは全然きれいじゃないわ」

「いいえ、きれいよ」ディアマンダが真剣な顔で言った。「痩せてはいないけど、きれいだわ」

少女の言葉を聞いて、アヴェリンは目をしばたたいた。そんなことがあるだろうか。

「とにかく、ハーグローヴに向かっているとき、あなたがペーンのために作っていたチュニックやズボンを見せてくれたでしょう。わたしはかなり動揺したわ。どっちもすてきだったし、そんなものを作ろうと思いつくなんてとても気がまわる人だって思ったから。思いついたのがわたしだったらってすぐ考えたけど、もし思いついたとしてもあなたみたいにうまく縫えないし、うまく仕上げられない。だからもうすぐ完成するとわかったときにはあわてたの」ディアマンダが大きく息を吸いこんだ。

「ペーンがあなたを連れて川に向かった隙に、わたしはこっそりテントに入って毛皮と服に火をつけた」

「わたしはきちんと蠟燭の火を吹き消していたのね」アヴェリンがため息まじりに言うと、ディアマンダはうなずいた。アヴェリンはペーンのために作りはじめたもうひと組の服に豚肉のにおいがついていたことを思いだした。「そして二着目のチュニックには豚肉をこすりつけて犬たちに飛びかからせた」

ディアマンダが顔をゆがめる。「計画ではそのつもりだった。でもブーディカとジュノーはとってもよくしつけられていて飛びかからなかった。だから自分で引き裂いてから、犬たちのせいになるようにそばに置いておいたの」みじめな顔で息を吐く。「今は後悔してるの、アヴィ。ここに着いてからは、自分の思いとは反対にあなたのことが好きになっていった。あなたが本気でペーンを大事に思っていて、ペーンのほうもあなたを大事に思うようになっていたから。あなたたちふたりはお似合いだわ。悪いことをしたのはわかってる。あなたを傷つけたり悲しませたりしてごめんなさい。許してもらえるといいんだけど」

アヴェリンはまたもや困惑してディアマンダを見つめた。「でも、胸壁の件はどうなの、ディアマンダ？」

「胸壁の件？」ディアマンダがぽかんとしてこちらを見つめる。

「あなたが胸壁のところにいるのを見たのよ」アヴェリンが言った。

「いつ？　今日ってこと？」ディアマンダは困惑しているように見えた。「ああ、考えごとをしようと思ってのぼったわ。その前に、ペーンがピクニックに持っていく食べ物を手配しているところに出くわしたの。あなたをほんとに大事に思っていて、あなたのために一生懸命になっているのを見て……それもペーンがあなたを愛してる証拠だった。ねえ、知ってた？　あなたがいとこから受けてきた心の傷を癒やそうとして、ペーンは男の人たちにあなたを褒めるよう命じたのよ。ペーンはあなたを愛してるのよ、アヴェリン。ほんの数週間一緒にいただけで。わたしのことは何年も前から知っていても、妹としてしか気にかけてくれなかったのに」そう言って頭を振った。

「とにかく、あのときそれが身にしみてわかったから、ひとりになりたくて胸壁にのぼったの。壁に沿って歩いてるうちに話し声が聞こえたから、足を止めて上からのぞくと、あなたとデイヴィッドが見えた。でもあなたに見られたことには気づかなかったわ」

アヴェリンは腰をおろした。ディアマンダが本当のことを言っているという確信があった。この少女にはこれほど無邪気な顔で当惑したふりをすることなどできない。

胸壁の通路にいたことがどれほど重要な意味を持つか、ディアマンダはまったくわかっていない。なぜならディアマンダがそこに着く直前、アヴェリンとデイヴィッドが危うく大きな石に直撃されるところだったことを知らないからだ。それには疑いの余地がない。

あれはおそらく事故だったのだと、アヴェリンはぼんやり考えた。そして頭を殴られて床の穴に落ちたのは、この城にほどなく人が住むとは知らずに住んでいた誰かの仕業ではないだろうか。

「もうわたしのことが大嫌いになったでしょう」ディアマンダの落ちこんだ声を聞いて、アヴェリンは眉根を寄せた。

「まさか。もちろんそんなことはないわ」ディアマンダの手を取って握りしめた。友人だと思っていた少女が自分を殺そうとしたのではないと知って、気持ちが楽になった。もっともペーンのために仕立てた服を台なしにはされたけれど、それは許せる。あのときに犯人がわかっていたらもっと腹を立てていたかもしれないが、すべてが遠い昔の出来事のようで、ディアマンダが申し訳なく思っているのは嘘ではないと信じることができた。

「もしラムズフェルド城から出ていってほしいと思ってるなら、わたしはジャーヴィル城に戻るわ」ディアマンダが申しでたが、そうするのは明らかにつらそうだった。アヴェリンはかぶりを振った。「そんな必要はないわ、ディアマンダ。わたしたちは友だちでしょう。友だちは相手のつまらない行いを許しあうものよ」肩をすくめてみせる。「あなたは間違ったことをしたけど、それを認めて謝った。それで充分だわ」

「ほんとに?」ディアマンダがまつげの下から期待をこめてアヴェリンを見あげた。

「ええ」

「まだ友だちでいてくれるの?」

「あたり前じゃないの」アヴェリンはきっぱりと言った。「あなたと一緒にいるのは楽しいわ、ディアマンダ」

「ああ、アヴィ!」ディアマンダが抱きついてきた。「ほんとにあなたったらなんてすてきなの! ありがとう。絶対に後悔はさせないと約束するわ。これから最高の友だちになるから」頭を振り、肩の力を抜いてアヴェリンの両手を握った。「ペーンを手に入れたあなたは運がいいと思ってた自分が信じられない。実際はペーンがあなたと結婚して、わたしたちみんなが運がよかったのよ」ディアマンダが元気を取り戻したのを見て、アヴェリンはほほえんだ。少女の言葉に心を打たれていた。ディアマンダが今度は意識を失っているペーンに視線を向けた。「ペーンにも言わなきゃ。当然だ首を振った。「ペーンには秘密にしておくってこと？」ディアマンダが片方の眉をあげて、首を振った。「うまくいきっこないわ。いつかあなたが口を滑らせてこの悲しい話が全部ばれたら、知らされてなかったペーンは怒るはずよ。それにペーンはあなたが事故に遭いがちだと思ってるけど、そうじゃないと知る権利があるわ」

「事故に遭いがちだなんて、全然そんなことはないわ」アヴェリンは請けあった。

ディアマンダが信じられないとばかりに黙って頭を振る。アヴェリンは尋ねた。「少しのあいだ、ペーンの様子を見ていてくれる？　ちょっと確認しなければならないことがあるの」

「ええ、もちろんよ。行ってきて。ペーンが目を覚ましたとき、ひとりで彼に打ち明けたほうが気が楽だもの。もし意識が戻ったら、あなたに直接知らせに行くわ」

ペーンに打ち明ける必要はないともう一度説得するべきかどうかアヴェリンは迷ったが、結局ディアマンダの口から伝えさせることに決めた。ディアマンダが言うように、いつかこの件がうっかりもれて、いらない心配をさせまいと事実を知らせなかったことでペーンを動揺させてしまうかもしれない。心を配ってディアマンダに接する役目は彼にゆだねることにした。

「わかったわ。ちょっと胸壁のところで確認したいことがあるだけだから、それほど時間はかからないと思う。もしペーンが目を覚ましたら、誰かにわたしを呼びに来させて、わたしが戻るまでに話を終えておいて」

ほどなくアヴェリンは自分とデイヴィッドに直撃しそうになった切石があった箇所に指を走らせていた。それから下にある大きな石を見おろす。ディアマンダと話してからは、あの落石は本当に事故だったのだと思いはじめていたものの、切石がどこから落ちてきたかを確認するまでは完全には納得できないとわかっていた。アヴェリンはもう一度石があった箇所に指を走らせた。

ここには石を胸壁から押して落としたことを示唆する痕跡はない。のみの跡も、てこを使って石を動かした跡も何もない。一方で、自分が通りかかった瞬間に自然に落下したとは考えづらかった。そのとき、切石があった箇所の外側の縁の中央がわずかに盛りあがっているのを指で感じ取り、アヴェリンは顔をしかめた。

顔を寄せてよく見てみると、やはりその部分が若干高くなっていた。石はその出っ張りを乗り越えて落ちたことになる。だがもし石がついに耐えきれずに崩れ落ちたのだとしたら、逆側に、今彼女が立っている通路側に落ちていたはずだ。

アヴェリンはゆっくりと身を起こした。誰かが石を押して彼女の上に落としたのだ。事故ではない。二階から落ちたときもそうだ。殴られて穴に落とされた。スカートが穴の縁に引っかかったおかげで命拾いをしただけだ。

つまり誰かがそう思わせようとしているようにアヴェリンが事故を引き起こしがちなわけではなく、運命が彼女の邪魔をしようとしているわけでもなかった。誰かがアヴェリンの邪魔をしようとしている。

彼女はもの思いにふけりながら階段をおりていった。落石の話を聞いたとき、きょとんとしていたので、ディアマンダがこの件に関与していないことは確かだ。彼女でないなら誰だろう。

ジャーヴィル卿夫妻にはアヴェリンに死んでほしいと思う理由がない。実際、そんなことを願っている人はひとりも思いつかない。アヴェリンの死を望む理由があるのはディアマンダだけだが、彼女が犯人だとは考えられない。

右側から足を引きずる音がして横を見たアヴェリンは、ディアマンダのおばの姿を目にして背筋を伸ばした。

19

目を覚ましたペーンはベッドの上で身じろぎしたとたん、頭に痛みが走って思わず息を吸った。そのときにプラムで足を滑らせて丸太に頭をぶつけたことを思いだした。彼が自分の無様な失態に顔をしかめたところで、はなをすする音がして視線を横に向けると、窓台に腰かけたディアマンダが顔に布を押しあてて泣いていた。

その姿を見てペーンの頭に最初に浮かんだ感情はいらだちだった。自分はすすり泣く声のせいで目を覚ましたに違いない。あまりに痛くて、それに耐えながら起きているより眠っていたかった。次に頭に浮かんだのは泣いている理由だ。彼のことで泣いているとは思えなかった。怪我はしたが、いずれは治る。何も死ぬわけではない。

だがアヴェリンは？　その疑問が頭をもたげて心臓が止まるかと思った。ディアマンダが泣いているのはアヴェリンがまた怪我をしたせいかもしれない……あるいは今度は死んでしまったのかもしれない。妻は不運にも何度も〝事故〟に遭いながらも、これまでは比較的軽傷で切り抜けてきた。けれども彼女の運もやがて尽きる運命だったのかもしれない。

「アヴェリンはどこだ?」ペーンの言葉は思ったよりも語気が強くなり、不安が色濃くにじんだ。

ディアマンダが泣くのをやめて驚いた顔でこちらを見やり、窓台からおりてベッドのそばに来た。「目が覚めたのね」

「アヴェリンはどこだ?」ペーンは繰り返した。「怪我をしたのか? それで泣いていたのか?」

「まあ!」金髪の少女が目を見開いた。自分の涙が誤解を与えたことに気づいて、急いで首を振る。「違うわ。アヴィなら大丈夫よ、ペーン。ほんとに」

ペーンはほっとして毛皮の寝床にふたたび体を横たえた。心配のあまり、知らないあいだに上体を起こしていたらしい。動いたせいで引き起こされた痛みに顔をゆがめ、ため息まじりに力なく尋ねる。「だったらどうして泣いていたんだ?」

ディアマンダがベッドの端に腰をおろして息をつく。「あなたに打ち明けなくちゃならないことがあるから」

ペーンはディアマンダがしゃべりだすのを待ったが、彼女が座ってめそめそしているだけなので、じれったくなって促した。「なんだ？」

ディアマンダが唇を噛み、自分の両手を見つめた。「あなたに嫌われるわ」

彼女は自分をなだめて聞きだしてほしいのだと気づき、ペーンはため息をもらした。とてもじゃないがそんな駆け引きをする気分ではない。「話してくれ、ディアマンダ」

「アヴィがあなたのために仕立てていたチュニックとズボンを台なしにしたのはわたしなの」ディアマンダがつらそうに言った。

ペーンは眉をひそめた。「どっちの話だ？」

「両方とも」ディアマンダがかろうじて聞き取れるほどの声で答える。ペーンが口を開きかけたところで、ディアマンダがあわててつけ加えた。「アヴィはテントの蠟燭をちゃんと吹き消したわ。わたしがそのあとまた蠟燭を灯して、毛皮と服に火をつけたの。ジャーヴィル城では二着目が完成しかけてたときに、わたしが夕食の席からこっそり持ってきた豚肉をチュニック全体にこすりつけて、穴を空けてびりびりにしてからそれでブーディカとジュノーをからかった。ブーディカとジュノーのそばに置いておいたのは、犬たちのせいになると思ったからよ」

今やディアマンダは握っていたリネンの布を引き裂いている。

「少し前にアヴィに全部打ち明けて謝ったの。わたしは自分からあなたに話すと伝えた。アヴィはあなたに打ち明ける必要はないと言って許してくれたけど――」

「きみを許したのか？」

「ええ」ディアマンダがうなずいた。「すごくよくわかってくれたわ」

ペーンは困惑してディアマンダを見つめた。妻に理解があるのはうれしかったが、彼自身はまったく理解できなかった。「どうしてそんなことを？　最初の服を燃やしたとき、きみはアヴェリンのことをほとんど知らなかったはずだ。結婚式のあとにきみが身ごもったいとこのくだらない話をうっかりしたときも、やさしくしてもらっただろう」

ディアマンダが顔をしかめる。「あれはわざとよ。わたしはあえて侮辱したの。アヴィにはほかのことは全部話したけど、それは言えなかった」

「どうしてそんなことをした？」ペーンは問いただした。困惑は消え、妻に代わって胸に怒りがこみあげてきた。

「嫉妬してたのよ」ディアマンダがみじめな声で認め、顔をあげて懇願のまなざしを向けた。「あなたを愛してるの、ペーン。ずっと愛してた。ジャーヴィル城に行ったときからアダムと結婚することになるのはわかってたけど、わたしが好きなのはあなただった。いつも強くて頭が切れて……」力なく頭を振る。「愛してるの。だからアヴィがあなたと結婚して、あなたの妻になるのが悔しかった……」ため息をついた。

「アヴィにもわたしと同じくらいみじめな気持ちを味わってほしかったんだと思う。彼女がいかに役に立たずで不格好か、あなたにわからせたかったのかもしれない」

「アヴェリンは役立たずでも不格好でもない」ペーンはむっとして言い返した。

「わかってるわ」ディアマンダがうなずいた。「結婚式の前に彼女のいとこがそう言ってたの。それを聞いて、ますます腹が立ったわ。そんな人はあなたにふさわしくないと思ったから。でもそのあとアヴィをよく知るようになって、彼女が役立たずでも不格好でもないとわかった。頭がよくておもしろくて親切で。アヴィがあなたにとっていい妻であるように、わたしもいつか彼女の半分でかまわないからいい妻になりたいと今は思ってるわ」浮かない顔で肩をすくめた。「アヴィのことが好きになったから、この城に来てからは、あなたの目に彼女が悪く映るようなことはしてないわ」ディアマンダは顔をしかめた。「だからここに到着してからも災難が続いてるけど、心配する必要はないと思う。わたしは何もしていないわ。アヴィのことが好きだからよ、ペーン。ずっと黙っててごめんなさい」

ペーンはゆっくりと息を吐きだした。ディアマンダの言葉は心からのものに聞こえた。少なくとも彼女は申し訳ないと感じている。ディアマンダがペーンを本気で愛していたとはまったく思えなかった。子どもがのぼせあがっていただけで、そのうち忘れてしまうだろう。とはいえ少女がアヴェリンにした行為についてペーンは驚愕し、それに対してどうすべきか決めかねていた。

「それでアヴェリンは全部知ったうえできみを許したのか？」

「ええ、とっても寛大だわ」

「彼女に包み隠さず打ち明けたとは驚いたな」ペーンは正直に言った。

ディアマンダが顔をしかめる。「アヴィがそうさせたのよ」

「なんだって？」

ディアマンダがうなずいてから眉根を寄せた。「すごくおかしかったの。アヴィが怒りながらこちらを見て、わたしが何をしたのかわかってるって言ったのよ。てっきり最初のチュニックに火をつけたところか、二着目のチュニックをびりびりに破ったところを見られたんだと思って全部打ち明けたら、逆にアヴィは戸惑った顔をして。それから少し前に胸壁のところにいたことを尋ねられたの。それがもっと大事なことみたいに」

「今日の午前中のことか？」ペーンは語気鋭く問いただした。「今日、胸壁のところに行ったのか？」

「そうよ。ひとりになっていろいろ考えたかったから。アヴィにひどいことをしてきたせいでいやな気持ちになっていて、さらにあなたが彼女を愛するようになってきたのがわかって、ますます気がめいっちゃったから」ディアマンダが落ちこんだ様子で肩をすくめる。

その言葉を聞いてペーンは目を丸くして少女を見つめた。アヴェリンを愛するようになってきた？　まさか、妻を愛してなどいない。好意は持っているかもしれないが、愛だと？　唾をのみこんで窓に視線を向ける。心に彼女とのさまざまな思い出がよぎった。自分の前で馬の背に揺られておしゃべりをするアヴェリン。ペーンにぶつかられて倒れ、ウズラの卵にまみれた姿。ペーンが妻と寝床をともにするより固くて冷たい地面のほうがましだと考えているから夫婦のテントに来なかったのだと思っていたと、彼女が怒って言ったこと。自分に触れてもくれないと意気消沈する姿。チェスでペーンを打ち負かしたときの上機嫌な笑い声。サムソンはとても利口だと話したときの真剣な表情。石があたった痛みを認めずに平静を装う顔。体を重ねたときにアヴェリンの目に宿った情熱。むきだしの体を隠そうと小さな布を握る様子。

ペーンは認めた。アヴェリンを愛している。彼と正反対の妻のすべてを。彼女はずば抜けて心がやさしくて、恥ずかしがり屋で、寛大で、まさに完璧だ……ペーンにとっては。アヴェリンを愛している。くそっ、いつから愛していたのだろう。

「胸壁までのぼれば、ひとりになれると思ったの」ディアマンダが話を続けた。妻への愛に思いをはせていたペーンが現実に引き戻されてディアマンダを見ると、彼女は険しい顔をしていた。「もちろんヘレンおばさまが駆けおりてくるのがわかったから、のぼるのをやめて階段の下に隠れて、おばさまが通り過ぎてからのぼったんだけど」彼女はため息をついた。「胸壁に沿って歩いてるときに声が聞こえて、下をのぞいてみたらデイヴィッドとアヴィが立ってたの。彼女は転んだか何かしたんだと思うわ」

ディアマンダが愛情のこもった楽しそうな顔で頭を振った。

「アヴィのことは好きだけど、彼女はほんとにそそっかしいわね。穴から転落しそうになったときは心臓が止まりかけたわ。すごく怖かったけど、アヴィはいまだに事故だって認めようとしないの」

ディアマンダが息を吐いてペーンを見つめる。

「とにかく、わたしが胸壁からのぞいたところを目撃したんだと思う。わたしがあそこにいたことで、最初アヴィはとっても動揺してた。それからわたしが考えごとをしに行ったと説明したら、戸惑ってたみたいだった」ディアマンダは立ちあがり、ためらってから申しでた。「もしこの城から出ていってほしいならそうするわ。アヴィはその必要はないって言ってくれたけど、でも――」

「いや、いいんだ」ペーンはかぶりを振った。「きみが出ていく理由はない」

ディアマンダが安堵の吐息をつく。「ありがとう、ペーン」

ふいに腰をかがめたディアマンダから頬にキスを受けて、ペーンは驚いてまばたきをした。少女は体を起こして扉に向かった。

「ディアマンダ」ペーンは扉を開けた彼女に声をかけた。

ディアマンダが足を止めて振り返る。

「アヴェリンはどこにいる？」

「用があるとかで胸壁まで行ったけど、そのうち帰ってくるわ。ヘレンおばさまが何かの理由でアヴィを捜してここへ来たときに居場所を教えたから、きっともう見つけて一緒に戻ってくるはずよ。下で会ったら、あなたが目を覚ましたと伝えておくわね。アヴィはすごく心配してたから、きっと喜ぶわ。アヴィもあなたを愛してるのよ。あなたがアヴィを愛してるのと同じくらいにね」

ディアマンダは静かに扉を閉めて出ていった。

ペーンは扉をじっと見つめた。心臓が喉元までせりあがってきたのにはいくつか理由がある。ひとつ目は、自分が妻を愛していると気づいたばかりだということ。ふたつ目は、アヴェリンもペーンを愛しているとディアマンダが思っていること。そして三つ目は、まさにこの瞬間にも妻が危険な目に遭っているかもしれないことだ。

ペーンは頭を酷使して情報の断片をつなぎあわせた。妻が落ち着かない様子なのは不運な事故が続いているせいだと思っていたが、いくつかはまったく事故ではないことがわかった。テントのぼや騒ぎはアヴェリンの過失ではなく、チュニックをずたずたにしたのは犬たちではなかった……。ほかに一見した状況と違ったことはあっただろうか。床の穴から転落しかけたときのことを思い起こしてみる。あのときはアヴェリンが穴を見過ごしたのが信じられなかった。今でも信じられないが、それについて尋ねたいと思っていながら一度も尋ねたことがない。

扉が開いたことに気づいて視線を向けると、ルニルダが入り口に立っていた。ペーンが目を覚ました姿を見て、顔を明るく輝かせる。「お目覚めになったと知ったら、レディ・アヴェリンが喜ばれます。ずっと心配されてましたから」

「待ってくれ」ペーンはルニルダを呼びとめた。彼が目を覚ましたことを伝えようと、メイドはアヴェリンを捜しに部屋を出ていきかけていた。

ルニルダが足を止め、問いかけるように眉をあげる。

「こっちに来てくれないか？」ペーンは頼んだ。廊下を通る人に話を聞かれたくない。

ルニルダが部屋のなかに戻って扉を閉め、興味をそそられた顔でペーンに近づいた。

「なんでしょう、旦那さま？」

「アヴェリンはこの城に着いた日に起きた事故の話をきみにしたかい？　穴から落ちたときのことだが」

ルニルダが戸惑った顔になる。「それほどお話しになりませんでした」彼女がそのあと続けた言葉に、ペーンは眉をひそめた。「でも最初に目を覚まされたとき、殴られて落ちたとかおっしゃってました」

「殴られた？」ペーンは身を硬くした。「正確にはなんと言ったんだ？」

メイドはしばし考えた。「〝誰かに殴られたの。それで穴から落ちたのよ〟だったかと思います」

「誰かに殴られただと？」ペーンは信じられない思いで繰り返した。「どうして誰もぼくに言ってくれなかったんだ？」

「その、二階にいらしたのは奥さまひとりでしたので、殴れる人はいなかったんです。気を失ってるあいだに夢でも見たんだろうとレディ・ヘレンは考えていらっしゃるようでした」ルニルダが申し訳なさそうにつけ加える。

「レディ・ヘレンが？　そうなのか？」ペーンはディアマンダが胸壁をのぼる前に、

レディ・ヘレンが駆けおりてきたので階段の下に隠れたと話していたことを思いだした。つまり胸壁から大きな石が落ちてきてアヴェリンを直撃しかけたちょうどそのとき、レディ・ヘレンは胸壁の上にいたことになる。ヘレンが妻を殺そうとしているのか？　でもなぜ？　ディアマンダのちょっとした攻撃はストラウトン城での侮辱的な言葉に始まり、ジャーヴィル城でチュニックを台なしにすることで終わった。もっと深刻な命にかかわる攻撃は、ここラムズフェルド城に来るまでなかったはずだ。それとも以前からあったのか？

ペーンはストラウトン城での出来事とジャーヴィル城への道中で起きたことを頭のなかですばやく確認した。ストラウトン城の寝室で蠟燭を倒したのはアヴェリンで間違いない。彼女が馬に乗れないと嘘をついたのはペーンの手を守るためだ。ぶつかってウズラの卵の上に倒れこませたこともあった。

ふいに、まったく重要視していなかった道中での妙な出来事を思いだして思考が止まった。キツネの死骸とウサギの肉。テントの裏にあった誰かが嘔吐した跡。あの時点ではこのふたつを結びつけてみなかったが、もし関連があるとしたら？　もしあの肉に毒が盛られていて、それをかじったキツネが死んだのだとしたら？

「ジャーヴィル城に向けて出発した最初の夜、アヴェリンは焼いたウサギの脚をテントの裏に捨てたのか?」しばらく沈黙が続いたあとに強い口調で問いかけられて、ルニルダがぎくりとした。

「どうでしょう」眉根を寄せて考えこんだ。「捨てたかもしれません。奥さまのために、レディ・ヘレンが焼いたウサギの脚をレディ・ディアマンダに運ばせたことは知ってます」ルニルダは肩をすくめた。「それを召しあがったかどうかまではわかりません。でも旦那さまの馬に乗せられて走りまわったあとでしたから胃がむかついていて、食べて吐いてしまうよりはいいと思って捨てたのかもしれません」

あるいは馬に乗せられて走りまわったおかげで嘔吐して、アヴェリンは毒殺されずにすんだのかもしれない。そう気づいたペーンは上体を起こし、脚を床におろして立ちあがろうとした。

「旦那さま、何をなさってるんです? 起きあがってはいけません!」ルニルダが叫んだ。

「胸壁まで行かなければ。アヴェリンがぼくを必要としている」ペーンはうめき声をあげつつも、立ったとたんに脇腹に走った痛みを無視しようとした。

「ごきげんよう、レディ・ヘレン」アヴェリンはそっと声をかけた。レディ・ヘレンが振り向いて体をこわばらせる。その顔に激しい憎悪がつかの間よぎり、アヴェリンはぎょっとした。それからレディ・ヘレンはそんな表情など初めからしていなかったとばかりに笑顔になって、ゆっくりと足を踏みだした。けれどもそれを目のあたりにしてしまったアヴェリンは、気づかなかったふりなどできなかった。

「ごきげんよう。ここにあなたの姿が見えた気がしたから注意しに来たのよ。さっきみたいに胸壁から身を乗りだしたりしていたら危険だわ。事故は起こるものなのよ」

「そうね」アヴェリンは無意識に壁沿いにあとずさりした。「それに事故はわたしにばかり起こるようだし」

「たしかにあなたは事故に遭いがちね」ヘレンがさらに前進する。

「どうしてなの？」アヴェリンは何も知らないふりを装う気はなかった。あの表情を見た瞬間、ヘレンが自分を攻撃していたのだとわかってしまった。ただその理由がわからない。ペーンに対するディアマンダの恋心のせいではないはずだ。

ヘレンが足を止めて小首をかしげた。自分の行動を認めるべきか、しらばっくれて無実を主張するべきか考えているのだろう。ついにヘレンが息を吐き、もう一歩前に出た。「あなたにはなんの恨みもないのよ、アヴェリン」

「さっきの表情を見たあとでは、その言葉は信じがたいわね」

ヘレンが顔をしかめる。「つい顔に出てしまったの。ごめんなさいね。あなたのことが腹立たしくて、いらいらしていたから。どうして死なないの？」

礼儀正しく問いかけられて返答に困ったアヴェリンは、もう一歩さがるしかなかった。

それに対してヘレンがまた一歩前に出る。「四度は死んでいるはずなのに、四度とも被害を逃れた。わたしは――」

「四度ですって？」アヴェリンは驚いて口を挟んだ。気づいていたのは二度だけだ。

「二度の毒殺、床からの転落、そして落石も免れたわ」

「毒殺？」アヴェリンは呆然と見返した。「いつ？」

ヘレンがいらだたしげに足を踏み替える。「ストラウトン城からジャーヴィル城に向かう道中でよ。ウサギの肉に毒を振りかけてディアマンダに運ばせたの。強力な毒だから即死するはずだった。朝起きてあなたが死んでいると叫ぶつもりだったのに、翌朝目覚めてみるとあなたが水浴びをして戻ってくる姿が見えた」

アヴェリンは目をしばたたき、旅の最初の夜に口にしたウサギの肉のことを思いだした。舌がひりひりしたけれど、同時に舌を嚙んだせいだと思っていた。思い返してみれば蟻が肌を這うような感じもしたが、そのうち吐き気のほうに気を取られた。吐いたのはペーンの馬に乗せられて揺さぶられたせいで、体が食べ物を受けつけないのだろうと思っていた。おそらくそれがあの夜に死なずにすんだ理由だろう。

ヘレンが話を続けながらさらに足を踏みだした。「それが効かなかったから、ゴブレットに入れればペーンが包帯を巻いた手でも食べやすいというのを言い訳にして、次の夜にはシチューを作った。本当は二倍の毒を盛りたかったの。焼いた肉でそうするとあからさますぎるから、シチューならごまかせると思ったのよ」困惑した顔で首を振る。「ところが毒の量を倍にしてもあなたは助かった。ただ疲れただけで」

毒のせいで疲れたわけではない。疲れたのはあの夜、縫い物をしたからだ。毒が効かなかったのは、そのシチューも食べなかったからだ。その前にルニルダが持ってきてくれたチーズとパンとリンゴで満腹になっていた。またしても運に命を救われたことになる。とはいえヘレンにそれをわざわざ話すつもりはなく、代わりに問いかけた。

「板で殴って穴から落とそうとしたのもあなただったのね？」

「ええ。ハーブ園を見に行きかけたけれど、あなたがディアマンダに二階に使用人がいないかどうか確認してくると言うのを聞いて戻ったの。厨房に入って、ディアマンダがペーンに井戸の場所をききに行くのを待って、あなたが階段をのぼった直後にあとをつけた。あの階段は危なかったわ」ヘレンが皮肉まじりに言った。「とにかく、どうにかすばやくあがった。あなたみたいに脚をすりむいたりせずにね」

アヴェリンはあざけりには応じずに次の言葉を待った。

「板は別の部屋で見つけたのを持っていったわ。あなたを見つけたとき、身を乗りだして穴から下をのぞいているところだった。駆け寄って突き飛ばす前に体を戻しかけたから、その板を使ったの」ヘレンが口を引き結ぶ。「でもまたしてもあなたは死ななかった。壊れた床板にスカートが引っかかって。近づいてスカートを外して落としてやろうかと思ったけれど、ルニルダが大声で叫んでいた。すぐにも助けが来るだろうし、下にいる彼女にわたしの姿を見られるかもしれないと思って、別の部屋に隠れたわ。ルニルダにペーンを呼んでくるようディアマンダが指示して階段を駆けのぼってきてから、外から戻ってきたばかりのふりをしてあの子の後ろに立ったのよ」

「それでわかったわ。ディアマンダがわたしを引きあげようとしたのを止めたのは、わたしを落としてしまうのではないかと心配したわけではなかったのね」アヴェリンは冷ややかに言い、さらに後退した。

「ええ、ディアマンダは力が強いの。わたしにも手伝ってと言っただろうし、ふたりの力ならあなたを引きあげられたかもしれない。わたしはペーンが助けに来る前にスカートが破れてあなたが落ちることを願っていた。でも、そうはならなかった」

「だから次はわたしの上に石を落とそうとした」

ヘレンの顔に怒りがよぎり、彼女は深く息を吸いこんだ。アヴェリンの言葉を認める代わりに簡潔に言う。「あなたは本当に強運だわ」

「それで腹を立てているのね」アヴェリンは最初に疑いを抱いたときに目にした憎悪の表情を思いだした。

「わたしは毎回大きな危険を冒してきた」ヘレンがぴしゃりと言って、いらだちに目を光らせた。「それなのに、なぜ死なないの？」

アヴェリンは慎重にもう一歩さがった。ヘレンは今にも飛びかかってきそうに見えた。ここにいるのは結婚式の日から知っている、母親のようにやさしい女性ではない。目の前の女性がレディ・ヘレンであり、邪悪な双子の片割れではないことが信じられない。それにどうしてアヴェリンに死んでほしいのかが、いまだに理解できない。

「どうしてなの？」アヴェリンは最初の質問を繰り返した。

「どうして？」襲われた理由もわからない愚か者なのかという目で、ヘレンがアヴェリンを見返した。「ディアマンダのためよ」

「ディアマンダの？」アヴェリンは頭がどうかしてしまったのかと考えながらヘレンを見つめた。

「そんなふうに見るのはやめなさい」ヘレンがはねつけるように言い、すばやく二歩近づく。

「どんなふうに？」アヴェリンは用心してさらに後退した。

「頭がどうかした人を見るような目でよ。わたしは頭がどうかしてなんかいない」

アヴェリンはそのことについて話しあう気にはなれなかった。「わたしを殺そうとしたのは、ディアマンダがペーンに恋心を抱いているから？」

「おかしなことを言わないで」ヘレンがじれったそうに言い返した。「アダムが死んだからよ」

アヴェリンは困惑して目をしばたたいた。「意味がわからないわ」

「アダムはディアマンダと婚約していた。この城は婚姻契約によって、アダムとディアマンダの家になるはずだった」

アヴェリンは驚いてあたりを見まわした。それは知らなかった。誰も教えてくれなかったので、ディアマンダとアダムが暮らすはずだった城に自分たちが住んでいることに少し気が引けた。そのとき自分が、戦いのときに兵士が転落死しないようにするための胸壁が欠けている部分に追いつめられていることに気づいた。もし今、飛びかかられたら簡単に足を踏み外し、転落して死ぬはめになる。アヴェリンは壁がある場所まで移動できるよう願いながら後退を続けた。

「ところがアダムは愚かにも十字軍に加わって命を落とした。ペーンはアダムの代役にぴったりだったけれど、あなたと結婚の約束を交わしていた。でもあなたが死ねば、アダムの代わりにペーンとディアマンダを結婚させるようジャーヴィル家を説得できる」

「どうしてそんなことを望むの?」アヴェリンは急いで尋ねた。自分が安全な場所に着くまでヘレンをしゃべらせておきたかった。ヘレンはアヴェリンを殺す気だ。生かしておくつもりなら、ここまで洗いざらい告白したりしないだろう。「ディアマンダくらい器量がよければ、簡単に別の相手を見つけられるでしょう。彼女は――」

「財産がなければ器量なんてなんの意味もないわ」ヘレンがアヴェリンのあとを追いながら反論した。「残念ながらわたしの兄は、領主としては先代の父ほど成功しなかった。ディアマンダを婚約させたときには城を除く領地のほとんどすべてを失っていたけれど、なんとか隠し通していた。ディアマンダとアダムの結婚を成立させるために使った費用は、もともとわたしのためのものだった。わたしの結婚に使われるはずだったのよ。でも相手が若くして死んだあと、兄は交渉して別の結婚話をまとめようとはしてくれなかった。お金が惜しかったから。その代わり、ディアマンダの母親が出産と同時に命を落としたとき、わたしはあの子の母親になった。夫はいなかったけれど、ディアマンダはわたしの子どもになった」彼女は深く息を吸った。「ディアマンダを自分の娘として育てたわ。怪我をすれば手当てをし、問題が立ちはだかれば排除した。この問題だって排除してみせる。あんなにいい子が身分の低い男爵の妻になるとか、片足を棺桶に突っこんでいる金持ちの老人とベッドをともにしなければならないなんて冗談じゃない。そんなことはわたしがさせない。あの子にふさわしいのはペーンと同じくらい強くて、ハンサムで、裕福な夫。ペーンを手に入れるのはあの子よ」

そう言ってヘレンはアヴェリンが直前まで恐れていた行動に出た。突進してきたのだ。アヴェリンはすぐさまあとずさりした。もっと安全な場所に移動しようと必死だった。けれどもヘレンは武装した北欧神話の女神ワルキューレのごとくケープをはためかせて追い、体あたりを食らわしてきた。アヴェリンは勢いよくぶつかられて後方に飛ばされた。一瞬、逃げるのが遅すぎてまだ壁の欠損しているところにいるのではないかと恐れたが、倒れると同時に肩が石にあたるのを感じて心のなかで感謝の祈りを捧げる。とはいえ、もちろんヘレンがそれでやめるわけがないと、アヴェリンはいやというほどわかっていた。

ヘレンが激怒して金切り声をあげながらアヴェリンの肩をつかみ、壁から引き離そうとした。明らかに力ずくで通路から投げ落とそうとしている。アヴェリンは必死にもみあっていたので、脚に何かが触れたことに最初は気づかなかった。ふと気をそらされて下を見ると、ぞっとすることにサムソンが争って動くふたりの足元をもぞもぞと進んでアヴェリンにすり寄り、それからヘレンにすり寄ろうとしていた。

サムソンが踏みつけられてしまうのではないかとアヴェリンが恐れたとき、ヘレンが視線を落として子豚に目を留めた。ふいにアヴェリンは体が自由になった。アヴェリンが驚いて壁にもたれかかると同時に、ヘレンが恐怖に飛びすさった。すぐさま追ってきたサムソンが鼻を鳴らしたり足を嗅いだりしているので、ヘレンはパニックに陥った。今や怒りではなく恐怖の叫びをあげながら、ディアマンダのおばは子豚から離れようとどんどん後退した。

壁の石が欠けている箇所へとさがっていくのを見て、アヴェリンははっとして声を張りあげたが、狼狽しているヘレンの耳には入らなかった。ヘレンが最後の一歩を引いて足の下には何もないと気づくさまを、アヴェリンは衝撃と恐怖とともに見つめていた。ヘレンのおののく顔は、アヴェリンが床の穴から落ちるときに手の下に床がないと気づいたときと同じだった。ディアマンダのおばは何かをつかもうとするかのように腕を広げ、大きく開いた口から身の毛もよだつ悲鳴をあげて背中から落ちていき、やがて視界から消えた。

アヴェリンは急に脚の力が抜けて震えだし、ゆっくりと息を吐いて通路に座りこんだ。しばらくそこに座っていたかった。ヘレンが転落してどうなったかは見たくない。それに今はディアマンダと顔を合わせたくない。実際、通路から急いで離れようとはまったく思わず、しばらくここにとどまっていることにした。

サムソンがスカートの上からくんくんとにおいを嗅いでいるのに気づき、アヴェリンは視線を落とした。そこにいるだけで命を救ってくれた小さな生き物を抱えあげて胸に抱きしめる。「あなたが命を助けてくれたのよ、サムソン」

「ああ、そのとおりだ」

アヴェリンがはじかれたように視線をあげると、ペーンが通路に沿ってゆっくりと近づいてきていた。彼はアヴェリンのそばまで来て足を止め、手を差し伸べて立たせてくれた。アヴェリンからサムソンへと視線を移すと、口元を軽くほころばせて子豚の背中をやさしく叩いた。

「よし、いい子だ」ペーンがそう言って褒め、ふたりで笑みを交わす。そのあとペーンは真剣な顔をアヴェリンに向けた。「きみを失ったかと思った。通路沿いに追いつめられているのが見えて、走って階段まで駆けつけたんだ。半分のぼったところでヘレンがきみに突進していって、遅すぎたと思った。ぼくがたどり着くまでにきみは投げ落とされて、ぼくはきみを失ってしまうんだと」

「ヘレンはそうしようとしたのよ。わたしを投げ落として、アダムの代わりにあなたとディアマンダの結婚を成立させたかったから」

「なんだって？」ペーンが仰天してアヴェリンを見つめる。

「本当よ」アヴェリンはうなずいた。「どうやらディアマンダの一家は落ちぶれてしまって、ディアマンダをあなたと結婚させなければほかにふさわしい夫が見つけられないとヘレンは思ったみたい。でもそのためにはわたしを排除しなければならなかった」ペーンの顔に怒りがこみあげるのを見て、アヴェリンはなだめるように彼の胸を叩いた。「でも、うまくはいかなかった。サムソンが救ってくれたから」

「そうだな」ペーンが息を吐きだした。「だからこいつには長生きしてもらおう。食卓にのぼるんじゃないかと心配する必要もない」彼の声はかすれていた。その顔に血の気が戻ってくるのを見て、駆けつけてくれたときにペーンがどれほど青い顔をしていたのかに気づいた。

「あなたは大丈夫なの？」アヴェリンは心配になった。「頭にひどい怪我をしたんだから、起きあがって走ったりしないほうがいいんじゃないの？」

ペーンはその問いかけには答えずに、アヴェリンの腕からサムソンを受け取った。そっと地面におろして子豚に指示する。「城のなかに戻っていろ」

子豚がすぐさま階段に向かって通路を駆けだしたので、アヴェリンは驚いた。壁から身を乗りだして階段を見ると、サムソンがぴょこぴょことおりていく。

「もう階段ののぼりおりができるなんて知らなかったわ」アヴェリンはあっけに取られた。

「どうやってここまで来たと思っているんだ？」ペーンが指摘する。

ぽかんと口を開けたままの妻を見て、ペーンがにやりとした。

「そんなに驚くことはないだろう。あの子がどれほど利口か話してくれたのはきみだぞ」

「そうね」アヴェリンはひそかに苦笑してから、夫に向き直ってにっこりした。「わたしが災難を招いているわけでも、運に見放されているわけでもなかったんだわ」

「ああ」ペーンが認めた。「ディアマンダとルニルダから聞いた話をつなげると、三度も命拾いしたみたいだな」

「四度よ」アヴェリンは正した。「二度、毒を盛られて、床の穴から落とされそうになって、最後にあの落石よ」

「二度、毒を盛られた？」ペーンが呆然と繰り返す。

アヴェリンはうなずいた。

ペーンが頭を振った。「そして今回が最後の試みだったのか」深刻な顔で言った。「運に見放されるどころか、確実に運を味方につけていたんだな。きみは本当についている」

「ええ」アヴェリンはほほえんだ。

「そしてぼくもだ」

「あなたが？」アヴェリンは面食らった。

「そうだ。完璧な妻を持ったんだから」

アヴェリンは首を振った。「わたしは完璧なんかじゃないわ」

「ぼくには完璧なんだ、アヴェリン。聡明《そうめい》で美しくて有能で。きみこそぼくにとっては完璧な妻なんだよ」ペーンがアヴェリンに口づけてから体を引いた。「きみの価値をわからせてあげられるといいんだが」

「わかりかけてきた気はするの。でもたぶん、自らそう思えないとだめなんだわ」アヴェリンはそっと口にしてからつけ加えた。「この頃ひとつのことをやり遂げるたびに、自分がましな人間であるように思えてきているの」

「よかった」ペーンが身をかがめて唇を重ね、アヴェリンの肩に手をまわして階段へと促す。「アヴェリン、これからは夫婦でもっと話をしなければと思っているんだ」

アヴェリンは目をしばたたいた。「夫婦で？」

「そうだ。ルニルダから聞いたよ。きみは誰かに殴られて床の穴に落とされたと言ったそうだね。その話をしてくれていたら、ずっと早く全体像が見えていたかもしれない。それから今日は、石が落ちてきたあとでディアマンダの姿を見かけたことを言わなかったな。今後はもっと率直に話してほしいんだ」

「ええ……」ペーンの言うとおりだったので、アヴェリンは返す言葉がなかった。彼のほうも遠慮しているように感じていたが、それを言うなら自分も同じだった。おまけに今も素直になれていない。ペーンはアヴェリンを妻にできて運がよかったと言ってくれた。それにもかかわらず、アヴェリンはその思いに報いていない。それどころか自分の気持ちさえ伝えていない。アヴェリンは咳払いをした。「あなた？」

「うん？」

「もっと率直に話をするなら、言わなければならないことがあるの」

「なんだい？」

「なんだって？」


ペーンが足を止めて振り返った。「なんだって？」

「あなたを愛している」アヴェリンは毅然と顎をあげて続けた。「妻が夫に対して抱く愛情はもちろんだけど、それとは別にあなたを愛しているの……あなたのことを考えただけで胸が苦しくなるくらい」

ペーンがまじまじと見つめてくる。長いあいだ、ただじっと立ちつくし、二度と会えないかのように見守っている。それから身をかがめ、これまでにないキスをした。いつものむさぼるような情熱的なキスではなく、やさしくて心がうずくキスだ。

唇が離れると、アヴェリンはまばたきをして目を開けた。

「ぼくもきみを愛している」ペーンが厳かに伝えてから、アヴェリンを引き寄せてふたたび歩きはじめた。

訳者あとがき

リンゼイ・サンズの『愛しているが言えなくて』をお届けします。

ヒロインはちょっと太めの体形で自分に自信が持てないアヴェリン。彼女には子どもの頃から決まっている婚約者がいて、その彼との結婚式を目前に控えたところから物語は始まります。

結婚式を前に、アヴェリンは初めて顔を合わせる婚約者に少しでもいいところを見せたいと、仮縫いでぴったりだった式用のドレスをさらに細く縫い縮めてほしいとメイドに頼みます。ところがダイエットは失敗、式の当日になってドレスを着られないという事態に。母が思いついた苦肉の策でなんとかドレスは着られたものの、アヴェリンは息すら満足に吸えない状態になり、式が終わって誓いのキスをした瞬間に気絶、さらにはそのあとの祝宴でとんでもない醜態をさらしてしまいます。それでも彼女をばかにせず気遣ってくれる夫と初夜の床入りに臨みますが、太った体を見られたくない一心からしたことが思わぬ事態を招き……。

一緒に暮らしているいとこ三人に、言葉の暴力を受けつづけてきたアヴェリン。ふくよかな体形をことあるごとにけなす彼らの言葉は、女性としての自信を根こそぎ奪ってしまうほどひどいものでした。両親や兄にいくら褒められても、彼女は信じることができません。そして普通ならとうていありえないような不運な状況に、自ら陥ってしまいます。ヒロインに降りかかる不幸の連鎖は読んでいてつらくなるほどですが、気持ちがどんよりと暗くならない（それどころかはっきり言って笑ってしまう）のは、かなりのコメディタッチだからです。いとこに〝リスみたい〟だとあざけられたぽっちゃりした頰をすっきり見せようとして、アヴェリンが編みだす秘策には思わず吹きだしてしまいます。

一方リチャード王の十字軍遠征に参加し、何年も軍隊で過ごしてきたヒーローのペーンは、女性の扱いにいかにも慣れていません。しかも男としてのプライドを守りたいという思いが極端に強く、人の助けをかたくなに拒否します。やけどをして両手が使えなくなっても、人に食べさせてもらうくらいなら何も食べない、服を貸してくれと人に頼むくらいなら燃えさしの穴だらけのものを着るといったありさまで、こんなやり方ではただでさえネガティブ思考のアヴェリンとの関係がうまくいくはずがありません。でも繊細な気遣いからはほど遠く見える彼は実は人間の本質を見抜く洞察力を備えており、アヴェリンが長年いとこにいじめられて委縮している事実にすばやく気づくとともに、彼女に降りかかる数々の不運が偶然の域を超えているのではないかと疑いを抱くようになります。だからといって細かく気をまわして効果的に行動できるわけではないのですが、アヴェリンを自分にとって〝完璧な妻〟と見定め揺るぎのない愛情をはぐくんでいくペーンには、徐々に頼もしさが感じられるようになります。ちなみに本書の原題は『*The Perfect Wife*』、つまり〝完璧な妻〟です。

自信に欠けてはいても、人の気持ちを思いやれるやさしさを持ったヒロイン。本書はそんな彼女が自分を〝完璧な妻〟と思ってくれる夫を得て根深いコンプレックスを克服する足がかりをつかみ、自分の居場所を少しずつ築いていく成長の物語です。万人に完璧だと思われなくても、たったひとりに完璧と思ってもらえればいいのだと気づかせてくれるこの物語を、皆さまが楽しんでくださることを願ってやみません。

二〇二〇年三月

ザ・ミステリ・コレクション

愛《あい》しているが言《い》えなくて

著者 リンゼイ・サンズ
訳者 久賀美緒《くがみお》

発行所 株式会社 二見書房
東京都千代田区神田三崎町2-18-11
電話 03(3515)2311 [営業]
03(3515)2313 [編集]
振替 00170-4-2639

印刷 株式会社 堀内印刷所
製本 株式会社 村上製本所

落丁・乱丁本はお取り替えいたします。
定価は、カバーに表示してあります。

ISBN978-4-576-20055-2
https://www.futami.co.jp/

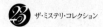